红颜

两世倾城劫

青颜◎著

中国社会出版社
China Society Press
国家一级出版社 | 全国百佳图书出版单位

图书在版编目（CIP）数据

红颜两世倾城劫 / 金婉琳著 .—北京：中国社会出版社，2014.12
ISBN 978-7-5087-4965-5

Ⅰ . ①红… Ⅱ . ①金… Ⅲ . ①长篇小说－中国－当代 Ⅳ . ① I247.5

中国版本图书馆 CIP 数据核字（2014）第 311778 号

书　　名：红颜两世倾城劫
著　　者：金婉琳

出 版 人：浦善新
终 审 人：李　浩
责任编辑：李新涛
助理编辑：张耀文　　**责任校对**：张瑞华

出版发行：中国社会出版社　**邮政编码**：100032
通联方法：北京市西城区二龙路甲 33 号
电　　话：编辑部：（010）58124857
邮购部：（010）58124845
销售部：（010）58124848
传　真：（010）58124856
网　　址：www. shcbs.com.cn
经　　销：各地新华书店

中国社会出版社天猫旗舰店

印刷装订：中国电影出版社印刷厂
开　　本：168mm × 234mm　1/16
印　　张：16
字　　数：250 千字
版　　次：2015 年 5 月第 1 版
印　　次：2015 年 5 月第 1 次印刷
定　　价：39.00 元

中国社会出版社微信公众号

目录

引子

前世，她没有亲情，爱情，唯有一个十年相伴的好友；

今生，她来到这个陌生的世界，如同落叶般飘零无依。

前世，她有一张绝美的容颜，被誉为情报处第一美女；

今生，同样的祸水红颜又将带来怎样的命运？

前世，她唯愿过安宁的日子，却从小被视作不祥，一生充满离别劫难；

今生，谁又与她在乱世中沉浮，携手笑看天下？

祸水红颜，倾国倾城……

迷了谁的眼，惑了谁的心？

谁为她袖手倾了天下，又是谁与她仗剑共走天涯？

前世，已不堪回首；今生，当命运再起波澜，该何去何从……

谁为我鸣此笛音，谁为我奏此箫歌，

谁许我一生一世，谁与我生死与共，

谁让我括苍山上望穿流年，

谁让我轩辕城中泪尽三千？

是绾起三千青丝，还是与君断发断情？

袖手倾尽天下，仗剑共走天涯。

逃离，守护；背弃，追随；利用，真心；

相遇，是缘？是孽？

我的瞳孔，落进你的眸。

蓦然回首，君不见，

吾心乱……

风华起

1 危影

我叫危影，是国安局培养的秘密特工，我五岁受训，如今是国安局情报三处特别行动队银翼的队长。很小的时候，有人给我算命，说我是不祥之人，一生充满离别、劫难。果不其然，我没有亲人、家庭，只有一个十年相伴的好友，我曾和她说过算命的结果，她只是淡淡地回答我："我命硬。"她叫夏临湮，和我不同，她是个真正的孤儿。

我们是特工，是游走在黑暗之中的人，没有光明没有未来，我们的存在是国家的机密，一个连户籍都没有的人，又谈何未来呢？特工，冷心冷情，亲情与爱情，我两者皆无，自问不相信爱情，但连幻想都成为禁忌的时候，又是何等的悲哀。而亲情，是我一生的痛，我的母亲死于我三岁那年，从那以后我的世界便没有了温度，我辗转孤儿院，受尽欺凌磨难，甚至差点失去了生命。五岁那年，一个自称我父亲的男人出现在我的面前，带走了我和临湮，我还天真地以为他想要尽一个父亲的责任了。谁知，我大错特错，迎接我们的是地狱般的折磨，他要把我们培养成少年特工，我们不过是工具。至亲之人的背叛、抛弃与利用泯灭了我心中最后一丝希望，他杀死了那个童真的小女孩，他也成就我危影，是他教给我与年龄不相称的成熟。

我，今年十四岁。

2　风愁雨烈终相弃

天空阴云密布，大雨倾盆而下，似是在冲刷这残留的罪恶，风在怒号，犹如预见了之后所发生的事。一辆黑色的轿车在雨中疾驰，沿着泥泞的山路盘旋而上，急速旋转的轮胎碾过水塘溅起了一片片水花。开车的是一个看起来不过十五六岁的少女，一头黑发直直垂顺下来，眼里闪着冷静的光芒，动作极其娴熟。她边上还坐着一个女子，黑衣黑发，最是不惹眼的装扮却让人看了一眼便再难以将视线移开。白净的脸庞上那双眼睛灿若星子，却又黑得深不见底，眼底冻结着终年不化的寒冰，便是直视双眼也看不清灵魂。一道闪电划过天际，女子轻皱起眉头，低声唤那开车的女子：

“临湮。”

“嗯。”女子低应一声。

“我总觉得不大对劲儿。”

“哼，他们能怎么样，都到这地步了，还有什么好怕的。”女子的话语里充满了不屑。

说话之间车子已上了山顶，山顶的另一侧，清一色排开五辆黑色的吉普车，车前站着一个满头卷发的女子。夏临湮的声音中带着几丝不确定：“危影，接头需要那么多人吗？”

“不是接头，是灭口。”危影的声音依旧冷静，听不出一丝一毫的波动，像是她早已料到了一切。

两人下了车，任由雨打在自己的脸上，对面的女子撩人的眼睛里闪着毒辣的光芒：“危影啊危影，你还是那么漂亮，可你这张脸却即将不复存在了，是不是有点可惜呢？”

即便早已猜到了答案，危影还是问了出口：“谁叫你们来的？”

“谁叫我们来的？”女子的口气不减嘲讽，“当然是局长啦。对了，我才知道，原来局长就是你的父亲，可看来他对你可没有一丝感情。今天早上，他亲自下令，完成这次任务之后，放弃你们两个。怎么样，被亲生父亲利用又抛弃的感觉如何啊？”

出乎她的意料，危影没有表现出一丝一毫的慌乱，反而是仰天长笑。

“你笑什么？”

“笑啊，笑你傻。他今天可以放弃我，明天就不能放弃你吗？我的今天就是你的明天。”

“你……你……”女子的脸被气得变了形，一挥手，车上下来十几个彪形大汉，黑洞洞的枪口对准了危影和临湮，就算她们有三头六臂今天也难以逃脱了。

危影只感到手心一紧，手被人牢牢握住，传递着温暖的力量，一转头目光便对上了临湮清澈的眼神，里面有一种力量叫作不离不弃，一直以来总是这样，不管在哪里，不管发生什么事情，她总是站在自己身边。

临湮轻勾起嘴角，苦涩一笑，她本也是美女，一双狭长的眼睛极致妩媚，可站在危影身边的时候却总是被她过于打眼的光芒所掩盖，即便这样，她也从未后悔过。美目流转，她看着身边与自己相伴十年的女子："危影，我不想死在这些人手里，脏了自己。"

危影直直地看着临湮，她总是这样豁达，把一切看得那么淡，当初和她一起被带到特工局接受那地狱一般的训练，她也从没说过一声后悔，其实临湮一直比自己坚强。

"危影，不能同年同月同日生，但求同年同月同日死。"

两人相视一笑，顿时明白了对方想要做什么，多年以来的默契让她们不用细说就已明了一切。

"跟那个男人说，如有来生，我危影决不会像母亲一样，为爱所骗，为情所困。"危影的声音响彻天际，在空旷的山间久久回响。两道黑色的身影顿时齐齐向崖边冲去，在所有人都没回过神之前便急速下坠，如同破碎的蝴蝶，无力也无意飞翔。急速下坠之中两人紧握的手也没有松开，危影看着身边的女子，神态自若，没有一丝慌乱。有一种友情，叫作生死与共。自己何其不幸，没有亲情，也注定不能有爱情，却又是何其幸运，得一好友如此。她轻轻开口："如有来生，我不会再松开你的手。"

"我也不会。"

危影闭上了眼睛，等待落地的那一刹那，审判即将来临，一切，都将结束了吗？

一道惊雷划过天际，似乎就在两人身边炸响，耀眼的光芒穿破了苍穹，驱走了无尽的黑暗。她们都没有看见，此时此刻，南方星空上一颗血红的亮星正冉冉升起……

3　妖星临世乱天下

身子浮在半空中，耳边是无尽的风声，明明是在急速下坠，可危影想象之中的碰撞却迟迟没有来临，她想睁开眼睛，却发现自己的眼帘似乎有千斤重，怎么也睁不开，似是跳进了一个挣脱不开的圈套。没有撞击，没有生命的流逝，危影只觉得身子开始被拉扯、被压缩，脑海里只剩下一片刺眼的光亮。那白光，刺破了苍穹，直入人的思想深处，她只能下意识地握住临湮的手，却感到临湮的手心满是冷汗，两只纤瘦的手在此时紧紧相握，传递着无休无止的力量。身子被拉扯得更加剧烈，巨大的光球在脑海中汇聚，终于，爆裂开，铺天盖地的白光瞬间将两人淹没，失去了知觉，坠入了无尽的黑暗。

天边，尘雾阴云再也掩盖不了王者的光华，血红的亮星破空而出，如幕的夜色也被它染上了几许妖艳的鲜红。它周围的星子顿时黯然失色，有人说，这是一种威严，是只属于王者的气场。妖星既出，又有谁能忘记那一瞬间绽放的诡丽。

亓（音“齐”）云国境内，括苍山上，云立鹤手中的星盘重重落下，砸在白玉棋盘之上，黑白两色的棋子瞬间被打乱，他轻眯起黑色的眸子，微微呢喃：“一切，都将要开始了吗？看来是时候去通知雅儿了。”

次日，亓云皇都，禁宫内云立雅正呆呆地看着一封金色的信函出神，信函她不知道看了多少遍，内容早已烂熟于心。

“连天，立雅无能，不能守护好这一切，如今也只有竭尽所能，保你的子民、家园无恙了，还不至于毁了你的心血。”

宫女的回报打破了这耐人寻味的寂静：“娘娘，国舅求见。”

“请他进来。”立雅的声音透着一种神圣不容侵犯的威严。

“雅儿，”灰色的身影还未踏进宫殿，略显焦急的声音便传了进来，此时的云立鹤早已把礼仪抛在了脑后，只想着早些告诉妹妹事情的重要性。云立雅也看到了哥哥难得一见的慌乱，挥手屏退了宫女，独自起身迎接他。

“雅儿，昨日我观天象，血危出世了，这天下，怕是要乱了。你也要早作打算啊。”云立鹤的声音略带沙哑，一听便是经历过沧桑的人。

“哥哥，血危这个时候出世，若按生辰来算不过是个婴孩，又能掀起多少风浪？”云立雅皱了皱眉头，甚是不解。

“不一样，昨日血危一出世，便大放异彩，恐怕不会是一般的孩子。”

“哥哥，不瞒你说，前几日始帝留下的遗诏解封，上面写着：‘若天下大乱，不可顽抗，不如择明主而侍，方能保国家安好，子民安乐。’”

云立鹤听到虽然有些惊讶，倒也恢复了平静，还有几分欣慰：“雅儿，即便是没有这诏书，哥哥也要劝你这么做。我国虽然人民富足，国库充裕，但论军队严整不如夜辽，兵士勇猛不如燕凉，也没有阴古那么多的奇人异士，要争天下，无望啊。哥哥这两年一直在寻找能担负大任的明主，只是现在时候未到，还不能够告诉你。”

“我明白，”云立雅很清楚哥哥的苦处，云家自古以来观天象，知天命，哥哥是如今的云家家主，自然也能够知晓天意，只是天命之人不能说出这命运的走向，这也是云家历代的使命，“可是哥哥，若是要结盟，我们也需要资本啊，无忧还小，舞灵天性善良，青朔虽然心思灵敏但毕竟未经世事，实在没有可担当的人啊！”

"为兄帮你算一卦如何？"云立雅顺从地伸出手，选卦，良久，云立鹤悠悠开口："不如出宫去走走吧，出了宫门直向南，你会有所收获的。"

云立雅知道哥哥在指点自己去寻找能人，便默默记在心里。

"雅儿，万事保重，我还要去寻找星命之人。"

话未说完，云立鹤便起身飘然离去。多年后，每当云立鹤记起当年当日，便空余无限后悔，若是自己当年不那么急于离去，是不是一切会改变良多呢？

云立雅一遍遍回想着哥哥的话语，脑海中浮现着先帝亓连天的模样，她不能保国家常在，唯一能做的也只有让这美丽富饶的土地远离战火的摧残，让他们的孩子一生无忧了。

"来人，我要去藏书阁。"

云立雅坐在玉辇之上，向着藏书阁急行，亓云国皇宫里的诸多景色此时在她面前匆匆而过。不多时，藏书阁便到了。云立雅快步走进，独自一人在书架上来来回回寻找着什么，想要来帮忙的宫女除了贴身宫女紫儿全部被她屏退了。她从书架上抽出一本看似已很古旧的书，纸张都已有些残破了，她飞快地翻看着，找到了她想要寻找的东西，随着目光扫过，眉间的沟壑越来越深。阳光透过窗子在她脸上投下了斑驳的光影，朦胧而疏离。她终于放下了书，对紫儿说：

"去叫莫枫来，我要出宫。"

紫儿低声应下便出了藏书阁，云立雅一个人站在朱漆圆柱之间，凝望着窗外，时间在此凝结成块，她终于似下定决心一般，一挥宽大的衣袖离开了这里。她留下的书散乱地摊在桌面上，书页晃动之间露出几行小字："血危星，浴血而后生，天赐惊世绝才，可定天下，可乱天下，命定王者，不成仁，即成魔……"

4　一朝穿越别前世

头很昏，很胀，很沉，危影努力地想要睁开双眼，周围是无尽的黑暗，没有光，没有出口，她独自一个人在思想的世界里狂奔，没有方向，没有目的，想要挣脱却又被重重包围。周围似乎出现了一点人声，危影努力地睁开双眼，眼前是几个衣衫褴褛的年轻少女，就衣服款式来看，似乎不像是现代的。危影头一偏，环视了一下四周，她们似乎是在一个地下室里，唯一的一扇小窗装着铁质的栏杆。光线依稀从栏杆之间透进来，眼前的景象因为长时间地处于黑暗又突然见光而变得模糊不堪。当视线再次清晰，危影惊奇地发现小窗之外是亭台楼宇，白墙青瓦，怎么看都不是都市。身边的女子突然开口："姑娘，你终于醒了，你已经昏迷了三天了。"

危影的嗓音因为长时间没有开口说话而变得沙哑："这是哪里，我们为什么会在这儿？"

那女子只当她是被歹人打昏所以不知道情况，"这里是亓云国境内，我们是被人抓来当女奴的，听说姿色稍好点的今晚便要被送到青楼去。"

危影陡然明白了自己已不在现代了："那，有什么办法可以不去青楼吗？"

女子的声音已带了几许哭腔："没有办法了啊。"

几番来去，危影已弄清楚了自己身在一个另外的时空，这里不是原先世界的过去，而是一个独立存在的世界。刚才和她说话的女子今年 14 岁，叫作流黛，她还有个妹妹流珠，她们父母双亡，没有依靠，被歹人抓来的。

危影轻轻摇着身边的临湮，还好，还有她陪着自己，不然她一个人无依无靠，在这个完全陌生的世界还真不知道该怎么生存下去。夏临湮只感觉自己被人从不断下陷的泥沼里拉起，睁开清亮的眼睛便看到了危影。危影找个借口支开了女子们，轻轻对临湮说："我们已经不在现代了，这里是一个独立的世界，现在这个地方是在亓云国境内。"

临湮的语气依旧不见起伏，淡淡地应道："不在了也好，那个地方我早就不想待了。"

"姐姐，我们穿越了哎——你可不可以不要这么冷静啊！"危影显然被临湮语气中的不在乎气到了。

临湮看了她一眼，语气不见转变："那你觉得你有多么激动吗？"

两人相视一笑，她们在有些方面何其相似，十年如一日的友情早已见证了这一点。无论在何时何地她们总是有无懈可击的冷静，也许是见过的、受过的伤害已经太多，再没有其他东西可以撼动她们的内心了。

"比起惊讶，我们难道不应该想想该如何从这里逃出去吗？"临湮皱了皱眉头，难道她们刚从魔窟里逃出来又要真的进窑子吗？

"怎么逃啊，刚才我问过了，这里的看守都是身强体壮的男人，我们原来是不成问题，可就现在的这个身体还怎么跑啊？"对这里的境况危影早已检查过。自己虽是特工，可也是人，三天三夜的昏迷好似抽走了她所有的力气。她现在就像被放了气的气球，走路都是问题，又怎么逃跑呢？

"这个，还是我们原来的身体吗？"临湮从危影的话里找到了一个关键。

"是的，我已经看过了，伤痕，刺青都在。"危影心中突然漫起了苦涩，以为穿越了就可以换个新生活了，没想到还是摆脱不了这个见证了无数伤害的躯壳。

"没事，至少我们的心是新的了。"临湮心中清明，自然知道危影身体所承受的对她来说是一生无法忘怀的记忆。“不管如何，在这里，我们的命运真正地掌握在我们自己手里，我们的未来可以由我们自己决定了。”

云立雅已换上了寻常妇人的衣饰，皇宫的禁卫总管莫枫扮成了家仆，两人就似富裕人家的夫人出游，出了宫门骑马直向南行。

“娘娘，属下斗胆一问，我们这次出宫是为何事？”莫枫对太后娘娘突然出宫的行为甚是不解。

“在宫外你应该叫我夫人，我们这次出宫是为了寻人。”云立雅端庄的脸并不显老，清秀典雅，谁也不会想到她已近四十岁，正是亓云国现今的太后。

“是，夫人。”虽有疑惑，年轻的禁卫总管还是低声应下，冷峻的面容上泛起一丝疑云，是什么样的人值得太后娘娘亲自出宫寻找。

两人穿过熙熙攘攘的人群，突然听见路的一端，一条丝毫不引人注目的小巷里传出了悲戚的哭泣声，痛彻心扉的哭声在一派安详的人群中显得格外突出。云立雅突然勾起了一抹笑容，“我想，我找到了，莫枫，去看看那里发生了什么事。”

“是。”莫枫下马穿过狭窄的小巷，向深处走去。云立雅坐在马上，暗自低语：“哥哥，但愿你没有算错，但愿这个人真的可以帮亓云渡过难关。”

不多时，莫枫便回来了，“夫人，是一群歹人抓了一群女子意图卖去做女奴或是卖到青楼去。”

云立雅不禁有些疑惑，是在这里吗？“救下那些女子，记得，不要露出身份，多给些钱财买下她们。”

莫枫的办事效率出奇地快，一会儿，一群听到喜讯的女子纷纷拜谢她们的救命恩人，她们就像是一群濒死的鱼儿突然得到了雨露的滋润，个个欣喜若狂。

“给她们一点钱，各自去好好生活吧。”云立雅的声音透露着一种久居上位之人的威严，那些女子没听出来，危影自是听出的。

女子们纷纷散去，云立雅这才注意到远远立在后方的两个黑衣女子，她们的脸上没有欣喜，没有悲伤，冷漠得让人看不透。云立雅心念一动，顿时觉得这两个人不简单，很可能就是哥哥所说之人。她欲意试探，就吩咐莫枫给两人钱财。谁知两人不收，只是静静地站在她面前，对她说：“夫人，我们两个没有家，没有亲人，夫人是我们的救命恩人，我们自当为夫人出力分忧，追随夫人，而且我想，您也会需要我们的帮助的。”

浓浓的震惊与喜悦黏稠地充斥了云立雅的心，果然就是她们，面对苦、喜，从容不迫，不为钱财所动，甚至寥寥几眼便看穿了她的内心想法，这样的人太出众，也太可怕。若是能为她所用，绝对是亓云将来的中流砥柱。莫枫在一旁看着两个女子，第一次对一个女子产生了敬佩，她是那么的不同，不同于他所见过的任何女子，那样的淡然，又是那样的高傲。

“你们,没有家？”云立雅的声音打碎了他的深思。迫使他将视线投在了女子身上。

“我们的家，在一个很远很远的地方，我们不知道是怎么来的，也不知道该怎么回去，也许我们一生也回不去了。”谈起曾经，危影清丽的双眼里多了一份迷离。

“可是距离很远，时间也很远？”云立雅听到这里，似乎想起了什么，口气也变得小心翼翼。

“是的。”女子似是在惊异，眼前这个看似身份不凡的女子怎么会知道这些。

“那么，那个地方，可是叫21世纪？”

5 前路漫漫难抉择

云立雅将两人带回了亓云皇宫，却并未问她们姓名，只是想她们是21世纪的人那必定可以帮她很多，但她希望她们可以冷静客观地作一个决定。云立雅把她们安排在了一个独立的院落里，甚是清静。危影穿着一袭淡黄色的衣衫，一头青丝用绸带束起，旁边的临湮一身青色的高腰裙，两人看起来就像是古代的普通女子，映衬在亓云皇宫的美景之中，颇似图画。她们所在的是一个清幽的小院，院子里种着兰草，竹林里有一条小石铺成的曲径，不奢华，却也不失精致。只是两人都无暇欣赏美景，心里的事情始终是放不下。自从那日知晓她们来自21世纪，云立雅便不曾来找过她们，只是让她们住在这里，有专人服侍。无论如何，今天，是时候去找她了。

危影、临湮才欲出门，便看到莫枫一身黑衣银甲走了进来，说是太后娘娘要见她们。这两日，危影和临湮也了解了不少情况，她们所在的是亓云国，云立雅就是当今太后，皇帝今年不过十一岁，由太后摄政。其余还有三个国家，亓云在南，夜辽在东，西北为燕凉，西南腹地为阴古。危影是心思灵透之人，自然也猜到云立雅是希望她们相助亓云，乱世之中，都希望得这天下。

三人在皇宫中穿梭，停在了一处看似幽静的院落前。危影与临湮面面相觑，不知云立雅在这个地方见她们的目的何在。莫枫看出了两人的踌躇：

“你们进去吧，太后娘娘就在里面。”

两人抬脚走进了院落，只看见云立雅一身白衣坐在软椅上，身边有一个看似十一二岁的男孩和一个看起来和危影差不多年纪的少女，再远处站着一个十六七岁的清俊少年。那男孩想必就是当今皇帝了，少女一脸童真可爱，就是亓云国唯一的公主亓舞灵，那少年便是早早订下的驸马言青朔。只是危影没有想到，他们是亓云国权力的巅峰，却在这里好似寻常人家一般共享天伦之乐。

“你们来了啊，”云立雅没有回头，高贵的声音便已响起，“这是我的孩子，无忧和舞灵，还有那个是驸马青朔，青朔的父母是阴古的大将军，却被阴古皇帝所迫害，满门抄斩，我独独救下了他，隐瞒他的身份，让他做我们亓云的驸马，舞灵，也是喜欢他的。”说到这里，那清俊少年的脸上飞快地划过一抹痛色。

危影没想到她会和自己说这些：“娘娘，不知您为何和我说这机密。”

“你我都是聪明人，不如把话挑明了说，我想要你效忠亓云，自然有些东西是必须告诉你的。”云立雅不等危影回答，犹自说道，“你可知道我为何明白二十一世纪，云家有位先祖就是从你的那个世界而来，在他留下的书中记载了二十一世纪的很多东西，所以我明白，来自那里的你们，是可以帮助我很多的。”

危影未曾料到，在这里除了自己和临湮还有来自二十一世纪的人。

“我的哥哥，现在的云家家主云立鹤，有知晓天意的能力，他观天象，说是天下即将大乱，我没有争天下的心，也没有这个资本，始帝留下的遗诏也让我们不必争天下而是帮扶明君。所以我想做的，只是保我夫君的家园。保我子民无恙啊！”

“娘娘身居高位，却不心向权势，实在难得，只是不知娘娘到底想要我帮您什么？”危影没想到云立雅竟志不在天下。

“我不想做天下霸主，但有些事情还是要做的，要与人结盟，自是需要筹码的，我国除了国库充裕之外，其他方面实在比不上其他国家啊。我和我的夫君一共只有两个孩子，我夫不设六宫，独立我为妻，所以亓云皇室一共只有两个孩子。”云立雅谈起先帝亓连天，脸上便浮现出幸福的神色。

“没想到，人家都说最是无情帝王家，娘娘与先帝还真是有情呢。”临湮一贯没有起伏的声音也多了几分感性。危影自是脑海中思绪万千，古时一夫多妻，却还有这一生一世一双人，可自己的那位父亲却那样对待自己痴情的母亲，世事真是难料。

“可就是有情也造就了无忧、舞灵纯良的品性，后宫没有钩心斗角，他们都是在一个干净的环境里长大的，自是不知道阴谋，所以也难当大任。一个真正的王者，一定是接受过无尽的苦难，伤过身伤过心才可以练就一颗冰冷的心，一双铁血的腕。我也不想无忧去做那真正的王者，那样子就算成为九五至尊又如何，心太苦，太累了。所以我需要一个经受过苦难，又有惊世绝才的人来帮助亓云，我哥哥算命，算到了你们就是那个人。你们说我自私也好什么也好，但世事就是这样的。我也不会逼你们，你们若是向往那自由安宁的田园生活，我也可以为你们寻一处清净，若你们想要奢华的生活，我也可以给你们一笔钱，以你们在二十一世纪学到的东西，富甲一方不是问题，但你们若是选择留下，你们要担负的，就会是整个亓云国的命运。你们的一生将会有许多重要的决定，有些选择是必须要做的，这个选择将会改变的，也许是你们的一生。你们绝不要因为我救过你们而勉强留下，我云立雅要用的人，是可以为了信仰付出生命的，是要对亓云誓死效忠的。”

危影静静地看着云立雅，陷入了沉思，安宁的生活是她们一向想要的，但真到了要选择的时候，才发现，一切原来是那么的难。梦想曾经遥不可及，但真正触手可及了又必须再有所顾忌，其实一切的一切，早已注定，这是一个她跳不出去的局。

“太后娘娘，可否让我们思考一个晚上再给你答复。”危影只能开口，算是给自己一个挣扎的时间。

“可以。”云立雅的心中对危影更加欣赏，这个女子不因为突如其来的好处而狂喜，也不因为远大的使命而狂热，心思缜密，的确是个人才。

是离开还是留下，梦想与现实，危影又将怎么抉择……

6 心念已决再不凡

夜晚的皇宫是别样的静寂，临湮和危影静默地走在漆黑的道路上，稀疏的灯光将两人的影子拉得老长，模糊地闪烁。两人静静地走进了她们的住所，清静的小院里，薄纱之间，灯光忽隐忽现。两个娇美的身影对坐着：

“危影，你怎么看？”临湮终是打破了这沉默。

“我不知道，说实话，平静的生活确实是我想要的，但娘娘于我们有恩，这个我不得不考虑。”

“留下或是离开，说实话这对我而言并无两样，反正怎么都是活。”

“就算如今离开又能怎样，乱世之中怎有平民安身之地，也许我们来就是为了完成什么吧。”

“既然选择了，就不要再多想了，留下吧，乱世之中，凭我们的才华能力害怕活不下去吗？好了，睡觉吧。”临湮兀自吹熄了灯，两人各怀心思，这一夜，注定彻夜难眠。

危影闭上了眼睛，却觉得自己身心像是变成了一个旋涡，正将她吸入那难以看穿的黑暗。她努力挣扎，却难以脱身，没有来由的黑暗包围了她，似是有一个苍老神秘的声音从天边传来，空虚的没有实质。声音越来越近，不断在她耳边呢喃：

“留下来吧，你不属于平凡，那天下至高处才是你的舞台，才是你的战场，才是你的归宿。”

“留下来吧，留下来，这是你的命运，是你的命运。”

这声音像是刺骨的魔音，直入危影的脑海，没法抗拒，一遍一遍地重复，挥之不去。

危影猛然从梦中惊醒，全身已被冷汗浸湿，她的声响吵醒了临湮，临湮看着危影起身，点亮了蜡烛，给自己倒一杯水，坐在凳子上看着窗外。她也走了过去，给自己倒了一杯水，等着危影开始述说。

“临湮，我，做了一个梦，梦里有个声音不停地说着我不属于平凡，说要我留下，你说，我们这个选择会不会别有阴谋，我们，会不会选错了。”

烛影之中传来一声女子的轻笑，“危影啊，你总是想太多，未来的事情没有人可以知道，我们既然选择了，就别想那么多了。如果一切都是命运，我们应该接受……不过，我觉得你需要改个名字。”

危影轻轻点头，她也知道，这是在古代，她的“危”用在女子身上实在有些惹眼。“还叫微影吧，就改作微小的微。”

“那我也一起改吧，在此我再没有亲人，他们也不在那一个天堂，我们无父无母，自然也无姓了，就叫湮夏吧。危影和临湮已经死了，死在自己人手里，死在那个大雨倾盆的夜晚，死在那个接头的山崖之下。”

“现在在此存活的，是微影和湮夏，是新生。”微影接过了湮夏的话，两人相视之间，有些东西正在改变。谁也不知，她们今天的决定已改变了许多，改变的不只是她们的命运，还是许多人的命运，是这个王朝和这个世界的未来。

第二日，云立雅的寝宫之外，两道纤细的身影笔直地立在蓝天之下。小太监俯身请两人进去，云立雅正在用早膳，也不抬头，只是问两人：“你们想好了吗？”

“想好了。”声音整齐划一。

“留下或是离开？”

“留下。”

云立雅抬起头，眼里有着明显的欣喜：“不想去过那平凡的生活了吗？”

“乱世之中没有真正的安宁，的确，我是向往平凡的生活，但微影这个名字，不属于平凡。”微影的声音透着一种与生俱来的傲气，霎时间，四周似乎极为安静，所有人都为这宣告而侧目。

云立雅再不掩饰赞叹的目光：“好，你们选择留下，那就可以告诉我你们的名字了，微影还有……”

“我叫湮夏。”湮夏似乎已经适应这个新的名字，也许是早已下了决心要告别过去了。

“你们留下，从此以后就是亓云的人了，你们是暗卫，是每个国家都有的秘密势力，过一会儿我会叫人把四国的介绍都拿给你们的，要存活就要知己知彼。还有，我觉得，你们以后出去执行任务，还是戴上面具吧。你们这两张脸，太惹眼了。”

云立雅轻一呼唤，莫枫便手端着一个托盘，盘上是一银一黑两个面具。面具做得很精致，遮去了大半张脸却不显得突兀，反倒是增添了几分神秘危险的气质。微影拿起银色的面具，好似想起了什么：

“娘娘像是早知道我们会留下来，早早准备了这面具？”

云立雅低头一笑：“是啊，在我看到你们第一眼时我就知道你们会留下来，哥哥的预言是一个原因，更大的原因是我相信自己的直觉。没有别的，只是那一眼我就知道你们能帮我很多，可能就像你自己说的，你不属于平凡，也许你也不属于亓云，你属于更广阔的天空。”

云立雅说的和那个怪异的梦何其相似，也许这一切都是命运。命运，是这个世界上最震撼也最残酷的东西。

7　此剑此人情愫生

云立雅起身走向内室，挥手屏退了宫女，在床头一个看似像凤头的立柱上一转，轰轰的机关声霎时传来，墙随即向两边分开，华丽的凤床向墙内收起，一个密室的入口便显露了出来。四个人一行沿着层层阶梯而下，不知走了多久，一个阔大的训练场便出现在他们面前。地下别有洞天，训练场中央有一个圆形大台，台边陈列着各种各样不同的武器，有些甚至连微影这个自喻能把任何东西当作武器的21世纪高端特工都没有见过。圆台四周肃立着成百上千个黑甲兵士，见到云立雅进入，齐齐跪下，整齐划一的声音在空旷的大殿里久久回响，庄严而肃穆：

“参见主子。”

云立雅示意他们起身，回首对微影他们说：“他们是暗卫，明面上的身份是亓云皇宫禁军，而暗地里，他们是亓云的秘密势力，这里一共有两千人，是上万兵士中的佼佼者，莫枫便是他们的统领。在这里，如你所见，没有太后，他们奉我为主，为的不是皇权的威慑，留下，只因为这里所有人有共同的信仰。”

云立雅带着三人走上了中央高台，下面立刻一片静寂。云立雅高声宣布：“我想你们也看到了，今天我不是一个人来的。除了莫枫，还有两个人，从今以后，你们要听从她们的调遣，就像追随我和莫枫一样，誓死追随。”

云立雅的话音一落，下面立刻像沸了水一样闹腾，几乎所有的兵士都在交头接耳地谈论着什么，云立雅显然有些不满：

“你们有什么意见就说出来，何必在下面叫闹。”

一个看似强壮有力，一脸忠厚的人站了出来：

“弟兄们不是有意冒犯主子，只是觉得不服。我们效忠您，是因为您是王者，您值得我们信任；听命统领，是因为他年纪轻轻就大有作为，他的才智武艺在我们任何一个人之上。只是现在，您叫我们效忠这两个丫头，叫我们怎么心服口服？”

云立雅刚想回话解释，只见微影已抢先一步：

“娘娘的好意我们心领了，只是若没有真本事恐怕也难以服众，我们虽是女子也不想终日躲在别人的羽翼下存活。这位大哥，你说我们是丫头，你不会服我。但若是我一定要你们从此以后听从我，不知你又有什么条件？”

那兵士显然没有想到一个小小女子竟然有那么大的口气，还像是不把他放在眼里一般叫他随意开出条件。

“我们都是军人，自然尊强者为王，你们若是能胜过我们，自然随你调遣。”

还没等云立雅出言阻止，微影便已答应了他的要求，云立雅不禁替她们担心起来：

“你们会武艺吗？”

“我们可是特工，怎能不会打架。这位大哥，内功我不会，但杀人我还是会的，不如我们比画两下。”湮夏一笑，赤手空拳便上了比武擂台。

“湮夏是特工局里数一数二的高手，尤其擅长近身搏击，嗯，就是你们说的肉搏。21世纪综合了几千年文化、高科技研究过的战术招数，对付他们还是不成问题的。”微影像是知道云立雅的疑惑，出言帮她解答。

“她擅长这个，那么你呢？”云立雅看着眼前那绝美的脸庞，不禁问道。

“我？我可以用任何东西当作我的武器。其实我比较擅长谋划啦，按我们的话说是情报战，心理战。就是依靠各方情报的传递，假情报的散发，等等。不过，我最厉害的还不是这个……”微影似是不想再说下去，云立雅便也住了口不再细问，两人看着擂台之上相对站立的两个身影。

“这位大哥，不知你想要什么规则啊？”湮夏依旧笑眯眯的。

“掉下擂台就算是输。”

此话一出，下面便一片沸腾，一个是壮硕的男子，另一边是一个看似弱不禁风的小女子，他们势必都以为那男子有着必胜的把握。此时此刻的微影却好似一点儿也不担心，只是站在那里淡淡地看着这个不自量力的男人。莫枫看着女子的脸上没有一丝担忧，终于出声问道：

“飏的武艺不弱，力量很大，你就不担心吗？”

“担心，不过你放心，湮夏会手下留情的。”微影并非不知道莫枫的意思，只是懒得解释，反正结果出来了他们都会明白的。其实早在她们刚进这里开始，出于一个特工的本能，微影早已审视过了一遍，这里的两千人也许在古代是精英，但对上现代技术，绝对构不成威胁。唯一有些棘手的便是站在她身边的这个看似云淡风轻沉默寡言的男子——禁军统领莫枫。

话语之间台上两人已经交上了手，飏出手力量很大，看似架势十足但在行家看来只是运用蛮力，没有巧处可言，只见湮夏看似随意散漫却一次又一次躲过了他的攻击，看似惊险其实一切尽在把握之中。飏看到那个刚被他说是丫头片子的人一次又一次躲过了自己引以为傲的攻击，不禁有些气恼。湮夏轻笑一声：

“就这点本事吗？那么下面，轮到我了。”

湮夏反手一挥，躲过了飏的铁拳，直击他的另一只手，电光火石之间已握住了他的关节软骨，一个扭转，飏看到那女子出手速度极快竟然就那样抓住了自己，一个慌神。湮夏顿时一脚直踢他的脚踝。她早已看出飏不过是气势吓人，其实下盘不稳，就算叫她同时对抗五六个也不是问题。飏被湮夏摔在了擂台之上，下面的兵士均是目瞪口呆，连云立雅也难免吃惊。飏迅速爬了起来继续向湮夏挑战，军人的特质告诉他，不能输。场内一片静寂，只见台上女子看似随意却一次又一次将男子摔在擂台之上，心中油然而生的，是敬佩。军队，一向都是尊强者为王。

终于当飏不知第几次倒下后，莫枫飞上了擂台：“飏，够了。”他转身面向湮夏，“姑娘确实好本事，谢谢姑娘留有一手，只是我的兄弟实在不能再与姑娘比试了，不如就由我代劳吧。”

莫枫不是傻子，自然看出了两人实力的差距，湮夏用的是巧力，他顿时明白了微影说的湮夏会手下留情是什么意思。

湮夏看着年轻沉静的禁军统领，心里似是多了什么不知名的东西。

微影已不知何时走上了擂台：“我朋友也比过一场了，不如这次就我来吧。”

莫枫顿时一惊，能在他都没有察觉的时候走近身边，这个女子怕也不是无名之辈，但那一张绝美的脸庞，那浑身散发的高贵凛冽的气质，还是让他的心跳漏了几拍。女子清丽的声音打破了他的遐想：“不知你要用什么武器呢？随你挑。”

莫枫回过神来，谨慎地看了微影一眼，回身走向武器台，拿了一把长剑，微影也随即挑了一把软剑。两人走回台中央，莫枫此时此刻也不敢轻敌，只见微影也没有动作，他一个起势，执剑向微影冲去。微影一看他的架势，顿时看出他师出名门，又有内力，持久战自己肯定讨不了好处，便也不躲不闪。莫枫看她静静的也没有躲闪的意图，心念一乱，眼看剑即将刺入，女子的身影顿时以一个看似荒诞不可能完成的角度闪开，下一秒钟，微影已如同鬼魅一般出现在了莫枫的身后，冰冷的剑已架在他脖子之上。

台下众人，只看见那女子以诡异的绝顶的速度，不仅闪过了他们统领的攻击，还反将一军。台上的莫枫自然也知道微影的实力，更添了一份敬佩：“姑娘确实好身手，莫枫，愿听从调遣。”

此言一出，台下众人纷纷出声：“愿听从调遣。”

微影知道自己刚才也是赌了一把，只有在最短的时间里创造最惊人的效果，才可以真正地服众。“我叫微影，那是我的朋友，湮夏。你们也看到了，人外有人天外有天，你们或许是军队里的精英，但在我看来，还远远不够。作为一个军人，你们要谦卑，讲道义，遵命令。但作为一个暗人，你们何须管一招一式，招数，架势，那属于剑客，而不是一个将在刀光剑影里生存的人所要追求的。既然你们愿意服从我，那么我要的是一群狂傲的无敌的战士，而你们需要给自己一个狂傲的资本。”

一席话说得下面的人热血沸腾，纷纷响应：“影姑娘，夏姑娘，我们服了。”

云立雅看到这里也更加赞叹，她的确处理得很好，强者为王是军队里不变的法则，而她后面的一番话更是让她赞叹。看似不符道义，不循常规，却是一针见血，一语中的，这些东西的确是这支队伍所需要的。青出于蓝而胜于蓝，这个天下也许现在是属于她们这一辈的，但是迟早有一天，将会是属于这些年轻人的。

8　人生若只如初见

一个紫裙女子迈着轻巧的步伐行走在长廊之间，紫色的薄纱裙随着脚步的轻移而略略飘起，一条淡黄色的丝带高高束起衣裙，纱裙层层，裙摆上绣着淡淡的暗色花纹。女子走进宫殿，云立雅正在看各方奏折，微影静静地走近，脸上已经戴上了那精致的银色面具。云立雅轻轻抬头：

“你找我有什么事吗？”

“娘娘，我有一件事想求您。”

云立雅听了便让一旁的侍女退出，大宫女紫儿替她们关上了门。

“让你开口求人，不简单啊，说吧，什么事？”

“我想让娘娘帮我找一样东西，那个东西是我来这里的时候带在身上的，我与湮夏一共有两把，那个东西是黑色的金属质的，能不能请娘娘帮我找到在哪里？”微影自是不敢怠慢，她们掉下悬崖的时候身上应该有两把枪，可惜她们昏迷的时间太长，已不知道到底是谁拿走了，这个东西对于这个时空来说实在是太过危险，不管怎么样都不能再让它们流落在外。

“那个东西，对你们很重要吗？”

“对我们来说是早可抛弃，但那是21世纪的武器，那个东西对于这个时代来说太过危险，如果流落在外被人利用，会改变很多东西的，实话说，一般的铁甲兵士对于那东西来说就是砧板上的鱼肉，实在没有反击之力。这个是我们带来的，就应该由我们找回来。这个是湮夏画的一个图纸，还请娘娘务必帮我们找到它。”

云立雅接过图纸，只看见纸上画着两个匣子大小、有个长柄的东西，一个黑洞洞的圆孔让人心寒。“我知道了，我会让人去帮你找的。”

“谢谢娘娘。”

云立雅看了一眼眼前的女子，看不清容颜可身上那种特殊的气质难以掩盖，尽管她们萍水相逢，她来历不明，身份不明，可她却还是愿意相信这个女子。也许她们身上有一种本性的契合，早已超脱了世俗所看的利益关系。

“不用谢我，从我看到你的第一天开始我就把你当作自己人了。”

微影没有答话，心里却涌上潮水一般的感激，在现代她从未体验过的真心与信任却在一个陌生的世界发生了，何其可笑。“我，微影，愿誓死追随娘娘，我效忠于我的信仰，现在，您就是我的信仰。”她并非无情无义之人，别人对她好，她就一定会千倍百倍偿还，这是她的准则。

门外响起了敲门声，紫儿的声音清脆好听：“娘娘，莫枫统领求见。”

“让他进来。”

莫枫踏进大殿，看到微影也在，不由得一愣，看着微影，不知道该不该开口说话，云立雅轻轻点头示意他可以汇报。

“娘娘，夜辽五皇子和二公主已经到了亓云境内，现在在都城，说是有要事要和您商量，希望可以立刻见您。”

“什么，他们亲自来了。”纵是云立雅一向沉静，碰到这事也一惊，他国公主皇子竟一路隐姓埋名潜入他国来商量事情，不怕被当作奸细抓住处决？还真是头一遭。

“他们还说……”莫枫不禁面露难色，“他们说您知道大局为重，所以，一定会去见他们的，所以他们不怕被当作奸细。”

“哦？那看来我不去见他们就变成不识大体了，微影，去叫湮夏，我们一起去会会这两位。”云立雅不禁对他们有了兴趣。

一辆装饰不俗的马车在大街上疾驰，赶车的年轻男子一身黑衣，面貌俊朗，惹得街上的少女一阵阵眼光，更有人揣测着他是什么身份的人，连一个赶车的都可以这么帅。车里是一个米色衣衫的中年贵妇，身边坐着两个穿着相同紫裙的妙龄女子，只是一个戴着银色面具，一个戴着黑色面具。车内的人显然也感觉到了周围的目光和那窃窃私语。湮夏一脸不满："夫人，您看看，下次出来就应该叫莫枫也戴面具，不然啊，满街的少女尽盯着我们了。"

车外的莫枫不禁脸色一黑，也没办法辩解。

云立雅只是笑笑，问她们这几日是否已了解了几国的概况。这可是当然，微影她们早已对这种情报烂熟于心，作为一个情报特工的本能让她们有超乎常人的敏感和记忆力。夜辽国在亓云东北，二公主夜卿玥和五皇子夜祈逍是已故的雪妃所生。据说那雪妃相貌出众，宠冠后宫，却无奈遭人眼馋，终是没逃过后宫争斗，如花玉颜香消玉殒。留下一双儿女在深不可测的后宫中如履薄冰。夜卿玥比夜祈逍大6岁，长姊如母，她带着幼弟在后宫之中生存，也算是女子中的翘楚了。

不多时，马车便停在了皇都一家幽静的茶楼前。莫枫抢先一步跳下马车，两名紫裙女子分别从两边下了马车，恭敬地站立两旁，等云立雅下车。一行人走进茶楼，微影环视了一周，径直带着云立雅走向角落里一对看似穿着平凡不起眼的男女。她轻轻停在他们面前，低声说："二公主，五皇子。"

夜卿玥和夜祈逍显然有些惊讶，他们都化了装，穿着普通人家的衣服，可眼前这个戴着面具的女子却仅在看了一眼之后就认出了他们。

云立雅坐在了他们对面，刚想开口，微影好似察觉了什么，俯身对云立雅轻语几句，云立雅回头对两人说：

"来者是客，两位远道而来，不妨去雅座谈谈。"

微影向湮夏使了一个眼色，湮夏便悄然消失，莫枫关好雅座的门便守在了门口，雅座之内，云立雅悠悠开口："两位一路潜入亓云，不知何事？"

夜卿玥抬手揭下人皮面具，原本的容貌虽算不上绝色，倒也清秀。

"我们来此，当然是有要事，大家都是明白人，我就不妨开门见山了，如今是乱世，各争风云，但真正的赢家绝对不会是独权者，所以，我想与娘娘结盟。亓云地小兵弱，说实话争夺天下，没有多大希望，况且，娘娘应该也没有这个雄心。若是您可以帮我们姐弟，我夜卿玥，可以以夜氏皇族的名义起誓，有朝一日若祈逍登上王位，会善待亓云子民，亓云皇族可以依然享受尊贵的待遇。若不是为了这个，我们也不会一路伪装，躲避追踪，来到这里。"

她话音刚落，静谧的气氛中响起了一声轻笑，微影看了一眼两人，她不得不承认，作为一个公主，夜卿玥能有这样的胆识，分析，不可多得，但她毕竟处在深宫，很多事情，还是没有经历过的。

"公主，有些事情，恕我直言。你们的化装，在常人看来，可能没有破绽，但在行家眼里，不堪一击。我来的时候从未见过你，照样可以认出你们，更别提终日监视你们的细作、暗人了。真正的伪装，不在身上，在心里，你们身穿平民的衣衫，却举手投足流露出一种贵族的气质，说实话，绝对不是成功的伪装。”

夜祈逍看着眼前那个面具之下的女子，她不同于他所见过的任何一个人，即使隐藏在面具之下，那双露出的眼睛闪烁着智慧与冷静的光芒，在一瞬间夺走你所有的注意。

就在这时，湮夏走了进来，衣裙飘飞：“一共十个，夜辽的暗人监视。”

微影勾起嘴角：“听到了吧，在这个茶馆里，就有十个跟踪、监视你们的人。”

夜卿玥的脸色一下子白了，嘴里念叨着：“不可能，这不可能的。”

微影轻轻拿起一个青瓷茶杯在手中把玩，突然一个挥手，茶杯就被直直地抛了出去，窗外传来一声闷哼，随后就是有人落地的声音，夜卿玥睁大了眼睛，再也说不出一句话来。夜祈逍看到姐姐的震惊，皱了皱眉头道：“不知道娘娘您作何考虑？”

云立雅早有打算，看了两人一眼，道：“三年，给彼此三年，这三年里给自己一个资本，三年以后，是我们真正合作开始的时候。另外，你们该想想怎么对付这些监视者了。”

“杀了，永绝后患。”

微影眯起眼睛，这个五皇子倒是成大事之人，沉静，冷酷。其实夜祈逍不过十七岁，却有着冷毅的脸庞。与莫枫不同，他浑身上下透着一股寒意，微影很清楚，这种寒意是在阴谋与利用中，在明枪暗箭中存活的人所特有的。

冷，莫大于情冷。

哀，莫大于心死。

9 不平夜血色染月

[亓云皇都墨城]

入夜，深巷中几声人语打破了城中的静寂，夜辽国设在墨城的细作接头点后的巷中传来几声底声人语。

“她们真的能行吗？”夜卿玥不禁面露疑色地看着那两个神秘的少女。她们脸上戴着面具，蒙着黑巾，一身夜行服包裹着纤瘦的身躯，增添了几分冰冷而危险的气质。

“那不如，公主你就和我一起来看看吧。”云立雅面上笑笑，心中也不由得一动，她并非第一天知道夜辽有设在亓云的细作，今日一见也不得不感叹规模之大，从前她息事宁人，是为了国家的安定，但如今，天下四分，战乱将起，她再也不要成为别人砧板上的鱼肉。她回头看了看身后的夜祈逍，这个年仅17岁的夜辽五皇子身上却有一种冰冷的气质，一种超脱他年龄的冷冽与成熟。

在茶楼的时候，当这位五皇子听到一直有人在监视他们的时候，只是淡淡地说道“杀了”，面对自己的国人而毫不留情。虽然事后他解释那些人应该是夜辽太子夜祈桓的人，而非他父皇夜吾承的手下，既然他们选择了追随夜祈桓，就要因为选择的错误而付出代价。虽然有些冷酷无情，但云立雅也不得不承认，这是一个成功的王者所必备的，这样一颗冰冷而坚硬的心，定是在千锤百炼的伤痛中造就的。

转眼之间，三道黑色的人影已飞身而出，一闪向楼奔去。莫枫从腰间抽出长剑，剑身反射出清冷的光，在黑暗中尤为闪耀。微影手一挥，手里边多了把短刃，宫廷御制的兵器，论锋利坚固竟也不输于她的现代装备。出于一个特工的本能，她和湮夏让莫枫去铸造了多把短刃、匕首绑在身上，以备不时之需。近了楼前，微影凝神倾听，随即勾起一抹冷笑，手往腰间一摸，甩出三把飞刀。精致小巧的飞刀划过一道银色的弧线，破风直入，精准地抹过暗哨的咽喉。一抹血色飞扬，没有挣扎，没有痛苦，直中要害，转瞬之间夺人性命。

莫枫的心中不禁生出了几分寒意，这个女子太可怕，却也让他的心起了涟漪。小小年纪有这种手段，不知经受了多少磨难，在那一刻，莫枫许下了一个诺言，无论如何，从今往后，他都会保护这个女子。

湮夏向微影比了个手势便飞身进了楼中，莫枫跟在她后面，微影轻轻叹了一口气，闪身而入。暗处的夜祈逍静静地看着，心中多了许多疑问，云立雅身边怎么突然会多了两个如此身手的人物。像她们这样的人，为友，便是绝佳的助手；若为敌，便或许是他这一生最大的对手。黑暗的气息蔓延在墨城之中，杀戮的大幕正在徐徐拉开，不，这是一段传奇的开始。

湮夏长鞭一挥，刮起一片风声，黑色的皮鞭便绕在了暗人颈上，暗人还没挣扎，便已走向了死亡。莫枫手起剑落，见血封喉，他们都是杀手，但他们都不习惯于刻意地折辱对手。微影手中拔刀，要向一人刺去，却终究心一软，打在那人后颈上让人昏了过去。湮夏不知何时已经出现在了她的后面，幽幽开口：

“还是给他一个痛快吧，被活活烧死的感觉，更痛苦。”随意便在那人心口刺了一刀，送他上了西天。

“你还是这样，心太软。”

微影想起自己受训的时候也是这样，当时的教官总是说这句话：“你还是这样，心太软。”教官的话一遍遍在她脑海中回响，“对敌人仁慈就是对自己残忍”，她略有些恍惚，反问湮夏：“那你呢？”

“我？”湮夏嘴角浮现出一抹若有若无的邪邪的笑容，“我生性凉薄啊。”

微影没好气地瞪了她一眼：“你还生性凉薄？那那个第一次执行任务回来不停地洗手，还烧香拜佛的人是谁啊？难道我记错了吗？”

湮夏干笑了几声，见到莫枫走来，像是看到了救星一般，粲然一笑，对他喊道：“解决完了啊，那我们杀人，你放火吧。”

莫枫也没说什么，只是看了一眼她们，便无奈地被指派去当这个放火犯了。

熊熊大火吞噬着这个木制的楼阁，木条燃烧发出噗噗的爆裂声，过了今日，夜辽太子的暗卫楼便不复存在了。火光照耀在微影的脸上，半边脸被照亮，露出银色的面具和面具下那粲然的眼眸。火焰映在她漆黑的瞳孔里，像是九重地狱下的鬼火。湮夏走过来，拉起她就走，黑色面具上暗暗的金线花纹在光的照耀下若隐若现。三人从早已化为一片火海的小楼中走出，背后是炽烈燃烧的火，风拂过她们的衣裙，犹如地狱的死神。火光染红了半边天空，一轮玄月也笼罩上了挥之不去的血色，见证了这场秘而不宣的杀戮。

夜祈逍对云立雅道：“既然如此，那么太后娘娘，我们就告辞了，再待下去就是徒惹是非了。希望娘娘不要忘了三年之期才好，三年之后再相见，我们或许就是同一艘船上的人了。”说完便与夜卿玥登上了早已准备好的马车，直奔北门而去，渐行渐远了。

云立雅与三人也踏上了回皇宫的路，夜深人静，却听到了女子的哭喊声和男人的叫骂。云立雅让微影和湮夏去看看发生了什么事。两人顺着声音拐进了一条小巷，只见巷子尽头一伙男子围成一圈，看着圈内肆意地笑着，其中一个人还抓着一个十一二岁的小女孩，女孩哭喊着想冲进圈内却一次次地被摔在地上。两人飞快地向前跑去，近了便看到中央似乎躺着个女子，露出衣裙的一角，女子哭喊着，另一个彪形大汉抓着她的头发撕扯着她的衣衫。一声衣料的撕扯声传来，女子雪白的大腿便露在了外面。女孩更加哭喊着要冲进去，嘴里叫着：“姐姐，姐姐。”

微影和湮夏也变了脸色，湮夏恨道：“这样的人渣还留着干什么。”话音刚落两把匕首便飞了出去，扎在围观的两人后心上。微影也摸出飞刀，簌簌地，一圈人陆续倒下。彪形大汉骂骂咧咧地想去扯那女子的衣服，丝毫没有察觉到危险的临近，湮夏挥出长鞭，绕在那男人的脖子上，往后一拉便将他甩了个四脚朝天。湮夏一脚踩在那人的身上，使劲拉紧了皮鞭，看着男人的脸由白到红，又由红到紫，最终便没了声响。

两人这才回头，看那女子竟是当初在人贩子那里见到的流黛，那个女孩便是她妹妹流珠。流黛的头发散乱着，脸上还有着鲜明的掌印，她的衣服凌乱不堪，领口被撕裂，露出了一半肩膀，裙子也被撕扯得不堪入目。流珠在一旁低声啜泣着，流黛这才回过神来，轻轻拍着妹妹让她别哭。微影和湮夏互相看看对方，两人都穿着夜行衣，也没有多余的衣衫可以给流黛遮挡，只能轻轻拉起流黛，带她们去马车上再作打算。

流黛砰地跪下，口里不住地说着："谢谢恩人，谢谢恩人。"微影只能把她拉起，扶着她向马车走去。湮夏飞身跑回马车，对莫枫喊道："闭上眼睛。"说着便一把捂住了莫枫的双眼。直至微影带着流黛流珠两姐妹上了马车，才放开莫枫，让他继续驾车。

车厢里，微影找出了一件备在马车里的外袍，给流黛披上，慢慢地问她到底发生了什么。从流黛的叙述中得知原来那日离去之后，她们路上便被抢劫，身无分文的她们被卖到了青楼，流黛执意不从，他们就打骂她和妹妹，直至今日，又要被……恰巧她们赶到才救了流黛。微影叹了口气，感叹无论是古代还是现代，总是有很多苦命人啊。微影抬手摘下了面具，对二人道：

"流黛姐姐，是我。"

流黛看着眼前这张让人过目不忘的脸，微微有些吃惊，随即便又跪了下去：

"姑娘，姑娘你两次救了我们，流黛没法报这恩情啊。我和妹妹都是贫贱人，若不是姑娘相助，早就被卖身为娼了。流黛愿跟随姑娘，服侍姑娘，求姑娘收留啊。"

微影为难地看着云立雅，似是在征求她的同意。那流黛也是聪明人，看着架势便也知道了云立雅才是真正的主子，又转而向云立雅磕头道：

"夫人，您两次救了我们姐妹，我们姐妹一定永远忠心追随，求夫人收留我们，愿做侍女、丫鬟来报答啊。"

云立雅心一软便点头同意了，这两个女子看起来善良纯朴倒没什么恶意，而且这姐姐流黛也算聪颖，便让她们两个人跟着微影和湮夏，条件就是她们不能向任何人泄露关于微影和湮夏的任何事。

流黛秀丽的脸上满是欣喜，磕头道谢发誓效忠，微影不得不费了好大力气才把她拉住。

一行人回到了皇宫，云立雅便让流黛跟了微影回去，流珠跟了湮夏。两人执意不肯离去，说若拿了钱财便又是欠了恩情，况且还不知道会不会又被歹人算计，倒宁愿跟着恩人做一个侍女。

云立雅独自一人走在皇宫的小道上，看着依旧清明，遍布星子的天空，微微呢喃道：

"这世界，就快变天了吧……"

10 花前月下少年郎

［亓云国皇宫］

流黛轻踏着碎步向书房走去。稀疏的日光透过青色的细纱，落在桌上，微影正俯着身子，面对桌上大摊大摊的云立雅给她的情报。她一边揉揉酸痛的眼睛，一边在心里骂着湮夏那个小蹄子，看到这半人多高的资料之后就借口不擅长这个，宁愿帮莫枫去训练那些禁军了，留下她一个人在这些纸啊字啊之间忙得天昏地暗。饶是她才思敏捷，一目十行也花了整整三天才看完这些东西。流黛走进了书房，她穿着一袭米黄色的宫女服饰，袖口领口的绣花显示她是主子身边得脸的贴身宫女。自从那夜回来之后，她便自愿留下，任谁说都再不肯走，只说对这个世界依然绝望，只愿跟在微影身边。微影也看重她心思冷静，性格沉稳，在知道她们的真实身份之后虽然吃惊，也恪守本分，没有多问，便让她跟在自己身边。

流黛轻轻放下茶盏，对微影道："小姐，舞灵公主来啦。"

微影放下手中的笔纸，站起身来："舞灵，她怎么来了？"

亓舞灵虽是亓云唯一的公主，但天真无邪，并不刁蛮任性，自从微影来了之后，便一口一个"微影姐姐"的叫得没完。微影也把她当作了自己亲人一般疼爱。

大厅里，亓舞灵正坐在软椅上让两旁的侍女给她拼命地扇风，像是急急地就赶来了。微影看到她这样，也不禁笑笑，她总是这样，想做什么了就义无反顾地去做。

"我的小公主啊，你看看你，那么多汗。流黛，你去给我们的公主拿碗冰镇乌梅汤来。"

流黛应了一声便出去了，舞灵朝微影甜甜一笑，明亮的双眼里满是欢欣。不多时，流黛便端着一盏青瓷小碗回来了，亓舞灵也不顾公主形象，开始喝起了乌梅汁。微影笑骂道："你看你，没一点公主样子。"

"在你这里不需要公主样子。"亓舞灵抬起头来答道，是啊，在这里没有繁文缛节，跨越了几百年的界限，此处此时，就是你永远的避风港。

流黛又轻轻端上来一个盘子，盘中装着晶莹剔透的糕点，金黄的桂花点缀其上。

"微影姐姐，这是什么啊？"亓舞灵虽吃惯了宫中御厨的精致糕点，却从没见过这东西。

"这个啊，叫作桂花糕，很好吃的，是我的家乡所特有的，你尝尝。"微影的思绪早已飘开，还记得她小的时候妈妈总是给她做桂花糕，软软的，甜甜的，融合了她所有关于童年的记忆。她的童年何其短暂，结束于她3岁那年，却何其美好，让她一生不忘。来了这里之后，她不知怎地竟鬼使神差地将桂花糕告诉了流黛。也亏得流黛从未听闻却自己钻研，虽味道并不完全一样，倒也有几分神似。

不知不觉之间，舞灵已几块糕点下肚，轻轻拍醒微影："微影姐姐，其实我今天找你呢，是有正事。"

"正事？"微影一脸狐疑地望着舞灵，只见她一本正经的样子不似在开玩笑。

"你教我剑吧，我知道的，你很厉害的。"

“教你剑？你学那个干什么？”

“我不是要干坏事啦，只要你教我，一点点就好。”亓舞灵也不禁急了，大眼睛里闪烁着哀求。微影也受不了她的甜心攻势，无奈答应了她。

从那天起，亓舞灵便每日来到微影的小殿，微影她们答应留下之后，云立雅便封她们为女官，赐给了她们一座偏殿。亓舞灵是公主之尊，从小也没吃过多少苦，如今来学剑，免不得弄得一身淤青，微影本想她不过一时好奇，过不了几日便会放弃，谁料舞灵一直坚持每日来这里。十天之后虽没什么战斗力，那样子也倒是有模有样了。微影每日看着她那么拼命的架势，终于忍不住问了一句：“舞灵啊，你学这个，要干什么啊？”

亓舞灵眨了眨天真的大眼睛：“我觉得这个很帅啊，姐姐你拿剑的时候就很帅啊，拿着剑，指着人，若是他不答应我，就……”

舞灵的话还没有说完，莫枫就进来了，看到了亓舞灵便俯身行了个礼，随后便对微影说：“太后娘娘找你。”

微影答应了一声便跟着莫枫向外走去，留下亓舞灵一人在身后气急地大叫：“莫疯子，每次你出现都没好事，叫你教我剑又不肯，现在还要破坏我和微影姐姐的事，你个疯子……”

微影感到身后传来的阵阵火气，往旁边一看，只见年轻的禁军统领嘴角抽动着。她终究忍不住扑哧一声笑了出来，莫枫？莫疯子？这位公主还真是有想象力。

宫女依次出了寝宫，皇家侍卫关上了大门，守在了门外。云立雅这才开问：

“那么多天了，我给你的东西，你应该都看过了吧。说说吧，你的计划是什么？”

“娘娘，我想，我们不可以轻易地去相信别人，或者说不能毫无保留。”

云立雅赞许地点了点头：“你的意思是，我们除了明面上的牌之外，还要有保留的底牌。”

“对，那张明面上的牌就是那两千暗卫，我要扩大它，壮大它，湮夏最善近身搏斗，我想让她帮助训练。首领仍是莫枫，但我想把这支队伍放到明面上，也就是说要让四国都知道，这是属于亓云的王牌。”她说完，便看了一眼立在云立雅两边的莫枫和湮夏。

“王牌，既是王牌，那也就不再是暗卫了，它需要一个名字，一个将来会让别人闻风丧胆的番号。”

“就叫影风卫吧。”一直没有开口的莫枫来了一句，话一出口，三道目光便向他射来，他也察觉到了自己的失言，忙辩解道：“我随口说的。”

云立雅是久经此事，怎会不懂他的心思，故作不解地说：“影风卫？我觉得不错啊，如影般无形，如风般迅捷。”随即便朝微影示意她继续说。另外一边，湮夏的眼睛里飞快地闪过一丝落寞，又再被她飞快地掩盖，恢复了开始时的平静。

“娘娘您曾培训过一批忠心的人马，分散在墨城中。而我所想的，是将这批人重新受训，分散到四国之中。还请娘娘给他们一笔资金，我要让这些人开些茶馆，酒楼，客栈，饭馆，甚至是青楼，赌馆，面对不同阶层不同的人，而里面要渗透入我们所培训过的人。他们加在一起，所构建成的，就是这片大陆上最大的情报网络。在我们的那个时代，情报战最为广泛，我就是做这个出身的，只要娘娘您相信我，三年之后，我们的情报网络会覆盖四国。”微影说到这，眼里折射出狂傲的光芒，耀眼得可以穿透一切。

“还有最后一个部分，也是我要交给湮夏的。我要训练一批无父无母的孤儿为杀手，我们可以收留他们，挑选有资质的，也愿意为亓云建功立业的，培训他们成为一流杀手。江湖之中很多事情就可以不用牵连到国家争斗。不过，我要的人，要清一色的美貌女子，女子的身份和美丽的容颜会成为她们最好的保护色。谁说女子不如男，我想，比起卖身青楼，或是做一个侍妾，被别人玩弄，她们会选择将命运握在自己手间的。”

“好！”云立雅脸上浮现出了笑容，“都按照你说的，不过，我也要提醒你，你会有一个最大的阻力，那就是明楼。明楼也是一个杀手组织，只不过他们不为一般人办事，出手都是大手笔，也涉及不少皇权争夺。而且，据我的手下探子回报，你所要我找的东西，很可能被那些人献给了明楼。而明楼的核心，就在亓云境内。”

“明楼……”微影想起在云立雅给她的资料里也有关于这个神秘组织的内容，明楼的楼主据说不过弱冠之年，而明楼出现已有好几年了，若真是如此，那那位楼主也是一个不可多得的天才。

“你先回去吧，好好想想。”

微影一个人走在皇宫之中，满脑子都是该怎么查清楚明楼的势力到底属于何方，还有，她又该怎么拿回那枪。不知不觉之间，已然来到了御花园，前方的人声将她拉回了现实。她站在假山之后，透过岩石的缝隙只见亓舞灵一身蓝色的衣裤，衣服上绣着金线花纹，金黄色的缎带将她的秀发扎成两束，俏丽灵动。她一手持剑，直指着言青朔的胸膛。言青朔带着几分邪气的脸庞依旧俊美。

“言青朔，你到底喜不喜欢我？”舞灵清脆的声音响起。

“别闹了，我是你的驸马。”言青朔说罢便转身要走。

“你给我站住，我不要你因为母后的话娶我，我只想知道，你到底喜不喜欢我？”舞灵的声音更高了几分，带上了些许哭腔。

言青朔只感觉心中某个部位抽地一痛，狠了狠心，便要离去。他受的伤够多了，再不想被欺骗，她是千金至尊，而他如今一无所有，若她只是玩笑，之后又会给他多少伤害。他不够坚强，所以他只能伪装，不想泥足深陷……

亓舞灵的剑哐当落地，她随即瘫坐在地上，声音变得绵软无力："言青朔，我喜欢你啊。我并不是什么都不懂，我是真的喜欢你啊。"

"我只是……只是喜欢你，仅此而已……"

微影不禁被寒到了，亓舞灵今年不过刚满 14 岁，原来古人，都这么早熟啊……

言青朔猛然回头，邪魅的脸上满是震惊，如潮水一般的感动淹没了他的心。曾几何时，他的心，已然陷落。他快步奔去，亓舞灵跪坐在地上，清秀的脸上是深深的失落，她像是个用尽了电的娃娃，静静地坐在地上，任凭眼泪大滴大滴地落下，泪痕划过脸上，落在水蓝的衣衫上，晕染开来。言青朔只觉得心里好疼好疼，他伸出颤抖的手，轻轻擦去舞灵脸上的泪，将她紧紧地抱在怀中，像是抱着他最为珍贵的东西。亓舞灵像是个孩子一样在言青朔的怀里大哭，任凭他宠溺地揉着她的头发，在她耳边一遍遍地说："没事了，没事了。"

一阵微风拂过，吹落了树上的花瓣，如雪花般旋转着，花瓣纷飞，落在他们的衣上，发上，身旁……

花前月下，你是我的少年儿郎……

11 风云初起

[明楼总部]

"从今天起，我要你严密监视亓云的一举一动，不能给我放过一丝一毫的动态。"说话的黑衣男子声音沙哑，干枯，身穿一袭黑袍，巨大的斗篷隐藏着他的全部面容。

"是，师父。"年轻男子压下心中的疑惑恭敬应道。

黑衣男子哼了一声，甩手离开，看也不看那青年就说道："我知道你在想什么，告诉你，别以为云家那两兄妹是什么好东西，你真应该好好想想，若亓云真像表面上看起来那么无害的话，是凭什么在大陆上生存了那么多年的。每个人都有底牌的，你别太自负了。"

"是。"年轻男子低声应下，袖袍中的手不知不觉已然握紧。

[亓云皇宫]

湮夏一袭青衣襦裙，径直走到微影前坐下，给自己倒了杯茶，也不顾微影一脸冷色。微影瞥了一眼，没好气地说道：

"你个重色轻友没良心的东西终于回来啦。"

“我的大小姐，我什么时候变成重色轻友的东西啦。”

微影白了她一眼：“你还说，不留下帮忙，说什么帮莫枫训练暗卫，留我一个人在这里埋头苦干，你还真好意思呢。”

湮夏一笑置之：“这本来就是你的专长吗。我亲爱的无敌军师。”

“我看啊……你八成是看上莫枫了吧。”微影见湮夏无视她的攻击，只好搬上了撒手锏。

湮夏脸一红，开始了又一轮的回击：“人家喜欢的恐怕是你吧，你看他起的那名字，哎——影风卫……啧啧。”湮夏一边说着一边走到微影身边，伸手揽上微影的肩膀，咧嘴一笑，掩去了眼里的那一丝失落。

微影挥手打落了她的手：“没个正经，好了，说正事，刚才你也听到了，我们的东西在明楼里。我想潜入那里。你有什么意见吗？”

“我也去。”湮夏敛了神色。

“就我去，你还有很多事情要做呢。收留一些孩子吧，资质好的就加以培养，还有‘暗魅阁’就交给你了，以后你就是它的楼主。”

“万事小心。”湮夏很清楚她们的友情不是任何外物所可以影响的。

“嗯。我要想个办法混进去。我现在没有内力，他们应该不会想到我会武功，不过，我该以什么身份混进呢？”

“大摇大摆地进去，不用戴面具了。”

“为什么？”

湮夏轻笑一声：“因为啊，你这张脸就是你最好的武器啊。”她随即伏到微影身边，不知对她说着什么，只见微影的脸越来越黑。湮夏说完也不看微影的脸，扔下一句话就走了：

“这是最好的办法，你自己考虑吧。”

“这……是……最好的……办法？”

[夜辽皇宫]

夜祈逍一踏进宫门，就看到房内坐着一个灰衣人。他忙关上宫门，走到那人面前。

“师父。”

“嗯。”那男人低声回应，声音听不出一丝特征，像是刻意掩饰过的沙哑和神秘。那人示意夜祈逍坐在他对面。

“祈逍，有些事情师父一直没有告诉你，不过现在，看来是不说不行了。你可记得我初见你的时候曾帮你看过手相？”

“记得。”夜祈逍不禁一脸疑惑地看着他师傅。其实那么多年来师父一直有很多秘密，就像师傅从何而来，是何方神圣，师傅不说的事，他也从不过问，只是，今天……

“我现在必须要告诉你。你可知每个人都是天上的一颗星，只不过有些人平凡黯淡，他们的星被掩盖在夜幕之中。而你，命中注定，是天煞孤星。”

“什么？天煞孤星。”夜祈逍的声音难掩心中的震惊。

男子叹了口气：“对，天煞孤星。你可懂，这星所代表的？你身边的至亲至爱之人终究会离你而去，而你，会成为真正的孤家寡人。”男子隐瞒了剩下的话，留下了一个一半的解释。

“我？所有的，亲人？”

“对，包括爱人。”

夜祈逍突然笑起来了：“这算是什么，我出生在这个会毒人的地方已经够不幸了，现在，难道连我仅存的亲人都要夺取吗？难道，我母妃也是因为我？”

“不，不是因为你，是她的命运。”

此时的夜祈逍就像一个孩子般无助。他的声音突然降了下来，难掩内心的悲伤。

“没有办法吗？”

“有，只有一个人，或许可以改变你的命运。”

两人的声音低得难以辨析，只能依稀听到几句：

“是做朋友，兄弟，或是什么呢？”

“若是有缘，命运会牵引着你们相会，若是无缘……”

[几天后亓云与阴古交界城市]

“就是前面了。”飐低声对马车上的两人说道，自从那日在练武场之后，飐对两位姑娘倒是佩服至极。

“好，谢谢啊，飐，就在这停一下。”车内传来女子的声音。

“为什么要我做这种事啊？”

“你觉得就莫枫那老实的样子能行吗？”

“那我就有那么不正经吗？”

“好了啦，给你个机会表现一下吗，回去也好向舞灵吹嘘一下。”

车内的两人正是微影和言青朔。

“飐，你看我们俩这样子像吗？”

飐闻言向车厢中望了一眼，强忍住笑意说：“像，像极了。”

只见微影穿着一身女奴的衣衫，破烂不堪，一头黑发随意地垂着，略显零乱，身上还有她刻意制造的几处淤青、鞭伤，活脱脱一个受到虐待的女奴，不禁让人心生怜悯。而言青朔身上绑着厚厚的棉垫，穿着丝绸衣衫，脸上也易过容了，遮住了他原本俊美的脸庞，变成了一个暴发户一般的富人，让人一看就没好感。

“好了，待会儿你给我演得卖力一点啊，尽管打我骂我不要客气啊。”

“好了，知道了。”言青朔轻笑一声，拉了拉手上的鞭子。

两人下了车，言青朔一抽鞭子，向微影身上打去，当然力道都是控制好的，只会看着吓人不会造成实质伤害。他一边打着，口中一边骂骂咧咧的：

“你这个下贱的奴隶，不好好干活还想逃跑，啊，叫你给大爷我逃啊。”说着一卷鞭子又要抽去。

微影也配合地叫道：“老爷，老爷饶命啊，奴婢再也不敢了再也不敢了。”说着，便一把抱住言青朔的腿苦苦哀求着。两人造成的动静显然已经引起了路人的围观。路人指指点点地说着两人，两人一看效果达到更加卖力地演了起来。言青朔一脚踢开微影，一把抓住了她的头发将她从地上提起，微影不禁叫了一声，呻吟着，勾人心魂。言青朔一巴掌打在微影脸上，微影被打到了地上，跪在地上一边哭着一边求饶。

围观人群中有人出来拉住言青朔，被他挥开，他骂骂咧咧地说道：“这是我的奴婢，我想怎么处置都是我的自由，你们管不着。”

微影一边求饶一边感叹她真没找错人，这言青朔的演技要放到现代绝对可以去角逐奥斯卡影帝了。言青朔一把捏住微影的下巴，强迫她看着自己，借这个机会，轻轻地在微影耳边低语：“有没有搞错，怎么还不出来啊？”微影的衣衫本就破烂，被这么一打一摔，更是破烂了几分，肩膀更是若隐若现。言青朔贴近了微影此时展露在外的绝美面容，两人都有些焦急，要是再没人出来，两人还真不知道该如何收场了。

就在此时，路边一扇大门开了，走出来一个俊朗的男子和一个看似是管家的老人，那男子轻皱了皱眉头，一种无声的威严顿时蔓延开来：“什么人在这里吵闹？”

微影和青朔对视一眼顿时明了，这就是自己要找的人了。言青朔随即起身，说：“这是我的奴婢，是死是活都不用你管吧。”

年轻男子刚想发怒，被一边的管家拉住说：“少爷，我们还是不要多事了吧。”

那人想了一下，舒展了眉头：“给他些钱，让他快走吧。”

管家随即掏出了一沓银票，对言青朔说：“人留下，你就走吧。”

言青朔看着一个管家都有这种气势，更确信无疑，他们要的就是这效果，如今功成身就，他骂骂咧咧地接过银票，走到微影身边时，给她使了个眼色，故作姿态地踢了微影一脚。微影也借这个机会假装昏了过去。

微影只感觉身体一阵凌空就被人抱了起来，她闻到那人身上类似于茶香的淡淡清香，谅她不懂香料也可以感觉到这香料的价值不菲。她在那人看不到的角度轻轻勾起了一抹笑容，随即安心地闭上了眼睛。

12　卿本佳人（*1*）

微影闭着眼睛，感觉自己被轻轻地放在了榻上，一个年轻男子的声音吩咐身边的侍女去找医生。不多时，一阵人声传来，几个医生背着沉重的药箱步履匆匆地赶来。其中一个医生走到微影身边，为她把了把脉，又上上下下地看了几遍，这才回去向那年轻男子回报：

“少主，这位姑娘的伤虽然比较多，但都是外伤，好好调理一阵就可以康复，至于她刚才昏迷，小人想应该是因为她受了惊吓，加上平日里身体虚弱才导致的。还有一点，小人不知当讲不当讲。”

“说。”年轻男子的声音温润动听，一边的微影却强忍着笑意勉强躺着，竟然还说她身体虚弱，不过下一句话却让她止了笑意。“这位姑娘体内似乎有什么毒素蛰伏，不过小人才疏学浅，不能识别，但看这姑娘却没有一丝毒素发作或将要发作的症状。”

微影冷笑一声，手中已摸上了一个飞镖，她冷哼一声，这个医生看来还有几分真本事，不过现代的毒药怎么是你们能认识的，想到这她也不禁多了几分自嘲。

“她一个姑娘家的，怎么会有人给她用这么高深莫测的毒药，想必是你诊错了。”

“是，有可能是姑娘心火郁结，所以造成毒素的假象了。”那人看起来十分尊敬那年轻男子，微影轻轻将飞镖收在衣袖之中。

“好了，你先下去吧，开几服方子让帘儿去煎吧。”

房间内陷入了一片寂静，微影似乎就可以感觉到那个男子就坐在她的床前静静地看着她，她一时间有些未知的迷茫，似乎这个男子的眼睛有一种摄人的魔力，即使不看也可以感觉到那种注视。房间里静得可怕，微影压抑着浅弱的呼吸，男子的呼吸极其深沉，一听便是高手，似乎连空气的流动都清晰可闻。微影再也忍不住，轻抖了抖长长的睫毛，睁开了眼睛，映入眼帘的是一张俊美的脸。微影不由得默默感叹自己怎么自从来到了这个世界之后，遇到的都是绝顶帅哥，当然，这面前的男子，温润如玉，犹如神祇的降临，一瞬间，微影仿佛有些恍惚。她突然意识到了自己的失态，装作刚刚清醒的样子：“奴婢谢公子救命之恩。”

“看你的样子，也不像一般女奴，现在你不用自称奴婢了，不知，为何会沦落为奴？”

微影一听那男子开口，就知道他不比常人，糊弄不得。“是，小女子家中本是经商为生，虽算不上富甲一方倒也还算富足，奈何，命运弄人，父亲被陷害，家道中落，父亲病死，我们母女相依为命，谁知那些强盗看我家没有人主事，竟来我们家抢劫，母亲受不了打击，悬梁自尽了。那些人抢走了我们家所有的东西，我好不容易才逃了出来，可身无分文，被人卖去为奴。”微影一边说，一边落下几滴眼泪。故事是假，眼泪是真，她的命运或许比这故事还坎坷几分。

“是我冒昧了，敢问姑娘芳名？”

“小女子名影。恩人，不知如何称呼？”

“影姑娘……”男子在提到自己名字时眼里闪过几丝踌躇。

微影顺着接了下去：“公子不说，想必是有难言之隐，影无意多问。”

男子的脸上稍稍缓和，门外突兀地响起了敲门声：“少主，药煎好了。”

男子走过去，打开了房门：“帘儿，你留下服侍影姑娘。”说着又对微影说道：“你的身子还未好，早些休息吧。”说完便回身离去。看到男子离去，微影心里也松了口气，他们两个人的谈话看似平常，实则每个字都高深莫测，男子每一句都意在试探微影而微影则意在掩饰。高手博弈，胜败均在一个眼神一个词句之中。

名唤帘儿的侍女走到微影身边，放下了药碗：“影姑娘，喝药吧。”

微影端起药碗一饮而尽，帘儿看她的眼神也变了几分，她原以为这个女子不过也是那种惺惺作态的骄纵小姐，倒没想到在她身上竟看到了几分豪气。

“帘儿，帘儿，我想沐浴。”微影轻摇了摇正在出神的帘儿。

“可是，医师说你的伤不能沾水。”

“我会小心的啦。”

“好，我去准备。”

房间里只留下了微影一个人，微影默默坐在榻上，脑海中是挥之不去的疑问。她这样做到底是好还是坏呢？她这样做到底是不是对的呢？

不多时，帘儿便回来了，告诉微影可以去沐浴了。微影静静地坐在水边，轻轻拿着布帛把自己脸上的脏洗去，水中倒映出一张容色倾城的脸。水汽弥漫，模糊了她的双眼，模糊了这画面。帘儿在门外的声音就像一滴水落进了沉静的水面。

“姑娘，这里没有多备女子的衣服，这衣服你先将就一下吧。”

微影伸手接过帘儿递来的衣物，那是一袭素白色的衣裙，对于她来说稍稍有些大，不过这时候也管不了许多了。微影套上衣裙，理了理脑中纠缠成乱麻一般的情绪，走了出来，叫住了帘儿。

“帘儿，你们少主他，是一个怎么样的人？”

帘儿听到她的话不禁神色凛然，语气也冰冷了几分：“你问这个干什么，我告诉你，不要妄想勾引少主。”

微影没想到她会有这么大的反应。“我没有这个意思，只是随口问问，你怎么会有那么大的反应？”她一边说道，一边在心里暗暗记下。

帘儿的脸色稍稍缓和了几分：“我的话，算是警告，也是劝诫，你千万别打少主的主意。因为之前，所有妄想接近少主的人最后的结果只有一个，那就是死。”

微影一顿，想不到这个看似云淡风轻的男子竟有如此狠辣的手段。

“你们的少主，他很冷酷吗？”

帘儿的表情已经泄露了她心中所想，她的脸色呈现的是一种深深的迷茫。

“也不全是，他有的时候很温柔，对人也很好。但如果一旦有人做了不该做的事，问了不该问的问题，或是靠近了不该靠近的地方，他就会像变了一个人一样冷酷，无情。我从小就在少主身边当丫鬟，但直至今日我也不知道他到底是一个什么样的人。我也不知道为什么会对姑娘你说这么多。也许是一种没来由的亲切，再或者，姑娘，你有一种魔力。你的眼睛，带有魔力。”

早有预料，这等年纪就能统率明楼的定不会是等闲之辈，从帘儿的话中也能推断这个少主简直是深不可测。至于魔力，微影付之一笑，这丫头还真是的，竟会说她的眼睛里有魔力，那不就变成了超能力了吗？

随后的日子里，微影也就安然地住下。对于整日忙碌的微影来说，倒是给了她一个长长的假期。她每日也没有任何事情，只是被帘儿盯着吃药，休息。微影一个人看着府里的池里，鱼儿在清澈的水中游动而出神，她到底怎么样才能完成任务，她到底怎样才能拿回自己的东西。

实在是闲来无事，微影便问起了帘儿：“帘儿，这里，有琴吗？”

“姑娘还会弹琴？有啊，我这就去拿。”

微影的回忆又再次席卷而来。还记得年少时，母亲总是喜欢弹琴哄她睡觉，母亲是那么好的一个女子，温婉贤淑，却可惜……即使到了后来她失去了一切也从来不忘这琴，她一个人顶着非议坚持去学。也许是冥冥之中早有注定，她的所学所感会在另一个时空发挥大用处。来了古代之后，她还从未碰过琴，却没想到在这里用上了。

微影轻轻擦拭着帘儿拿来的琴，因为尘封已久，琴弦上已积上了细密的一层灰，不过依然可以看出这是一张好琴。微影调了调，拨动琴弦，一个人对着碧水绿树，蓝天清风，悠扬的曲调流泻而出。清风拂过她长长垂顺的青丝，一袭白衣，头发简单地用绸带扎起，没有过多的修饰，清丽脱俗就像不染凡间烟火的仙子。

不知何时，一曲笛声也加了进来，和着微影的曲调，一时之间似乎除了曲声之外已万籁俱静。微影听到那清脆的笛声，也不停弹拨，两个人的配合似乎是天衣无缝的，只有和谐，再和谐。树叶飘零，鱼儿在水中肆意地游走，白云之下，两个一身素白的年轻人在这里静静地仿佛凝固进了画里。

一曲终了，微影回过头来，果然不出她所料，明楼少主静静地立在她身后不远处，手中还拿着一支白玉笛。白玉笛浑身通透，一看就不是凡品，笛声上挂着同样精致的流苏。微影轻福了下身，对他说："少主好笛艺。"

那年轻男子看着微影似乎觉得自己沉寂了许久的心跳动了一下，他恍惚摇了摇头："该说姑娘好琴才是，我也好久没有听过那么好的琴声了，不自觉才……"

"少主自谦了，若无他事，还恕影先告辞了。"不必多说，这样的惊鸿一瞥已然足够。

男子看着微影离去的背影，突然由心底地升起了一种缺失了什么的感觉，他鬼使神差一般叫住了女子，"不要叫我少主了，我的名字，叫作萧千陌。"

13 卿本佳人（*2*）

微影脑海中充斥了萧千陌留下的最后一句话，那就像咒语一样在她脑海里不断地盘旋，挥之不去——"我的名字，叫作萧千陌。我的名字，叫作萧千陌。"

微影一个人抱着琴向自己的房间走去，刚踏进房门她就感觉到一束刀光向她袭来，只一瞬，帘儿便手执一刀架在了微影的脖子上，她拿刀的手微微颤抖，看那方式并不是练武之人。她那闪烁的眼里更多的是惊恐而不是杀气，微影放下了些戒备，等着帘儿开口。帘儿像是强下了决心一般，将刀更送了送，在微影的脖子上划出了一道血痕，微影皱了皱眉头，帘儿神色一慌，连话都说得没有了底气：

"说，你，你有什么心思，你对我们少主，到底有什么意思？"

微影轻笑一声，推开她的手，走到桌边兀自坐下，起手给自己倒了一杯茶，也不管帘儿死瞪着的双眼，她脖子上的血就像一条红色的丝带一般缠绕，微影却无动于衷地任它妖艳而诡异着。

"没有意思，帘儿，我明确地告诉你，我对你们的少主，不会有一份心思。"他们一生既然为敌，又怎会有其他什么不该出现的情感？

帘儿瞪大了双眼，似是不相信竟然会有人不对他们的少主动心。微影拉起她的手，盯着她的双眼，一字一句地像是在说出某种宣告：

"我发誓，绝对不会有任何多余的心思。好吗？"

帘儿终于放下了刀子，看到微影脖子上的血痕，也不免心生愧疚：

"姑娘，对不起，我只是怕有人对少主不利。我帮你包扎一下吧。"

微影任由她用绷带将自己的伤处一圈一圈地包扎好，心中十分不解，萧千陌到底有什么魔力能让一个小丫头都如此地为他卖命。

微影一袭水蓝色衣裙，脖子上系着同色的绸带，松松地遮住了伤处。帘儿把她的一头黑发绾起，微影随手拿了一个镶有蓝宝石的簪子递给了帘儿。帘儿帮她梳好了头发，她便一个人走在小院里，院子里别致地种着许多兰草，还有一汪清泉静静地流淌着。微影一个人坐在水边，默默地望着天，白云一片一片地在空中飘过，她在心里打着自己的小算盘，到底什么时候才可以离开这个地方呢？到底什么时候才可以再见到湮夏呢？

就在她一个人蹲在水边时，平静无波的水面上突然出现了一张人脸，微影一惊，便向前面倒去，刚想凭身手站住却看到身后的男子是萧千陌，没有办法只好闭着眼睛任凭自己向水里倒去。突然腰上一紧，就被人拉了回来，微影再一次闻到了奇异的清香，暗想这古代男子怎么会在自己身上用这么奇怪的香味。萧千陌看着怀中的女子深邃的大眼睛像是无底洞一般能将人深深地吸入，直视着双眼也看不到背后的灵魂。这是第一个，让他都无法看透的女子。

微影向后退了几步，抽身而出："多谢萧公子相救。"

微影心中一凛，这个男子竟然在她毫无发觉的情况下就出现在了她的背后，她之所以这么吃惊就是因为在她自认感觉无双，照理应该十米之内就能感觉到别人的靠近，而这个人竟然毫不知觉就来到了她背后，他的武功太高，若是他动了一点杀心，恐怕自己就是一缕异界幽魂了。

萧千陌看着女子脱身而出的动作，她默默地低着头看不出一丝情感的波动，面对他没有一丝慌神的女子他还是第一次见到。就在微影几番动作下来，脖子上系着的丝带也略有些松动，露出了与皮肤极不相称的一道血痕。

萧千陌眉头一皱，轻轻摘下微影脖子上的丝带，露出了那一道说深不深，说浅不浅的疤痕。他神色一变，对微影说："这是什么刀伤？"

"没什么，是我不小心弄的。"

一边的帘儿脸色一变，身躯微微颤抖，若是少主追究起来，她难辞其咎。萧千陌眼睛一挑，显然也注意到了帘儿的异动，心中霎时清明，自己的部下看来是做了什么越矩的事了。他回神又看了看身前依旧低垂着头没有一丝慌乱的微影。三个人就这样僵持着。

终于，萧千陌出声打破了这尴尬的局面，这件事也就不了了之了。

"姑娘不请我进去坐坐吗？"

"少主请进。"

萧千陌大步向房内走去，随口吩咐帘儿去泡茶，便自己坐在了榻上。他看了一眼微影，迫切地想知道她身上还有多少秘密未能被发觉，意味深长地开口道：

“姑娘琴艺无双，不知，可懂下棋？”

下棋？围棋？现代哪还有人会这种玩意儿？

“影只是商贾出身，学琴是兴趣所向，这棋还确实不会。恐怕要让萧公子失望了。”

“无妨，我教你吧。就当是我要逃脱俗务困扰，消遣一回吧。”

微影没法拒绝，萧千陌便让一边的侍女拿出了一副棋。青玉棋盘玲珑剔透，黑白两色的棋子装在两个碗中，粒粒晶莹，当是价值不菲的佳物。

“完蛋了。围棋？我怎么可能会啊？”微影心中满是无奈。

萧千陌倒真开始教起了微影下棋。从开始时微影被萧千陌弄得毫无还手之力，到后来也可以抵挡一阵，甚至能在萧千陌半下半让之间打个平手了。房间里满室寂静，只有棋子落子发出的清脆响声，时光就在闲暇之中匆匆流逝。

帘儿轻敲了敲门，轻手轻脚地进来：“少主，午膳时间到了。”

萧千陌放下手中的棋子，修长的手指在棋盘上轻敲几下：

“已经那么长时间过去了啊。姑娘病刚好，好好休息吧。我就不打扰了。帘儿，要好好照顾影姑娘。”说罢他便向门外走去，留下了一句意味深长的话，似乎是在对帘儿发出什么警告。萧千陌走了之后帘儿只是默不作声地收拾着桌上的棋盘，神色也有些古怪。微影不禁开口问道：

“帘儿，你怎么了？”

“我没什么，姑娘，吃饭吧。”帘儿的声音显得有些惊慌失措。

“你想说什么就说吧。”

帘儿一咬嘴唇，也不再发抖：

“姑娘，我知道我没资格去要求你什么。今天算起来还是你救了我，我更没理由去要求你，只是，我希望，你可以遵守你说过的话。”帘儿说完便转身一路小跑地出了房门。

微影看着帘儿离去的背影，脸上浮现出了一抹笑容，帘儿那孩子，竟然喜欢上了他们的少主。这样子的事情，又什么时候会有一个结果呢。不过，像萧千陌那绝世风华的样子，应该也会迷倒不少女孩子的，帘儿所说的那些意图接近萧千陌的人，不乏这个理由。如果，如果她和萧千陌不是敌人，自己是不是也会喜欢上他呢？

微影摇了摇头，自己的想法何其可笑呢？

这一切，终究是如果……

夜晚，明楼设在亓云边境的联络点里一片骇人的寂静，除了暗哨，所有人都在睡梦之中，没有人会注意到此时轻微的响动。

一只信鸽在漆黑一片的天幕中飞翔，扑着翅膀飞过一个个屋顶，直冲向中央主楼。主楼上，萧千陌靠着栏杆，伸手接住了信鸽，取下了绑在鸽子腿上的密信。随即将鸽子放入了一个笼子中，喂给长途飞行而来的信鸽水和食物。

萧千陌不知，就在同时，不远处的一处屋檐之下，被丛丛树木所遮盖的地方，也站立着一个纤瘦的女子。女子在看清鸽子停下的地方之后，微微一笑，转身进入了房间。

这个夜晚，她受益匪浅……

14 卿本佳人（*3*）

[亓云皇宫]

屋中一室的静谧，莫枫在屋子里踱来踱去：

“她都去了快一个月了，怎么连一点儿消息都没有啊，不会，出什么事吧？”

“不会有事的。”湮夏不急不躁地边喝着手中的茶，边看着她找来的一些人的资料，想从中找出几个资质不错又身家清白的人好好培养。

莫枫看着她不紧不慢的性子，也无从发作：“你怎么就这么肯定啊。”

“因为我相信她啊。她不会有事的，你就别瞎操心了，你们啊，就是太小瞧女子了。”

“好了好了，莫枫你先坐下来，看得我都晕了。”云立雅出声打断了他们，莫枫稍稍安静了下来，坐在了一边的椅子上。

湮夏放下了手中的东西，言语坚定地说：“你们要相信她，她经历过的，遇到过的比明楼更可怕的势力有许多，但她从未输过。明白吗？没有消息不代表会出事啊。”

“你们就别吵了，莫枫，湮夏说的对，要相信她。湮夏，你选的人怎么样了？”

“嗯，差不多了。我想好了，名字就叫暗魅阁。不过，我想在初期接受江湖上的一些恩怨是非的单子，这个牌子要打响。”

“你看着办吧，不要涉及国家内部就行。”

“我知道的，等微影回来，就是‘暗夜双姝’扬名天下的日子了。”湮夏冲云立雅粲然一笑，一股子傲气显示在她的脸上，“不过，微影的生日也快到了啊。可惜我们不能给她过生日了啊。”

莫枫的脸上划过一丝莫名的情绪，突然地，一阵劲风吹开了房门，湮夏顿时坐起，手已经按上了腰间的皮鞭。云立雅赶忙出声阻止：“湮夏，别动手，自己人。”

她随即从座上站起：“哥哥，你就不能正常点来吗？”

湮夏放下了手，对着走进来的人行了个礼：“不知国舅前来，湮夏失礼了。”

云立鹤一身墨色的长袍，打量了湮夏一眼，对云立雅说："这就是你找来的人？"

"嗯，就是按照你那天的指示遇到的。还有一个出去办事了。"

云立鹤兀自坐下："听说夜辽的人来过了。"

"嗯，夜辽的五皇子和二公主亲自来的，想要和我们结盟，哥哥你怎么看？"

"雅儿，你自己选择吧。他们两个人的用心应该不会有错，但日后的结局不能是我帮你决定的。不过你记住，不管怎么样，我都希望你没事，希望你过得好。"

云立雅到此也不禁眼眶一红，莫枫和湮夏就默默地退出了房间。

云立雅看着两人离去的背影，对自己的有所保留有些愧疚："哥哥，那血危星，你找到了吗？"

"没有，若真与我们相关相连，不用寻找，命运也会带他来找我们的。该来的，躲不过啊。"云立鹤一贯云淡风轻的脸上也不由得出现了凝重之色。父母早逝，他接替家主之位，也意味着他自己这一生注定要脱出世外了，但他最疼爱的就是这个妹妹。妹妹当年执意要嫁给亓连天，他一个人为妹妹排除万难，唯一所希望的就是她要幸福。只是却没想到，亓连天还是没能保她一生无忧啊。

"该来的，躲不过啊。哥哥，你说我派人潜进明楼，到底是错还是对呢？"

"什么？你派人潜进明楼？"云立鹤顿时急得跳起来，一脸震惊地看着妹妹。

"对啊。"云立雅早料到他会有这样的反应，无可奈何地叹了口气。

"你怎么会这么沉不住气，明楼少主萧千陌是好糊弄的吗？他太可怕了，他的算计，精明不是一般人能对抗的啊。更何况，明楼还有那个老东西……"

"我知道。但我派去的人也绝对不会是等闲之辈啊。我该放手一搏了，才人辈出，我们已经掌控不了那么多了。"

夜色如水，两个人走在皇宫之中，一时之间，静默无语。湮夏走在前面，突然顿住了脚步，回头转向莫枫，语气是水一样的柔缓：

"再过不久，就是在我们的那个世界所说的七夕了。这里可有？"

莫枫抬起头想了下，"有，可是男女表达心意？"

"是啊，没想到在这也有很多事情是相通的啊。莫枫你，可有心上人？"

莫枫脸上一热，看着面前的女子仍旧是一片安静的样子，好像刚刚那问题不是她问的一样。他脑海里迅速闪过那张绝美脸庞，摇摇了头，笑自己在想些什么呢。

湮夏见他不置可否地摇了摇头："是没有，或是不知道？"

"不知道吧。"莫枫沉声说道，猜疑着湮夏和他说这到底是为了什么。

"你一定想问我问你这个干什么。"湮夏望着天边的一弯明月，不断地有阴云飘来遮住了那明媚的月光，又再次飘散。阵阵阴晴。

“我……”莫枫转瞬清明，只是不知道该如何回答。

“不需要回答，不需要说任何话，我明白的。”湮夏转身离去，好像什么都没有发生过一样，留下莫枫一个人站在月光之下。

他呆呆地看着女子离去的背影，女子清浅的话语还在耳边回响，那种看似是云淡风轻的话，谁知不是出于字字真心。

夜色如水，脉脉微凉。

[明楼分部]

萧千陌一袭白衣，风度翩翩地走进微影的院子里。微影正一个人坐在池边的石头上发呆，有了上次的经验，她这次没有一惊一乍。看着萧千陌径直而来，淡淡地行礼道了声“少主”，不露出丝毫的情绪。

“听帘儿说，今日是你生辰？”

“嗯？……是。”微影不禁暗暗叫苦，她不过和帘儿闲聊时偶然提起，却没想到这小丫头竟然去告诉了萧千陌，这下可麻烦了。转念一想，既然连这些事都会告诉萧千陌，那平时那些话语帘儿恐怕也会字字句句地细心回报的吧。想到这里，她不禁多了几分寒意，她一直以为帘儿那丫头不过是心思纯良天真的人，倒没想到她一直以来都是萧千陌安在她身边的一个棋子。萧千陌这近一个月来，时常找她，却不过弹琴下棋，毫无一丝进展，却没想到他时时刻刻派人盯着她的一举一动。若是自己露出一点不对恐怕就会立即消失。

萧千陌看着她不知神游去了何方，一把拉起她的手：“走，我带你出去。”

微影被他拉着，只好随他走出了明楼分部。一辆装饰不俗的马车已经在门前等候，萧千陌带着她上了马车，才放开了她。

微影一脸疑惑地望着他：“你要带我去哪里啊？”

他脸上勾起一抹笑容，为那谪仙一般的脸添上几分亲切：“去一个好地方啊。”

微影默不作声，马车带着两人出了喧嚣的城市，到了一座山峰上，马车顺着蜿蜒的山路而上，不时颠簸。

“少主，到了。”车外的车夫恭恭敬敬地对着车内说道。

萧千陌伸手拉住微影让她下车。马车正停在一处竹林之外，萧千陌拉着微影的手：“这林中有机关，你跟着我，别乱跑。”

微影无从拒绝地任他牵着自己手，跟在他身后进了竹林，一边暗记下萧千陌走的路线。两个人一前一后地穿梭在竹林之中，紧握的手间传递着力量。竹，君子也。淡漠的竹，温润的萧千陌，真的是很相配呢。

出了竹林，一间小小的竹屋映入眼帘，他们此时正在山巅，远处一眺，便是连绵不绝的山群，云雾缠绕，犹如人间仙境。

“美吗？”萧千陌的声音在身后响起。

“很美。”

“公子，你来啦。”一个苍老的声音传来，微影回头一看只看到一对老夫妇站在他们身后，两个人伛偻着背，一瘸一拐地互相搀扶着，老妇的眼睛似乎还有一只是瞎的。但他们就那么平静地站在那里，没有丝毫的自卑，就好像两个人相扶着已经走过了一个世纪那么漫长。

“你们回去吧，我这没什么事。”

老夫妇搀扶着离去，步履艰辛，慢慢地走着，慢慢地走着……微影只感觉他们似是根本没有伤残，一切的一切，都是那么和谐。

“跟我来。”萧千陌打断了她出神的遐想，带着她走进了那间竹屋。

竹屋之中摆着生活所需要的一切什物，处处都是干净整洁，一尘不染，想必是那对老夫妇打理之下的结果。窗边，还放着一架琴，微影走去，轻轻撩拨，声音圆润，一听就是绝世好琴。

“喜欢的话，就送你了，反正我留着也没什么用。”

微影摇了摇头，这琴定是价值不菲，她轻轻拿起琴，出了竹屋，对着群山，撩拨起琴弦。一曲琴音从她指下流泻而出，带着空灵的纯净，回响在山巅。云雾缭绕，仙音缥缈。

萧千陌解下腰间的玉笛，也加入琴曲之中。看着那白衣胜雪的女子，山间的风吹起了她的一头长发，青丝随风飘舞，在空中缠绕着，为她增添了几分脱俗的气质。那一瞬间他突然觉得他找到了，找到了自己真正想找的人。

一曲终了，微影的长发零乱地散在肩上。萧千陌默默走去，对她说：

“你十五岁了吧？”

“嗯。”微影低声应下，不知他问这个干什么。

“十五岁，就是及笄了。”

微影一惊，她确实忘了，在古代，女子十五岁盘起长发就代表着成年了。

萧千陌长长的手指梳理着她的长发：“你没有了亲人，那这个及笄礼，就由我帮你完成吧。”

他从怀中掏出了一只白玉雕成的簪子，簪子的尾部被雕刻成了一朵兰花的形状。萧千陌轻轻拢起微影的青丝，手腕一翻，把簪子戴在了微影的头上。

微影心中一时之间五味杂陈，她不知萧千陌知不知，为女子绾起青丝，在古代便是一生良人。不管他知不知，她定是知道的……

绾三千青丝，不负此生缘……

15　卿本佳人（4）

微影坐在房中，看着萧千陌忙里忙外的，不多时，就已做出了一桌子丰盛的饭菜。微影一脸惊讶地看着他，她绝对没有想到看似不食人间烟火的萧千陌竟然还会做菜。就算是她也是不进厨房一步的。萧千陌显然感觉到了微影诧异的目光，转身朝她笑了笑。

“放心吧，绝对好吃的。以前，我都是这样做给妹妹吃的。”

“嗯？”他还有妹妹？微影暗自想着，有这么一个哥哥，他的妹妹一定很幸福吧。

“吃吧。”萧千陌淡淡的声音从身边传来。

微影收起了思绪，两个人相对而坐，一座山上，一间竹屋，没有算计，没有争斗。似乎在此时，微影不再是一朝穿越的现代特工，不再为亓云效力；萧千陌也不再是已弱冠之年便出名于江湖的明楼楼主。他们两个就像平常人家一样，静静地、安详地同桌而坐。这一刻没有了两人的身份，唯有安详的气氛静静弥漫。

门外突然传来一阵喧嚣，竹林之外一颗信号灯飞射上了天空，萧千陌脸色一变，快步向门外走去。微影透过竹屋的小窗看见一个一身黑衣的男子飞奔而来，跪在萧千陌面前：“少主，属下有事禀告。”

萧千陌示意他起来之后，两人不知低语着什么，只见萧千陌的脸色越来越差，说完之后，他低头沉思了良久，终于走回内间，对微影说：“我有些事情要办，可能没办法送你回去了。这样吧，你先和我走，事情办完了，我再带你回来。”

“嗯。”微影顺从地点点头。

竹屋之内的，是那个温柔如水的他，出了竹屋就是那个冷酷果敢、胸有城府的明楼少主，只是哪一个，才是真正的萧千陌呢？

两人出了竹屋，正要登上马车，微影回头一望，只见那对老夫妇正站在老远之外，遥遥地向他们挥着手，微影突然觉得他们是那么纯净，和自己比起来他们是那么的一尘不染。

“姑娘，这……”那个黑衣男子递上一块白色绸带，欲言又止地看着萧千陌。

“影，这是我们的规矩，眼睛一定要蒙上。”萧千陌说着伸出手，修长的手指划过微影垂顺的长发，在脑后轻轻地替她将眼睛蒙上，不松不紧地遮住了她的视线。微影突然感觉身上一轻，便被萧千陌抱上了马车。他细心地为她撩起帘蔓，即使蒙着眼睛，微影也感觉到他深深地望了自己一眼，然后将自己一个人留在了车里，吩咐那赶来的黑衣男子赶车，自己登上了马。

那男子似是有意回避地驾着车在山中绕来绕去，微影倒是乐得他蒙上了自己的眼睛，她全凭着对位置速度的敏感，靠着马车的晃动记下他们驶过的路。别说古代这没有多少发达的路况了，就是在现代她也可以凭着超强的记忆力记下每一个弯道，每一次变化。

不知他们走了多久，当马车终于停下的时候，微影不禁心中发寒，因为她曾细细地研究过这方大陆的详细地图，他们现在所处的位置，不在多么遥远的地方，而就在多国交界之处山区之内。包括他们刚才去的竹屋，都是连绵不绝的群山之中的一座而已。而他们现在所停下的位置，则无限地接近云家隐世的所处——括苍山。她不知这是无意而为之还是有意而为，若是有意，那么明楼与云家相互牵制的状态，是不是也代表他们的敌对根本就是一场预谋了多年的战争。

时间已不再给她多想的机会，年轻的男子恭恭敬敬地站在车外请她下车，而萧千陌则早已不知所终。

那男子感觉到了她寻找的目光："少主有事要办，让属下请姑娘先去休息。"

微影随着那男子踏进了明楼总部的大门，那男子带着她穿过一个个岗哨，不厌其烦地亮着自己的腰牌，密不透风的明哨与暗中埋伏的人马，无不彰显着这里是明楼，江湖之中最高深莫测的机构。

那男子停在了一桩独立的小楼前，对微影说道："请姑娘暂时先凑合一下吧，服侍你的人一会儿就到。"

微影笑着让那男子走了，虽然他表面恭恭敬敬地待她，但心里恐怕是对她这个来历不明的女子有万般怀疑，若不是萧千陌下令，恐怕他会直接上手来拷问一下自己。

微影走进了竹屋，内部早已有人打扫得一尘不染了。

待到傍晚时分，帘儿突然走了进来，微影猛地想起那人走时留下的一句话"服侍你的人一会儿就到"。恐怕，这不是服侍她的人，而是监视她的人吧。

帘儿径直走了进来，跟着这里的侍女一起替她摆好了碗筷，等屋里只剩下她们两人的时候，微影才开口问道："帘儿，为什么还要你过来呢？刚才那些侍女我问她们什么，她们都不知道。"

帘儿对她苦涩一笑："姑娘您不知道，除了少主和小姐的贴身心腹，其他常年在这里的侍女都是不会说话的，她们有些是先天的哑巴，有些是被人卖去当奴隶，被救下之后自愿喝下一碗毒药，从此不再开口说话才能留在这里的。所以少主才让我来伺候你的。"

微影听了不禁感叹萧千陌果然有手段，不过也是，不能说话也就意味着她们永远都不会将自己所知道的秘密说出来，这些从小被卖身当奴隶的人又怎么会写字呢？不能开口也就封死了他们所有向外界透露消息的途径了。

“师父，这次召徒儿回来是有什么事吗？”

“哼，我叫你查的事情你查得怎么样了？”男人沙哑的声音透露着深深的不满，两人在一间狭小的密室中相对，幽暗的灯光让男子斗篷遮着的面容更加模糊。

“还没有很大的进展，徒儿愚钝，不知亓云太后为什么突然改变了一向息事宁人的态度。”

“三个月前，她身边神秘出现了两个人，她们的身份你可曾知道了？”

萧千陌心头一惊，低头回道：“还不知，查不出她们此前的一丝痕迹。”

“哦？还有明楼查不出的人吗？千陌啊，你从小就有鸿鹄之志，如今与你的梦想无限接近了，你可不要前功尽弃啊。你的命格里，羁绊太重啊，可惜我没有老头子的真传，没法帮你算出啊。”那男人说到这里，突然话里充满了鄙夷，老头子竟然把真传都教给了师弟，哼，害得我如今到了这般地步。

他话锋一转，眼里突然闪烁出阴狠的光芒：“听说你带回来一个女人。”

“是，徒儿救了她，让她暂时养伤，我查过，她身上没有内力，不可能是奸细。”萧千陌用尽量平静的声音回报道。

“哦？是吗？不过进来容易，想出去就难了？呵呵呵呵呵……”诡异而沙哑的笑声在幽暗的密室里回荡，多了几分恐怖的色彩。

夜晚，微影躺在床上总感觉心里慌慌的，她不敢入睡，尽量保持着自己的清醒，常年训练出来的第六感让她感觉到有种不知名的危险正向她步步靠近。

突然，一声诡异的猫叫响起，随即四面八方都应起了嘈杂的猫叫声。没有月亮的夜晚，只有呼呼的风声夹杂着一声声悠长的猫叫，说不出的诡异气氛在室内弥漫。微影只感到毛骨悚然，她强压下内心的恐惧，保持镇定的呼吸。一个黑色的身影飞快地划过她的窗前，她猛地从床上跳起，“什么人？”

没有人回答她，那黑衣人好像就这样消失了，她一遍一遍地和自己说：“没有鬼，没有鬼。”壮着胆子向门口走去，她猛地一下推开了房门，发出嘎叽一下的声响，寒光一作，一个一身黑衣的人悄无声息地落在了她的背后，一把刀子已经架上了她的脖子。与上次帘儿的追问不同，这次她确确实实地感觉到了身后男子汹涌的杀气蓬勃而来。

她强压下自己想拔出匕首的冲动，她的理智告诉她这个人的武功太强，反抗只会让事态变得更糟，她在明楼要扮演的是一个不会武功的弱女子的形象。

“给我乖乖地，别动。”男人的声音沙哑枯干，微影突然对他的目的起了怀疑，自己不过一个匆匆过客，他到底是冲着谁而来的？

那男子一手执刀架着她的脖子，见她没有反抗的意思，便抽出了原本捂着她嘴巴的手，探上了她的手腕。微影本有一个绝好的机会可以反击，逃过他的攻势，但她并没有动作，一步一步地看着那男人的意图。

男子摸上了微影的脉搏，拿刀的手不禁一震，开始怀疑自己的判断，这个女子不过是个意外闯入的局外人。他仔仔细细地探查了女子脉搏，就是没有找到一丝修炼武功的痕迹，不仅没有修炼武功的痕迹，连一丝内力都没有。微影看着男子奇怪的动作，顿时了然于心，他是来看自己是不是探子的。倒还亏得自己从没有练过中华武学，恐怕这男子要空手而归了。

“大侠饶命，大侠饶命。”微影用带着几分恐惧的声音央求着。

那男人冷哼一声，一把将她甩开威胁道：“今晚的事，你若敢说出去，我要你好看。”

“是，是。”微影低头不断地应答着。

那人瞬间飞上了屋顶，以快如闪电的身法飞蹿而去，微影抬起头，揉了揉被他捏痛的手腕，平静地站起，再没有了刚才的惺惺作态。

听声音这男子已经四五十岁，如此高妙的武功，在明楼之中来去无踪，他到底是什么人？难道明楼的真正领导者，不是萧千陌吗？

16 卿本佳人（*5*）

微影坐在窗边，细细地想着昨晚发生的事，老远处传来一阵人声的嬉闹声，一个听起来年龄不大的女孩子娇俏的声音传来：

“别吵，我要去看看，你们谁敢拦我，回去给我小心点。”

帘儿已端了一大盆水果走了进来，对微影解释道：“小姐是少主的妹妹，平时骄纵惯了，所以有点……”

微影对她巧然一笑，“我知道了。”其实抛却了监视她的身份，帘儿对她还是着实不错的。

转眼之间，那对人已走了进来，打头的是一个看似不过十三四岁的少女，少女一袭水红色的衣裙，裙边上还饰着五色的宝石，她手上戴着一串和裙上所饰相同的五色宝石串，脖子上戴着一串银铃，随着她的每一步发出叮当的脆响。微影看那少女年纪虽小，却装扮奇异，头上梳着两个髻，很是古灵精怪。

微影走到她面前，微微屈膝："参见小姐。"

那少女，向前走了两步，对着微影说道："你抬头让我看看。"

微影不明白她想要干什么，只能抬头看着她黑珠珠的眼睛。

"果然长得不是一般的漂亮，怪不得我哥会把你带回来。"

微影正要解释她会错了意，那少女已走过来将微影扶起，上上下下地将她打量了个遍，而后沉吟片刻，开口说道："嗯，我哥的眼光还是真不错。"

微影大概从未想过自己会被那么一个小女孩弄得尴尬得说不出话来，她不知她到底该怎么解释自己和萧千陌的关系并不是她想象的那样。

一个清脆的声音打破了尴尬的局面："他们说你叫影，那我叫你影姐姐吧。我叫萧琴瑟。"

萧琴瑟拉着微影在一边的小桌上坐下，后面她带来的侍女站了一排，两人有的没的聊了半天。微影一边剥着葡萄，一边听萧琴瑟说着天南海北的故事，将葡萄送进萧琴瑟的嘴里。萧琴瑟突然抬起头冲着微影一笑，"影姐姐，你真好。"

微影似乎有那么一瞬间的失神，她在说自己真好。自己真好吗？怎么可能呢，她是早晚有一天要伤害这女孩的，尽管她不愿，但如果这是命运，命运决定他们必须站在对立面上，她只能接受。

微影拉起萧琴瑟的手，对她笑道："琴瑟，影姐姐有东西给你看，你要不要看啊。"

"好啊好啊。你们都留在这，我进去下就出来。"

打头的一个侍女答应了一声，其他的婢女都站在那略点了下头表示知道了，果真如帘儿所说的，这些人都是没办法说话的。

微影带着萧琴瑟两人进了屋子，她拿出一个五色花绳系着的白玉铃铛递给琴瑟。萧琴瑟惊讶地叫着："真好看。"

"喜欢的话就送给你了。"

"影姐姐你真好，就像哥哥对我一样好。"萧琴瑟扬起天真的脸庞对微影说道。

"你哥哥对你很好啊。"

"是啊，虽然他很忙，经常有哪个公子哪个老爷的找他，但他对我真的很好，很好。"

"他很忙？"

"是啊，他有很多事，还经常要给阴古那边的人写信。"萧琴瑟好像突然意识到自己说的太多了，忙拉起微影的手对她说："影姐姐你帮我戴上这个铃铛吧。"

微影沉默着伸手替她戴上铃铛，一遍一遍地想着萧琴瑟说的话，若明楼真的是与阴古有关的话，那这份威胁就是绝大的。

萧琴瑟拉起微影的手，蹦蹦跳跳地拖着她向外走去。身上的铃铛，挂饰敲击着发出清脆的声音。她走到外面轻巧地转了个身，水红色的长裙随着她的旋转飞速地展开了，她一个高兴在院子里翻起了跟头，裙摆展开就像盛开的花朵。

“你会武功？”

“一点点而已，哥哥没空教我。”

“那这里的人呢？我看昨天带我们回来的人就应该会武功吧。”

“他们没事的时候是不会待在楼内的。”

萧琴瑟不知何时已与微影很是亲热。当她带着身后的一众侍女离去，微影也让帘儿退出，将自己一个人关在房间内，如乱麻般的情绪一次一次地缠绕着她。她突然发现自己很纠结，萧琴瑟是那么天真的一个小女孩，而自己却可能会毁了她的一切。但自己不这么做，若这阴古与明楼夺天下又不知道会有多少无辜的人丧生。她突然发现自己其实不适合做这个行业，面对抉择的时候她还是不够决绝。

她可以忍受别人骂她打她就是不愿意伤害对自己好的人。

总是需要一个决定的。她走回桌前，拿起一只毛笔，折断笔杆，蘸了些墨水开始在言青朔后来飞给她的雪鸟的翅膀上画起了不一样的线条，雪鸟的羽毛一旦画上了颜色便不会再脱落，而且雪鸟适于长途飞行，羽毛也不会中途脱落。她又取来一只信鸽，在信鸽腿上绑上一张空白的宣纸，然后走出房门放飞了那只雪鸟。雪鸟静静地舒展着翅膀并没有发出多大的声音。微影随即走出自己的小院。一扬手，让信鸽向着相反的方向飞去。她静静地看着天边那一抹白色远去的方向，该是摊牌的时候了。

萧千陌一个人在屋子里踱来踱去，没有目的地随便走着。门外属下回报的声音打破了他的沉思：“少主，我们拦截到了一个腿上绑着字条的信鸽。”

“进来。”萧千陌顿时恢复了那冷酷的少主形象，信鸽的身体里直穿着一支长箭，一阵阵抽搐着。他接下信鸽腿上绑着的纸条，展开之后却发现不过是一张白纸。

他回头瞪着那前来回报的男子：“不过是一个恶作剧而已。”

那人被他盯得惭愧地低下了头：“是，是。”

“师父离开了？”

“是，风前辈已经走了。”

“知道了，你下去吧。”

那年轻的男子默默地退出了房间，心里早已把那放飞信鸽的人骂了个一千遍，害得他邀功不成，反而弄得个如此地步。

待他走后，萧千陌低头看了看手中空白的纸，独自呢喃道：“是恶作剧吗？还是原来的一切都只不过是我的南柯一梦。”

［亓云皇宫］

莫枫手上停着一只浑身洁白只有少许墨迹的雪鸟，他费解地看着这只腿上没有任何东西的雪鸟，叩响了湮夏的房门。

“谁啊？”湮夏的声音依旧清冷。

“是我。”

“有难题啦？”湮夏一边说着一边来给莫枫开门。

“你怎么知道的？”

“没事我们莫枫大统领怎么会来找我啊。”湮夏看着莫枫调笑。

莫枫没理她的淡淡嘲讽，把手上的雪鸟递给了她。

湮夏看到他一本正经的脸色便收起了笑容，从他手里接过了雪鸟，看了看雪鸟身上斑斑驳驳的黑色线条，想了一会儿，对莫枫说道：

“这是微影飞来的，说她三天后行动，地点是括苍山西南方的山谷。我想我们也该派人去接她了。”

“她写在哪了？”莫枫看着自己研究半天都想不出端倪的这只雪鸟竟然在湮夏三言两语之间就破尽了玄妙。

“是密码。好了啦，你去向娘娘请示吧，我带人去接她。”湮夏笑着搪塞了莫枫的追问，微影用电码的方式将句子写在了雪鸟的身上，这种电码怎么是莫枫一时半会儿学得会的。

看着莫枫急促的脚步渐行渐远，湮夏突然勾起了一抹笑容，笑骂道：“真是傻瓜。”似是在说自己，或是莫枫，又或是他们全部。

被情所困的，都是傻瓜啊……

［三天后明楼总部］

微影一袭黑色紧身衣，拿起自己绘制的明楼地图，将自己带来的匕首短刀贴身绑在身上，然后用一块黑色丝巾蒙住了自己的脸，外间的地上躺着被打晕的帘儿。她的动作就像夜猫一样敏捷，借着夜色的掩护转瞬消失在浓密的夜色中。

这三天，她借着与萧琴瑟闲逛的名义记下了明楼内部的地形，晚上待到夜深人静了再将记忆中的地形画出来，终于拿到了一张完整的地图。明楼内部机关重重，暗哨明哨多得数不清，但这是她选择的路，她就必须走到底。终于要行动了，她强迫自己不要去想萧琴瑟天真的脸庞，不要去想竹屋里萧千陌的温柔。命运已决定，他们今生就要站在这对立面上。

夜色来袭，今夜荒芜了的，是温柔。

黑夜漫漫，今夜泛滥了的，是冰冷。

17 卿本佳人（*6*）

微影一个人穿梭在足以吞噬人的黑暗里，她尽量避开了楼中的巡逻人员，偶尔遇到她便下手将他们劈昏后搬到树丛里，并没有下狠手。做这些，她始终是有一些负罪感的。

她似一道黑影直向明楼的藏宝阁掠去，解决了几个暗哨之后，她推开吱呀作响的木门，回身关好了门，便开始找起了什么。她细心地一层层找着，不得不感叹，这明楼的宝贝还真是多，也不知道是从什么人手里弄来的。

一个放在柜子顶端的黑木匣子吸引了她的注意，她随手打开，盒子里竟静静地躺着几把黑色的枪，微影一笑，得来全不费工夫。枪身上依旧光滑只有几处细小的划痕，微影轻轻拂过黑色的枪身，将它们绑在了自己身上却突然发现少了一把枪。她只好继续在柜子上摸摸索索。

突然地，她看到不远处的一张矮桌上零散放着几张纸，微影走近一看，却发现纸上竟然是阴古的防卫图，她仔细地记下图中所画的地点，并没有动手拿走那张地图。

廊外透进来的火光照在她手中的地图上，门外不断地传来人群走过的声音，微影暗想不好，便随手放下地图，一动不动地盯着门口。

一道劲风将门卷开，萧千陌站在门口，两人的视线在电光火石之间交会，萧千陌手一扬，一根银针呼啸着向微影袭来。黑色的身影侧身一避，银针贴着她的脸险险而过带开了她的黑巾。萧千陌看着眼前那张再熟悉不过的绝美脸庞，低缓地说道：

“卿本佳人，奈何为贼？”

“我非为贼，也无意为贼。我只不过，是来拿回本属于我的东西。”微影说着从腰间掏出了枪，对着萧千陌晃晃。

“这东西是你的？”

“是啊，萧大楼主替我收藏了那么久，总该物归原主了吧。”

萧千陌听她句句讥讽，心中难免一痛，转眼之间，她就站在自己的对立面上了。

“你进楼时我曾探过你的脉息，你根本不会武功。”

“我是不会，但有人说杀人一定要用武功吗？”微影抬头凝视着萧千陌的眼睛，面对他身后众人没有一点惧色，深邃的眼睛里折射出不可一世的光芒，“我既然进了这明楼，当然有出去的本事。听说明楼少主风度不凡，难道要和我这小女子过不去吗？”

萧千陌皱起了眉头，看着眼前的女子，她早就知道自己的身份是明楼少主，也就是说这一切都是她所设计好的。

“你早知道？”

“我早知道。”

“你既然知道了，我又怎么能让你离去。明楼怎么容你随意进出？”萧千陌强制自己不去看微影的眼睛，狠下心来说道。

“那可容不得你。”既然你无情，我便无义。微影掏出枪，指着萧千陌身边一人，冷冷地对他说：“你知道这东西用来干什么吗？”

萧千陌没有应答，微影突然勾起了一抹冷笑，扣动了扳机，随着砰的一声，那人便倒在了地上，额头正中上洞开了一个血洞。萧千陌惊讶地看着这他似乎不可能理解的事情的发生。微影不知，她今天的这一举动，直接造就了他们二人最终的命运。

即使萧千陌强装镇定，他身后的一众明楼中人早已乱成了一锅粥。他们一脸惊讶地看着，一个大活人转瞬之间就变成了一具尸体，而他们面前的女子却一步都没有离开自己原来的位置。微影一笑而过，随手扔出一颗包裹着麻醉粉的弹丸，向早已乱套了的众人扔去。那麻醉粉可是云家的独门秘方，沾到一点就会全身无力。萧千陌看到她扔出的东西，暗叫不好，赶快屏住了气息。微影趁着一帮人混乱的场景，直接从一大片浓雾之间穿身而过，萧千陌看着她就这样毫无顾忌从一片麻醉粉之间穿过，拔脚便追，他的手下早已倒在地上，动弹不得。

微影感到身后有人追来，她不会轻功当然跑不过萧千陌，狠下心来回头，一颗子弹簌地飞过两人之间，直接击中了萧千陌的膝盖。萧千陌痛得倒吸了一口凉气，猛地跪下。那子弹他竟然没有避过，是那速度太快，还是他的心早已迷失在了这夜色之中。前面的女子的声音悠悠地顺着风传递而来：

“萧千陌，这是谢你的照顾，谢你的及笄礼，谢你在竹屋时的一切。我没有杀你，全当谢你的这一切。当断不断必受其乱，再相见，也许我们就是敌人了。”

萧千陌的心里，在那时突然涌起了无限的落寞，在他一向被要求理智为上的人生中，第一次，他无法压抑内心的落寞与冲动。萧千陌抬手拿出银针，与上一次的不同，银针的尖端早已涂上了毒药。他随手掷出银针，向着女子远去的身影呼啸而去，银针上的毒不足以致命，却可以把她留在明楼，最坏，也可以减慢她离去的脚步。

微影感受到了身后步步逼近的危险，出人意料的她不躲也不闪，任由银针呼啸着刺入了自己的肩膀。她不管身后的危险，只是一味地向着明楼的出口掠去。看着银针刺入微影身体的那一瞬间，萧千陌不由自主地心中一疼，但那黑色的身影只是晃了一晃，丝毫没有因此阻滞了脚步。萧千陌猛地提气，向前越去，接近明楼出口的时候，另两个黑色的身影早已等候在了复杂的暗哨排布之外。

一个黑衣人一把拉住微影，另一个人随即挡在了萧千陌面前，一阵银光闪过，长剑在手，招招致命，向萧千陌袭去。

远处的另一人冲着缠斗的两人大喊："别打了，走了。"

黑衣人迅速向着远处离去，萧千陌也不追赶，直勾勾地盯着三人离去的方向。良久，他转过身来，回身向藏宝阁走去。原来的一众手下早已被拖下去服药，新赶来的明楼守卫看见少主受伤，急急忙忙地找来了医师。

草草地让他帮自己包扎了一下，取出了那腿中的子弹。萧千陌拿捏着那黄澄澄的弹头，握紧了拳头，子弹冰冷的触感硌痛了他的掌心。身后的阴影里，一个戴着兜帽的男子悄然出现，见到萧千陌站在那摊在桌上的阴古地图前沉默不语，"还是原封不动地放在这啊，你恐怕想错了吧。"

"不会错的，她一定看过了。"萧千陌摇摇头，否定了那人的假设。

"你就那么肯定？"

"我肯定，她绝对看过了。"

"她既有这本事，怎会看不出这个。她既有这本事，你为何放她离开？"黑衣男子不屑地轻哼一声。

"你以为我想放她走啊？"萧千陌白了他一眼，没好气地回应着他的讽刺。

脑海中是挥之不去的更多疑问，她明明中了自己的迷药，怎么还能逃走呢？那黑色的不明武器，到底是什么？猛然间出现的神秘女子，到底是何方神圣？

夜幕之中，一辆马车疾驰而去。马车之中，坐着两个身着黑衣的女子。

"没事吧？"

"嗯。"微影说着拔出扎在肩膀上的银针。

"这上面有药吧？"

"一点迷药而已，不要紧的。"

湮夏冲她笑笑，拿出伤药抹在她的伤口上。对微影来说，一般的迷药和毒药早已起不了多大的作用。即使微影从未提起，湮夏从他人的闲言碎语中也多少知道了些那时候发生的事，她年仅 6 岁就被送到一个古怪的恐怖主义部落之中，一待就是 4 年，待她回来时，足足在床上躺了三个月才将一身伤痕治好。但留在她心里的，身体里的东西却永远都去除不掉了。

微影拿出身上的枪支递给湮夏："这下，可要好好保存了。"

湮夏伸手接过，却脸色一变："少了一把枪？"

“什么，少了？不会吧，所有的我都拿回来了。”

“应该是少了，我身上还有一把只有一发子弹的枪，不见了。”湮夏的眉头紧皱，努力在回想着什么。

“或许是遗落在我们的那个世界了吧，落下山崖，总会掉落下什么东西的吧。”

“但愿是吧。”

当清晨的第一缕阳光照进富丽堂皇的宫殿时，微影、湮夏和莫枫早已站在了空旷的大殿之中。一尘不染的大理石地面映出了三人的倒影。云立雅身着太后的正装，头上斜插着金凤钗和翡翠步摇，云立雅走上了宫殿的主位，一旁的云立鹤紧紧盯着阶下站着的微影，直让她心中发毛。云立鹤看到妹妹来到，便开口问道：

“你们就这样出了明楼？”

“是啊。”微影看着这位国舅，犀利的眼神和超脱的气质。

“哎，雅儿啊，你不应该让他们去的。”云立鹤悠悠地叹了口气，回头看向这个妹妹。

“为何？”

“明楼少主萧千陌怎是凡人啊，恐怕，他早已知道你的身份了，早在你踏进明楼的那一刹那，就注定会被看破了。尽管他可能会有很多疑问，可能不知你的来历，但你的探子身份，却是他早有算计的。”

微影心中一惊，看着云立鹤无可奈何的语气，不像是在说笑，“国舅的意思是，他不点破，只是为了假我之手，提供错误的信息？”

微影自己都没有察觉到，自己的语气已经带了一丝颤抖。是她连这种看惯了的计谋都识辨不出了，还是她不愿相信，那种温润如水和那种云淡风轻都是他早已算好的圈套。而自认为是走棋者的自己，也不过成为他手中的一颗棋子。

“是。”云立鹤看到这迅速领悟了自己心中所想的女子暗叹一声，她所欠缺的，只有冷酷，只有上位者的无情。假以时日，待日月打磨，她必定会成为一把锋利无比的宝剑。

“你们要走的路还很长，不急于这一时的成败。雅儿，过两年，等云沁那孩子稍大些，我会将她送下山，她虽然武功天赋不怎样，但一身医术都是我的真传。就让她跟着你们历练吧。”

“好。”云立雅听着哥哥意味深长的话语，心思不禁沉重起来。她让紫儿拿出早已准备好的两块金色腰牌递给微影和湮夏，“这是我特制的腰牌，你们拿着这个可以最大限度上派遣我的人马。”

她们低头接下，到了这个时候，多少承诺宣誓早已没有必要。

这是结束吗？不，这只是个开始。

18　相逢何必曾相识

[3 年后]

一辆宽敞的马车疾驰在官道上，坐在马车前头的是一个看起来十六七岁，还略显稚嫩的少年。少年不似一般的马夫，反而是与马车中的人谈笑风生。

“影姐姐，我们这么急着赶回去，是有什么重要约会吗？”赶车的少年扬起好看的嘴角，带着几分的不成熟与车内的女子说笑。

“飒，回去之后可不准这样没大没小的。”湮夏出声阻止了少年的玩笑。

“夏姐姐，这不还没到皇宫呢吗？你就开始教我规矩了。”少年不满地噘起了嘴巴。

“飒，皇宫可不是外面，不像我们能让你随心所欲。”微影淡笑着与车外的少年说道。

“知道了。”飒收敛起不正经的神色，正色答道：“两位姐姐说什么就是什么。”

飒是微影与湮夏救起的少年。她们初见他时，他一身褴褛，在街头被一群仇家追赶，被棍棒打得半死。而原因，只不过是因为飒欠了他们几十文钱。再后来与飒的交谈中，微影得知了他的苦处。飒从小父母双亡，没有其他亲人的他艰难度日，却因欠了区区几十文钱而被当街追打。

当微影和湮夏从那些比她们身强体壮十倍有余的大汉手里救下飒之后，这个苦命的少年就死心塌地地追随着两人。飒年纪虽小，但心思灵活，又学过几年功夫，被两人调教之后就几乎终日不离地跟着两人。

“哼，影姐姐，你说什么飒都听。我跟他说不了两句就要吵架。”云沁嘟着小嘴，一脸不满地向微影抱怨。云沁不是那种很美的女子，但一双眼睛却纯净得一丝不染。

“沁儿还怕他欺负吗？他要是敢欺负你，就给他吃你那种稀奇古怪的药材。实在不行，来找我，影姐姐帮你收拾他。”

“不带这样的，还搬救兵。”飒在车外气急地直嚷嚷，要是在平地上，他早已跳起大叫。

就在几人吵吵闹闹之间，马车已经进了皇城，飒拿着微影的黄金腰牌，一路畅通无阻地进了皇宫。

“属下参见太后娘娘。”四个人跪在殿前，齐声说道。

“找你们回来是因为夜辽五皇子和二公主要来了。不过这一次，他们要光明正大地来，以夜辽出访使节的身份。三年之期到了，这次我们要好好招待他们。”

“公主和皇子担任使节？夜皇怎么会让他们出来的？”云沁抬起天真的脸庞，对于这一切，她始终无法理解。

湮夏看了一眼云沁，这样的天真是需要好好维护的吧。“也许夜皇也想利用他的儿女拉拢我们，皇权争夺一向是一个帝王所不想看到的，但他却把这一切都看透了？”

“应该不会，对他来说，多一个盟友好过多一个敌人。至于夜祈道和太子夜祈桓的斗争，恐怕都在他的掌握之中。他也需要两方势力来为他制衡朝中大臣啊。夜皇夜吾承叱咤风云几十年，怎么会是无名之辈呢？”云立雅谈起夜吾承也是一脸的迷惘，从没有人知晓这个高深莫测的男人到底对局势的掌握到了怎么样的程度。

“嗯。属下明白。”

“迎接他们那日，我，无忧，舞灵，青朔全部都要出席。文武百官都要参加迎宾大典，恐怕，还要你们多照应着点。”

“是。”

[亓云皇宫迎宾大典]

云立雅穿着太后正装，头戴凤冠，领着身穿明黄色龙袍的亓无忧站在皇宫正殿前。身后的亓舞灵、言青朔也都一本正经地站在他们身后。文物百官分立两侧，广场周围密密麻麻的都是皇宫禁卫，处处体现着这场迎宾典的不凡。

湮夏瞟了一眼站在一众武官前的莫枫：“微影啊，你看我们下次见到莫枫啊，可要叫他莫将军了。”

“那还不是仰仗你啊，听说你们把原来的那些人直线扩张到三万了？”

“就知道开我的玩笑。”湮夏瞪了一眼微影，没好气地说。

远处的夜祈逍和夜卿玥缓缓地走来，礼官指挥着进行一项项烦琐的礼节。微影和湮夏两个人对这无聊的礼节一点兴趣都没有，远远地站在一处别人发现不了的屋檐下看着。两个人一脸无奈地终于等到了他们走进了大殿，典礼终于结束。湮夏揉了揉酸痛的脖子：“微影啊，他们都进去了，我们也回去吧。”

两个人绕开退场的人群，沿着小路回了御花园，却碰见一袭公主裙装的亓舞灵拖着言青朔来找两人。亓舞灵一看到两人直接冲了过来：“影姐姐，你到哪里去了，回来也不看看我，灵儿好想你的。”

“灵儿怎么长不大呢，你大了，不能再像小时候一样了。”

亓舞灵抬起脸，一字一句地问微影：“怎么不一样了。”

“那个，你及笄了啊，要等着出嫁了啊。”微影冲她一笑，看着亓舞灵一下子脸就红得像个熟透的苹果。言青朔远远地听到了两人的对话，走上前来，轻挑了一下眉毛，眯起了他看着有些邪邪的桃花眼："微影说的是，你是要好好准备准备了。"

亓舞灵看一眼言青朔，气得大叫："你们——你们！！！"

"好了好了，我给你弹琴听怎么样啊？"微影看到亓舞灵生气，便对她说道。

"好啊。"亓舞灵吩咐身后的侍女赶忙去搬琴来。

微影轻钩着琴弦，调着音调，云立雅带着亓无忧和皇子和公主却从远处走来。微影和湮夏向着四个人行了个礼。

夜卿玥上上下下地打量着微影，开口道："你还会弹琴？"

"嗯。"

"姑娘今年几岁了？"

微影一脸狐疑地看着夜卿玥，不知道她到底有什么打算，"还没到十八岁。"

"祈逍今年刚满弱冠，娘娘你看，"夜卿玥说到一半，回头望向云立雅，言语中别带深意。可两个人的声音迅速打断了她的话。

"不。"说完之后微影和夜祈逍面面相觑，不知道怎么会同时做出了相同的回答。

"皇姐，你知道的，我……"

"五皇子可是已有心上人？"云立雅看着两个年轻人一脸尴尬，只得出言帮两人解围。

夜卿玥看着夜祈逍不满的脸色，缓缓地叹了一口气："两年前，他遇到过一个女子，可他甚至不知道她的真名，不了解她的身世，就连她的容貌都未曾看得真切，你说这样，叫人怎么找得到呢？"

夜祈逍神色一黯，"祈逍会找到她的，所以，恐怕要让你们失望了。"

一年前，在夜辽的上京城，夜祈逍被一众贵族子弟拉着去喝茶，他独自一人，走出了小楼，在后院闲逛，却见到了那一个让他长久不忘的女子。他站在树边，远远地看去，只见那女子的背影。女子一身白衣，长长的秀发未加修饰，只用一条白色的丝带扎起，她静静地坐在那里，腿上放着一把古琴，低弹浅唱：

莫相随，何苦为一朝浮华醉；
终离别，何处有一生常相伴。
红颜未老恩先断，悲哀怜怜；
物是人非情已逝，凄苦楚楚。
爱是笼，情是牢，何苦困顿，
爱是笼，情是牢，作茧自缚。
说什么一生一世一双人，
沉默无尽谎言生，

谁指天地，为我许下永恒的誓言，

是承诺，或是欺骗？

莫相随，何苦为一朝浮华醉；

终离别，何处有一生常相伴。

红颜未老恩先断，悲哀怜怜；

物是人非情已逝，凄苦楚楚。

爱是笼，情是牢，何苦困顿，

爱是笼，情是牢，作茧自缚。

不爱，不痛；无情，无苦。

不爱，不痛；无情，无苦。

女子的声音缥缈得就像从遥远的天边传来的一样，不同于一般的莺歌燕舞，挥之不去的，是歌声琴音里的悲伤的气息。就像看破了这世间的悲欢离合，又不甘愿离去地挣扎。女子好像发现了夜祈道，抱着琴就要离去，鬼使神差之间，夜祈道悠悠地问道："姑娘，叫什么名字？"

"萱。"白衣女子没有回头，只是随口答道。

"忘忧草真能无忧？"萱是忘忧的意思。夜祈道盯着女子的背影，眼神深邃地就像黑色的旋涡，在吞噬着这一切。

"是人，孰能无忧。忘忧忘忧，不过自欺欺人的臆想而已。"

尽管从未看到那女子的容貌，但夜祈道却自始至终固执地认为，她一定很美，这种美，已经不是容貌上的了。这已不是一见钟情，是在那一个瞬间，他猛然间觉得，自己遇到了对的人。

夜祈道的眼神扫过众人，就好像这乱点的鸳鸯谱是她们早就计划好的东西。

微影冷哼一声，眼里满是不屑。"五皇子放心，微影再不济，也不会把自己当作筹码去完成一场政治婚姻。公主看上微影无非两点，一是希望微影能帮你们做事。微影来到这里，深受娘娘重恩，娘娘也是我娘去世之后唯一又给了我家的人，我曾起誓，这一生不会背叛亓云，所以，公主此举完全没有必要。其二就是想通过我，拉拢亓云。微影与娘娘非亲非故，她是主子，我只不过是手下。公主何必呢？五皇子早有心上人，微影何必葬送自己一生的幸福，若五皇子要把微影看成攀龙附凤的人，可就实在太没眼力了。"

"影姐姐，不是要弹琴吗？"亓舞灵看到两个人无声的对峙，之后轻轻拍了一下微影，提醒她本来的目的，也好解开这尴尬的局面。

"你还会弹琴？"夜祈道带着点错愕地看着微影。

“不是所有的人，都像五皇子想象的那样。微影的手沾满鲜血，但并非摸不得琴弦。”微影轻轻地说道，淡漠的脸色就好像她说的不是自己一样。

“影姐姐弹得可好了。”亓舞灵看那莫名其妙的五皇子竟然敢轻视微影，又看着两个人话语之间若有若无的敌意，不免出声帮微影鸣不平。

“再好也不如她。”她一身素衣，没有花哨的技巧就给人一个意境，那是用心去弹的琴，其余人，再好都不如那名为萱的女子。总有一日，他会找到她。

湮夏冷眼看着两个人，心中暗道：“你错了，你们都错了。微影的琴，是很好，很好的。只是世人都看见她的美貌，都关注于她的身份，却都忽视了她的才华。有这样天赋的她，却委身做一个不见天日的特工，怎么能说这，不是埋没了呢？”

云立雅对夜卿玥笑笑，“孩子们的事，就让他们自己决定吧。走吧，去我那里坐坐，我们也好聊聊，这里，就交给他们吧。”

夜卿玥点点头，跟着云立雅转身离去，亭子里一时间陷入了泥沼一样的沉默。亓无忧推推微影，让她为自己弹琴。夜祈逍看了一眼凉亭之中的众人，也转身离去，他一步步地走在小径上，身后飘来铮铮的琴声，琴声高亢，就像在弹奏一曲无言的战歌，可他缓缓离去，身后的乐曲在他脑海里竟没留下一丝痕迹。他就像陷在回忆沼泽里的人，不可自拔地忽视了周遭的一切。

金戈铁马踏破山河风惆怅，
十里沙场征战连绵日月殇，
刀光剑影红颜一笑意猖狂，
嵘峰巅上笑看天下终成王，
帝星出世，光耀不可挡，
成王败寇，血色染斜阳，
凤凰涅槃，浴血重生，
乱世浮沉，何人为王？

19 纷乱月夜谁惜梦

云立雅和亓无忧坐在宴席的首座，身边坐着夜卿玥和夜祈逍。台阶之下亓舞灵和言青朔坐在一侧。微影和湮夏坐在另一边，整个大殿一时之间只有他们，云立雅向夜卿玥举了举杯，笑着转向她，“二公主可还满意？”

夜卿玥朝她眨了眨眼睛：“太后娘娘可还记得我们的三年之约？”

“怎么会不记得呢？今天，我会给你一份答卷。微影。”

“是。”微影听到云立雅叫她，起身拿过早已准备好的一个金色托盘。她捧着托盘缓缓地走到夜卿玥的面前：“这是影风卫的兵符，三年以来，进行精兵训练的所有军官名册。如今一共三万人，个个是精兵强将，保守估计可以对抗至少十五万普通军队。”微影用一种淡淡的语气陈述着这一切功绩，没有自夸也没有自谦，却意外地让人信服。

云立雅等微影说完，笑着向夜卿玥加上了一点：“你也知道，没人想做亏本的生意，我云立雅所要帮的，一定要是将来绝对的王者，所以公主，你懂我的意思了吗？”话一说完，云立雅突然觉得自己怎么那么阴险呢？她暗自嘲讽一下自己，算了算了，为了亓云，阴险就阴险吧。

“卿玥明白了，娘娘要选择的，是夜辽将来的王。”夜卿玥怎会听不出云立雅话里的意思，她的弟弟将会是储君，只有那样才是这个以利益为基础的盟誓真正建立的根本。

“二公主聪慧过人，今天晚上就暂且抛开那些东西，这是你们的接风宴，可要好好享受啊。”

“一定不辜负娘娘的一番美意。”

夜卿玥和云立雅在台上意味深长地对话，台下的亓舞灵早就不耐烦地嘟起了嘴，她十分不满地看着两个人你来我往的，吃个饭都要花那么多时间。言青朔一转头就看见她一脸无奈地看着台上的两人，会心一笑：“怎么，累了？”

“无聊死了，他们怎么可以说这么多的。”

“这是专门迎接贵宾啊，你也大了，很多事情都要学学了。”言青朔看着她，也不急不恼，眼神里充满了宠溺。

“母后说了，她最大的希望就是我们活得快乐，可是我知道，若台上的人是我，我决不会快乐。”亓舞灵突然变得严肃，一脸认真地说。

言青朔一对桃花眼眯成了一条缝：“你母后现在在那个台上，就是为了给你一个足够快乐的未来，一个希望儿女无忧无虑的母亲怎么会喜欢做这种事？”

“我明白，你说的我都明白。我只是在想，迟早有一天，当我走出母后的羽翼之下，我又该怎么去让自己活得无忧无虑。”亓舞灵悠悠地叹了一口气，她并非完全天真无邪的。

“不要想那么多，那些事情不适合你，你只要快乐就好了，其他事，有我。”

亓舞灵猛然一回头，正落入言青朔的桃花眼之中，他狭长的眼睛里就像酝酿了一坛酒，让亓舞灵觉得自己醉了，醉在那双眼睛里。门外传来的刀剑碰撞的声音将她拉回了现实。微影和湮夏相视了一眼，迅速从席上站起，门外有人声嘶力竭地喊叫，“有刺客！有刺客！”

几颗黑色的弹丸打破了窗户纸被扔进了大殿，弹丸迅速地爆炸释放出大量的烟雾。

“该死，是烟幕弹，有毒。”

“咳，咳……”夜卿玥、亓舞灵和云立雅多多少少吸入了那包围她们的白色烟幕，一时之间浑身无力，动弹不得。微影回头一看，在大量的烟雾之下，众人大多着了道，言青朔将亓舞灵护在了身后，湮夏和夜祈逍还勉强可以行动。她心一急，大步向门口走去，一个年轻的侍卫被人摔进了大殿。他迅速从地上爬起来，死死地用自己的身体顶住了那扇门。血红的刀子从他的身体里穿出，他仍旧死死地抵着门，不管自己身上穿出的越来越多的血刃。微影走过去，示意他让开，年轻人终于颤颤巍巍地倒下，结束了他最后的使命，也结束了他年轻的生命。

几个蒙面的黑衣人看着门一瞬间被打开，一个女子站在门口，手中没有任何兵器，却都被她身上爆发出来的气场所吓到。黑衣人是一群彪形大汉，虽然看上去勇猛但也不会有多少真本事，无非是靠着这邪门的迷烟才敢夜闯皇宫。

微影随手拿起一边摔碎了的瓷盘，锋利的瓷片瞬间飞了出去，扎在黑衣人的喉口。她冷冷地扫视那群人，缓缓开口说道：“阁下是何方神圣，可知夜闯皇宫是死罪？”

一群黑衣人面面相觑，在带头的人一声令下迅速冲进了大殿：“死罪？那也要看你有没有这个本事留下大爷的命！”

大殿之中霎时间乱作一团，原本应是一派祥和的接风宴瞬间变成了一个战场。黑衣人一边对着众人舞刀弄枪，一边不断地释放出迷烟，皇宫中的普通侍卫渐渐招架不住，手脚无力地倒在地上。夜祈逍、言青朔虽也中了迷烟，却还能咬牙苦苦坚持。高台之上的云立雅和夜卿玥早已动弹不得，一脸惊恐地看着阶下的刀光剑影。言青朔将亓舞灵护在身后，替她抵挡着那些人的进攻，可他却渐渐发现黑衣人的目标并不是亓云皇室，而是——夜卿玥。当他正要出声提醒的时候，却发现一切都已经晚了，几个黑衣人封住了他的行动，那个领头的人手执尖刀就向夜卿玥冲去。

“姐姐！”“二公主！”

夜祈逍看着长剑直直地向姐姐的心口刺去便要出手相助，与他对敌的黑衣人看见他要去救人，乘着夜祈逍的一个不备，对着他的脸吹出了一口迷烟。一阵昏天地暗，夜祈逍腿一软便跪在了地上，眼睁睁地看着长剑离夜卿玥越来越近。微影看到那边的情势危急便要脱身，黑衣人如法炮制地向她吹出了迷烟，谁知她不躲不闪，就在黑衣人的惊讶之中，一把匕首就已插在他的心口。

女子的身影如箭离弦地向台上冲去，黑衣人的剑锋距离夜卿玥已不到一尺，被迷烟迷倒的夜卿玥只能眼睁睁地看着银色的光芒离自己越来越近。她闭上双眼，准备迎接长剑穿入身体的痛楚，预料之中的死亡并没有来到，她睁开眼睛就看见那一身碧色衣裙的女子站在自己的身前，手中牢牢地握住剑身。鲜血从她的手里流出，划过银色的剑身落在绿色的裙摆上，晕染出一朵一朵的鲜红。微影一脚踹开领头的黑衣人，湮夏一掌直接打在那人的后颈，让他陷入了昏睡。剩下群龙无首的黑衣人被闻讯赶来的皇宫侍卫团团围住。

“属下救驾来迟，甘愿受罚。”

“你们确实该罚，今天若任何一个人在这里出了意外，你们拿什么负责。”微影看着密密麻麻跪了一地的侍卫，自从莫枫的人全数调走之后，这些人也太不像话了。

“属下知罪。”

“把那些人带去地牢，严加看管，要是再出差错，你自己看着办。”

“主子，我把沁儿带来了。你看是不是让她看看皇上，贵宾们。”飒一手托着云沁，匆匆忙忙地奔了进来。

“嗯，沁儿，你帮他们把迷药解了，再让人准备一些压惊的药。还有你，飒，你别告诉我你也不知道这些人什么时候混进来的。”

“我知道，我去追人，只是追到时只看见外围的守卫早已被迷倒在地了。是我疏忽了。”

微影看着满脸悔恨的飒，舒了一口气：“皇宫禁卫统领的职责你暂代几天，所有的护卫全部给我重新筛选。防卫措施全部加强两倍。”

“是。”

“姑娘，没出什么事吧。莫将军听见响动让我来看看。”飚匆匆忙忙地进来宫殿。

“还好，没什么大事。流黛流珠，带人送皇上、太后娘娘、二公主还有五皇子回去。青朔，你也送舞灵回去吧。”

“让各位受惊了，是属下失职。”

流黛流珠带着一众宫人迅速扶起稍稍可以活动的几人，向宫内走去。夜祈逍回头，看了一眼站在大殿中间调动着各处人马的微影，他猛然发现她不输于男子的冷静聪慧让她看起来那么耀眼。他甩了一下衣袖，转身离开了一片狼藉的大殿。

“飚，你回去和莫枫说，就说我问他借点人，调到皇宫，暂且先替换些原先的守卫。”

“好咧，姑娘，听到这里出事，将军他急得不行，要不是那帮老顽固说他已是外臣，再进皇宫不合礼法，他早就自己来了。”

微影看着这个大汉眼里充满了笑意，淡淡地回答，“为皇上担心是他作为一个臣子的本分。”

飚听到她的回答，干笑了两声便告辞离去了。微影看了看身边的湮夏：“你也吸入了那迷烟，先回去休息吧。”

湮夏看了微影一会儿，丢下一句：“你自己小心。”便转身离去了。微影一个人站在杯盘狼藉的大殿里，良久，她叹了一口气，找来内侍收拾大殿。她独自走在宫中，月光透过稀疏的树叶，在她的身上投下斑驳的影子。远处传来一阵悠扬的箫声，带着淡淡的思念味道。微影顺着身影缓步走去，就看见月光下，夜祈逍站在殿外一处荷塘边，他已换下了宴席上的锦衣华服，只穿着一身靛蓝的衣袍，手里拿着一支玉箫，缓缓地吹奏着。微影静静地站在一丛树木的阴影中，不离去也不走近。一曲终了，微影走出了那阴影，站在月光下，看着同样望向她的夜祈逍："五皇子在思念谁？"

"你听出来了？我，思念她啊。"

"她一定很好。"微影笑笑，走向夜祈逍。

夜祈逍迟疑地摇了摇头，语气一低："她，也许不如你聪慧，不如你冷静，不如你处变不惊，不如你有一身武艺。她，也许，不如你……"

"五皇子是太抬举我了吧，她也许不如我，但她一定比我值得你爱，值得你这样思念。"

夜祈逍好像突然想起了什么，看向走到他身边的微影："为什么那个迷烟，对你无效？难道……"

"不用难道，微影还不会傻到要砸自己的招牌。迷烟对我无效，只是我的个人原因而已。"

"个人原因？"夜祈逍看了看微影，她平淡的神情不似在撒谎。

"就好比，当一个人每天不断地吃苦药，那么有一天，其他苦味在他看来就淡而无味了。"微影说完，又径自摇了摇头，不会有人能真正理解的。

夜祈逍虽然也一知半解，但也不继续追问，他眼神一扫，看向微影拢在袖袍里的手。他拉起微影的手，将她的五指摊开。手掌间已经血肉模糊，深深的剑痕割开了血肉。微影随便地摇了摇头，说："没事的，沁儿那边还有的忙呢。"

夜祈逍半拖半拉地把她拉进了宫殿，找出药粉，纱布，又打来水帮她把伤口清洗干净，又细心地上药，包扎。

微影看着他轻轻将纱布一层一层地绕在自己的手上，笑笑调侃，"让五皇子屈尊降贵地帮我包扎，微影实在是受宠若惊啊。"

夜祈逍狠狠地瞪了一眼微影，又低下头，将目光投在纱布上："微影——"

"嗯？"

"不管怎么样，谢谢你，你救了我姐姐，是我欠你一份恩情了。"

"不用，这是微影的职责，要是你们真在亓云出了事，亓云还说得清吗？"

"你还真是忠君爱国啊！"夜祈逍被她呛得，手上一紧，微影皱了皱眉头，他只好叹了一口气，轻轻地将纱布扎好。

微影低着头，看着自己被包得严严实实的手，爱国吗？亓云，是她的国吗？

“我不喜欢欠别人恩情，也不喜欢别人欠我。”

夜祈逍撇了撇嘴，算是回应。微影看他也不说话，便帮他将那些瓶子装回药箱，便起身告退：“已经晚了，五皇子早点休息吧。”

夜祈逍站起身来，倚着门框，看着那抹绿色的身影在夜色和树木的掩映下变得越来越模糊，直至消失在他的视线里，只剩下白色的月光仍旧无知无惧地挥洒。

20 难舍义重折傲骨

次日清晨，微影走进了皇宫地牢，守门的侍卫恭恭敬敬地为她开了门，带着她去看昨夜的刺客。地牢里一股难闻的腐臭味扑鼻而来，她踩着阴暗潮湿的地面向最里面的一间牢房走去。守卫拿出一串钥匙，打开了生锈的牢门，只看见两个黑衣人侧身躺在地上，好似没有注意到这边的响动。穿着铠甲的守卫看见他们竟然没有一丝反应，走过去踢了踢那黑衣人，黑衣人的身体咕咚翻转过来，那守卫看他面色发青嘴唇发紫顿时慌了神，不知所措地看着微影。微影走过去一看，那两人早已断了气，她摆摆手示意守卫去通知这里的主管，一边狠命撬开那两人的嘴。黑色的血液从两人的嘴里流出，微影轻轻掏出身上的一方手绢，将血渍留在绢上，再包好。

地牢的看守匆匆忙忙地走进牢房，看见微影站在牢房中央顿时慌了声，连声道：“属下有罪，没能看好人犯。”

“他咬破毒囊自尽了，记住了，没有下次。把这两个人的尸体带下去吧。”

那人忙连声道谢，一时之间摸不准微影怎么突然变得那么宽容了。微影正想着那毒药的事情，也没有注意那地牢看守的反常。

“沁儿。”微影踏进云沁的小院，急急忙忙地找到正在忙着研究药材的云沁。

“影姐姐，什么事啊。我还要给娘娘熬点压惊的药呢。”云沁一边挑着手里的药草，头也不抬地回答微影。

“沁儿，昨天的那个迷烟有什么成分你研究出来了吗？还有这个毒药，你能不能看得出里面的具体成分？”微影掏出沾染了毒血的手绢递给云沁。

“昨天的迷烟主要成分是一种很少见的药，叫作若丝草，药性很大，基本上吸入一点就会手脚无力，但也只是药性大而已，不是什么百年难得一遇的东西。说它稀少，只是因为这种草只产于西南密林，我们这少有这东西，本来这在西南苗疆是多见的，那儿的人因为长期接触也达不到这么强的效果，就是一般的迷烟而已。”

“西南苗疆？”微影心里默默念叨着，一种不好的预感在她心里油然而生：“那这毒药呢？”

云沁正拿着一堆瓶瓶罐罐对着那摊血迹检验着什么：“如果我没猜错的话，也是那里的东西，这些我在师父的药典上看过。”

“谢谢你，沁儿。”微影拿过白绢，飞快地从云沁的小院里跑出，不顾身后的喊叫。

“你急匆匆地来，到底出了什么事？”云立雅经过了昨夜的惊吓，正在宫内休息，就看见微影急匆匆赶来。

“紫儿，你先出去一下。”

“是。”云立雅的贴身侍女紫儿带着一众宫人退出，替两人关好了殿门。

“昨天的黑衣人在牢内自尽了。沁儿说，昨夜的迷烟和那人自尽的毒药都出自苗疆。”

“苗疆？你的意思是？”云立雅料想微影急匆匆地来，肯定不是一般的事情。

“明楼！是明楼！我在明楼的时候，看到过那里平常少有人去的地方种植着很多不同于我们这里的药草，虽然只是一片荒园却有人把守，不准靠近。而且，而且，萧琴瑟的身上就有苗疆女子特有的打扮。”微影难掩心中的轩澜大波，一口气对着云立雅将心中的疑问尽数说出。

“你的意思是这次刺杀是明楼安排的？”云立雅死死地盯住微影。

“很有可能。”她低垂下眼睛，语气没来由地一弱。

“我知道了，让你的人盯着点。”

“是。”微影转身离开，走在皇宫之中，她蓦地觉得心乱如麻。

萧千陌，明楼少主萧千陌果真铁血手腕，那个风华绝代的他，终归是假象而已啊。三年之后，他们就要以这样的方式对敌吗？是谦谦君子还是冷酷决断，微影愈加发现自己从未看懂过萧千陌，那样的人物，也是不会被看懂的吧。若抛开所有，他们何尝不视对方为知己，可惜，天意造化，再相逢，已是敌人。

微影慢慢走回住处，牵出雪鸟，在它的脚上绑上了一卷布条。雪鸟啾啾地叫着，不断地抖着自己的翅膀，微影轻轻拂过它背上纯白无瑕的羽毛，一扬手将它送上天空。

一道命令由皇宫发出，经由亓云的翼军总站发往各地的情报点：

“翌日起，严密监视明楼在亓云国境内的一切活动。”

几日后，各人的身体都已恢复，云立雅提出让人陪着夜祈逍和夜卿玥去民间走走，看看亓云的民风。

“什么？我和湮夏也去？”

“对，还有莫枫和青朔，二公主是女子，所以要你们作陪。舞灵太不成熟，让她这样冒冒失失地出去，还不如你们俩。”云立雅无奈地看着台下的两人，亓云皇室单薄，只有她的一子一女，亓无忧是九五之尊，舞灵却过于童真。她想来想去也只有让两人出面。

“可我们的身份，这样不好吧。”

“没关系，二公主都是认识你们的，出了宫也就没有什么身份不身份的了。只是带他们在京城看看而已。”

“那我们要戴面具吗？”湮夏突然想起了这个问题，“光天化日之下戴着面具，不是更打眼了吗。”

“不用了，就这么出去。”云立雅略微想了一下，回答湮夏道。

“无心之人不知道，有心人立马会认出五皇子，到时候我们的身份会让各方怀疑的。”

“这是迟早的事，之前让你们戴上面具只是因为之前一切都不周全，现如今，你们还想一辈子都不露面吗？”

“是，微影（湮夏）明白了。”

次日，夜卿玥和夜祈逍一身便装，化作贵族小姐、少爷，身后跟着言青朔和化作侍卫的莫枫和死皮赖脸要跟出来的飒。夜祈逍还带着他的侍从长风，那年轻的侍卫一脸傲然地看着两个女子，对她们身为女子很是不屑。微影毫不计较地对他笑笑，听他自我介绍说是从小就跟着夜祈逍，全名霍长风，亦仆亦友。微影和湮夏身着相同的一身裙装，走在夜卿玥左右，身后远远地跟着一群皇家侍卫。

一路上引得路人纷纷驻足观看，互相谈论着，猜疑着是哪家的贵公子出行，连一边的随从都看起来个个不凡。微影一脸无奈地忍受着一边人的围观，倒是湮夏大大咧咧地向她一笑，看着她不算太好的脸色，调笑道：“看，你可是吸引了不少眼球啊。”

“大家彼此彼此，你说我干什么。”微影瞪了她一眼，不甘示弱地回敬道。

“那是，我看啊，可有不少人家在想怎么把妹妹啊、女儿啊嫁给他们这样风度不凡的贵公子呢。”湮夏直接忽略了微影的敌意，眼光在莫枫他们之间来回移动。

殊不知，明眼人更在暗处。

不久之后，夜祈桓的人马悄悄地躲在暗处，严密监视着他五弟的一举一动。

明楼少主萧千陌，相信不久之后便能收到一封密报：“影姑娘出现于亓云墨城，同行者有夜辽五皇子及二公主等人。”

燕凉国大汗的次子赫洛天正在喝酒时突然收到密报，他放下酒碗，大笑着对亓云突然出现的两个神秘女子起了兴趣。

当然，这些都是后话了。在街上闲逛着的微影和湮夏是无从得知了。

几人一路闲逛着来到了一家看似不错的酒楼，看看时间也差不多到了正午，几人便走进了酒楼，吩咐了小二几句，小二一脸殷勤地带着众人去楼上的雅间。一边的另一间包厢内，两个身穿锦衣的男人透过雕花的木门，盯着从门外走过的一行人。微影感觉到了一边有人注视，一回头，就看见那包厢内两人兀自交换了一个眼神，脸上挂上了一抹玩味的笑意。

一群人坐在雅座之内，桌上摆着丰盛的饭菜，众人正待举杯共庆时，门却突然被人打开，微影刚才看到的那两个男子径自走进了房间。他们一脸色相地走到微影和湮夏边上，嘴里不干不净地说着要让两人陪自己喝酒。微影和湮夏早已变了脸色，又碍于公共场合不能贸然出手。莫枫看到这个情形快步走来，一把抓住一个人的衣襟，就要把他往外拖。另一个人看到这个情形赶忙过来帮忙，却被言青朔一把拉住，言青朔轻轻眯起他的一对桃花眼，对两人道："外面解决问题。"

微影来不及阻止，两人就拖着大汉出了店门。湮夏冷笑一声道："这种人，早该收拾了。"

"不对。"微影想起刚才初见两人的古怪，开口说道。

"什么不对？"湮夏被她弄得一头雾水，心想这种人难道还不应该好好教训一下吗？

"这两个人有问题，他们不是一般的市井无赖。"微影心中有一个声音在告诉她这两个人有问题，但她也说不出来到底什么地方出了问题，被湮夏劝得继续吃饭。但心里仍然是忧心忡忡的。

半晌，仍不见两个人回来，湮夏也有些着急了念叨着这两人怎么还不回来，一时之间饭桌上的气氛变得很凝重。

"姑娘，姑娘，出事了。"跟着莫枫的一个亲兵侍卫急急忙忙跑来，说话断断续续，句不成章。

"出什么事了？"微影赶紧起身，给那小兵倒了一杯水，让他快说。

"莫将军追那两人，出了酒楼就发现一群黑衣人在巷子里，我们追了过去，一路到了城外的小树林里，结果在那里中了陷阱，有一大群黑衣人把我们的人团团包围了。青朔公子也带着人去了那里，可是对方人很多，武功也不差，我们的人打不过啊。"

"什么！京城守卫呢？"

"听说城南有人闹事，绝大部分的京城守卫已经全部调往那里了。短时间之内调不到人啊，姑娘，快救人啊。"那小兵急得已经快哭了出来，急匆匆地要给微影下跪。

"还有这种事？"湮夏一下子跳了起来。

"恐怕是知道莫枫身份的，根本就是冲着他和青朔去的。我就说那两个人有问题。"微影十分着急，却没有一点办法，她们出宫在外短时间之内根本没有可调之人。看这架势，那些人恐怕是铁了心要青朔和莫枫的命了。

"飒，你带人送公主回宫，不准出差错。"

“是。”飒也不再争，这种时候绝不能自己乱了阵脚。

微影说罢便带着湮夏要赶往城外，谁知夜祈逍带着长风也跟了上来。

“五皇子这是干什么？”

“我也去看看。”

微影料想多两人总好便也没有多加阻拦，四个人向着城外飞奔而去。到了树林，四人远远地就看到一大群黑衣人将莫枫和言青朔围在中间，两人带去的人已剩不了多少。夜祈逍看了看他们打斗之后留在外围的尸体，一脸凝重地对微影说：“是我大哥的人。”

“你大哥？夜祈桓？”湮夏吃惊地就要大叫，被微影一把捂住了嘴，只好小声说道。

“对，大哥已经调动了最好的人手了，恐怕对他们的命是志在必得了。”夜祈逍的眉头紧皱，对两人道。

“为何，要他们的命对夜祈桓来说有什么好处？”

“为我用，便是人才；不为我用，便只能毁掉。他就是这样想的，更何况这样的荒野里，神不知鬼不觉，就算要查也查不出什么东西，若亓云迁怒，充其量不过是毁了我们之间的合约。更何况，夜祈桓还有皇后护着，朝堂之上，苏家势力广泛，父皇也动不了他多少。”

微影神色一黯，夜辽皇后苏容，出身苏氏世家，苏氏家族几乎垄断了半个朝堂，后宫本无情，像舞灵和无忧那样幸福的孩子，毕竟是少数。

“管他呢，总之我不能见死不救。”微影来不及阻拦，湮夏就已戴上了黑色的半面面具，飞身而出，直冲向黑衣人的圈内。

微影心中暗叹，湮夏还是太沉不住气了。她回头看向夜祈逍，一字一句地对他说道：“你能救他们的，对吧！既是夜祈桓的亲信，自然也是认得你的，对吧。”

夜祈逍听到她极其肯定的话语，看着她没有一丝慌乱、平静无波的眼睛，缓缓答道：“是。”

“那我求你，救救他们。”两个人视线交会，终于是相对无言。

霍长风看微影丝毫不是低声下气的语气，开始为他的主子鸣不平，“你当这说救就救啊，若少爷救了他们，那太子爷立马就会注意到我们的动静的，你当这宫廷斗争是你们女人过家呢，说行就行，不行不过是重来的事？还有，你这是求人的态度吗？”

“长风！”霍长风没有说完就被夜祈逍打断，只好一脸不甘地闭嘴站好。

微影有些错愕的眼神在长风和夜祈逍之间来来回回打量了一会儿，听着身后传来的刀剑相交发出的声音，突然一笑，让夜祈逍的心没来由地一惊。

下一秒钟，微影便已跪在他面前，树叶堆积下的尘土飞扬，落在了她的衣裙上，她低垂着头，没有悲伤，没有屈辱，只是平平淡淡地说道：“我微影求你，救救他们，事成之后，微影愿随五皇子去夜辽，助五皇子夺得储君之位。”

夜祈逍看着跪在自己面前的女子，明明是淡然的动作，淡然的语气，淡然的神情，却让他感觉到了一种无与伦比的沉重，重得压得他喘不过气来，原来那傲然不可一世的女子就这样静静地跪在自己面前时，他突然明白了，那傲气是她与生俱来的气质，不是惺惺作态的娇柔，却是一种特别的魅力。

微影心中是一片悲凉，看上去却还是一片淡然的样子。只有她自己知道，她的年代从未有跪拜，她那短暂的一生也未跪过。就是在这个时代，她独自见云立雅的时候也少有跪拜，只在别人面前行此大礼。

但那也只是礼，而现在的，却是要跪，是要折断她的一身傲骨。

从微影抛弃自己傲气向夜祈逍下跪的那一刻，就注定开始了两人一世的纠葛。

21 随缘起，为筹谋（*1*）

夜祈逍看着沉默不语跪在自己面前的女子，良久，他悠悠叹了口气：“你确定？”

“我确定。”微影的声音淡然无波却有不容置疑的坚定。

“好。”夜祈逍说着已飞身而出，落在黑衣人的圈内，霍长风望了一眼微影，莫名地感到心怀愧疚，他抽身追着夜祈逍而去。正在威逼莫枫和言青朔的人看见又有人到访，均是一惊，拔刀便要上前，长风一把剑挡在夜祈逍前，冷喝一声：“你们反了不成，睁大你们的狗眼看看这是谁。”

一群人均是一怔，看清夜祈逍的容貌之后都是一惊，“五皇子殿下！”有人吃惊地叫了出来，其余的人忙放下了刀剑。

夜祈逍冷冷地扫了众人一眼，看得那些人直心中发凉：“放了他们。”

黑衣人都没有料到半路会杀出一个夜祈逍来救人，顿时都呆在了现场，领头的人唯唯诺诺地出声提醒：“五皇子殿下，我们也是奉命行事，您也不要为难我们啊。”

“奉命？既不是父皇的命令为何我不能阻止。记住了，你们是皇家的人，不是专为大哥服务的。马上放人，大哥那边我会去说的。”夜祈逍加重了语气，威严地压迫着一群黑衣卫士。

“这，这。”一群人面面相觑，面对五皇子的质问顿时慌了神，都不知道如何是好。

长风看到这情况，对着一群人喝道：“你们连五皇子的话都不听了吗？你们奉命，奉的也不是皇命，如今五殿下发话救两个人你们还要阻止吗？”

夜祈逍冷冷地说：“你们回去和他说，人我救下了，有什么不满都来找我。”他连一声大哥都懒得叫，只用他来代替。

一帮人见得了五皇子的准信，想着有了回话的理由，自然也不愿干吃力不讨好的事，纷纷赔着笑脸向他告辞。夜祈逍挥了挥手让那一帮人都回去，一个回头便看见微影慢慢地站起身，也不回头，只是独自一人向回途走去，一身落寞。

微影听到身后的动静，知道夜祈逍出面是没了问题便默默起身，仰起头来望着天，猛吸一口气来抵挡眼睛的微微酸涩。心里一股气堵着，也不愿再多说些什么，只是想快些回去，快些回去而已。

长风注意到自己的主子看着那落寞满身、孤寂无语的女子，心里涌上了一丝愧疚，对夜祈逍说道："殿下，我做的是不是太过了？"

夜祈逍扫了他一眼，也兀自向前走去："回去之后自己领罚，我可不记得我什么时候调教出这么没大没小的人了，若你还想跟着我的话，这样的事，是最后一次了。"

"是。"长风恭敬地回答，不知不觉地对那傲然的女子也多了几分好感，她，终究是不寻常的。

莫枫和言青朔看到突然出现的夜祈逍救了自己，正在疑惑，走在前面的夜祈逍丢下一句："不用谢我。"湮夏尚且不知微影和夜祈逍之间到底发生了什么，只看见微影独自走在最前面，连带着夜祈逍也没有什么好脸色，赶忙追上前去，走到微影边上："怎么了？"

"没事，回去慢慢跟你说。"微影摇摇头，实在不想说起，"你也是，怎么那么冲动？"

湮夏也不多问，无奈地吐了吐舌头，跟在她边上，一行人向皇宫走去，气氛有几分尴尬。

殊不知，当那些人回去复命的时候，夜祈桓正坐在他的府邸里喝酒享乐，身边的两个美姬为他斟上好酒，送到他唇边。他仰天喝了美姬手里的好酒，望向跪在地上的黑衣人统领，冷眉一挑："你说，五皇弟救走了人？"

"是，是，是五皇子救的人。"

夜祈桓手一翻，案桌便被掀翻，酒壶落在地上，两个美姬顿时面无血色地跪在了地上，心想是什么地方惹怒了他。

"那我要你们何用？来人啊，把他带下去。"夜祈桓似是动了怒，看着那人在地上瑟瑟发抖。

门外的侍卫迅速把他拖了下去，夜祈桓却微微一笑，口中念念有词："夜祈逍？你也要和我来争一争了吗？"

几日后，夜祈逍和夜卿玥即将离开亓云，各人身上的小伤也都好得差不多了，微影禀明了云立雅也准备同他们一起去夜辽，云立雅留下了云沁，让飒和她同行。

微影独自走在御花园中，却不料莫枫突然出现在了一旁，拦住了她："你要和他们去夜辽了？”

“嗯。”

莫枫的脸上瞬间写满了痛心：“何必为了我们答应他的条件，还要你……是我没用……”

微影对他摇摇头：“是我自愿的，既然是交易，就要有付出的。”

“我和你一起去。”

微影抬头看向一脸坚定的莫枫，觉得他不是在说笑：“你，留下来吧，你如今是将军了，留在亓云吧。”

“你希望我留下？”

“是。留在这吧。这里还有很多事需要你。”

“好，你好好保重。”莫枫说完便转身就走，微影怔怔地看着他的背影，他却突然停下了脚步，“微影，我初见你的时候就发誓要护你一生的，我既不能跟你去，你也要保护好你自己。你，不会不明白吧。”

“我怎会不明白呢，只是……”

“不用只是，”微影还没说完便被他打断，“你只要明白就好，其他你想说的，我都懂。”莫枫丢下几句话就头也不回地离开了，留下微影一个人站在原地发愣。她怎会不懂，只是这般明白，会害了谁；这般纠葛，又会乱了谁。微影猛地一回头，却看见湮夏站在不远处，刚才两人的对话，想必她也是听到的。

微影苦苦一笑，看着湮夏也不说话，倒是湮夏打破了这僵局：“我和你去。”

“别开玩笑了。”微影当她在说气话，出言反驳道。

“我说真的。”湮夏一脸严肃地看着微影，没有开玩笑和赌气的意思。

“留在亓云不好吗，太后娘娘对我们多好，你若想要，什么拿不到呢。更何况，莫枫也留在这啊，你别在意他的话，等我走了，你有的是时间去争取。大好机会你却要白白放弃和我走吗？”微影看着湮夏，三年以来她不是不知道湮夏喜欢莫枫，就像莫枫喜欢她一样，三个人都心知肚明，却从未点破。

湮夏看着她真挚的面容，轻轻摇了摇头。

“他喜欢的是你，一直都是你，我一直都很清楚，却一直都在骗自己。可是，现如今，我不能再这样下去了。微影，你是我最好的朋友，我知道你只把他当哥哥，但即使这样，我也不能骗自己和他在一起。他既不爱我，我又何必苦苦相求。他既无情，我便断情。我湮夏要找的人，是要和我共度这一世的，他的眼里，亦只能有我一个人。做人要潇洒一点，潇洒地爱过，再潇洒地离去。我，也会找到自己的幸福的。”

微影沉默地看着湮夏，她一直都很潇洒，一直都那么云淡风轻。他既无情，我便断情。这话说起来容易，可真正做起来，个中滋味只有自己知晓。

“你不说话我就当你答应了啊。”

“你真能放下？”

“我会努力放下，说不定我会遇到一个更好的，一个真正属于我的良人。”

“你会遇到的。”微影笑笑看着已经在展望未来的湮夏，很多事情，就会在自己认为是念念不忘的时间里淡去。

三日后，众人启程，一辆装饰不俗的马车走在了队伍之间。赶车的就是飒，微影和湮夏坐在马车里，带着流黛和流珠两姐妹，也算是多几个心腹。

“小姐，你们真的要去帮那个五皇子啊。”

“嗯，答应的事，我当然会做到，更何况，他登上储君之位，对我们没什么不好的。流黛流珠，到了夜辽就不比我们这了，到时候一定要万分小心。”

“奴婢知道。”流黛低声应下，这两年跟着微影，不说别的，就是在待人处世上都学了不少，她本来就沉静心细，如今也做了微影的心腹。

“那个五皇子，到底是什么样的人。”湮夏出声询问，只觉得那个五皇子身上满是神秘的气质。

“我也不清楚，不过他冷静、沉稳，倒不失为一个能成大器的。”

“微影，我一直在想，都说知人知面不知心，我们，到底看透了他多少？”

“像那种皇室牢笼里存活下来的人，谁又能真正像春水一般纯净呢？”微影嘴里回答着湮夏，心中却不免想起了萧千陌。萧千陌，萧千陌……那个看上去干净得就像春水一般的男子，却也会为了这权势、天下而算计，还险些伤了夜卿玥的性命，给亓云背上一个大黑锅。

“我们公主就是那样的人啊。”流珠改不了活泼的本性，出言插嘴道，被一边的流黛喝止：“别的地方不能和我们的皇宫相比啊。”

［夜辽上京城］

一行人终于驶到了上京城，遥遥地看到了迎接夜卿玥和夜祈逍的人马早已在等候，微影便对夜祈逍请辞：“五皇子，我们走了，让别人看见，又是一场闹剧。”

“你们去哪里？”

“五皇子还怕我们会跑了不成，微影有一点，就是说过的话，一定会做到。该联系的时候，微影自会找五皇子。我们的去处，恐怕没有必要向您汇报吧。微影丑话说在前头，还希望五皇子不要派人跟着我们，因为那只是徒劳无功。”微影巧笑倩兮和夜祈逍道出这绵里藏针的话语。早从三年前开始，微影就撒下了一张大网，翼军的情报站点遍布各个大城市。这夜辽的皇都上京城，又怎会没有她们的容身之处？

夜祈逍看着微影，冷漠一笑，心想两人的过节恐怕是无法解开了，便随她而去。微影一跃跳上了马车，向飒耳语了几句，飒便赶着马车迅速穿巷而过。

长风看着几人的马车飞快地离去，朝身后挥了挥手，立即就有十几个黑衣人身形鬼魅追随那马车而去，飞快地蹿进深巷之中。

22 随缘起，为筹谋（2）

夜祈逍回头一瞥就看到长风在背后搞小动作："你又自作什么主张了？"

长风听到夜祈逍发话，朝他不好意思地笑了一下："我让弟兄们跟上去看看。"

"我建议你最好别再有下次了，白白浪费人马。"

"主子，我就是看不惯她们那么嚣张，让我的人跟去看看也好啊。"长风看见夜祈逍有些生气，一脸不满地向他抱怨道。

"人家嚣张那也是有嚣张的资本，你这样冲动迟早会坏了事的。"夜祈逍念长风年少气盛，看不得那两个女子这般狂傲，便也苦口婆心地劝道。

"我不信，她们怎么看也都是一般的女子，怎么可能甩掉我们的人。"

"那若真是如此，你当如何？"

长风脱口而出就和夜祈逍赌气："若真如此，我霍长风就自愿受罚，并从此把她们奉为上宾。"

夜祈逍轻笑一声道："这可是你自己说的，别反悔啊。"

两个人执意要看到这场赌局的结果，都站在原地，等着派出去的人马回来。不多时，几个黑甲人影出现在了去时的巷口。长风刚想欢呼可他接下来看到的情况却让他再也笑不出来。几个派出去的黑甲士兵倒是一个不差地回来了，可他们却各个走得慌乱不堪，两支手臂不自然地晃动在身体两边。待那些人走近了一看，长风却发现他们每个人的双手都已经脱臼，无一例外。夜祈逍望了一眼长风不算好看的脸色，心想该挫一挫这年轻侍卫的锐气了，便询问那些黑甲士兵到底发生了什么事。

"回五殿下，我们确实跟过去了，也没看见那马车到底驶去了哪里，就看见个人影在巷子里跑，看那衣服倒像是马车上的两位姑娘，我们就跟了过去，可是人也没看到就被人从后面袭击了，然后两只手臂就脱臼了。"

夜祈逍安抚了那人两句，找来随行的军医帮他们治疗，看了看长风越来越黑的脸色，又转向了下一个人。

一圈问过来，各人遭遇的情况都是大同小异，有的是看到了人影，有的是直接在小巷里就跟丢了，更有甚者连一个影子都没有看到。

长风听完众人的叙述，早已黑了脸，看到夜祈逍正一脸笑意地看着他，只能恭恭敬敬地对夜祈逍说："是长风输了。"

"留他们一条命，已经是给我们面子了。不然你以为能出其不意卸了他们两胳膊的人会杀不了他们吗？"

"这，这……"长风闻言大惊，他只顾着愤怒忘了细想，被夜祈逍一说，顿时觉得两个女子深不可测。

"好了，罚就先记着，以后见到她们恭敬一点吧。还有你这脾气，该给我好好改改了，总要沉稳些才好。"

弄出了这么一场闹剧，众人的行程也耽搁了，夜祈逍也不与长风多说什么，队伍重新起程，一行人浩浩荡荡地继续向皇宫进发。

[夜辽上京城品茗轩]

微影一行人下了马车，走进了品茗轩的大门，门口迎宾的小厮一见众人赶忙一面带着几人就向后楼走去，一面叫住一边的小厮赶快去叫秋娘。

当众人走入品茗轩的后院内楼的时候，秋娘也带着葵匆匆赶来，一见到微影便快步走了过来，朝微影和湮夏浅浅一福："主子来啦。"

葵笑着拉起两人的手，"两位姐姐终于来啦，路上没遇到人跟着吧。"

飒看着葵担心这担心那的，不免出声阻止："小葵你也担心的太多了，跟着的人倒是有的，只不过什么人能跟得住影姐姐夏姐姐呢？"

"就你嘴甜。"葵瞪了他一眼，笑骂道。

"两位姑娘这次来夜辽，是有什么要事吗？"秋娘也是久经世事的人，虽已年过三十，但也风韵犹存。

"还是秋娘精明，我们答应了夜辽五皇子一笔交易。"

"姑娘太抬举我了，说精明那也是跟你们学的，这交易，可是要这个位置？"秋娘听得两人话中有话，伸出一根手指指了指天。天子，是为皇位。

"是，是这储君之位。"

"终于有大活干了。"葵听了巧笑一声。

湮夏看着葵跃跃欲试的样子："你就盼着这天下不太平啊。"

葵调皮地吐了吐舌头："我只是有点闲得慌而已。"

"秋娘，这可是她自己说的啊，你多给她点活干啊。"飒听了葵的话立刻跳起来缠着秋娘给葵活干。

“你，你……”

“好了，你们两个过会儿再吵吧，现在还有事商量呢。”

在微影和湮夏的好说歹说之下，两个人终于收起了敌对的气势，一同好好地坐下来商谈怎么来拿到那储君之位。

[夜祈逍府中]

六皇子刚踏进夜祈逍的房门就看到他正对着一张字条凝神想着什么，他默默走过去，想着五哥那么急着把他找来到底是发生了什么事。

“你来啦。”夜祈逍看到六皇子来了，便把手里的字条递给了他，“看看吧。”

六皇子夜祈韫接过他递来的纸条，只见上面是一列清秀的小楷，“明日巳时秋月楼见”。

“是那两个你带回来的女子？”

“是啊，明日你和我一起去吧。”

“好。”夜祈韫一边答应一边想着明日要见的那两个女子会是何方神圣，连一贯年轻气盛的霍长风提起都是一脸的恭恭敬敬。

[次日秋月楼]

当夜祈逍和夜祈韫走进秋月楼的时候，门口的迎宾小厮一见两人便低头带着两个人向楼上走去，时辰还早，楼里也没有多少人。当两人走进房间的时候，两个白衣的女子已经等在房间里了。微影坐在桌边手里把玩着一个白瓷的小茶杯，另一个白色的身影却站在窗边望着窗外，只给两人一个清冷的背影。

两人进门，窗边的女子也转过身来，微影放下手中的茶杯：“五皇子来啦。”

“这是我六弟。”夜祈逍朝他点了点头，算是回应。

“六皇子好，小女微影，那是我姐姐湮夏。”微影朝夜祈韫点了点头也算自我介绍一番。关于夜辽六皇子的情报消息一向很少，微影也弄不清楚他的底细，只见他面容苍白，看上去应该和夜祈逍一般年纪，清俊的脸上有一种说不出的哀愁，一股淡淡的阴月笼罩着他的整个人，浑身上下散发出一种悲凉孤独的气质，想必也是个心里有很多苦处的人吧。

夜祈逍走到微影面前随手拉开她对面的一张座椅落座：“这是你们的地盘？”

“确切地说是之一。不过五皇子以后若有什么事找我们，可以让人把信交到这里，他们自会联络我们的。不过还是那句话，请不要跟踪，上次的结果是最好的证明了。”

“上次是长风不懂事，现在他可再也不敢了，不过你们这样神秘，又怎叫人放心。”

夜祈韫听了这算明白为什么长风那小子会对她们这么恭敬了，原来倒是在这里吃了哑巴亏了。他想到这，嘴边也带了几分清浅的笑意，抬头却看见那一直站在窗边的女子正静静地看着他们，眼神冷淡。

“不过一场交易而已，过分坦诚也不算聪明吧。若有朝一日有机会，我会告诉你的。”

夜祈逍深深望了微影一眼，三年前他们首次相遇，她就非同一般，三年之后她交出的答卷更令人吃惊。他拒绝姐姐的好意提亲，她不慌张也不羞恼，神态自若说出的话也是与众不同。她为了救人不惜向他下跪，再次相遇依旧是淡淡的态度好似从未发生过这事。她就像个谜一样，猜不准摸不透。

“好了，说说你的计划吧。”楼里是商谈着要事机密，楼外也未曾停止暗潮涌动。

“报告小姐，我们的人看见那人进了秋月楼，现在就在楼上的包厢里。”

暗处的女子冷笑一声：“好，你们先下去吧。”

“是。”

女子沉吟了良久，戴上了斗篷的帽子，向着秋月楼的方向袭去：“你欠我的，是时候该拿回来了。”

微影向夜祈逍说完她的计划，夜祈逍想了一会儿，脸上浮现出一抹笑意：“就按你说的办。”

就在这时，一道寒光穿过窗户纸向几人袭来，微影一闪闪过了那暗器，只见一柄短匕首带着一张字条扎在了几人身后的柱子上。微影走过去拔出匕首，轻轻摊开那字条，看完那上面的字，她脸色一变，转过身来对夜祈逍说道：“五皇子没有什么事的话，我们就先告退了。湮夏，你先回去吧，我还有点事。”

“什么事啊。要不要我和你一起去。”湮夏看微影变了脸色知道事情不简单，一脸担忧地看着微影。

微影对她摇了摇头：“冤有头债有主，这是我自己的事情，你先回去吧，不要管我了。”她说完向两人告退，湮夏看着她离去的背影愣了几秒，也走出秋月楼回品茗轩了。夜祈逍和夜祈韫独自站在空了的房间内，两人相视一眼，点了点头跟着微影离去的背影而去。

微影一个人在路上慢慢地走着，后面的两个人也只好跟得远远的。快到一条平日无人经过的小道的时候微影却突然停在了巷口，吓得两个人只好躲在另一边，微影一个人靠在墙上，头深深地低垂着，两个人看着她独自一个人停在了那里都是满心疑问，夜祈逍皱起眉头看微影那落寞的样子顿时开始觉得自己的怀疑是不是太过了。

良久，微影走出巷子，静静地向那方向走去。夜祈逍带着夜祈韫追了上去，攀在了一处矮房的屋顶，两人远远看到微影走去的方向一个穿着花色衣裙的少女正等候在那里。裙摆上缀着一串宝石和银铃。

23 画地自成牢

“你来啦。”花色衣裙的少女冷冷地扫了一眼走来的微影，满脸不屑。

“琴瑟。”微影看着静立等候的萧琴瑟，她的脸上再没有了当年的纯真和娇美，取而代之的是冷酷和毒辣，唯一不变的还是她那一身色彩的衣裙和衣裙上叮当作响的银铃宝石。

“别叫我名字，你还真敢来，我找了你这么久，你倒是终于出现了。”

“是，我知道是你，所以我会来。”

“知道是我？那你知不知道你做过什么，哥哥对你那么好，我还把你当我未来的……你回报的又是什么？你说什么来拿回你自己的东西，可你却知道了明楼的地点。明楼被迫搬迁，我所有的一切都在那时候终结了。哥哥他对你是不一样的，我从来就没有看到他带任何一个女人回过明楼，从来没有见过他会和一个女人走得那么近，可你呢，你照样利用了他的一片心。你毁了我的一切，我会变成现在这个样子，都是你的错。”

“是，是我的错，可琴瑟你不懂，我和你哥哥最多只能算是半斤八两而已。”微影深深地叹了一口气，她说自己利用了萧千陌，自己何尝不是萧千陌早已计算好的一步棋子。两个人半真半假地相对，不过是互相利用而已。但这一切，却又是她解释不清也不能解释的。

躲在暗处的夜祈逍和夜祈韫听见两人的对峙，都是脸色一变：“明楼少主的妹妹萧琴瑟？她怎么会和这种人有关系？”

“抛开其他的一切不说，就算哥哥也利用了你，可他有伤过你吗？你却伤了他，身和心。便是利用了又如何呢，哥哥有什么不好，你……”

微影一怔，萧琴瑟话里的意思是说萧千陌会对她动心吗？

“你哥哥很好，只是我不会要这种夹杂着阴谋和利用的感情。”

萧琴瑟脸色一变：“那你是一定要敬酒不吃吃罚酒了？”

“如果你的条件是刚才那个的话，那就是吧。”微影在心里默默地喊着，对不起了琴瑟，我从来从来就不是好人，这一辈子，注定是我欠了你的。

萧琴瑟冷笑一声，从腰间掏出一把匕首，银色的匕首上镶满了各色的宝石：“你知道吗？在你来之前我过的是无忧无虑的大小姐生活，哥哥虽然很忙，但他对我很好，我不用去想什么阴谋，不用去学什么狠毒的招式，我可以想做什么就做什么。可就是因为你，因为你的到来，毁掉了我的一切，我所有的快乐，所有的幸福都在那时候付诸东流。你欠我的，你说你怎么还？”

微影沉默地注视着萧琴瑟闪烁着恨意的眼睛，良久，她慢慢地走到萧琴瑟面前，拉起她执刀的手，轻轻点在自己的胸口：“用我的命还你，够不够？”

萧琴瑟握着匕首的手微微颤抖着，刀尖直指微影的心脏，她清楚地感觉到，只要她用力扎，一刀下去断送的便是微影的性命。

微影对她一笑，闭上了眼睛，任凭那透着寒光的匕首直指她的心口。身后的夜祈道和夜祈韫看着微影握着萧琴瑟的匕首对准了自己心口，夜祈逍看着微影满不在乎的动作突然觉得她的背影有一种似曾相识的味道。他越想越觉得一种莫名的惊慌牢牢地握住了他的心，他紧紧地盯着不远处对峙的两人，身边的夜祈韫看到他一脸紧张的神情，不言不语地望着这位兄长的侧脸。目光似是放空到了几年前的一个夜晚，他也是那样紧张地等待着派出去的人搜寻那人的消息。

萧琴瑟心一横，一把抽出匕首，猛地扎下，她惊讶地看着微影不躲不闪地等待着那透着寒光的匕首没入她的血肉。她心思一乱，手一偏，扎在了微影的肩膀上。

殷红的鲜血从她肩膀上不断地流出，在她白色的衣袍上染上了血红的色彩。萧琴瑟看着鲜血不断地流淌而出，怔怔地问：“你为什么不躲？”

“这是我欠你的，今天你若是杀了我，我欠你的便还清了，但你今天若不杀我，那我今后也便不能再把命给你了。琴瑟，很多事情你都不懂，你现在若不杀我，我们再相见就只能是敌人了。”微影看着萧琴瑟稚气未脱的脸庞，低缓着声音说道，她的脸色愈加苍白，却满不在意地忽视了那狰狞的伤口。

远处的巷口飞快地奔来了一个白衣的人影：“琴瑟，快跟我回去。”

白衣的人影来到两人面前才看到微影正立在萧琴瑟的面前。

“哥！”萧琴瑟望了一眼急急赶来的萧千陌，却发现他的目光正直直地注视着微影。萧千陌看到微影染血的衣袍，又望了一眼正拿着匕首的萧琴瑟顿时明白了一切。

“琴瑟，你快回去。”萧千陌朝身后一挥手，一群黑衣人便出现在了他身后，朝萧琴瑟恭敬地鞠了个躬便示意要送她回去。

微影望了一眼萧琴瑟默默离去的背影，笑叹一声：“琴瑟，你还是不够狠。”

萧千陌看了一眼她半边染血的白色衣裙，心中一痛，便要去扶她。微影一手甩开了萧千陌，往后一退，在自己和他之间留下了一道无形却不可逾越的鸿沟。

萧千陌苦笑一声：“你一定要这么躲着我吗？”

“不躲着你又能如何呢？你出手，一定比你妹妹更干净利落了吧。”

“你明知道我不会。”萧千陌声音一低，带着难以掩饰的无奈。

“萧千陌，你到底想要怎么样？我和你之间的事情，我们两个人心知肚明，的确，我是利用了你的信任和怜悯去拿回我的东西，那你又何尝没有利用我传递那错误的地图呢？你大概早就知道我不是善类了，你留着我不就是想看看我属于哪一方面，利用我传递那错误的信息吗？是我自以为是地认为我骗过了所有人，可后来才发现我是最傻的一个，我只不过是你算计好的一颗棋子而已。那现在你又想怎么样呢？你又要利用我干什么，你就放过我，好吗？一个小小的棋子对你来说不是用过了就扔掉的东西吗？为什么还要来找我呢？”

“我在你眼里就那么不堪吗？的确，我承认我是利用过你，可那又怎样，我可以补偿你啊，竹屋里的我和你不好吗，怎么就不能抛掉你的立场？”

“你我各为其主，各听其命，注定相敌的我们，能有什么真交情？”

“朋友不行，为什么就不能是爱情呢？爱情可以跨过所有的障碍。你完全可以找个世外桃源隐居起来，你一个女孩子，不适合这种乱世，等到天下太平了，我就带你走，我带你游遍江湖。”

“萧千陌！你太小看我了，你如果要找的是那种莺莺燕燕的女子，那么很可惜，我不是。我也决不会接受那带着利用的爱情。这是我的原则问题，我就是固执，固执到无可救药，但这也是我的底线。我微影曾经发过誓，这一生不会被情所骗，为爱所困。你我各为其主，注定为敌。何必增添这束缚，困住了自己，也困住了对方。”

微影说完转身就走，萧千陌望着女子决然离去的背影，心中是难以言表的苦涩，眼前的这个女子是将在九天之上翱翔的涅槃凤凰，浴火重生，没有任何事情可以折断她的翅膀。其实他早就知道，只是从来不愿意正视，到底是什么样的男子才有这份幸运能和她携手比肩，笑看天下？那一瞬间，他引以为傲的理智翩然破碎，只剩下那落寞与不甘。

微影不顾肩膀上血流如注，往来时的小巷里走去，只留给萧千陌一个坚毅的背影。

微影把自己隐藏在了墙后的阴影里，靠在墙上，黑暗掩去了她脸上的神色。

夜祈逍在另一边的暗处静静地注视着微影，看着她纤弱的侧影靠在墙上，脸上的神色被遮掩着看不清楚。远远看去，只是一身的落寞悲凉。

半晌，微影好似想起了什么，猛地立起，向着另外一边的阴影里缓缓说道：“两位皇子，戏可看够？”

夜祈逍和夜祈韫闻言脸色一变，无奈地慢慢走出：“你早就知道了？”

“只是料到你们会跟来而已。”

夜祈逍走近了微影，看着她已被血染红了半边的衣袍，还有她依旧带着一抹淡淡笑意却掩盖不了苦涩的面容，缓缓说道："你，不会痛吗？"

微影一怔，自己从小到大受过无数次伤，别人问的都是自己有没有事，还能不能继续下一个任务，却从来就没有人问过自己会不会痛。

"还好，她还是没狠下心下狠手啊。"

"我没问你这伤，我问的是这里。"夜祈逍说着用手指了指自己的心口。

微影呆呆地注视着夜祈逍点着自己心口的手，自己会痛吗？应该是会的吧，那样子去伤人，那样子决绝又无情的话语，自己说出去的同时，心也是会痛的吧。她对着夜祈逍苦涩地笑笑，不作言语。

"你做不到冷血无情，又何必去伪装一个带刺的外壳。"

"你怎知我做不到冷血无情？"微影一脸狐疑地瞪着夜祈逍。

"你若能做到，那么今天流血的就不是你，而是萧琴瑟。"夜祈逍看着微影脸上变化莫测的表情，知道自己说中了她的心。她若能真的无情，便绝不会让萧琴瑟完好无损地离去。

"那又怎样？"

"不怎样，只是你那样太累。"夜祈逍看着微影的眼睛，静静地说道。

微影心中一动，却只是不言不语地看着夜祈逍，突然对他一笑，嫣红的血从她的嘴角流出，给这笑容增添了几分凄美的味道。夜祈逍一惊，连忙抱起微影摇摇欲坠的身子，回头对夜祈韫说："你快去秋月楼，找湮夏，我先带她回我府上。"

夜祈韫闻言便顺着来时的路一路飞奔着赶去秋月楼，他匆匆赶回秋月楼，门口迎宾的小厮看他去后复来都是一头雾水，被他拉着赶忙去找人通知湮夏。

夜祈韫在秋月楼的大厅里踱来踱去，不多时，湮夏风风火火地从门口进来，被他一把拉住就往外跑。湮夏费力地想要挣脱他的手，奈何他的力道太大，只好焦急地叫道："你干什么啊，出什么事了？"

"微影受伤了，在我五哥的府里。"

"她受伤了？怎么会呢……我知道了……是萧琴瑟还是萧千陌？"湮夏一下子甩开夜祈韫的手，夜祈韫一愣这才发现自己情急之下竟然拉着她的手跑了出来。

"是萧琴瑟，对不起，我太急了，我们快走吧，五哥还等着呢。"夜祈韫原本苍白的脸色微微泛红，看得湮夏心中一笑。

"她就是心太软。"湮夏低叹一声，那样心软的她，也许真的不适合这冰冷的工作，那样伪装出来的冰冷坚硬的外壳，太累……也不知道微影怎么样了，她满心焦急，随着夜祈韫一起赶去五皇子府上。夜祈韫恢复了原本一脸漠然带着几分哀愁的神态，湮夏的脸上却是一如既往的云淡风轻，一半是掩藏的担忧，一半是对微影的信任。

两个白衣的身影沿着街巷而去，远远看来，就像一对璧人。

24 惊世艳绝才（1）

当微影再度醒来的时候就看见湮夏斜立在她的窗前，映入眼帘的是完全陌生的场景。

“这是哪里啊？”

“五皇子府，你好意思说，自己失血过多晕过去了。”湮夏看她没事了，瞪了她一眼开始抱怨她的不小心。

“你怎么来了？”微影刚刚清醒，头还是晕晕的，见到湮夏在一旁，都是疑惑。

“夜祈韫来找我的啊，难不成放你不管啊。”湮夏看了一眼脸色苍白的微影，声音一低，“微影啊，我说你到底怎么了，你和萧千陌谁也不欠谁的，何必这样作践自己呢？”

“我和他是谁也不欠谁，可我毕竟欠了萧琴瑟的，我欠的可是人心。”

湮夏低声叹道：“人心这种东西，怎么能用欠与不欠来衡量呢，人心本来就做不到绝对的公平啊。你又何必这样满心愧疚呢？”

“我知道，可我做不到不怀一丝愧疚地面对他们，也许我这一生都偿还不清了。”微影的声音很轻，就像是在说给自己听一样，有些事情是她改变不了的，是她忘不掉的，是她注定一生要承载的。

湮夏没有回答，只是深深地望了她一眼，“我去和夜祈逍说一声，微影，不管怎么样，我都不希望你因为你自己心里的不安而受伤害，这不是你应该承受的。”

微影看着湮夏离去的背影，默默念道：“这是我的命运，这是我逃不了挣不开的宿命。”

夜祈逍踏进房门的时候，就看见微影一个人缩在床上，把自己蜷缩起来，抱着自己的膝盖。湮夏在门外关好了门，留下两个人在房里。

“谢谢你。”微影看到夜祈逍进来，松开了自己环着双腿的手。

“不用谢。”

“你不问我关于我和明楼的事吗？”微影看着夜祈逍，对他的沉默以对很是不解。

“如果你愿意告诉我的话，你可以说，我也可以保证不会多嘴。”

“你怎么就不怕我和明楼有勾结来骗你，你怎么就不怀疑我是明楼的人？”微影冷笑一声，对着夜祈逍连番发问。

夜祈逍看着满身戒备的女子，笑道：“如果你是，萧琴瑟就不会伤你，那种恨意不是装出来的，如果你是，你就不会有你现在对我的防备。更重要的是，我相信你不是那种人，这是我的直觉，我莫名其妙地相信你。”

微影看着夜祈逍不似在说笑的眼睛，半晌，道：“我曾经潜入过明楼，为了拿回我的一样东西，也为了，查一查这个神秘莫测的组织吧。萧千陌也许早就怀疑我，但他没查出我属于什么地方，于是他让我进了明楼，放我去了藏宝阁，他其实对我，可以说很好吧。我在那里找到了我要找的东西，也看到了阴古的防卫图，当然，那是他故意放在那里假借我手想传出去的假图。我和萧千陌，真情假意，一半是利用，可我最对不起的是萧琴瑟，所以我不会还手。这是我的错，是我的劫。”

夜祈逍听完，只是缓缓说了一句：“何必把什么事情都往自己身上揽，多累。”

微影抬头看他：“你就那么相信我？”

“我说过了，我信你。”

微影怔怔地看着夜祈逍，夜祈逍站在窗前，光线洒在她身上，在银色的衣袍表面反射出一层灿灿的余晖。

“你怎么带我进来的？”

“从正面进来的呗，那时候哪来得及再偷偷进来啊，不过祈韫是带着湮夏翻墙进来的。”

“那监视你的人马不都看见你抱了一个女子进府了？”微影越说越没底气，只好哀怨地叹了一口气。

“应该来说，的确是这样的。”夜祈逍看着微影满脸头痛的表情，突然心情一畅，对着她一笑。

“世人皆道夜辽五皇子冷漠沉静，没想到你还是会笑的啊。”

“冷漠沉静都只不过是表象而已，我又不是出家的僧人，也不是知天命的老者，怎么来的心如止水？”夜祈逍一挑眉毛，干脆放下自己的表象，跟微影真面相对。

微影看他干脆，略想了一想，道：“我有一个办法，不过啊，要损一损你的名声。”

“说吧。”

“就说啊，你抱进府的女子是暗魅阁的阁主，勾结江湖人士，应该够你的好王兄参你一本了。”

“你想弄死我吗？勾结江湖人士图谋不轨，这是什么罪名！”

“流言从不可信，更何况我的这个流言可是专门说给夜祈桓一党听的。到时候搜查没有证据，你只要咬定没这回事，和他反唇相讥，你们那个英明的父皇自然关注的就是他这个好儿子怎么会有那么多党羽的。皇上且最忌结党营私，那不是盼着他退位吗？”

“给你两个字当评语，冒险。若真的不好，我被坐定了这个罪名，可不是闹着玩的，更何况，江湖之中快意恩仇，你这样说这暗魅阁，哪年哪月出来找我报仇了可不就又是一个麻烦。”

“富贵险中求，更何况，这是我能操纵的，我不是一个投机家，我敢这么做，自然有我的王牌。”

夜祈逍看着她一脸自信，没有一丝慌神的表情，突然灵光一现，笑道：“暗魅阁阁主，该不会就是你吧！”

微影回以一笑：“确切地说，是我和湮夏。”

“你到底还有多少东西，是我所不知的。你沉稳淡定，面对我姐姐的乱点鸳鸯谱从容不迫，你有那一身好武功，出神入化，你的消息灵通，让我们这些皇室人员都自叹不如，你现在又告诉我，你是暗魅阁的阁主。你到底还有多少张王牌，是我猜都猜不到的？”夜祈逍敛起笑意，一脸困惑地看着眼前的绝色女子，她的神秘，让他捉摸不透。

“我的王牌，会让你刮目相看。”

“我已经对你要赞叹不已了，对了，你怎么肯把这个告诉我，这不是你的底牌吗，应该是你要掩盖的东西啊。”

“既然你信我，那这个，就是我给你的，对我的信任的回报。”微影看着夜祈逍深邃的瞳仁，一字一句真挚地说道，“若有一日你辜负了我这信任，那么也只能怪我认人不精，错看了你。”

夜祈逍看着她真诚的样子，突然明白了，眼前的这个女子，是你给予她一分信任，她便还你十分；你给予她一份赏识，她便用所有来报答你的人。即使是欺骗与利用，她也宁愿自己承受，然后一脸淡然地面对他人。所以她愿为云立雅效力，只为那萍水相逢的一分暖意。遇见这样的她，是一份幸运，还是一场灾难呢？

［亓云皇宫］

云立雅一身金红色花裙，背对云立鹤站在窗前：“也不知道那两个丫头怎么样了？”

“你有什么好担心的，倒是你还真的让她们去了？”

“哥哥你说的话，立雅什么时候怀疑过了，你说让我答应她们离去，我便放她们走了，虽有不舍，又能怎么样呢？”

“雅儿，哥哥不会害你的，你要相信我，她们去，不会有事的。夜辽五皇子是能成大事的人，还有微影的奇才。”

“微影她，最可惜的莫过她是个女儿身，她若为男儿，前途不可限量，甚至她会成为这天地之间真正的王者的。”云立雅望着窗外蓝色的天空，不无遗憾。

云立鹤望着妹妹落寞的背影，出声劝慰："女儿身又如何，她惊才艳绝，我没给她算过卦，不愿算，也不需算。她是凤，这一方天空困不住她，她的未来，在整个四国。我不能一语道破天机，但雅儿，你要有先见之明。"

"嗯，我知道了。"

云立雅默默望着窗外的一方天空，心里一遍一遍地说道：无忧，舞灵，母后能为你们做的，都已经做了。剩下的事如何，也都是命了，你们的微影姐姐到底能做到什么，到底能不能护你们周全，母后已经管不到也预见不了了。

天下之大，唯愿有一处，能成为你们的家……

25　惊世艳绝才（2）

皇后宫殿里空荡荡的只有两个人影。所有的侍从、宫女被尽数屏退，只有丝丝缕缕柔和的香料从鎏金雕花的香炉里飘摇而出。穿着一身正红色金绣凤凰袍的夜辽皇后苏容端坐在被后宫三千佳丽所艳羡的位置上，端庄淑容。

"母后，儿臣得到密报，五弟抱了一个女子进他的府中，而且，据称，那个女子很可能就是最近闻名江湖的暗魅阁阁主。"

苏容那画着精致妆容的脸上骤然闪过一丝冷笑："夜祈逍，他终于沉不住气了啊。桓儿，你想做什么就做吧，你叔叔伯伯那里，有需要动用的，就直说罢了。母后我想了一辈子的事，恐怕终于要尘埃落定了。"

夜祈桓望着苏容带着些许释然的脸："父皇他，对您还好吗？"

"谈什么好不好呢？我十七岁嫁给你父皇，时至今日，我与他也斗了大半辈子了。他娶我，看重的是我的出身，我嫁他，是因为他将成为九五至尊。你父皇未曾深爱过我，他深爱的女人也得不到我这个地位。后宫本来就是个吃人的地方，当年的雪妃伊雪怜，五皇子的生母，那么一个冰清玉洁的人，终究还是逃脱不了在这个黑暗的旋涡中香消玉殒的命运。你父皇的宠爱，是一时的荣华，却也是致命的毒药。"

夜祈桓脸色一变，问道："母后，当年雪妃的事，和您有关吗？"

苏容像是意料到他会这样问，轻笑着摇了摇头："没有，当年伊雪怜因为心力交瘁而病逝之后，你父皇彻查这事，几乎所有与之有关的妃嫔都被处死。帝王之爱本就缥缈无期，她们却因为一颗妒心赔上了性命。争到宠爱有什么用，说句大不敬的话，将来没有诞下子嗣的还是逃不了殉葬的命运。你母后不是什么心存善良的人，可我的心计手段却不会用到后宫里的女人身上。所以你父皇虽然不爱我，却也不至于恨我废黜我。桓儿，只有你才是母后一辈子的幸福，我剩下半生的荣华在你的手上。你是皇长子，这也是我不用去争抢的事实。”

夜祈桓神色凝重地点了点头，应道：“是。我知道。”

午夜漆黑的街道上，萧琴瑟一个人漫无目的地走着，她想不通微影为何不躲，想不通哥哥为何对她如此维护，越是想着哥哥对她的好就越是恨。像潮汐一样漫上来的恨意一点点蚕食着她的心。不远处的黑暗里突然出现了一个黑影，萧琴瑟挥手拔出短刀，指着那黑衣的人影道：“谁在那里装神弄鬼？”

黑衣人转过身来，大大的斗篷下露出的是一张苍老的女人脸，声音沙哑：“小姑娘，你心中有恨。”

“你是什么人，在说什么鬼话？”萧琴瑟眉目一挑，冷声道。

“你心里已经开始承认了不是吗？你有恨，你恨她，恨她拿走了你该有的一切。你的恨意在一点一点翻涌，翻涌到你可以为之去做任何事，甚至，除之以后快。”

“你……你是什么人，你怎么知道我在想什么？”

黑衣的女人鬼魅一笑，发出沙哑苍老的笑声：“我是谁不重要，重要的是，我是能帮你的人。小姑娘，你考虑一下吧，跟着我，我帮你去复仇。”

萧琴瑟看着那神秘老妇闪烁着恨意的眼睛，略一思忖，脑海里浮现出的都是微影来到的场面。“好，我答应你，我跟你走。”

老妇人邪邪一笑，系好兜帽的带子，带着萧琴瑟向着一片黑暗的迷途中走去。

次日的朝堂之上，太子党内的诸多重臣上书弹劾五皇子夜祈逍勾结江湖人士，图谋不轨。令人生疑的却是因为除太子党外的其余大臣都表示没有听到风声，一时之间真假难辨。五皇子夜祈逍力辩道：

“各位大臣，你们都是朝廷重臣，不心心念念想着怎样造福百姓，反倒是来编造这些子虚乌有的事情了。暗魅阁近年来闻名江湖，阁主更是神出鬼没隐匿于江湖，暗魅阁的生意从来都是可遇不可求的。不知道众位大臣是凭什么认为祈逍有这个能耐能认识暗魅阁的阁主啊？据说从来没有人见过暗魅阁阁主的真面目，或者说见过的人都已经死了，那么不知道各位的探子是凭什么断定我带了暗魅阁的阁主回府的呢？”

所有上书弹劾的大臣都面面相觑，互相询问着是谁家的探子得到的消息，可随之而来的答案却让他们都大吃一惊，所有人都说是听到消息才一起弹劾的，可就是找不出那个消息的源头，一个无形的循环魔咒笼罩在他们上方。

“父皇，儿臣愿意自请幽闭，请父皇派人搜查我家，彻查此事，还儿臣一个清白。”

“好，来人，带人去查查五皇子府上。这件事情等查清楚了再说，退朝吧。”

夜祈逍独自走出那金碧辉煌的皇宫，虽早有料到夜祈桓会对他下手，却没想到，这一刀来得这样狠，可夜祈桓没有料到的却是他在下手的同时却中了另一个人的圈套，就如反弹一般，下手越狠，回击得便也越狠。

皇帝派去的人马在夜祈逍的府里搜查一番之后一无所获，这出暗魅阁阁主的闹剧就这样不了了之了。

微影坐在秋月楼的露台上，端起一杯茶轻轻抿着，淡笑着看着对面的夜祈逍，从他们的那个角度尚可以看到一群人在太子府里进进出出，忙乱不堪。

“微影，你让我不得不佩服了。我从没有那么佩服过一个女子，你是第一个。”

“那可算是微影的荣幸了啊，其实我并不害人的，我所做的，只是让你们的那个皇帝看清楚他的儿子。这个，应该不算是害人吧。”

“不算，你是在拿这个当作你良心的安慰吗？”

“算是吧，我不想欠别人什么。”

“你这样太累了，什么都是命，没有人可以两清的。你的下一步打算呢？”夜祈逍嘴里问着心里却想着微影的最终一步，恐怕还是会回到亓云的吧。

“下一步？下一步当然也是个好计划啦，不过，还要请你配合一下。”

微影向夜祈逍说完了自己的计划，便盯着夜祈逍的眼睛看他的表情。

夜祈逍笑笑，不掩饰自己的赞叹，看着微影一身水蓝色的衣裙，那种似曾相识的感觉又再次笼上了他的心头。“你是不是一定要我佩服你到老啊。”

“我不介意啊，如果你的心上人也不介意的话。”微影说着朝他调皮地吐吐舌头。

“微影，为什么我总觉得你很熟悉，就好像我们已经认识了很多年了一样。”夜祈逍看着她，觉得那种感觉越发强烈，似是相识，又似是不同。

微影轻笑一声道：“夜祈逍，你这么说让别人听去了会以为你在向我表明心迹的，你不是还有个心上人吗？”

“心上人？只是萍水相逢，偶然相遇，转眼分离。”夜祈逍神色一黯，对着微影说道。

“很多人都会嗤之以鼻，但至少我相信，这个世界上有一种东西叫作命运，还有一种东西叫作缘分。当缘分到来的时候，命运就会安排人相遇。所以既然能偶然相遇，就不会有永远的分离。”

微影说完甩手离去，心里却没有面上那么潇洒，如果命运会安排人相遇，那么她来到这里，是为了来完成和谁的缘分呢？

26　谁的情黯然心伤

[围猎场]

夜辽皇帝夜吾承于上京郊区围猎，大皇子夜祈桓，五皇子夜祈逍，六皇子夜祈韫与其余一众皇子随行，这也是微影又一个计划的实施之日。

“他会相信吗？”一个时辰之前的夜祈逍看着踌躇满志的微影问道。

“会的。如果所有人都在向外传说五皇子将一直待在营帐中不出半步，却有那么一些有心人传出你将会私会暗魅阁阁主的消息。再加上上次大皇子对你的嫁祸未成怀恨在心,你觉得他会如何,难道不是来一个当场捉奸吗？”微影巧笑嫣然地对夜祈逍说道。

夜祈逍望向微影，勾起了一抹苦淡的笑容：“你是一个妖精，一个洞察人心的妖精。”

“我可以理解这是赞美吗？”微影嫣然一笑。

“是的，我在赞美你，你也值得这赞美。”夜祈逍看着微影，真挚地说。

微影与夜祈逍视线交会之处仿佛有什么东西正在滋生。

围猎场的夜晚静寂而冰凉，夜祈桓尾随一对男女向着围猎场外走去。他目不转睛地瞪着前面的两人，生怕他若是一眨眼两个人就会消失不见。前方的男子一袭深紫色的衣袍，酷似他的五弟，依稀可以看见他怀里抱着一个身着白衣的女子，不得不让他起疑这就是暗魅阁阁主和夜祈逍的私会。夜祈桓一边隐匿着自己的气息，一边凝神倾听着前方二人的谈话。

夜祈桓的跟踪自然没能逃过微影的捕捉，她将脸挡在夜祈逍的身后，轻声道：“他跟上来了。”

夜祈逍配合地低头，一边抱着微影向前方奔去，口中故意道：“你说，我们多久没见了？”

“五哥，我们好久没见了，你说，你想我吗？”微影一边说着，将头凑向夜祈逍，从夜祈逍头后观察着夜祈桓的动静，在夜祈桓的角度看来就好像两个在亲吻一样。

“说，说你爱我，等这件事过了之后我们就不要分开，好不好？”微影为了追求效果，对着夜祈逍说着让人想入非非的话自己脸上不觉飞上一抹绯红。夜祈逍看着她面上通红，嘴上却还不示弱地说着暧昧不清的话语，干脆示意她不要再说，自己带着微影快步向前奔去。有时候，行动才是最好的证明。

夜祈桓只当两人在甜甜蜜蜜，尾随着两人而去，心中暗想终于可以抓到夜祈逍的把柄了，便派手下想办法把父皇引来，自己跟着两人。

微影盯着夜祈桓的一举一动，在抱着她的人耳边耳语：“搞定了，夜祈逍，你这可算占我便宜呢？”

“那你也后悔不了了，谁占了谁的便宜还不知道呢，多少女人想对我投怀送抱呢。”

“我不是那种女人。”微影狠狠地瞪了他一眼，要不是他们正演着一出戏的话她很想跳下来打他，竟然将她和那些个庸脂俗粉比较。

“我也不是那种男人。”夜祈逍无视了她的愤懑，回道。他不是那种有温香软玉在怀就心乱的人。

两个人一路向着一幢小木屋奔去，不忘不时给夜祈桓来两句语义不明的话语，夜祈逍抱着微影走进了小木屋，身后的追踪者也尾随着蹑手蹑脚地进入。

微影上了楼便跳下夜祈逍的怀抱，向夜祈逍点了点头，他便飞身从窗外翻出，微影随即向木屋之中的另一对男女点了点头，两个人穿着和微影夜祈逍酷似的衣服，看见微影示意之后便开始了他们的表演，嘴里发出暧昧不清的声音。楼下的夜祈桓还沉浸在一派喜悦之中，丝毫不知他已落入了另一个圈套。

当夜吾承被人带着来到木屋的时候，他看到的便是他的那个儿子正一脸焦急迷惑地站在房间里，见到他之后露出一副惶恐万分的表情，忙地跪下：“父皇怎么来了？”

“你怎么在这里？”夜吾承一看夜祈桓那样子便知道一定有什么事，厉声问道。

“这，这，父皇，儿臣依稀看到五弟和一个女子一路来到了这里，于是一时好奇跟来看看。”

“女子？什么女子，来人啊，到楼上看看。”夜吾承自是听出了他话中的深意，一挥手便出现了几个皇家侍卫上楼查看。不多时，几个侍卫带着一对男女下了楼来，两个人看起来衣裳凌乱，脸上写满了慌张。夜吾承令他们抬起头来，可接下来看到的却让夜祈桓大吃一惊，两个人的相貌都是普通，根本不是他的五弟和那个传说中的暗魅阁阁主。夜祈桓顿时脸色煞白地看着两个人，不明白怎么会突然出了这样的变故。

“万,万岁爷，小民一直住在这木屋里，没有看到什么贼人啊。这，这是我内人，我叫王五啊！！饶命啊，万岁爷饶命啊。”那男人跪在地上磕磕巴巴地说着，向夜吾承不停地叩头，躲在房顶的微影听了暗笑，这家伙的演技真好。

“这就是你看到的那什么暗魅阁阁主？桓儿，你整日里不想着怎么长进，难道就这样关注你的弟弟吗？上次我都没有说你，你还变本加厉了，根本就是你的人将我带到这里的吧，桓儿，你勾结大臣，结党营私，现在还要陷害你的皇弟，你，真是叫父皇痛心啊。”

“父皇，我，不是，不是这样的。”

“皇上，皇上，不好了，有人夜袭营地，五皇子六皇子正在带兵抵挡，来的人，好像，好像是暗魅阁的。口口声声说暗魅阁从不染指皇权，敢放话的就要敢出来。”

“什么？……快，快回营地。桓儿，你弄出来的好事！”夜吾承狠狠地瞪了一眼夜祈桓，甩手离开。

当一群人赶回营地的时候看到的便是一幅两方对峙的场面，所有的皇家禁军都全数出动，另一边是一群身着黑衣的人，领头的那人戴着一个半面的黑色面具，显然就是江湖上盛传的暗魅阁阁主。

“阁下不知所来何事？”夜吾承一挥手，顿时出来一个贴身侍卫冲着暗魅阁阁主喊道。

“所为何事？你们说是所为何事？暗魅阁身处江湖，快意恩仇，何时成了你们皇权争夺中的筹码与利剑了。”面戴半面面具的女子冷声说道。

另一边的夜祈逍和六皇子交换了一个眼神，明了微影还在木屋处理后面的事情，他们面前的这个暗魅阁阁主是早已潜入的湮夏。

“我想一切都是个误会。”

“误会？误会也需要付出代价的，你们这什么皇家守卫，简直不堪一击。”湮夏狂傲的话语让夜祈逍和六皇子都有点郁闷，真是一个比一个狂。

这里两边还在吵着，另一边的人早已开始交手了，湮夏一看那边已经动起手来，暗道坏了，只好自己也冲过去拦人，夜祈韫眼见湮夏向混乱处冲去，顿时担心会出事，只好自己也紧追而去。

湮夏一把拔出剑，在两边人之间划出一条界线，“你们想干什么。”

“来人啊，包围这群刺客。”领头的一个皇家侍卫嚷道。

湮夏挥剑便要出击，却被一边赶来的夜祈韫拦下，长长的剑锋划过夜祈韫的手臂，割破了他白绣金的袍子，在他的手臂上留下了一条长长的血痕。湮夏抬眼望向夜祈韫苍白的脸。

“都给我住手！”夜祈韫挡住正欲向前冲的侍卫，喊道。

夜吾承看到这里的混乱，喝止了侍卫：“阁主，都是一场误会，没有人勾结江湖组织。我知道我们这里的侍卫都不是你们的对手，还是放手吧。”

湮夏冷冷地扫了一眼夜吾承，望向夜祈韫手上不断流血的伤口，心神一震，对身后的众人挥了挥手，转身离去。

夜吾承看着女子离去的背影，问道：“他们什么时候来的？”

“回皇上，在你们离去之后一会儿他们就来了。”

夜吾承闻言冷冷地盯着夜祈桓，直让他心神俱寒：“那时候，你不是还在跟着那对男女吗？那么一个人是怎么同时出现在两个地方的呢？”

“这，这……父皇，儿臣没有，没有啊。”

“来人，再去查查那两个人是否一直居住在那间木屋里。”

次日，围猎提前结束，朝堂之上，夜皇下旨：皇太子夜祈桓结党营私，勾结大臣，欲图皇位，今废黜其储君之位，责令闭门思过。

旨意一出，以苏家为首的太子党迅速加以干预，夜皇迫于无奈，为朝廷安宁，下令短期之内不再立储君，以平息苏家对朝堂的分化。

夜祈逍来到秋月楼时看到的便是这样一幅画面：微影坐在桌前面对着一摊纸，一手旋转着一支看起来怪怪的短笔，另一边的湮夏不安地在房间里踱来踱去。

“我都跟你说了多少遍了，不会有事的，人家又不是中看不中用的瓷娃娃。”

“我知道，我知道，可我还是放心不下啊，毕竟那伤是我弄的啊！”

微影一笑，心想湮夏该不会是动了心了吧：“你啊，那是关心则乱。”

夜祈逍倚在门上，配合着微影道：“我要去探望六弟了，你们两个要去吗？”

“去！”湮夏飞快地接过话来，说完才发觉微影和夜祈逍正一脸调笑地看着她，连忙改口道，“我那是内疚，内疚，你们不要乱想啊。”

“嗯，看起来我们家可要多一个吃饭的。”夜祈逍若有所思地看着湮夏点了点头，看得微影在一边直笑。

“拜托，你好歹一个皇子，怎么跟那个小妮子一起胡闹呢。”

“好了好了，不跟你开玩笑了，我们走吧。”微影看湮夏着急，早没了一贯的潇洒作风，忙收起笑意道。

夜祈逍带着微影和湮夏进了六皇子府上。微影戏谑地看着湮夏忙进忙出，为夜祈韫换药包扎的身影，碍于两个当事人都在场也不好说笑，只得一个人百无聊赖地坐在桌前，旋转着手中的茶杯。夜祈逍见状拍了拍她，示意她和他一起出去。

“什么事啊？”

“父皇下旨不再立储，不管怎样，你帮我的事也就算完成了，你，就要回亓云了吧？”

“嗯。”微影漫不经心地答道。

夜祈逍长长地叹了口气：“好吧，下个月就是四国于逐星原的大会了，到时候你和我一起去，然后随你们太后回去吧！”

“嗯。”微影淡淡应下，空气中弥漫着一种离别的气息，她暗笑自己何时变得如此小儿女般的多愁善感。夜祈逍却轻笑一声：“如果你愿意把湮夏留下的话，我想六弟也不会介意的。”

“那，我可要好好考虑一下啦。”微影对他一笑，晃花了夜祈逍的眼，本是和睦欢欣的场面，可他却觉得那甜蜜背后有一种说不清道不明的苦涩残存在他喉口，吐不出咽不下，如同一个魔咒依附在他身上，似乎那明媚的笑也趋于黯淡，又似乎他的玩笑根本是为了掩盖着黯淡。

微影一路向回走着，越来越觉得自己也许真的该问问湮夏了，这种心思，恐怕也只有自己明了，他人的妄自揣摩也做不了她的嫁衣。

湮夏被微影一路拖进了后院，两个人立在一大块假石后面，相对无言。湮夏瞪着微影，看她一脸正经的样子却不发一言。

“干吗呀，带我来这里有什么事啊？”

“湮夏，我们就要回去了，离开夜辽。”微影咬了下嘴唇，开口道。

“对啊，那怎么了？”

“湮夏，我问你一句真心话，你，喜欢六皇子吗？”

湮夏看着一脸严肃望着她的微影，知道她也是为自己好，也希望自己能幸福，沉默了片刻道：“喜欢不喜欢我自己还不很清楚，你又不是不知道我……我和莫枫……所以……”

后院的另一边，独自走出房门的夜祈韫站在另一假山之后，听到两人的对话之后默默转身离去。他神色黯淡，眼瞳里是深不可测的黑暗旋涡。到头来，还是他自己一厢情愿，到头来，还是他自己孤身一人。

当微影听到前院传来的喧嚣而匆匆赶到的时候，得到的却是另外一个让她吃惊万分的消息。

急急赶来的长风带着一个从宫里来的传旨太监，那人冲夜祈逍略略施了一礼，用内监那特有的尖细嗓音道：“五殿下，皇上急召您入宫，并且，请您带着您的幕后高人一起进宫。”

共浮沉

27 轰轰烈烈爱一场

微影一身月白色的广袖长裙，与那金碧辉煌的皇宫显得格格不入。她能清楚地感觉到夜皇正上上下下地打量着她，却依旧低垂着眼帘。

“逍儿，这就是你的幕后高人？”

“是，父皇，儿臣没有别的意思，为的只是自保。”

“自保？你的自保，代价不小。”夜吾承的声音冷冷地带有一种严酷的意味。

“父皇，自母妃去后，祈逍就明白了一点，一个人若是不够强，若是只知退让，换来的却是自己的灭亡。就像母妃一样，她的一颗善心，不愿争抢换来的却是不公的命运，祈逍不愿成为政治斗争的牺牲品。”

夜祈逍的眼里飞快地闪过一丝忧伤，微影看在眼里，暗道这世上还是苦命人多，看似无限荣耀的皇家背后的苦痛是最多的。

夜吾承听了夜祈逍的话，出人意料地笑了笑，挥手示意夜祈逍先出去，夜祈逍皱着眉头盯着微影和夜皇，夜吾承出声道：“你先出去吧，我不会对她怎么样的。”

夜祈逍不甘地看了微影一眼，回身走出了大殿，富丽堂皇的宫殿里顿时只有微影和夜吾承两个人。

“你叫什么名字。”

“微影。”

“你是亓云的人？”

“是。”微影平静地回答着夜吾承的问题。

“你为什么要帮祈逍？你到底是什么人，看你小小年纪，心智倒了不得呢。”

“没什么，只不过是一场交易而已，我与五皇子不过是场两方互利的交易。至于我是什么人，我从哪里来，恐怕不需要向皇上您汇报吧。”

夜吾承听了这话非但不恼，反而大笑起来：“小姑娘，有个性。刚才问你的话，是我作为一个皇上，接下来要和你说的，就是我作为一个父亲的职责了。”

微影冲他笑笑，从她走进这个宫殿开始她从未感觉到夜吾承一丝一毫的敌意：“皇上说笑了，微影不过寻常人。”

“不，你不是一个寻常人，小姑娘，你制造的计谋，你的筹划无一不在显示你的不寻常。”

“皇上，微影的谋划若没有您的东风，也是完成不了的啊，我的计谋遂了您的愿，你也顺了我的计，若说高明，高明的恐怕还数看透了一切的您啊。”

夜吾承一笑，这个小姑娘真是越来越让他刮目相看了：“是啊，你说的没错，皇后一党势力太大，你是为了帮逍儿，我是为了打压他们的势力，我们，可否算是一拍即合，忘年之交了？”

“皇上太抬举微影了，微影没有通天的手腕，唯一能做的，只是算准每一个人的心理，利用他们自身将做的选择，来演这一出大戏而已。”

“小姑娘，说句实话，我很欣赏你。在我所认识的那么多女人里，你终究是不同的。我那后宫三千佳丽，朝中大臣的名门千金，大家闺秀，她们学习诗词歌赋，为的只是抓住男人的心，而你，高傲但不自大，一颗七窍玲珑心，你的世界，是那广阔的苍茫大地。”夜吾承赞叹地看着微影，她终究是不同的。此事无关风月，为的只是赤诚之心。“我让祈逍带你来，只是想见见这个让我赞叹的人是何方神圣，并没有要怪罪于你的意思。”

“我明白，若皇上对微影有敌意，就不会独自与微影站在这里了。”

“逍儿是我最看重的孩子，也是我最疼爱的孩子，说句实话，即使你不帮他，这个王位将来也是他的。祈桓为人虚浮难成大器，逍儿是我选中的继承人。”

微影诧异地盯着夜吾承，甚是不解，“皇上为何告诉微影这些？”

“因为你是聪明人，你知道什么该说什么不该说。小姑娘，我问你一句，你可愿留下？”

“不愿。”微影斩钉截铁地答道，“微影不愿攀龙附凤，无心权势荣华，更不会以我的自由为代价，将自己囚禁在这个黄金的牢笼里，恐怕，要辜负皇上的一片好意了。如果皇上没有其他事的话，恕微影先告退了。”

夜吾承看着微影转身决然离去的背影，开口叫住了她：“微影，祈逍的母妃在他很小的时候就去世了，他从小缺少母爱。你看他表面上很冷漠，对什么都不甚在意，其实他最是重情义。你，莫要负了他。”

微影闻言一震，复又向外走去。殿外的夜祈逍紧抿着唇，双拳紧握，看到微影出来忙跑过去，“没事吧？”

“嗯。”微影还想着夜吾承留给她的话，这个世界上，难道真的是苦命人多吗？可至少夜祈逍还有一个疼他爱他的父亲，而自己才是真正的孤苦无依。

夜祈逍看着微影苍白的脸色，慌了神，两手扶着她肩膀：“父皇和你说了什么？”

微影轻轻挣脱他，摇了摇头，“没什么，他只是说他很欣赏我，问我愿不愿意留下。”

夜祈逍闻言一惊，一脸惊异，连声音也微微颤抖：“父皇他，该不会，看上你了吧……那，你怎么说？”

“你在想什么啊，我当然不愿意了。”

夜祈逍没有欣喜，反而是黏稠的苦涩，他第一次觉得这世界上原来是有两方都错的选择。若微影选择留下，说不定他父皇会……而真听到她要离去，为何自己还是开心不起来呢?

微影看着夜祈逍变幻莫测的神情，轻启口道:“其实，你父皇还是很疼你的……还有，他对我没什么意思。”

在夜祈逍自己都没有察觉的时候，他其实早已轻舒了一口气。

“微影，陪我去个地方吧。”

“好。”微影心不在焉地应下，被夜祈逍拉着便走。

夜祈逍拉着微影到了品茗轩，秋娘诧异地看着两人，微影在夜祈逍身后微微冲她摇了摇头，秋娘立刻会意，装作不认识两人一般，让店小二带两人上楼。

夜祈逍拿起纤巧的酒壶，给微影倒了一小杯:“你会喝酒吗?”

“会啊。”

夜祈逍扫了一眼下面的大厅，一个红衣女子正抱着一把琵琶在演奏，歌曲也算动听，只是少了几分神韵。“你说一醉，是不是真的能解千愁呢?”

“或许吧，可我醉不了的。”

“什么?醉不了?”

“对啊，醉不了的。我十二岁的时候就会喝酒了，那时候我为了得到他们想要的情报，被送去当雏妓。从我喝下第一口酒开始我就要不断地告诉自己，不能醉，不能醉。如果我醉了，等待我的就是被玷污的命运，所以我一定要在自己醉之前灌倒那些个人。即使头再痛，再难受我都一定一定不能醉的。一个从喝第一口酒开始就不会醉的人，何来一醉解千愁?”似是今天经历的太多了，微影心一沉，便干脆道出了自己的故事。

夜祈逍静静地看着微影，她漆黑瞳仁里的痛楚就像利刃一样划过他的心，割得生疼。

“他们，是谁?”

微影苦涩笑笑，仰天喝下一杯酒，酒精的麻醉对她来说已经没有了任何作用，缓解不了心里的疼痛和无言的苦涩。

“你不会认识的。也永远找不到的，我若是说我来自另外一个世界，你会信吗?在那个世界里，我是一个特工，大概就是杀手、特殊护卫之类的，我的世界和这里永不会有交集，我来到这就是一场阴差阳错，我回不去，也不知道怎么回去。我这么说，你会信吗?”

“我信。”

“嗯?你还真信啊。”

“说句实话，我曾经派人调查过你，可意外的是，我的人却查不出三年以前关于你的一丝一毫的踪迹，你就像是，像是突然多出来的一个人。那么除了你说的，你来自另一个完全不相同的世界之外，难道还有比这更好的解释吗？……更何况，我说过我会相信你的。”

微影苦笑一声：“是啊，我就是那多出来的一个人。天下何其之大，却偏偏没有我的家。我原来的世界和这里完全不同，那里没有皇权，没有等级制度，不用下跪行礼，可唯一相同的，却是同样的黑暗。”

夜祈逍闻言一愣，紧皱眉头，痛心道：“所以说，当时你求我救言青朔他们的时候，才会那个样子？微影，其实就算你不跪，我也不一定会拒绝你的。”

“我知道，可我要的不是‘不一定’，我就是要你无从拒绝。”

“下次别跪了。”

“嗯？”

夜祈逍长长地叹了口气，难道他还未发觉时，自己已然沦陷。“下次别跪了，我不会拒绝你的。”他意味深长地望了楼下一眼，“微影，你说我是该守着一段无法完成的缘分不放，还是我该学会珍惜眼前的呢？”

微影看着夜祈逍纠结痛苦的眼睛，脑海里回荡着的全是夜吾承的话：“莫要负了他，莫要负了他……”

“夜祈逍，别对我动心。”

“你说什么？”

“我说，别对我动心。正如我和你所说的，我和你是两个世界的人，我作为特工，有一段你无法理解的黑暗过往，我是生长在黑暗里，从地狱里走出来的人，我不是值得你珍惜的人，更不是什么好人。所以，无论如何，都不要对我动心，即使动了心，也要把它扼杀在摇篮里，懂吗？我会负了你的。”

“如果只是怕会负了别人，或者被别人辜负而不去爱的话，我一辈子都会看不起自己的。”

夜祈逍的话就像银针一样深深扎进微影的心里，自己是不是该放手一搏，是不是真的要敢爱敢恨，即使遍体鳞伤，粉身碎骨，是不是也要爱过一次才好……

28 誓与君生死相随（*1*）

四国百年之后的又一次大会召开，微影、湮夏随着夜祈逍他们也到了逐星原，夜祈桓被下令幽闭在府中，不得随行。

夜里的夜辽大营静谧非凡，狂风吹起微影的披风，在风中狂乱地纷飞。

“穿得还是那么素净啊，跟家里死了人一样的。”言青朔打量了一下微影的白衣白袍，玩笑道。

“别跟我贫，你怎么来了？”

“来接你们呗，莫枫哥有事走不开，只好派我来了。”

“嗯，好吧，我们走吧，”微影回望了一眼黑暗的唯余几星灯光的营地，回身登上了言青朔带来的马车。

“微影，你不跟他说一声吗？”湮夏一把拉住正欲登上马车的微影。

“不了，都是要走的，何必呢？你要回去吗？”微影没有说完她的下半句话，她不回去，因为她想逃避，原谅她的懦弱，原谅她的理性，她始终害怕那一分无法掌控，所以，不如逃离吧！

“不回去，我有什么啊，倒是你啊，谁看不出来五皇子喜欢你啊。”

“哎呀，原来你在夜辽又惹桃花了啊，不过也是，瞧瞧你这张脸，典型的祸水一枚啊。”言青朔啧啧地咂咂嘴道。

“好了，别说了，我们走吧。”

言青朔见微影意外地没有反驳，自讨没趣地摇了摇头，翻身上了马，回头催促车夫赶快出发。

马车疾驰远去，带起的土尘迷茫了离去的路径。马车后的黑暗阴影里缓缓走出一个人。夜祈逍望着尘土飞扬的道路，苦笑道：“连一声再见都不肯对我说了吗，还是我们真应该再也不见？”

言青朔骑着马，马车在他身后疾驰，微影坐在车里闷闷不乐，心中有个声音在不断地叫喊：你到底在逃避什么？你这样一言不发地离去又是为何，你是不是太没风度了一点，为什么就不能勇敢地面对一下，怎么就不能潇洒豁达呢？

“我到底在逃避什么，他的情，还是我的心？”微影喃喃自语，又好像突然顿悟了什么一般，猛地叫道：“停车，让我下去。”

“怎么了？”言青朔掉转马头，看着匆忙跳下车的微影甚是不解。

“青朔，借你的马用下，你们先回去，我有件事情还没完成，我想，我若不去，我会后悔的，我还那么年轻，可不想一辈子都生活在悔恨中。”

微影跳上言青朔的马，沿着来时的路飞奔而去。言青朔看着她的背影，无奈地摇了摇头，登上了马车。

“我们先走吧，放心，她会回来的，也许她真的需要去解决一下这事情，别让她成为一个逃兵，别让她自己看轻了自己。走吧。”湮夏放下帘子，不再看疾驰而去的白色身影。

微影回到夜辽大营时，沉寂的大营里唯余几点熹微的灯光，她凭着夜祈逍给她的令牌一路上畅行无阻。当她终于站在夜祈逍营帐前时，她却开始犹豫着要不要进去，帐中透出微弱的光，昏暗摇曳，许久，她好像横下了心一般，挑起门帘跨入帐中。垂挂着的金属饰物相互击打发出声响。夜祈逍闻声抬头便看见了站在门口的微影。

“你怎么又回来了？”

“你知道我走了。”微影诧异地看着夜祈逍。

“我看见了。”夜祈逍淡淡地说道，心里却在翻江倒海，“其实，在你不知道的时候，我一直在看着你啊。”

“我不想当‘逃兵’，夜祈逍，我正式向你告辞，也许再相见就是十年以后了。到时候，说不定我们谁都忘了谁，再见如陌路了。”微影强压下自己的情绪，强迫自己一字一句地说出决绝的话语。

“嗯。”夜祈逍走到门口，随微影一道出了帐子，冰凉的风卷起两人的衣袍，在空气中画下凄美的痕迹。

“那，我走了。”微影牵过言青朔的马，一头散乱的青丝随风席卷，遮掩了两人的视线。

“好。”夜祈逍倚在木杆上，火把的光照亮了他一半的面容，另一半隐在无言的黑暗里。他望着女子牵着马离去的纤细身影，脸上伪装的笑容猛然崩塌，只剩下漫漫苦涩，在看到她会来的时候他其实多么欣喜，却没料到她的归来只是为了更分明的分离，只是又将他的心送入了寒夜。他多希望自己能够自私一点，不顾一切地将她留下，却还是笑着拱手，放任她离自己远去。

放了她的手，也放逐了自己的心。

微影牵着马独自走在寒夜里，身前身后是静寂的夜，她走在回亓云大营的路上，却依稀看见不远处的一块大石上坐着一个人影。那人显然也看到了她：“小姑娘，怎么那么晚一个人在外面游荡啊？”那人的声音略带沙哑，一听便知是狂野的汉子。

“你不也是吗？”微影走近一看却猛地认出了那人，“汗王！”

“哦？你认识我啊。”赫洛天一撇嘴道，逐星原大会之前他那年迈体弱的父王便传位于他，如今的赫洛天，便是新一代的燕凉汗王，西北茫茫大漠中的一代天骄。

“汗王鼎鼎大名，微影怎会不识。”

“微影？你的名字？看你长得也挺花枝招展的，怎么取了这么个名字。罢了罢了，坐下吧，这里没什么汗王，叫我赫洛天吧，来，陪我喝一杯。”赫洛天一边说着，一边强行塞给微影一个酒盅，他皮质的披风被风吹鼓得作响，靴子上的金属饰片看似无意地敲打着。

微影正迟疑着不坐下，赫洛天见状一把拉过她："我们这样遇见，也算是有缘吧，陪我喝一杯怎么了。"他说到一半突然停下，目光在微影身上上上下下打量着什么："你放心，就你这小身板，我可没什么兴趣。"

微影知道不好再推拒，索性大剌剌地坐下，拿起酒壶给自己倒了一杯酒就往嘴里灌。酒液滑过她的喉咙，火辣辣地刺痛她的神经，她又倒了一杯再次喝下，可却没有任何晕迷的迹象。赫洛天笑道："看你一个小姑娘，喝起酒来倒像个大男人。"

微影一笑而过，她突然好想醉，也许一醉便忘了所有，解了千愁，为什么上天却连她醉酒的权利都剥夺了。可她心底却有个理智的声音在叫喊：你是个特工啊，你是不能醉的，你必须时时刻刻有一个冷静的头脑，一颗坚定的心，你永远不能失去控制，什么情啊爱啊都不是你应该去想的，你不该被那些俗物束缚，抛下吧，忘了吧！

可她唯有这一次想放纵自己，一杯杯酒下肚，头脑却清晰依旧。

赫洛天按住了她的手："你这个小姑娘到底在干吗啊，把酒当水喝呢？"

"怎么？舍不得你的酒了？"

赫洛天一挑眉："算了吧你，就算你醉了该来的还是会来的，逃不掉的。"

微影沉默望着赫洛天，她不否认他的话击中了她的内心，其实她也知道，只是需要一个外人清晰点明自己。就在两个人相对无言的时候远处传来了一阵急促的马蹄声，莫枫利落地翻身下马，看到赫洛天一愣，冲他行了一礼，一手拉起微影："汗王，我得带她回去，请见谅。"

赫洛天点了点头，看着莫枫带着微影离开的背影，暗自一笑："这个小姑娘，有点意思。"

29 誓与君生死相随（*2*）

莫枫拉着微影："你到底怎么了？"

"我？没怎么，放心吧，过了今天就都结束了，我还是原来的我。"

"嗯。"莫枫低声应下，直直地看着她，眼里满是担忧。

"莫枫，可不可以，不要对我这么好，我给不了你什么。"微影低垂着眼，不去看男子的眼神。

"我不需要你给我什么，我也知道，你头脑很好，能力很强，武功也不输于我，这样的你不需要别人保护，但我只求你，让我留在你身边，哪怕只是默默地看着你也好。"

微影一抬眼便对上了男子的眼眸，他为了她甘愿成为一个默默无闻的守护者。

又是一份深情点亮了寒夜，又是一份无力偿还住进了心。

［次日逐星原］

四国之间的又一次大会在逐星原举行。逐星原，说叫原，可却不是平坦的原野，它三面倚山，一面是四通八达的广道，而在原的另一边，却是深渊万丈，为这大陆上最具意义的一次大会平添了几分峥嵘味道。

天气，风和日丽，可这局势却没有那么平和，今日，是百年前四国签订的和平协定的到期日，象征四国的四块玉雕版图分开之后，似乎预示着另一页争战的即将开始。几年筹备的大戏终于要拉开帷幕。

微影和湮夏戴着面具，静立在云立雅身后，微影的眼神扫过众人，一脸平和的夜祈逍，调笑狂放的赫洛天，还有阴古那傀儡皇帝身后半掩容貌的年轻男子，只一眼微影便可认出那人便是久别的萧千陌。

云立雅带着亓无忧走上前去，仪式开始，嫣红的血滴在象征着亓云的玉雕版图上，鲜血瞬间融入了白玉中，玉版顿时分成了四块，四方各执一块，云立雅立刻命人将它放入镜盒之中。逐星原上顿时有了几分硝烟的味道。远处传来几声长啸，不知从何处来的野狼群顶着发红的双眼疾奔而来，几百个蒙面的黑衣人从天而降，逐星原上顿时乱作一团。野狼群像是被人控制了一般，直冲四国的人而来。

各国的侍卫忙着保护自己的主子，夜祈逍的视线穿过纷乱的人群，看那白色的身影长剑染血衣袍纷飞。萧千陌目不转睛地盯着逐星原上的一团混乱，身后的黑袍男人发出沙哑诡异的笑声。

微影紧皱着眉头，黑衣人将她团团围住，她手执利剑，飞溅的血染在雪白的衣裙上。步步逼近的敌人直将他们逼到了悬崖边上。

后方突然跃起一头巨大的狼王，直扑向云立雅，云立雅一个重心不稳便要向崖下落下，微影一惊，手疾眼快地抓住了那飞快下落的身影，自己却被巨大的坠力带下了悬崖。

微影一手牢牢地抓着云立雅，另一手死死地攀着崖壁上一块凸出来的石头。微影一个人一只手臂承载着两个人的重量，手臂渐渐脱力，攀住的石块也渐渐松动，沙石窸窸窣窣地从两人身边落下。莫枫见状赶忙一掌挥开与自己缠斗的两个黑衣人，赶向崖边，却无奈伸手也抓不住微影的手腕。

远处的夜祈逍见那白色的人影翻下了悬崖，心中猛然一惊，好似缺失了一块一般钝痛着，他一剑分开眼前纷乱的人群，暗骂一声该死，飞快地向那里冲去。萧千陌看到那场景也想上前，却被身后的黑衣男子一把抓住，如枯枝一般的五指紧紧地锁住了萧千陌的手腕，萧千陌努力了几次竟挣脱不开那看似无力的把握，他猛然抬头，愤恨地瞪着那男子却见他浑浊的眼睛里满是警告的意味。萧千陌狠狠地抿了抿嘴，终究放弃了反抗，一颗心悬在喉咙口，难以抑制胸膛的深深起伏，望眼欲穿地看着崖边。

“湮夏，鞭子。”微影强忍着手上传来的剧痛，朝湮夏喊道。

湮夏甩下黑色的长鞭，牢牢地缠住了云立雅的手臂，微影朝下叫了一声抓住，和湮夏互相点了点头，齐齐用力，将云立雅甩上了悬崖。莫枫一把接住云立雅，微影却因为用力过猛，原本攀住的石块猛然松脱，她失去支撑的身子宛如破碎的彩蝶一样急速下落。

微影感受着风呼啸着划过自己的脸庞，风刃卷得她生疼，自己的身体正在急速下落。她不想再去做什么努力了。

这次，是真的要结束了吧？自己的上次落崖让她来到了这个完全陌生的世界，现在再一次落崖，会回去吗？还是算了吧，这一次，就是真正的结局了，会死的吧，自己十八年充满罪恶和黑暗的人生终于就要结束了啊。天堂那边，才是温暖的吧。终于就要解脱了，微影想着突然带上了一抹笑容，绝美，却凄凉惨淡。

下一秒钟，她却落入了一个温暖的怀抱：“这样就想放弃了吗？”

微影吃惊地瞪大了眼睛，耳畔的声音却蓦地一软，带上了几分无可奈何的味道：“算了，不管你是上天还是下地，我都陪你一起吧。”

30　纠缠的爱与念

大批赶到的禁军围剿着剩余的狼群和刺客，湮夏跪坐在地上，痴痴地看着悬崖下深不可测的深渊，她无力地坐在崖边，好像风吹过便也会落崖一般。夜祈韫将她从地上拉起，不顾她的挣扎将她紧紧地锁在自己怀里，一遍遍地说着：“不会有事的，不会有事的，有我哥在，不会出事的。”他一边说着，心中也是惶恐，万丈深渊，他们两人真的能逃过一劫吗？怀里的人逐渐平静，挣开了夜祈韫的手，自言自语道：“对，不会有事的，微影不会死的，不会死的。”

许久，她抬头问夜祈韫道，眼里一片清明。“五皇子会因此受牵连的吧？为红颜弃大局不顾。”湮夏一边说着，心里也是感动，微影她，终于找到来这里的意义了吧，如果她们真的逃过一劫，也会是一对乱世佳偶的吧。这样，才不枉人间走一回。

“会的吧，平息流言这些事，我还得想办法。”

“我会解决的。”湮夏淡淡地应道，心想微影，你一定要回来啊，一定，一定。

夜祈韫看着湮夏缓缓离去的背影，她其实比谁都坚强，比谁都镇定，也比谁都需要一个依靠。

逐星原上看到那惊魂一幕的人都是吃惊万分，一个来自亓云的神秘女子，一个夜辽的皇子同时掉下了悬崖，这之间到底有多少千丝万缕的关系。

湮夏走过去拍了拍惊呆了的莫枫："放心，她会没事的，我们还有事要处理，还要派人去搜救，你绝不能在这个时候崩溃。莫枫，如果你爱她的话，就相信她。"

莫枫如梦初醒一般，心却像开了口一样，冷冽的风呼啸着灌入，心寒得像是掉进了冰窟："快，带人去崖下搜救，一定要找到她。"与此同时，夜辽的一队人马也被急急地派出。

赫洛天意味深长地看了萧千陌一眼，萧千陌正一脸怒意地盯着黑衣男人："怎么会变成这样？"

"哼，"男子冷哼一声，"萧千陌，你别以为我不知道你那点小心思，天下多大，好女人多得是，你不能为一个女子坏了大事。"

湮夏眼神一扫，划过黑衣男人的身上，顿时眯起了眼睛，多年以来的直觉让她感觉到那个男子，不简单，甚至，很危险。萧千陌看着男子眼里闪射而出的敌意，愤恨地摆了摆手作罢。大事吗？大业吗？为了这些就要牺牲掉自己的幸福吗，他们真的，不可能有未来吗？

微影感受着风卷过脸庞，似乎连头脑也要为之窒息。身后的男子拔出她腰间的匕首，狠狠插入崖壁，巨大的冲击力让两人下落的速度稍稍减缓，夜祈逍将手里的匕首再次插入崖壁，震得虎口开裂，细碎的土石飞溅而出，两人的速度逐渐减慢，眼看就要停下，匕首却猛地脱出，身下是深深的密林，繁茂的枝叶在微影的视野里越来越大，这样的速度，原本脆弱的树枝也会变成刀剑一样锋利。

夜祈逍一翻身，挡在微影身下，将她的头按在自己怀里，枝叶被折断，风声里带来男子的话语："别看。"

微影听到身下一声闷响，两人猛地着地，她揉了揉酸痛的肩，撑着自己站起，只见夜祈逍衣肩染血，嘴角挂着一抹刺目的殷红，他对她笑笑，勾起一抹惨淡的笑容："没事，就好。"

微影只觉得一缕腥甜朝她袭来，她紧皱着眉头，突然慌了神，她过了十八年将一切了然于心的日子，唯有这一次，似乎什么东西已经超脱了她的想象。她看着紧闭着眼眸的夜祈逍，难以言表的味道覆上了心头："你这是何苦呢，何苦……"

夜祈逍模模糊糊依稀看到自己正身处在一处山洞之中，身边的白衣女子正拿着匕首一下一下挑着他肩膀里的木刺，她的手微微颤抖，目不转睛地盯着他的伤处，几缕散乱的青丝从她脸庞边落下，额头上布满了细碎的汗珠。

夜祈逍紧抿着嘴唇，女子冰凉的手轻轻触碰着他的肩膀，锋利的匕首小心地挑出扎在肉里的木刺。微影从怀里掏出一小瓶伤药，轻轻抹在夜祈逍的伤口上，再从自己的披风上撕下一条布替他包扎。

肩膀上的伤口抽抽地疼，夜祈逍咬着嘴唇不让呻吟逸出口中，他只觉得黑暗中似乎有什么东西正拉着他沉沉睡去，侵袭着他的意志。

当夜祈逍再次醒来的时候就看见微影一个人抱着膝盖坐在火堆前，红艳艳的火光照在她身上，她姿势怪异地坐在空旷的地上，身子微微发抖好像黑暗里有什么令人恐惧的东西。微影低垂着头，将半张脸都埋在了怀里，睫毛微微颤动着，脆弱得让人心疼，浑身上下散发着一种朦胧的光芒，虚幻得不太真实。夜祈逍看着卸下了层层伪装的微影，其实除却了她的身份，脱下她的面具，她也只不过是个十八岁的小姑娘，也需要保护，她不该承受那么多艰辛的事。

夜祈逍发出的响动惊动了微影，她倏地起身，眼里已经是深不可测的平静，平静得让夜祈逍甚至开始怀疑他刚才看到的那个她是否只是自己虚无的想象。

“你醒啦。”

“嗯。”夜祈逍低应一声却发现自己的嗓子喑哑得说不出话来。微影递给他温温的水袋，一边自顾自地说：“为什么要和我跳下来呢？和我在一起不会有好下场的。”

“别。”夜祈逍刚想打断微影的话就被她瞪了回去。

“你听我说。我七八岁的时候被送去当潜伏的探子，那时候的我很弱小，没有别的保护，只身一人去那种地狱一般的地方。你们都不能想象那时候的我过的是怎样一种生不如死的日子。我甚至连你们这里的奴隶都不如，在那里，一年之后我遇到了第一个对我好的陌生人，他把我带出了那个没有光明的地方。他让我做他的贴身婢女，可我回报了他什么？他是我所要追查的那人的儿子，他信任我，可我利用他的信任获得我的情报。最后，他家破人亡，死在了特工部队的一次突袭之中。他最大的过错就是相信了我，而我，远不配拥有他的信任。”

微影一边说着这段她最不愿提起的过往，眼睛里闪射出深深的痛苦，夜祈逍看着她没有一丝神采的眼睛，好像她的痛也漫上了他的心，他的嗓音深深压抑：“不要说了。”

“不要，你让我说完。夜祈逍，我不是什么好人，因为我而死的人我自己都已经数不清楚了。我很小的时候，母亲带我去算命，那人说我天生命不好，一辈子都是离别劫难。果不其然，我三岁的时候母亲就死了，死在一个寒冷的冬日里，不是什么大病，只因为没有钱请医生看病。夜祈逍，像你这种皇宫里长大的人是不会懂的。”

微影定定地看着夜祈逍，眼睛里是一种摒弃了一切的坚定："你明白吗，我和你说这些。我不想瞒着你什么，你还要选择和我一起吗，即使未来是黑暗崎岖。"

夜祈逍揉了揉她散乱的长发："傻瓜，我怎么会介意。即使未来是刀山火海，我们也要走到世界终结才行啊。其实只要你愿意，你完全可以不要对我戴上你那坚硬的外壳，只要你愿意，你也可以脆弱，不用再伪装自己。"

身侧的白衣女子依旧僵硬着身体，夜祈逍叹了一口气，她头脑里的那根紧绷着的弦，什么时候才愿意在自己面前稍稍放松一会儿呢？还是她的选择是对的，用情太深，终究是毁灭吗？

他堪堪地想起师父的话："你是天煞孤星，你命中注定孤身一人到最后，你不会有爱人，你也不能有爱人……"

我愿陪你到世界终结，但若是我们会爱到毁灭，我更愿意你安然一世无忧。

31　崖下遇劫踏险局

夜晚的营地里是死一般的静寂，四国的日程不会因为偶然的事件而有所耽搁。此时的逐星原上，大多人马早已各回各国，只有自请留下的湮夏、莫枫和夜辽六皇子的人马还在这里安营扎寨。

湮夏的营帐里，夜祈韫和莫枫正坐在那里焦急地等待着消息，闻讯的飒和葵正风尘仆仆地赶到。

"葵，你们来啦。"

"湮夏姐。影姐姐不会有事吧？"

"应该不会，小葵，我叫你来，是想让你去查一件事。"

"什么事？"葵看着湮夏一脸严肃的样子，那么多年来她还是头一次看见湮夏露出那么严肃的神情。

"明楼。萧千陌身边有一个神秘的黑衣男人，你去查查是不是'那个人'。"湮夏沉声说道，萧千陌背后的那个黑袍男人的形象一直萦绕在她心头，心底有个声音在说他和这次突发事件的关系，绝不简单。

"小葵，那个人你也知道，深浅莫测，你要千万小心，只要看下是不是他，不要贸然出手。"

"知道了，我会小心的。"葵一向开朗的脸上也多了几分愁云，若真是那人，自己对敌，恐怕绝无一分胜算。

“我也去。”飒冷声打断了沉寂的场面。

“啊，你说什么？”葵一脸惊讶地看着一向玩世不恭的飒突然露出了冷静的一面。

“我说我和你一起去，傻女人。”飒一挑眉毛，又恢复了往常不正经的样子。

“好，你们一起去，不管怎么样，小心为上。”湮夏看着两个踌躇满志的少年，心里开始不由自主地忧虑起来。

送走了飒和葵，莫枫也一个人召集士兵下崖寻人。湮夏和夜祈韫两个人站在灯火默默燃烧的营帐里：“你的意思是，这次袭击，很有可能是明楼策划的？”

“对啊，在逐星原上的那天，我看到那个黑衣男人诡异的笑，后来还在和萧千陌争吵着什么。”

“可是，萧千陌和微影不是……”夜祈韫说到这突然闭上了嘴，他们那天的跟踪毕竟不是什么光彩的行为，任他怎么想都想不出那日看见的那个痴情的男子是叱咤江湖的明楼少主，既是满腔深情，又为何布此险局？

湮夏一声冷笑：“江山和美人，你说他会选哪个，是坐拥江山还是美人在怀？萧千陌筹谋多年，岂会为一女子坏了大事。对于他这种人来说，爱情不过是闲暇时候的消遣，他愿的时候多少女子送上怀，他不愿的时候女人不过是一个有利用价值的棋子。微影天生冷傲，对他来说，不过是个新鲜而已。男人就是这样，说什么爱情，不过我们的一厢情愿，是镜中花水中月而已。”

夜祈韫看着湮夏一脸自嘲，她的话听起来出格前卫，却字字掷地有声，让他一时之间没法反驳。湮夏好似早已看破了红尘俗世的脸色，她却又嗤之一笑，用一种近乎微不可闻的声音低语道：“说不信，可其实谁又真正看破了呢？”

“也许他是，也许大多数人都是，可总有人不是的。既然无法逃离，就还要相信啊，这世间还是有我们所追寻的那种东西的。”夜祈韫淡淡地说道，眼里依旧是那一分看不穿的哀愁，可眼底，似乎有什么清明的东西在驱散那一份疏离。

湮夏冲他笑笑，或许是有的吧，或许她就要找到了。

夜风萧瑟，赫洛天从一棵粗壮的大树后闪身而出，拦住了一人一骑的萧千陌。

萧千陌急停住了马，看着突然出现的赫洛天，朝身后的随从挥了挥手：“你们先去吧，我和汗王有些话要说。”

“那事，是你们做的？”赫洛天冷冷地看了一眼萧千陌，语气里充满了不悦。

“是师父。赫洛天，求你一件事，派人去找她，当我求你了。”萧千陌看身边没人，压低了声音对赫洛天说道。他第一次，放下自己的身份，那样卑微地去求一个人。

“不用你说我也会派人去找。”赫洛天冷哼一声道。

萧千陌诧异地看着赫洛天，语气里带上了几分心惊：“难道，你看上她了？”

“我可没你那么喜欢自讨苦吃，我只是，对她很感兴趣，从某种角度上来说，她和我有很多地方很像。我怎么会在自己都没有搞清楚之前，让她这样毫无价值地被舍弃。”

“不管怎么样，谢谢你。这件事，不是我的本意，我也不知道怎么会被弄成这样。”

“你的本意？你的本意恐怕野心更大吧，若微影没有拉住云立雅，恐怕掉崖的就是亓云的皇室了吧。萧千陌，你我同盟，可对于你和你的那位师父我的确没什么好看法。你受制于他也不是一年两年了。”

萧千陌神色一黯，受制于那人就意味着他和微影，绝无可能。“我知道。”

赫洛天看出了他在想什么：“萧千陌，不是我没提醒你。你只有两条路，要么放开她的手逐鹿天下，要么放开你的一切至死相随。你若犹豫不决摇摆不定，便是你们两个人一起痛苦，到时候，我可管不了你和我之间有多少协定。我这个人很少遇到懂自己的人，既然让我遇到了，即使我们身在两方，我也希望她幸福。”

“我明白你的意思，我会好好考虑你说的。”萧千陌仰起头，夜色掩盖下天边的星在各自的轨道上运行，要么渐行渐远，要么相互靠近。西边天上一颗血红的星子正渐渐释放着它的光彩。

第二天，烈日的光芒透过树叶照在地上，投下斑驳的影子。微影站在洞口，走向密林边缘，随手甩出几把飞刀，几只野兔顿时倒在了树丛里。

微影捧着几只野兔回了洞穴，拿起匕首轻巧地开始剥野兔的皮毛。不一会儿，她就捣鼓好了几只野兔，长长的树枝上串着兔肉，洞里早已生好了一堆火，火星爆裂开来噼啪作响。微影突然犯了难，自己连正常的用锅做饭都不会，更别说这原汁原味的野外做饭了。

夜祈逍看她突然停下了动作，从她手里接过树枝：“原来还有你不会的东西啊。”

微影也乐得放开了树枝，往边上一坐：“我是特工，不代表我无所不能。你这个皇子原来还会这个啊。”

“以前在军营里的时候，什么都要自己学啊。”

夜祈逍旋转着手里的树枝，不一会儿洞穴里就弥漫了一股香味：“你说你是特工，难道你们那时候没有去野外的任务吗？”

“我不接的。微影有条规矩，就是不去野外，为了这个我可没少被罚过。”微影苦笑一声，自己的规矩自然有它的道理。

“为什么？”夜祈逍将烤好的兔肉递给她，随口问道。

“你管那么多干吗？”微影瞪了他一眼，闻了闻烤好的兔肉，他的手艺还真不赖。

“随便问问，你不愿意说的话就不说好了。”夜祈逍摊摊手，每个人都有不愿提起的过往吧，她亦然。

微影沉默了一会儿，看着手里的东西，突然开口道："因为怕。"

"嗯？"夜祈道听她呢喃了一句，声音小得像是自言自语，她在说怕吗？

"因为害怕啊。害怕那些毒蛇、毒虫纠缠在一起，密密麻麻地趴在彼此的身上，缠绕着扭动的感觉，很可笑吧？我会怕这种东西。"微影一边说着，紧皱起了眉头，仅仅是想想就让她头皮发麻，早已渗入她骨血里头的恐惧侵占着她的内心。

夜祈道摇摇头，她的背后到底有多少他不知的故事。"每种恐惧背后，都有一段辛酸的过往。"他说完却突然明白微影为什么会以一种奇怪的姿势蹲在火堆边上，那黑暗里本来就是她那深入骨髓的恐惧。他念头一转，要是她怕这些毒物的话，那在自己昏迷的时候她又是怎么带着没有知觉的自己穿过那一片密林的呢？深幽的丛林里，毒蛇毒虫之类的怕是不少，即使害怕，那独自穿过密林对她来说又是何等的考验。他越想眉头皱得越紧。

"夜祈道。"

"嗯？"夜祈道抬头看向微影。

"不管怎么说，我欠你一条命。但我不能把命还给你，你也不会要吧。这样吧，以后我可以答应你任意三个要求，在不伤害别人的前提下。我不想欠别人什么的。"

"你就不能不要把这些算得那么清楚吗？"夜祈道无奈地摇摇头，两个人之间的东西算得越清楚是不是代表这两个人越疏离呢，"随你吧，如果你这样感觉好的话。"

微影低头啃起兔肉，不再想夜祈道的话。

两个人吃饱喝足后便盘算着要走出这峡谷。"我们还是自己出去吧，到时候找我们的人没来，杀我们的人倒来了。"微影看着浓密的林子，叹了口气道。

"那就走啊。"夜祈道应道，这样深的林子，想来要找到他们恐怕也挺困难。

"你的伤不要紧啊？"

夜祈道嘴角笑笑："你把我当成什么了，豆芽菜吗？"

微影白了他一眼："我说你这人吧，表面上看起来挺冷的，对什么都漠不关心的样子，怎么实际上那么不正经哪？"

夜祈道一挑眉毛："你不也一样，大家彼此彼此啊。"

微影看着他切了一声，轻轻笑笑，他们再怎么说也年轻啊，装得再成熟稳重也只是他们不得不背负的外壳而已。

两个人向着密林的边缘走去，没走了一会儿微影却突然听到了"沙沙"的声音，好像毒蛇之类的在地上爬行的声音。两个人狐疑地看着四周，树木之中缓缓走出几个戴着黑色兜帽的人，那些人并不抬头，黑色的兜帽遮去了面容，神秘莫测，待到那些人稍稍靠近他们却发现净是些老妇人。她们围成一群向两人包围而来，身边是数不胜数的毒蛇及毒虫，在她们的带领下向两人袭来。

微影看见毒蛇脸色一变，猛地倒退了一步，却发现身后也是同样的情形，夜祈逍一把拉住她的手腕，拔出身侧的长剑挡在微影面前，紧紧地盯着那几个来历不明的神秘老妇。

一时之间，气氛紧张之极，罪恶的气息在几人之间徘徊。

32 畸形的禁忌之恋

“你们是什么人？”

“取汝之命之人。”几个黑衣老妇齐声说道，声音沙哑而诡异。

夜祈逍冷笑一声提剑就朝几条扑过来的毒蛇砍去，几个老妇一起念动咒语，毒物们顿时层层将两人包围起来。夜祈逍低声暗骂一声，随即快速地挥动起长剑，肩上的伤口被扯裂，他一时也管不了那么多，护住身后似是石化了一般的微影。

四周的毒物越来越多，将两个人密不透风地包围起来，微影深邃的黑瞳看着逐渐逼近的群群毒物，她看着夜祈逍飞速旋转的身影，眼里是暗潮涌动，黑暗的旋涡一次次吞噬着她。

她好像又回到了自己的童年，无穷无尽的争斗，空旷的斗罗场里只有一群孩子，训练一次一次攻击，汗水与血水伴随着他们飞快旋转的身影，破碎的衣衫，早已千疮百孔的幼小心灵，一次次交织成她无法遗忘的过往。杀，杀。

她好像又看见那时的自己，被送去那个恐怖的部落，千千万万条毒蛇、蝎子、蜈蚣，各种千奇百怪的毒物在一个大坑里缠斗，彼此的毒液侵入血肉。最原始的争斗，只有两条路，死或是活。经历了几千几万次生死赌局的毒物最终被放到她的身边，尖利的毒牙倏地，咬进她的身躯。几百次生不如死的痛苦，那种东西，纠缠在一起，然后就是咬紧她的身躯，痛，好痛。

微影的眼睛突然睁大，一抹红色猛地闪过她幽暗的眼眸，她一把拔出腰间的匕首，往自己的手腕上狠狠地划去。鲜血滴落，落在树叶堆积的地上，微影一闭眼，再睁开时眼底已没有了恐惧，剩余的只有一片冰冷的杀气，微影的匕首狠狠地扎入一条正欲袭击她的毒蛇体内。夜祈逍顾不得想微影怎会突然转变，眼前顿时只剩下她纷飞的衣袍和四周飞溅的血液。

长剑、短刃，一次次贯穿，身边只剩下越来越多的堆积的死尸。毒物像是闻到了微影手上源源不断流出的血液味道，顿时泄了气，不敢再靠近迷了双眼的女子。一场无休无止的杀戮在天与地的见证下展开。

远处的一个红衣女子看了眼节节落败的老妇们，阴冷一笑："微影，哼，我们的账有的是时间算。你可别死得太早，我还有很多办法折磨你呢。"

微影提着剑站在一堆血泊之中，白衣染血，墨发纠缠着在她身侧飞舞，强烈的鲜血味道给她添上了几分凄惨的味道，远远看去宛如地狱之中走出的地狱使者。

夜祈逍心疼地看着在天地之间孤独伫立的女子，第一次觉得自己离她的世界那么远，他看着她没有焦点毫无生气的眼睛，轻轻扶上了她摇摆的肩："你怎么了？"

微影微微清醒，看着身边惨不忍睹的场景，仰头一笑，执意不让夜祈逍看见她眼睛里的湿润："你看到了吧？"

"看到什么？"夜祈逍紧皱着眉头，他不愿意看见这样的她，他宁愿眼前的人是那个狂傲冷漠的女子，而不是现在这样好似一动她的心就会碎成片。

微影长叹了一口气，倔强地不去看夜祈逍："你看到了吧，我是灾星，是怪物，是不祥的人。我是被诅咒的人，我的双手沾满鲜血。现在你看到了，怕了吗，然后就要离开我了吧，像那些人一样？"

夜祈逍对她挤出一个笑容，扶着她的肩："怎么会呢？只要你不先言逃离，我决不会背弃你，时限是一生。"

微影突然觉得脑海中的一个什么东西翩然破碎，她身上一轻，便摇晃着要向一边倒去。夜祈逍手疾眼快地扶住她要摔倒的身躯，"你怎么了？"微影睁开眼，眼前的面容唯余下一片焦急。

"没事，我只是累了，你让我睡一会儿，就一会儿，好吗？"

夜祈逍抱起她，怀里的人瘦弱得好像不堪一击，怎么也不会让人把她和一个杀手联系在一起，夜祈逍心想，她这么多天就没好好休息过吗，对自己的戒心还是那么重啊。

天色渐渐暗了，夜祈逍看着身边熟睡的女子，她纤长的睫毛微微扇动，一张容貌绝世的小脸，看起来特别需要人保护。他被她枕着的手早已麻木了，却不愿吵醒她。

微影却突然皱起了眉头，嘴里呢喃出声："不要走，不要扔下我。求求你，不要扔下我一个人。"

夜祈逍皱起了眉头，她在说什么？只见微影突然叫出声，手在身旁乱抓："不要过来，不要咬我，求求你，求求你放过我吧，啊——求求你，不要再来了。"微影发狂般地大叫，紧咬住自己的嘴唇，留下一道血红的印迹。

夜祈逍心一惊，使劲掰开微影的下颚，将自己的手抵住她的牙，不让她咬伤自己。微影紧咬着牙关，直到一股强烈的血腥味刺激着她的神经，夜祈逍倒吸一口气，环住她不断颤抖的声音："没事了，没事了，没人要伤害你……乖，没事。"

浓稠的血液刺激着微影的神经，她渐渐清醒，一睁眼便看见了夜祈逍漫着浓浓担忧的脸庞，她一松口，抱歉地看着夜祈逍手上深深的牙印：“对不起。”

“没事。”

微影拿起药帮他处理伤口，看到那深度后也倒吸了一口凉气：“会留下疤痕的。”

夜祈逍英眉一挑：“那也是你弄的，逃不掉了你。”

微影白了他一眼，低头帮他处理伤口。两个人心照不宣地没有提微影的噩梦，夜祈逍侧着脸看着微影，心想什么才能造就一个人不堪回首至此的过往，才能造就一颗摸爬滚打冰冷坚硬的心，以及那种，深入骨髓的疼痛？总有一天，他会搞清楚的。

夜祈逍眼睛一扫，看到了微影手腕上早已干涸的两道血痕，他眉头一皱拉起微影的手，修长的手指轻轻蘸上微影手上的血迹，血迹的颜色让他有一种没来由的诡异感觉，总之，不同寻常。

微影见夜祈逍沾上了她的血迹，忙按住他的手，将自己的血从他手上擦拭干净。夜祈逍一脸不解地看着她，微影却只是冷声说道：“夜祈逍，以后不管什么情况，都不要碰我的血。”微影放下袖袍，盖住手腕上的两道伤痕。

“你说这次袭击是什么人弄的？”微影一边帮夜祈逍包扎，一边问道。

“我大概知道是谁了，你觉得呢？”

“琴瑟。应该是她，不知道她去哪找来的这些乱七八糟的人。”微影手下的动作一缓。

“我也觉得是她，可你知道那些是什么人吗？”夜祈逍不等微影回答就自顾自地说了下去，“江湖传闻中的蛊门你可知道，蛊门一门上下专攻用毒，制蛊。当年的门主二十出头率领一门，相传也是一个绝代佳人。后来她被她的心上人背叛、抛弃，蛊门一门尽灭，她自觉对不住先祖，于是自毁容貌隐匿于江湖。刚才那些人，我敢保证，绝对是蛊门中人。微影，你还不明白你是招惹上了多大一个麻烦吗？”

“你是说，萧琴瑟入了蛊门？”

“是。”

“麻烦就麻烦吧，再怎么也是我欠她的，是我对不起他们兄妹啊。她从小养尊处优，哥哥对她又极好，禁不住欺骗打击，也是应该的。就算她要怎么报仇，也是我逃不出的劫啊。”

夜祈逍无奈地摇摇头。“微影啊微影，你是真不明白吗？萧琴瑟对萧千陌何止兄妹之情啊。你说你的双手沾满鲜血，”夜祈逍说着点了点自己的胸口，“可你的心却是干净的。”

“你是说，萧琴瑟，喜欢他的亲哥哥？”微影一脸诧异地看着夜祈逍，语气里充满了不确定。

“是，他们之间，或者说萧琴瑟对萧千陌，是最为隐秘及不堪的禁忌之恋。血亲兄妹，却生了情根。不然你以为什么，你并未伤萧千陌，萧琴瑟为何对你紧追不舍，只因为他哥哥喜欢你，而你伤了他心，她哥哥却偏偏是她最深爱的人。”

微影愣在了那里，她只当萧琴瑟对哥哥兄妹情深，谁知还有这么一遭。原来冥冥之中什么都早已注定。那样爱上了自己哥哥的萧琴瑟，其实也是可怜的吧，这样畸形的爱恋，给她的也是无尽的痛苦吧。

命运真的很残酷，将人带到高处狠狠砸下，一分不留的残忍，到头来天下众人的水深火热，生死挣扎，如同殊死一般的搏斗，不过是命运手里的游戏一场。上天，终究是不公的吧。

33 你我牵绊已深重

夜晚的风席卷着每一方土地，让任何企图在夜晚行路的人都受到了不小的阻力，此时的飒正背着葵在大风中艰难地行走。

“傻女人，你不准睡啊。”

“我好累啊，我好冷，我快死了吧。”葵的脸色苍白，背着她的飒紧咬着牙在夜风里行走，他脸上的伤痕已经被风吹干只剩下干涸的血迹，从葵身上流出的血液染红了他的衣袍。

“你要是死了，我一定请秋娘他们集体吃饭庆祝没人管着我了。”飒一咬牙，狠狠地说道。

“那你就请吧，我死了就管不了你了。”葵虚弱地一笑，她趴在飒的身上也感受不到一丝温暖，生命正一丝一丝地从她身体里流逝。

“你给我闭嘴，马上就到了。”飒愤恨地骂道，前方的灯火已经越来越近，再撑一会儿，马上就到了。

“笨蛋，你没死吧。”身上的女子不再说话，飒却突然慌了神。

“嗯。”葵有气无力地低应一声，没有力气再说什么。

他们一路跟踪那黑衣男人，谁知刚确认了他的身份便被发现，饶是葵和飒都受过微影的特训，两个人联手都挡不住那人几个回合。力量上的绝对差距让他们只剩下了挨打的份，葵身受重伤，危难关头，飒倒想起了逃命的法子。他们受训的时候，湮夏淡漠地来上课，和微影两个人教的第一项就是怎么又快又好地逃命，天晓得现在竟派上了用场。

［大营里］

“我已经下令让秋娘动用我们在上京城里的所有势力封锁消息，不过，纸包不住火，还要快些想办法才好。”湮夏长叹了一口气，对夜祈韫说道。

“嗯。当务之急是要找到他们两个人才好应对啊。”

“那么多天了，派去搜救的人都没有找到他们的尸体，说明他们肯定没事。微影是什么人我最清楚了，估计早就想办法跑了。”

帐外一片喧嚣，飒背着葵急急地冲进来，冷风顿时灌入帐中。

“湮夏姐，小葵，小葵。”湮夏赶忙拉进飒，看到葵的伤势之后急急把她放下。

“我去叫军医。”夜祈韫一看转身便走。

“等下。军医没有用的，飒，快去把沁儿叫来。”这次大会之后云立雅怕他们再出什么事，便把沁儿留在了湮夏身边。

“好。”飒急得也顾不上自己也受了伤，一溜烟冲出了营帐。

“怎么会变成这个样子。”

湮夏急得在那里团团转，葵却突然睁开了眼睛：“夏姐姐，是他，是他。”葵的声音虚弱得近乎不可闻。

“好，小葵，你一定不能出事，怎么办？”湮夏紧咬着嘴唇，目光里满是担忧。

“你别急。让我看看。”夜祈韫见湮夏急得团团转，一把把她按到了椅子上，自己轻挽起袖口，走到小葵身边为她查看伤势。

“你还会医术？怎么不说。”

“嗯，你又没问，你不知道的还多了。我从小一个人，什么都要学一点。”夜祈韫专注于查看葵的伤势，头也不抬地应道。

湮夏沉默不语地看着他，他眼睛里那样冻结着的万年寒冰，也一定是从小的孤寂造成的吧。

“伤势是重了些，不过好在没伤到要害，应该是不会有什么大的危险的。”夜祈逍就着帐里的一盆清水洗起了手上的血污。

“谢谢你。”湮夏垂着眼，关键时候自己还是不够镇定了。

“没事，以后别什么都一个人憋着。”夜祈韫清浅一笑。

飒拖着云沁急急忙忙地冲进了营帐，云沁的鹿皮袍子松松垮垮地披着，看样子是被飒匆忙从被窝里拖了起来。

“葵姐姐？”云沁的胸口急急地起伏，小脸像涂了胭脂一般红彤彤的。看到情况后便也自顾自地走向葵，打开手里的药箱，有模有样地替葵处理起伤口。

过了一会儿，云沁微微停下手里的动作，“伤口是多了些，但好在没什么大碍。休养几天应该就没事了。”

湮夏侧脸看了一眼夜祈韫，云沁诊断的结果和他的出入无几，“那就拜托沁儿了。好好照顾她们。”

“知道了。”

湮夏和夜祈韫出了帐子，她看着夜祈韫没什么变化的俊美脸庞，夜祈韫却突然开口。

“那么小的年纪，学得一手好医术，也算不容易了。”

“你说沁儿。沁儿其他都没学好，只有一身医术，净得她师父的真传。在我认识的那么多人里面，就数她医术最好。”湮夏笑笑，“不对，现在是除你之外。”

“没你想象的那么好。”夜祈韫淡淡地答道。

湮夏粲然一笑：“几下之间看出葵的伤势，你的医术，至少绝不普通。”

夜祈韫不置可否地摇了摇头，湮夏却突然一顿：“只是我不明白，一开始你已打算真人不露相，希望去叫军医了。为何后来又……不怕我不怀好意？”

“看不过去。医者有职业道德的，更何况……看不得你难受。”夜祈韫摇摇头，他也不知自己怎么了，明明知道自己要韬光养晦，不能在别人面前暴露真实的自己，明知道那女医很快就会来。可自己在看到湮夏急得不行的时候却还是出手了，他苦笑一声，这在自己意料之外。

清晨的街道上人还不多，微影和夜祈逍来到了四国中央边界的一座小城——轩辕城。

相传轩辕城早年是一座繁华的大城，在几百年前的一场战争里被毁灭。随后代代重建，这里变成了四国交界处的唯一一座城市，因为靠近边界，这里也是鱼龙混杂的地方，各国势力盘根错节。

微影和夜祈逍走出峡谷之后沿着小道便来到了这里，这里的人，什么国家的都有，也说不清楚轩辕城到底隶属哪国，或者轩辕城，本就是脱离四国的另一个世界，这里的风俗淳朴，许多逃脱的家奴、囚犯都群居于此。不过轩辕城也有一条不成文的规矩，在这里不追究你以前是做什么的，囚犯也好，窃贼也好，大官也好，来到轩辕城便只剩下一个身份——轩辕人。在这里武力为尊，小偷小摸的事情是不允许发生的，但街头的比武却随处可见。

除此之外，轩辕城在黑道里还有一个最重要的地位——四国最大的佣兵市场。佣兵市场里唯一的法则就是拿人钱财，为人消灾。

微影和夜祈逍走在街上倒也没人注意这两个外来客的身份，他们被一群大汉的探讨吸引了注意。

“听说啊，四国峰会的时候夜辽五皇子为了一个女子跳崖了。你们说，一定是个美人吧。都说红颜祸水啊，果然不假。”

“是啊是啊，哎，那么高的崖，大概真成了阴间的一对怨侣了吧。”

微影看着一边的夜祈逍道：“你那时候怎么想的啊，为一介红颜不要性命了？”

“不知道，那时候哪有时间给我权衡一下利弊啊。”

“切，还以为你会说点什么好听的呢！”微影一撇嘴道。

“你喜欢听啊。”

“不喜欢。”

“那不就好了。”夜祈逍有点小无赖地笑笑。

微影在一边看着，耳边是几个大汉的粗犷笑声，祸水红颜啊，我真的就摆脱不了这个祸水的帽子了吗？她心中哀叹一声，能摆脱得掉的还叫命吗？

“夜祈逍，我们要赶快回去。不然你我这个跳崖殉情的名声可就坐定了。”

夜祈逍顿时有点郁闷，跳崖殉情？亏她说得出口。

“嗯，你的人不是满天下都有吗？”

微影没好气地瞪了他一眼：“哪来的满天下？反正这里是没有。”

“轩辕城那么好的地方，原来你也会放弃啊。”夜祈逍一挑眉，话里有慵懒的味道。

“哪那么多废话。”微影一甩头道。许久，见夜祈逍不回话，语气软了下来道：“这里靠近明楼本部，明楼的势力最大。我不想和他们起冲突。”对于萧千陌，微影终究是不能释怀的。

夜祈逍直起身子，懒散的味道顿时消散，看着微影有些落寞的身影。

“现在要赚钱的话，有两个选择。”微影突然转过头了，好像刚才什么事都没有发生一样，“第一，去青楼。第二，去佣兵市场。”

夜祈逍看着她很是无奈，“你就不能用正常一点的办法吗？”

“就这两个速度最快了。怎样，选哪个？”

“青楼吧。”夜祈逍淡淡地答道。

“啊？奇怪了，男人不是都应该不喜欢女人去那种地方的吗？”微影眯起了眼睛，对夜祈逍的选择很是不解。

“青楼里的人还奈何不了你，你要去暗杀谁的话可就不一定了，你不是不喜欢杀人吗？”

微影沉默地看着夜祈逍，为了她，他连自己的想法都抛弃了吗？不行，不可以的，他们之间，这牵绊太过深重，她承受不起。

“走吧，还是去佣兵市场吧。什么都别说了。”微影转身戴上自己的银色面具，面具遮住了大半张脸庞，她头也不回地对夜祈逍说，“你最好乔装打扮一下，要么就别出来。我可是要以暗魅阁的名义接生意，到时候被别人看到了，你这个勾结江湖组织的罪名可就摆脱不掉了。”

夜祈逍站在一条黑暗的小巷里，远远地看着微影，微影倚在一个拐角处，手上旋转着暗魅阁的标记，暗蝶令。不时有装扮各异的人走进佣兵市场，微影却不像其他人一般走上去询问，只是一直安静地站在一边，偶尔有人上前询问，微影也只是略微说几句话后笑着摇摇头。碰到有对她不满的，微影便迅速从那人眼前飞身而出，一只手架在那人脖子上，再笑笑放手。在这个强者为尊的城市里，不一会儿便没有人敢来招惹她。

夜祈逍远远地看着，虽知道暗魅阁从来都是雇主、杀手双向选择，江湖上传言暗魅阁的生意，可遇而不可求，但他也不知微影到底在寻找什么。

微影的目光穿过两边身材壮硕的大汉们，虽也有剑客打扮的女子，但她这样的女子在这种地方也算是少见。只见一个黑衣羸弱的身影缓缓走进佣兵市场，微影低头一笑，她要找的生意，来了。

34 相遇是你我之缘

那黑衣人有一双鹰一般犀利的眼睛，在两边的人身上扫视了几眼之后便径直走向了微影。那人看着微影手里高速旋转的暗蝶令，幽幽道：“暗魅阁的人？”

“好眼色。公子想要找人办什么事啊？”微影的眼里折射出自信的光芒，一瞬间，即使看不出容颜，也是风华绝代的佳人。

“你怎知道我要找你帮我？这儿的人可多得是。”那人狐疑地看着微影。

“这儿的人多得是，可能帮你的人，只有我，不是吗？”微影妖娆一笑，话语狂傲之极，从他走进时，他们已互相认定。

“姑娘也好眼色。我要你帮我偷一样东西，不过也算不上偷，那东西本就是我的。”那人说着从衣袖里拿出一卷画卷，微影摊开便看见那上面画着一个玉佩。玉佩精雕细琢的样子，一看就价值不菲，微影眯起眼扫视了一下那玉佩，玉佩的造型给她一种极其熟悉的感觉，好像在哪里见过。她在脑海里搜索着有用的信息，突然想到了一般，眯起的眼里折射出猫一般的光芒，她不动声色地收起画卷，问道：“从哪里偷？”

“凤倾楼，那个大贪官在那里。玉佩就在他身上。”

“知道了。”微影手一抖，将画卷交给那人，“一个时辰之后，我会给你满意的答复。不过，我要收定金的。”那黑衣人随手拿出一袋银子放在微影手上。微影转身就走，那黑衣人在她身后疑惑地看着微影自信满满的身影在他的视野里逐渐消失不见。

“走了。”微影走到夜祈逍面前，随口说道。

“去哪里？”

“凤倾楼。”

“那是青楼哎。你这个样子，怎么去啊，哪有小姑娘跑青楼的。”夜祈逍打量了一下微影，她这样子就想去青楼，真有点不大可能。

“知道知道。所以要打扮一下。”

当微影和夜祈逍再走在街上时，两人已经摇身一变变成了两个贵公子。微影穿着一身玄色的男装，手上摇着折扇，脸上依旧戴着她的半面银色面具，夜祈逍看着她的全新装扮，脑海里只剩下两个字——妖孽。两人一路上不知道吸引了多少少女仰慕的目光，总算兜兜转转地来到了凤倾楼，门外迎宾的小厮看到两人不俗的装扮顿时一脸讨好地上前：“两位公子，快快里边请。”

微影邪气一笑，随手掷给那小厮一点银子，那凤倾楼里的姑娘都看得是神魂颠倒。

夜祈逍在她耳边低语道：“你这样子……太妖孽了。”

“你需不需要我更妖孽一点啊？”微影说着脸已快贴上了夜祈逍，看得众人都是倒吸一口气，那么俊美的两位公子，该不会是，断背吧……

夜祈逍轻笑一声推开微影，叫起一边看呆了的众人：“你们的老板呢？”

“啊，老板，哦好——”

不多时，一个穿得花枝招展的女人被人簇拥着走了出来，微影一看那人顿时被她身上堆砌的各种颜色和头上缀满的首饰雷到了。

“哟，两位公子，这是第一次来吧。我是这儿的老板，你们啊，就叫我昱大娘吧。”

微影一抖折扇，看得昱大娘顿时俏脸通红：“昱大娘，我们有些事情，愿意和你谈一谈。不知，可否赏脸啊？”微影的后几个字说得极轻，却极具诱惑力。

那昱大娘顿时点头与两人上了楼上，夜祈逍看着微影，轻声道：“你要是男人，估计会毁了不少女子啊。”

“可我非男儿身，不是吗？”微影低声道，她要是男儿身还就不用受那么多苦了。

昱大娘带两人到了一件装饰华丽的屋子里，门外的小厮关好了门，夜祈逍迅速出剑，架在了昱大娘的脖子上。

“两位公子，你们，你们是什么人？我没做过什么坏事啊。”

“昱大娘，不知道你们这里可有一位贵客姓涂啊？”微影一笑，看着花容失色的昱大娘道。

“有，有，两位是要找涂员外啊，那你们，抓我干什么啊？”

“带我们过去。我建议不要做无谓的反抗，不然，我这剑可锋利得很。”夜祈道收起长剑，对昱大娘道。

“啊，啊，好，好。”昱大娘开门出去，带着两人向包厢行去。

“哎哎，你们是什么人？”那大腹便便的男人看三人走了进来，很是不满，昱大娘一挥手带走了一边侍奉的姑娘们和几个小厮。

“我啊？拿钱办事，你最好不要乱叫人。”微影冷声说道。

那男人一脸怒气地瞪着两人，猛地一喊，“来人啊。”楼下顿时冲上来十几个手拿大刀的护卫，将两人团团围住。

“我都说再不要叫人，你偏不听。”话未说完，微影手里顿时多了几把飞刀，再下一秒，飞刀已经插在了几名护卫的身上。几下之间，一群护卫都已经倒下，门口突然冲出来两个一看便知道是贴身禁卫的男子。微影与夜祈道相视一眼，一人对一个地与两人缠斗起来。

那涂员外一看事态不好便要逃跑，被微影一把拉回，明晃晃的剑架在他的脖子上。

“你，你们到底要干什么？”

“我们要一样东西，那玉佩呢，别装傻了。快拿出来。”

“谁叫你们来的，我给你双倍价钱。”

“你给我十倍也没用，江湖规矩，不接受反雇。东西呢？你别让我来搜，为一个玉佩丢了性命，不值得啊。”微影在那人身后摇了摇头。

“我，我是夜辽太子的人，你们谁敢动我。”那人狗急了跳墙，把自己的靠山都报了出来。

微影看了夜祈道一眼，太子的人？来轩辕城干什么？

“把东西给我，还有，你来轩辕城干吗？”

“你！强盗！东西给你，我来干吗怎么会告诉你？打死我也不说。”

微影从他身上搜出了那玉佩，在手中打量了一下确定应该是正品了，又回头看向那人：“真打死也不说？轩辕城里死了人，谁都不会管的。”

那人一撇头道：“不说。”

微影短剑一挥，鲜血顿时飞溅。“不说就不说，你这样的贪官，死一个也不足惜。”

那两个护卫见主子被杀，都是目瞪口呆，挥刀就要跟两人拼命，微影却不急不躁地给那人吃下了一颗药丸，冷冷地说：“我建议你们还是赶快把他抬回去，不然，他就真的要死了。”

那两人互相看了一眼，还是主子的命重要，两人扔下了刀，抬着男人便向外走。微影拦住两人，又给两人硬塞了两颗药丸：“你们最好跑快点，一刻钟之后你们也得睡一觉。”

夜祈逍看了一眼靠在门上的微影，到最后她还是没狠下心啊。

微影和夜祈逍办完了事就打算离开凤倾楼，昱大娘一路战战兢兢地送两人出门，谁知微影刚走到门口又突然退了回来，一把把昱大娘拉进了一个房间，一踢脚关上了房门，把夜祈逍也关在了门外。

“如果我没记错的话，凤倾楼应该在各地都有分号吧。而凤倾楼的大老板就是你吧，昱娘。你到轩辕城来干吗，说，你为谁做事？”

“公子，公子。我的确是凤倾楼的老板，我不是谁的人，我来这里是因为明楼……”

微影细眯起眼睛，“明楼？明楼要你干吗？”

“找人，找一个叫微影的姑娘。”

微影一愣，萧千陌他到底想干吗，找自己又什么阴谋？她随即朝昱大娘一笑道：“你愿意为我做事吗？我给你双倍的价码。”

昱大娘顿时眼前一亮道：“好，好。公子说什么便是什么吧。”

微影从身上拿出一支细细的簪子，插进昱大娘的发髻里，半面蝴蝶的翅膀顿时被隐藏在发丝里，只留下尾端的银色流苏：“带着这个去上京品茗轩找秋娘，她会给你报酬。不过有一点，从今往后，你只能为我一个人办事。”

“好，好，公子没问题。从今往后，我就是公子的人了。”昱大娘“娇笑着”答道，听得微影汗毛耸立，我的人？什么意思！

微影和昱大娘推门出去，微影佯装看了看昱大娘头上道：“这簪子还很配昱娘你呢？”

“是公子的东西，当然什么都好了。公子有空，还要多来看看我啊。”昱大娘答道，眼里不掩花痴的颜色，恨不得望穿了微影。

楼下的一众人都以一种奇异的眼光看着微影，像是在说：“原来你还好这口啊！”

微影被昱大娘雷得险些一脚踏空，扶住了一边的柱子，心想，昱大娘！真有你的。一边还潇洒地一甩扇子，对着一众女子告辞。

微影依旧让夜祈逍不要跟来，自己站在那原来的位置，手里甩弄的已经换成了那黑衣人要的玉佩。不多时，黑衣的人影出现在了微影面前。

来人打量了一下微影的一身男装打扮：“姑娘，好身手。”那人一边说着一边递给微影一个鼓囊囊的钱袋。

微影接过，把玉佩递给他，轻笑道：“你不也是吗？真人不露相，露相非真人。”

那人脸色一变，诺诺地说：“你知道我是什么人？”

“当然。我说过，在你选择我的同时，我也在打量着你呢。”

"你到底是什么人？"那人提高了声音说道。

"小女子，暗夜婉婳。"

"暗夜双姝之一。呵，都说暗魅阁的生意可遇不可求，没想到今天，我还有幸让暗夜双姝为我做事啊。"

"是婉婳有幸，见到你。"微影依旧笑道，语气里有一种说不出的调笑意味，"你叫什么名字？"

"你不都知道了，问我干什么？"那人怀疑地看着微影。

"轩辕城里不问过往，我问的是你现在，叫什么名字。"

"无颜。"那人迟疑了半晌，随口道，"就叫我无颜吧。"

微影鬼魅一笑，凑到那人耳边，兜帽里露出的脸色异常的苍白，她对那人轻声说："无颜，这名字我喜欢，我们还会再见的。"

说完微影便越过无颜，径直离开，不再回头看无颜一眼。无颜站在那里，瘦弱的身躯微微颤抖，身上的大袍让他显得更加虚弱，他看着微影离开的身影，喃喃自语："我们还会再见？暗夜婉婳，你到底是什么人？"

35 断发断情言诀别

夜祈逍带着微影走出了凤倾楼，远处的天上突然盛开了几朵烟雾形成的大花，夜祈逍冷冷地扫视了几眼，对微影道："找我们的人来了。"

微影迟疑了一会儿，看着越来越多的信号在天空上形成，她心一横："是找你的人来了。"

夜祈逍顿时感觉到了她话中的奇怪意味："你什么意思。"

微影转过头去不再看他："意思，意思就是，夜祈逍，找你的人来了，与我无关。"

"你要对我形同陌路吗？"夜祈逍眉头一皱，紧紧地盯着微影。

"结束了，夜祈逍，一切都结束了。回去之后，你做你的皇子，我走我的江湖。你有你心心念念的皇位，还有你心心念念的女子。而我，只是一个世人眼里的红颜祸水，回去之后，平息了这件事，你我便再无干戈了。"

夜祈逍苦笑一声看着她："你在吃醋吗？"

"没有，我说真的。微影非皇室中人，也不是权贵千金，高攀不上你。我更无意做那金丝雀，你有你放不下的，我也有我放不下的。"微影道。她知她对不住他，可如今不决绝，待情深之后，他们又该怎么说分离。

夜祈逍抓住微影的手腕，将她拉向自己，强迫她看着自己：“我说过，你不先言逃离，我决不背弃你，门第，对我们来说又何妨？”

“你当我是妒心太重也好，当我攀龙附凤也好。夜祈逍，你不懂吗，是我先言逃离，现在是我背弃了你。我无情无义，不值得你留恋。天地为证，报应也是报在我身上，我，微影，逃离你，背弃你，以后也许还会遗忘你。”

微影冲他一笑，猛地抽手反身跑去，她沿着长长的路不停地向前跑，只怕自己一停下就再也走不了了。待她走出了夜祈逍的视线之后，微影慢慢停下，抬手摘下了面具，面具之下，早已泪水横流……

就在微影摘下面具的那一瞬间，一队跟在她身后的黑衣人相视一眼，掏出怀中的画卷一对，顿时两眼放光直冲上去，将微影团团围住。

夜祈逍站在原地看着女子决然离去的身影，身后传来的马蹄声和脚步声也无从打扰他。一队军装打扮的士兵停在了他面前，“五皇子，末将来迟，请恕罪。”

夜祈逍无暇顾及他，随意摆了摆手。莫枫却从另外一边出现，“微影呢？”

“走了。”

“走了？她去哪？”莫枫疑惑不解，不过知道她没事就好。

“不知道。”夜祈逍长叹了一口气，又恢复了他那淡漠如水的皇子形象。

莫枫心不在焉地应了一声，一回头却看见夜祈逍身后一个身穿军装样式的小兵手里正拿着一把匕首要向夜祈逍刺去。莫枫挥手扔出一把狭长的飞刀，正中那人心口，他惊愕地瞪大了双眼，手里的匕首“哐当”一声掉在了地上。莫枫身后的士兵顿时会意把剩下的那些个人团团围住。夜祈逍见莫枫出手，有一种异常的熟悉感，好像那个女子也是随手掷出飞刀，却总是次次直击要害。夜祈逍苦笑一声，是啊，他们都是亓云的人，相识三载，莫枫这一手飞刀，指不定就是她教的呢。

“五皇子的人，好像也并非那么忠心呢。”

“他不是我的人。”夜祈逍冷冷地答道，不用察看就知道这人定不是他的护卫。若为他的人，只一点，绝不会暗中加害于他。

莫枫不再说话，心里想着该怎么去找微影，又是一阵马蹄，长风翻身下马，冷眼瞪了一眼躺在地上的尸体，了然于心地对夜祈逍行礼：“殿下。”

夜祈逍看了一眼长风：“你来得还挺快啊。”

“属下听人说这附近有人打斗，心念是不是殿下，于是马上带人赶来了。”

“打斗，什么人打斗？”

“属下不知，听人说是一队黑衣人围着一个公子，那人身手不凡。”

夜祈逍顿时心一惊：“公子，什么公子，是不是戴着半面银色面具的？”

"是啊，好像是的。"长风不知道夜祈逍为何突然那么反常，低声应道。

"坏了，是微影。"夜祈逍翻身上了长风的马，朝着微影离去的方向疾驰而去。

"快走。"莫枫一听知微影出了事，赶忙带着自己的人也赶上前去。

等他们赶到的时候，微影一个人手拿着长剑站在一圈尸体之中，她的衣衫依旧整齐如新，看不出一丝打斗之后的痕迹。

莫枫随即上前，把她拉出了那一摊血泊，"你没事吧？"

微影摇摇头，道："没事。"

莫枫的眼睛划过那一圈尸体，尸体受的是刀伤，微影拿着的是剑，杀人者的手法狠辣之极，不像是微影。

"人不是我杀的。"微影轻开口道，"有人救了我，杀了他们，然后就走了。"

"别想了，我们走吧，湮夏还等着呢。对了，告诉你一声，小葵出事了。"

"什么？"微影一下子还魂了一般瞪着莫枫，"小葵怎么了？"

"湮夏让她去查查明楼那个黑衣人，她和飒去的，被人打成了重伤，不过没有生命危险了。"莫枫看着微影，她就是这样，自己人一出了点什么事就急成这个样子。

"又是明楼。"微影低声道，萧千陌，你到底什么时候才能放过我。

"好了，快走吧，我们上路了。"莫枫伸手把微影拉上自己的马，回头朝后面的人招呼道。

夜祈逍看着莫枫和微影自然而然的动作，心中是难言的苦涩。共乘一骑，看起来是那么亲切自然。而自己和她，却将要形同陌路了。微影还在想着那些神秘人到底是谁的人马，也无从注意夜祈逍的异常表现。

湮夏看着天边升起的烟雾，那颜色是诡异的蓝紫色，湮夏松了一口气，对夜祈韫道："找到他们了，没事。"

夜祈韫淡淡一笑，像是早已料到这样的结局，谁知前面的湮夏突然开口道："你一点也不惊讶对吧，其实这个世界上隐藏真正实力的人很多，你是，你哥也是，对吗？"

"算是吧，你问这个为何？"

"不为何，只是我看不透的人，会让我感觉很危险。"

"我让你感觉危险？"夜祈韫怔怔地看着湮夏。

"是啊。"湮夏随口答道，转身进了帐子，留下夜祈韫一个人站在原地。

夜祈韫淡淡地笑了下，眸光复杂，我让你感到，危险了吗？

葵轻轻地睁开了眼，自己正躺在帐中的大床上，熟悉的地方，熟悉的味道，原来自己还没死，真好。

她心念一转，飒呢？

葵轻微抬起头，视线在帐中一转便看到了靠在一边的飒。云沁靠在他手臂上，衣裙上还放着白色的纱布和药粉。葵静静地看着两人，他们相依相偎在一起的场面和谐得刺痛了她的眼。她不说一句话，只是注视着两人，古怪奇异。

飒突然动了一下，好似快要醒来，葵忙地闭上了眼，在靠近她自己的那一侧，一颗沁凉的泪从她流转的眸子里缓缓流出，沿着她圆润的脸庞滑下，落在枕上，湿了一片痕迹。

微影和莫枫他们回来的时候已经是深夜了，莫枫忙着向云立雅那边禀报，她一个人吹着夜风，冰凉冰凉地睡不着觉。

微影漫无目的地走在营地周围，她也不知道自己要去哪里，离那片灯火却越来越远。一个棕色的人影拦住了她的去路。

"小姑娘，怎么又一个人游荡啊？"

微影挑眉，又是赫洛天，她看着赫洛天不羁的脸，好像想通了什么。

"救我的，是你的人？"

"是啊。怎么，要感激我啊，我可不要你以身相许哦。"

"你救我干吗，我与你好像没什么关系吧。"

"不干吗。我挺喜欢你的，小姑娘。"赫洛天在一边坐下，看了一眼微影怪异的眼神，忙解释道，"我才不是像他们一样喜欢你，我只是对你很感兴趣。我活了那么多年，第一次遇到一个让我这么感兴趣的人，因为，你和我很像。"

"像？我和你？哪像了？"微影瞪了一眼这个传说中狂傲不羁的大漠天骄，第一次觉得，流言啊，不可信啊。

"你和我，是一类人。戴着层层的假面具过活的人，而真正的那个我们自己却被隐藏在一片黑暗里，永远见不到光明，或者，那个自己，早已被遗弃。你有无数张假面，所以你可以扮演任何人，可唯独不敢，活出自己。"赫洛天说着，眼睛直勾勾地看着微影，好像在说，别装了，只一眼，我便把你看透了。

"怎么，不敢承认了吗？微影，我说的不对吗？"

微影冷笑一声："对，你说的很对。可我还没有你那么狠辣呢。"

赫洛天笑着摇了摇头："狠辣？微影，你内心有蛇，蜿蜒爬行，你内心有无与伦比的黑暗一面，除了你自己，无人可以触碰。说狠辣，只是表现在什么方面而已。"

微影看着赫洛天，眼里的闪烁已经泄漏了她的情绪，赫洛天，的确看透了自己。

"你紧张什么？我不会对你怎么样的，我与你，会成为知己的。因为骨子里，我们是一类人。"

36　藏龙卧虎江湖策

微影和夜祈逍回了夜辽皇都上京城之后就没了人影，莫枫转道回了亓云，只剩下湮夏一个人忙里忙外地操持一切。

夜祈逍背对湮夏站在屋里，夜祈韫百无聊赖地坐在一边。

“她人呢？”夜祈逍终于忍不住开口问道。

“干吗要告诉你啊。我们在上京城的地方可不止秋月楼一家，你找不到的。”湮夏随意一笑，语气里带着淡淡的戒备，“别去找她了，微影自己会想明白的。”

夜祈逍苦笑一声，躲着不见自己就是她想明白的结果吗？

“五皇子你还是想点正事吧。你的那个好哥哥可不会等你呢，萧千陌背后的势力，是消失了十几年的欧阳风，赫洛天也非池中之物。你难道不该想想如何应对吗？”湮夏眼里折射出一种锐利的光芒，葵冒死带回来的消息，萧千陌背后的黑衣男人，果真就是已经在江湖上销声匿迹十几年的欧阳风。

要说这欧阳风，也算是云立鹤的师兄，为人阴险狡诈，出手狠辣。可称得上是上一辈的风云人物了，明楼表面上的主子是萧千陌，暗地里萧千陌却也受制于欧阳风，这潭浑水，也够深的了。

“嗯。”夜祈逍低应一声。

湮夏看他神色黯然，也道：“我想办法把她拉来，我们得好好想想怎么止住你的那个好哥哥呢。”

三人出了五皇子府，走在街上却见前方一团混乱。几个壮汉好像正在围攻一个黑衣的瘦弱男子，夜祈逍看了看那人，顿时觉得和自己在轩辕城中看到的那个给微影生意的人竟有七分相似。只是不知这人是何等身份，怎么会突然出现在上京，微影恐怕是知道的吧，只不愿告诉自己而已。

湮夏细眯着眼，刚想出声相救，只见一个熟悉的身影出现在了那几人面前，夜祈逍神色一变，几日未见她竟在这里出现了。

微影一挥手挡开一名壮汉，那人顿时呵斥道：“你是什么人，敢拦大爷我，不要命了？”

“你们为何抓他不放？”微影开口道，她早已认出那黑衣人便是无颜，便开口相救。轩辕城里她故意隐藏了声音，无颜现在乍一听也没认出她就是暗夜旎婳。

“这小子撞坏了大爷我的东西，我们当然要他赔了。”

“我没有。”无颜冷挑了下眉道。微影暗自一笑，什么事都争这一口气又能如何，无颜，何必呢，成大事者，应当把这些都抛下吧。

“嘿，你个小子还死不承认，长得也挺白净的，怎的这个样子？”

“好了。”微影朝身后一挥手，流黛立刻会意，上前给那几个大汉一袋银子，一看就知是不小的数目。

“这样够了吗？”微影出声道，那几个大汉一见微影出手不凡，都只当是哪家的千金小姐，都是满脸赔笑地离去。

微影轻笑一声，冷不丁地一抬头却见街那边几个熟悉的身影。夜祈逍正盯着她，眼神里带着几分寒冷的味道。一边的湮夏正一脸轻笑地看着她，好像在说，躲不过吧，路上都能相逢。微影无奈地苦笑一下，眼神落在了无颜身上：“搂着我，跟我走。”

无颜冷眼瞪了一下她，微影凑近了他耳边道：“你介意什么，就当我救你的回报吧。”

无颜迟疑了一会儿，最终还是一把揽过微影，朝街的另外一边走去。湮夏看着两人一起离去的身影，笑出了声。微影，真有你的。

夜祈韫连忙朝湮夏使眼色，湮夏缓缓停下，笑意在嘴边凝结成了一抹无奈，相煎相熬，何苦呢。

出了几人的视线，无颜灵巧地放开微影：“小姐没有别的事的话，我先走了。”

“谢谢你。”微影对他道，无颜，这就不认得我了吗？

“是你救了我，应该是我谢你才对。只是我无意卷入你们这些小姐皇子的爱恨情仇里，还请小姐放过我吧。”

微影不置可否地挑了挑眉，看着无颜转身离去。身后的流黛轻轻道：“小姐，他是什么人，怎会认得五皇子？”

“流黛你也看出来了啊，其实我和他有一面之交，只是面具多了，世人都认不出我了而已。”微影淡淡道，流黛跟她三年，看问题也是灵透，她慢慢说着，最后半句不知说的是无颜，又或是谁。

“小姐，戴不戴面具又何妨？都是小姐你啊，多少身份又怎样，加起来都是微影。”流黛轻声道。

微影静静地看着流黛，是局外人一眼通透，还是她自己太过在意。

湮夏好说歹说地把微影拖到了五皇子府，加上六皇子，四个人坐在一个屋子里，气氛竟沉闷得令人发慌。微影只静静地坐着，不发一言也不抬头看谁，夜祈逍靠在墙上，眼神倒是没挪开过房门。

湮夏受不了这沉默，一下坐在微影身边：“拜托，我叫你来是来想办法的，不是让你给姐姐我装深沉的。”

“随你便啊，你学了那么多年，又不比我差。”微影看了一眼湮夏想杀人的眼神，终究是开口道，“轩辕城里出现过大皇子的人，我怀疑他想勾结阴古明楼的人。”

湮夏这才放开她的手腕，一边靠在墙上的夜祈逍也接过话说："他想杀我。"

微影一惊，杀他，她怎么不知道。她猛地一抬头，却对上了夜祈逍深邃的眸子，下一秒，两个交会的目光又游离开来，不再看对方。"在轩辕城的时候，最开始来的人里面有一个刺客，应该就是夜祈桓的人了。"

轩辕城，又是轩辕城。微影暗自想道，在轩辕城里怎么就有那么多事，自己难道逃不过这轩辕城了吗？夜祈逍被人暗杀，他没出事，还好。她装作毫不在意地说道："那就参他这一本啊。"

"那证据呢？"湮夏看了一眼微影说道。

"你自己想办法啊。"

"其实我已经想到了一个很好的办法。"

微影一抬头狠狠地瞪了她一眼："有办法了你叫我来干吗啊！"

"你先听我说完啊，"湮夏反驳道。一边的夜祈逍神色一黯，她是多么不想再见他啊。"我想混进夜祈桓府里，只要混到他身边，我就可以慢慢找证据了啊。"湮夏看了一眼微影抬起的眼眸，继续道，"你不是在轩辕城认识了一个青楼老板吗？只要把我装成妓女送进太子府就好了。"

"不行。"微影想也没想就反驳道。

"怎么不行了啊？"

"夜祈桓深浅不知，你这样去太冒险了。"

"冒险又如何，你怎么知道我搞不定呢。什么事都有风险，能不能成功，难道不要试了才知道吗？"湮夏直直地盯着微影，微影被她看得心里发虚，越想越觉得她的话就像是说给自己听的。

"微影说得挺对的，你一个人去太危险了。"夜祈韫皱着眉看着湮夏道。

"我不去谁去啊。太子又不是不认识你微影，小葵的伤才刚好。万事小心，万事小心，最后换的是什么事都不成。我决定了，我去，你们谁都不用再说了。"

微影看着湮夏，知道她决定的事情很难再改，便也不说什么，夜祈韫还想再说，也被湮夏瞪了回去。

"微影，我们走吧。"湮夏扫视了一眼两人，拉起微影便向外走。

"你那天在街上救的那人是什么来头，真够有你的。"

"无颜。在轩辕城里他是我的雇主。他还有个你更加耳熟的身份呢。"

"是什么？"

微影轻笑一声，在湮夏耳边低语几句。笑意涌上了湮夏的脸："我就说嘛，你怎么会随便找一个人就把自己给卖了呢？"

“对了，微影，我告诉你个事，”湮夏的神色突然变得严肃起来，“夜祈韫会医术，而且非常高的。他和五皇子，恐怕都是隐藏实力的人呢。”

“嗯，知道了。这些和我们，很快也没有什么关系了。”微影淡淡地回答道，这事了结之后，他们天各一方，隐瞒坦诚，再没有意义了。

第二天，微影和湮夏出现在了上京城的凤倾楼总店，只不过这一次，两人都是女装打扮，于是，就出现了下面这一幕。

“你你你你你你——你是那个轩辕城里买下我的公子——你你你你你你，你是女的！！！！”昱大娘杀猪般的嚎叫响彻了整个凤倾楼。

“我可没说买下你，只是让你帮我做事而已。”微影无奈地撇撇嘴道。

“你怎么可以这样欺骗我感情，你这个人啊，怎么可以这样，我，我，呜呜呜呜……”昱大娘绕着微影看了又看，最终无奈地确定，她确实是个女子。

“你到底是看上了钱,还是看上了男色。”微影冷冷地拍开昱大娘搭在她肩上的“玉手”。

“我，我，哎，我还是要钱。”昱大娘泄气地接受了这个事实。

“那就帮我做一件事，这件事很简单，但你若是说了出去，我便会废了你，让你一辈子也看不到钱了，当然，也看不到男人。”

“什么事啊，我能做的当然帮你做。”昱大娘突然变得正经起来，好像刚才那个哭诉的人早已不存在了一般。

“把她打扮成你这里的头牌，然后想办法把她送到大皇子身边。”微影推出了一边的湮夏。

“昱妈妈好。”湮夏早已学得一套说辞，乍看起来倒也像这凤倾楼的女子。

“哟，长得真不错。不是我吹牛，这上京最好的姑娘都在我凤倾楼，可这样的，倒也算得了是头牌了。啧啧，真不错。”昱大娘又开始感叹起来湮夏的美貌。

“其实你长得也不错，这张小脸。”昱大娘一转头又打量起了微影，这家伙，扮男人迷倒了她，原来是女子也那么美。

“好了好了，你把她送到大皇子身边，但记住了，不准说是我送来的。她一直在你的凤倾楼，暗地里训练，今天第一次登台，知道了吗？”

“知道知道，姑娘是什么人，我大概也有个数了，不过姑娘你放心，我一定对姑娘忠心。”

“嗯。”微影轻应一声，在这摊浑水里摸爬滚打那么多年的凤倾楼老板，又怎会真是一个什么都不知，没有多少心计的人呢。

江湖也好，皇权也好，人人都是真人不露相，在这个卧虎藏龙的暗涌里，真心和真情又都去了哪里呢?

37　冰湖里蓦然情深

昱大娘的办事效率果真不是盖的，湮夏被她好好地“打扮”了一番，装扮成了凤倾楼的头牌，果不其然，顺利地送进了好色的夜祈桓身边。

湮夏顶着一个夜祈桓最新受宠的小妾的名号，每晚把夜祈桓迷晕了之后，自己便在夜祈桓府里搜索来搜索去，希望能得到有用的情报。可并非事事遂人愿，再完美的计划，也有败露的一天。

湮夏正心急火燎地在夜祈桓的书房里翻弄，突然，一张羊皮地图和几封书信吸引了她的目光，羊皮上画着详细的五皇子府地图，末尾还有夜祈桓的公章，而几封书信写的就是什么计划失败之类的，想必应该是与轩辕城执行暗杀任务的人的联系。湮夏一笑，将两样东西收进自己怀里，门外却突然传来了人声、火光。

湮夏刚想从窗户爬出去，门外已经冲进来了大批守卫，应该已被迷晕的夜祈桓带着皇长子府守卫把她包围了个水泄不通。

“小妖精，你真以为一样的计策能每天用吗？”夜祈桓看着火光之中的湮夏道。

湮夏也不慌乱，随手摘下了头上的发钗，一头青丝宣泄而下：“夜祈桓，看来，我还是低估你了啊。”

“说，你到底是什么人？”

“小女子，暗夜殊瞳。”湮夏清冷的声音缓缓响起，宛如地狱的魔音。

“暗夜双姝？暗魅阁不是不问皇权之事吗？那你现在又在干吗？”

“暗魅阁的确不问皇权之事，可大皇子你既然敢污蔑暗魅阁的名声，暗魅阁当然要等价报还给你啊。更何况，大皇子勾结外人，暗害你的亲弟弟，也算不上正人君子，又和殊瞳说什么诚信誓言呢？”湮夏妖娆一笑，别的没什么，撒谎的本事可是真的好。

“你随意地说吧，你死在了这里，还有什么人知道这些事那？来人啊，给我上。”

湮夏脸色一变，那么多人对她一个，就算她有天大的本事也逃不出这里，自己露了暗夜殊瞳的身份，若叫了微影和五皇子他们就是害人。该死，自己怎么会说出是暗魅阁的人呢?

已经没有时间给湮夏多想，一众的侍卫毫不怜香惜玉地一拥而上，湮夏一把抽出绑在腰上的鞭子，就算她武艺高又如何，那么多人搞群殴，没这个道理的。她大名鼎鼎的暗夜双姝，来去无影，难道今天就要死在这里了?

纷乱的剑不时突破湮夏鞭子的保护直击她的身体而来。一刀刀划开她的肌肤，湮夏的体力渐渐不支，可来的守卫却排山倒海一般涌入。夜祈桓站得远远地，看着那里纷乱的战局。

湮夏被人一个重击，支撑不住跪在了地上，她嘴角残余一抹嫣红，冷冷地瞪着夜祈桓道："夜祈桓，算你狠。"

夜祈桓冷哼一声，一挥手便出现了一队侍卫，手里拿着铁链，二话不说把湮夏绑了起来，而铁链的另一端，是一个硕大的铁球。

"夜祈桓，你要干什么？"

"来人，把她拖到冰湖去。暗夜殊瞳对吗？明天你就不存在了，就变成冰湖水底的一缕冤魂了。"夜祈桓阴险地一笑。

湮夏被他们带到了冰湖。

冰湖，说是冰却因为异常的原因而常年不结冰，只有一点，湖水冰凉刺骨，若有人不慎落入了冰湖，则生存的希望渺茫。

此时的天却没来由地飘起了雪，今年的第一场雪，可自己就要死在这里了吗？她不甘，她不甘啊。

湮夏掏出怀里的信号弹猛地送上了天，诡异的蓝紫色在天上绽放，微影她们，会跟着这信号找到这里的吧，只是自己，还活得到那个时候吗？

"你现在想着搬救兵了，可惜啊，晚了。"

湮夏不动声色，心里祈祷着，微影啊，我会尽量拖延时间的，但你，也不要让我失望才好啊。

微影和夜祈逍夜祈韫三人正在处于一种相对无言的尴尬境地里，微影突然看到窗外天空上放出的蓝紫色信号弹，眼前一黑，翻身就从阳台上跳了下去。

夜祈逍看她突然跳出了窗外，忙追到外面："你怎么啦？"

"湮夏出事了。"微影急急地说了一声，随手牵过一匹马，就要向信号弹的方向而去。

"什么？"夜祈韫的心突然咯噔一下，无言的心慌牢牢地抓住了他的心，"我也去。"

他也从二楼的窗口翻了出去，秋娘看到三人都翻窗出去，甚是不解，也知微影做事都有她的道理，便也不多加阻拦。

三匹马飞奔在街头，微影毕竟是现代人，骑术不精，这时候倒也顾不得那么多，潜能像是一瞬间被激发。

三个人赶到冰湖的时候，便看到夜祈桓带着一众人马围着湮夏。湮夏身上绑着重重铁链，身上满是伤痕，身后还有一个硕大的铁球，纤瘦的身躯在风中显得更加凄惨。微影顿时会意夜祈桓想要干什么，只见夜祈桓一挥手，身后立刻出来了两个大汉，抬起湮夏便往冰湖里扔。

微影想要尖叫出声，却被夜祈逍一把捂住了嘴，拉进了自己怀里："冷静点，我们现在下去不但救不了她，还会把事情弄得更糟。夜祈桓怕别人发现，定不敢久留的。"

微影狠狠地咬着自己的唇，不让自己发出一丝一毫的声音，她看着湮夏渐渐沉入那深不见底的冰湖，心中满是恨意。

夜祈桓，我微影必与你誓不两立。

夜祈韫握紧了拳头，骨节交错咔吧作响。什么时候那个人的安危这么深深牵动他的心了呢？

自己那颗孤寂了二十年的心，什么时候又有了这样的大喜大悲呢？

微影恨恨地瞪着冰湖，她好想不顾一切地冲出去，可奈何夜祈逍牢牢地抱着她，她深吸一口气，慢慢平静，夜祈桓是吗，我记住你了。

你不明白吗？暗夜双姝，是黑暗的使者，你既然敢伤害我身边的人，那么就准备好接受来自地狱的报复吧。

夜祈桓见水面上渐渐没了动静，狂笑一声，带人离去。待他走后，微影三人飞快地跑了出来，夜祈韫一手解开外袍，拔出腰间的剑，便跳入了水中。微影被夜祈逍拉住，跪坐在雪地里，大片的雪花落在她身上，却远不及她心的冰凉。夜祈逍的手紧紧扶住微影不让她倒下，看着她悲痛的身影，心里骤然一痛。

湮夏落在冰湖里，冰冷的水包围了她的身躯，她没有力气挣扎便沉入了水中，身上的每个伤口都被冰凉的湖水刺得发疼，她渐渐窒息，好像脑子也变得迟缓了，自己，就要死了啊。

她沉重的身躯突然被人大力扶住，湮夏用她最后一丝力气睁开了她的眼睛，却见夜祈韫那平时布满忧伤的脸上，此时满是深深的惊恐。她的唇被一个冰凉的东西贴上，空气缓缓进入了她的胸腔，湮夏神色一下清明，看着夜祈韫拿着手里的剑一下一下砍着自己身上连接着铁球的链子。撞击震得他虎口流血，湮夏笑着对他摇了摇头，他却依旧执着地砍着铁链。

当铁链最终被一下砍断，湮夏被夜祈韫抱在怀里迅速上浮时，湮夏感觉自己好像流泪了。

原来深海鱼并非没有眼泪，只是在那深深的水底，谁都不曾看见而已。

夜祈韫抱着湮夏浮出了水面，微影的心猛地一松，迅速从地上爬起来便冲向湖边。夜祈逍一把将两人拉了上岸，微影脱下自己的外袍把湮夏牢牢裹住，夜祈韫披上自己的袍子便抱着湮夏上了马，径直奔回自己的府邸。

微影看着他们离去的背影，松开了自己一直紧握的拳，手掌中间是四个深深的指尖留下的血痕。

夜祈逍看着微影穿着单薄的衣服立在寒风里，伸手想用自己的袍子笼罩住她，却被微影灵巧地躲开。“她若有事，我绝对不会放过夜祈桓的。”

夜祈逍看着她，她语气里是从未见过的冰冷。

“有六弟在，她不会死的。”

微影听得夜祈逍的话，猛然想起湮夏曾说过的，夜祈韫会医术，而且绝不差。

“你现在是想怎样，陪她受这所有？”

“对，我就是陪她受这所有，伤我可以，辱我可以，可他夜祈桓千不该万不该动我在意的人。”微影冷冷地说完，跑到马边翻身上了马便疾驰而去。

夜祈逍看着她离去的身影，为了自己在意的人她可以做到如此决绝。她狠辣，但其实骨子里对谁都善良，而唯一的例外，就是她自己。

微影，若你不爱惜你自己的话，为何也不允许我在意呢？

湮夏已经没事，有六皇子照顾着她，自然也没微影什么事了。微影独自坐在品茗轩里，与秋娘处理些事务，本以为一切都该结束，可风波却是躲也躲不过的。

天色已经渐晚，寻常人家早已回家做饭，而品茗轩里却依旧热闹非凡。

一个内侍打扮的人走进了品茗轩，没有多大排场，自然也不会引起多大的注意。那人与小厮略说了几句，便被恭恭敬敬地请上了二楼。

“是微影姑娘吧，皇上有请。”那内侍见到微影之后便道了这样一句，没有圣旨，没有令牌，却好像料到了微影一定会去。

皇帝有请？微影无奈地叹了一声，算了，反正她也有她的用意，进宫一次，又有何妨。只是这天色渐晚，皇帝这时候让她进宫，又是想和她说些什么不可让外人知道的秘闻呢？

“皇上有旨，微影莫敢不从，公公请。”

微影带着流黛，说是自己的侍女，与那内侍一同进了宫，谁知却被告知皇帝临时被公务缠住了身，让微影稍等片刻。

不一会儿，又是一名内侍道皇帝处理好了事务，正在等微影过去。微影将信将疑地跟着那几个内侍到了另外一个宫殿。她抬起头，微眯起眼，对身后的两人道：“这，恐怕不是皇上要见我的地方吧？”

谁知身后两人一把把微影和流黛推进了宫殿，立马关上了门，在门外锁起。微影暗骂一声该死，这宫里的太监还会武功，自己又被阴了！

微影一抬头，刚想打量打量这宫殿有什么地方可以逃出去，谁知一盆水猛地泼上了她的脸，她靠着门，无处躲闪，被那水泼个正着，脸颊两边的头发被水打湿，紧紧地贴在自己的面孔。

流黛惊呼一声："小姐。"

宫殿里一个穿着华贵的女人缓缓向她走来："我倒要看看，这丫头，到底是长得如何一个狐媚子脸孔。"

38 寒夜里相偎相拥

身着锦衣华服的妇人轻移步子走到微影面前，伸手抬起了她的脸，纵是水珠落在她脸上，碎发贴在颊边也掩盖不了微影的一张绝世容颜。

妇人冷哼一声，微影突然意识到，眼前的这人，便是夜辽皇后——苏容。

"果然是生了一张狐媚脸孔，不过你以为就凭你，能来勾引皇上吗？来人啊，给我打，不过，别打她的脸，那么一张脸，可别给我毁了。"苏容的话语一落，身后立刻出来了一个宫女，接过苏容手里的鞭子，猛地抽在微影身上。

微影冷冷地看着苏容，那鞭子是软鞭，打在人身上不会划破衣服，表面上看不出一丝端倪，身上再多鞭痕也不会被人发觉。这后宫，果然是一个吃人的地方。

她思量之间，几鞭子刷刷地抽到了她身上，一旁的流黛扑在她身上，替她挡那鞭子，口里哀求着苏容："娘娘放过小姐吧，小姐是皇上请来的，请娘娘不要打小姐了，要打，就打奴婢吧。"

"你算是个什么东西，还敢在这里求情。"苏容冷哼一声，那宫人挥起鞭子便抽在了流黛的身上。

"流黛。"微影见流黛替她受刑，一抬手挡住了那鞭子，流黛附在她耳边用只有她们两人听得到的声音对微影说道："小姐，算了。这里是皇宫，真闹起来，我们也得不了好处。"

微影恨恨地握紧了拳，看那一鞭鞭落下，她一步上前抓住了那人手里的鞭子。那行刑的宫人一开始本没太用力，此时见微影抓住了鞭子，猛地一使力，鞭子在微影掌心划过一条深深的口子，鲜血从她手里落下，可微影仍牢牢地抓着鞭子，冷冷地看着苏容。

"娘娘坐着凤位二十余年，今日一见，也不过尔尔。"

"你说什么？"苏容冷叱一声。

"我说啊，皇后娘娘您，是怎么在这个处处争斗的后宫里稳坐这凤位的呢？我今日被召进宫，先不说我是皇上的客。就算我是为了要勾引皇上，那我能让皇上在这时候召见我，自然是受宠的。娘娘坐镇后宫那么多年，如今难道连一个没有名位的女子都容不下了吗？小不忍则乱大谋，娘娘你若是懂得这个道理，那待我失宠之后，自然便是您手里的鱼肉，又有谁会在乎一个无名无分的女子？”

“我今日是皇上的客，我竟能让一个帝王另眼相看，必有我的长处，而娘娘您却在这里滥用私刑，若被皇上知道了会如何？”微影冷冷一笑，看着苏容飞快变化的脸。

“你到底什么意思？”

“我的意思就是，不管我是前者还是后者，都不是娘娘你动得起的人。”微影与苏容的眼神在空气中交会，四目相对，眼里满是冰冷的火花。

门外内侍的一声“皇上驾到”打破了屋内沉寂的场面，微影甩开鞭子，将自己的手拢在宽大的袖袍里。

“把门打开。”皇上冷酷的声音命令着守在门外的两个内侍，皇后脸色一变，挥手让两个宫女拿着鞭子退到了后面。

门被人猛地踹开，皇帝带着几个内侍走了进来。

“皇后，你这是在干什么呢？”

“回皇上，没什么，只是一点误会而已。看到这位妹妹生得伶俐，臣妾便自作主张请她过来一叙罢了，还请皇上恕罪。”

微影翻了翻白眼，这女人，翻脸怎么比翻书还快，只可惜啊，你的道行比起你的这位皇帝夫君来说，还是太浅了。

夜吾承闻言冷笑一声：“哦，说话怎地说得她一脸的水啊？皇后可别一口一个妹妹叫得亲热，可别乱了辈分。”

苏容尴尬地住了口，皇帝带着微影便要离去，他转念一想，又回头对苏容说道：“她是朕请来的客人，不是你可以随意动的人。朕警告你，别派人去查她的身份，更别妄想动她，不然，一切后果，由你自负。”

“是，臣妾知道了。”苏容强忍着心中的怒火，脸上还带着笑意，银牙早已死死地咬住。

微影对苏容清浅一笑，温言道：“皇后娘娘，并非所有人，都如您所想的那样，要靠这一副皮相来换取荣华。”

微影说完便带着流黛径直往外走，不再看苏容那越发阴沉的脸色。

“丫头，你没事吧。”皇帝走在前头，带着微影去御书房。

“没事，就凭她，还不能如何。”

“你今天够狂妄，不过，狂妄得让人欣赏。”

到了御书房，微影冲身后的流黛挥了挥手，流黛会意，留在了外间，微影自己和夜吾承走了进去。房间里暖暖的，还带有龙涎香的华贵味道。

“皇上找微影所为何事，竟找到我的品茗轩来了？”微影心下想着这帝王的势力还真是不可低估，连她自以为隐藏得很好的品茗轩也瞒不了他的眼。

“别那么灰心丧气的，朕可没摸清你的底细呢。知道你在品茗轩，是因为一个人。”

“一个人？”微影在脑海里苦苦思索，品茗轩是自己在上京的情报网总部，这消息少有人知，更别提会背叛她告诉皇帝了。会是谁呢，一个人的名字猛然出现在了微影脑海里，“是她！昱大娘！”

“是啊。她可没有背叛你，昱娘本来就是我的人。你也知道，我的那些个臣子就喜欢去青楼，我这个做君主的，自然也要满足他们的这个爱好了。为国家出力的时候，这些人都说什么没钱，我看他们啊，消遣的钱倒多的是呢。”

微影干笑几声，真是伴君如伴虎啊，怪不得凤倾楼一个小小青楼竟然能开出那么多分号，原来背后真正的靠山竟然是皇帝！

“不过我看昱娘也是很喜欢你，昱娘就当作我送你的人了。她帮明楼找你，一个是她也能赚一笔，二来掩饰我这个幕后的势力。所以，你别怪她。”

“那我把湮夏送进了大皇子府，自然也是皇上您同意的了？”

“是啊。凤倾楼是我的，祈逍也不知道。你们想要找祈桓暗害祈逍、勾结外人的证据，我便让你们去找。微影，祈逍不惜跳崖也要去救的人，就是你吧。”

微影闻言脸上一黯，答道：“是啊。”

“放心吧，我没有要指责你们的意思，祈桓为人过于狠辣，我自是知道的，我不打算追究你们的事，你们也就别把这些事挑明了吧。”

“微影知道了。可皇上，既然五皇子都不知道凤倾楼的事，为何要告诉我，又为何要把昱大娘留给我？”

“未来儿媳，总是要抓住的啊。”

“啊！”微影顿时满脑子混乱，他是皇帝吗？是皇帝吗！！！

“我和五皇子，没有关系。既然皇上您不再追究，微影就该回亓云了。”

“可我却认定你了。他将登上这个九五之尊的宝座，而唯有你，是配和他坐拥这天下的人。不是皇亲国戚又如何，我看了那么多权贵的千金，可没有一个能让我欣赏的，而你，是我欣赏的唯一一人。你已看到了，我的皇后是何等样子。祈逍是我的儿子，我希望他能幸福。还是那句话，别负了他。”

“我就是为了不负他，所以我才要离开他。若我们真的情深了，该怎么分离？”

“丫头，听我一句，你现在若离开了，才是真的负了他。”

微影沉默着看着夜吾承难得露出的慈爱神色，突然觉得自己好乱，自己的脑海里像是有无数个声音在叫嚣。

“丫头，你什么都懂，却也什么都不懂。你明白十几岁的爱情是甜蜜，二十几岁是苦涩，三十几岁是平淡，到了几十岁便只剩下生死相依。你经历的太多，背负的太多，却在那么多懂得里迷失了自己。你看到的、听到的让你不敢去承受，也不愿去承受。可你从未亲身经历过，又怎么能真的超脱？丫头，你还小，不必想那么多，想怎么做，就怎么做吧。结局会如何，你揣摩半生也比不上亲身一试。至于剩下的事，就交给我们这些做长辈的吧。”

微影和流黛从御书房里出来，微影还思量着夜吾承的话，皇帝身边的公公送两人出来，外面的寒风猛地吹过，还夹杂着些许雪花。微影身上一凉，才意识到自己的衣服还没干，寒冷的感觉侵入她的身子。

一边的公公好似看到了什么，微微行了一礼便拉着流黛走到了后面，微影一抬头，便看见了站在前面的夜祈逍。

“你怎么来了？”

“怕你出事，来看看……你没事的话，我先走了。”夜祈逍说完便要转身离开。微影看着他默默离去的背影，带着浓浓的落寞味道，她猛地朝前跑去，从后面抱住了夜祈逍。

夜祈逍的身子猛地一震，不可思议地问出声：“你怎么了？”

“对不起。”微影低低的声音从身后传来。

“傻瓜，说什么对不起啊。”夜祈逍微微一笑，低头却看见微影手上斑驳的血迹，“你怎么了，谁打你了？”

夜祈逍挣开微影，拿起她的手，只见掌心里一片血肉模糊，深深的口子划过整个手掌。

“是母后对不对？”

“是，她以为，我是要勾引你父皇。”微影低低地说道，夜祈逍仔细看去，却见她头发还未干，衣服上也有水迹，脸色异常的苍白。

“没事的，这点伤，习惯了。”

微影的脸色苍白如雪，夜祈逍扶住她的身子却发现她身体冰冷得惊人。微影瑟瑟发抖，身体里好像有什么东西在蠢蠢欲动，她的头越来越重，身体突然抽痛，一个不稳便向前倒去，耳边只听见夜祈逍焦急的喊声和流黛奔来的脚步。她一阵天旋地转便倒在了夜祈逍怀里，再听不见任何声音，夜祈逍和流黛的惊呼在她耳里不过是万籁俱寂。

夜祈逍抱着微影到了六皇子府，夜祈韫急急地迎了出来，他把微影放在榻上，一只手搭上了她的手腕，脸色却越发苍白。

“她怎么了？”

“风寒引发了体内的毒素。”夜祈韫寒着脸，眼里甚是不解。

“毒素？”夜祈逍皱紧了眉头，她何时中的毒，为何他从来不知？

“对，她体内有剧毒，而且不止一种，甚至有的连我都辨认不出。但唯一可以肯定的是，这些毒药，每一种，都足以置她于死地。”

夜祈逍的脸色剧变，心像是被人紧紧地抓住，连声音都不再流畅：“那她……”

“按理说中了这么毒，很少有人能活下来，即使侥幸存活，也是半死度余生。”

39 风暴的平静前奏

微影迷迷糊糊醒来时自己正躺在床榻上，房间里空无一人。她努力地回想那天晚上发生的事，只记得自己从宫里出来之后见到了夜祈逍，然后，自己晕过去了。

“该死。”她心下一沉，自己怎么可以这样子昏过去，她见自己手上包扎着纱布，顿时心里凉了一半，她狠狠地抓住自己的手腕，直抓得手腕无半点血色也不肯松开。

夜祈逍端着药碗走进房里，便看到微影死命抓着自己的手，指甲似乎都要嵌进了肉里，可她却好像感觉不到痛一样没有丝毫停歇的意思。夜祈逍走过去将药放在床头，对微影道：“你醒了。”

“嗯。”微影迟疑了半晌，终是抬头问道，“你，请了大夫？”

“不是，是六弟。”

“六皇子吗？我……”微影咬了咬牙，不知道该如何解释。

夜祈逍看她难以开口的样子，从一边端起药碗：“你不愿意说的话，可以不说的，来，先喝药吧。”

“嗯。”微影不再多说，有些事并非她信不过他，只是连她自己都不知道该如何开口。她瞅了一眼夜祈逍端过来的药碗，身子一转便躲了开去，“这是什么药？”

“放心，这是治风寒的。”

“哦。”微影看了那黑乎乎的药水一眼，开始怀念现代的各式西式药片、药水，至少不用喝这种东西。她无奈地凑上去，刚喝了一口又猛地想起自己刚才的话似乎会让人误解，忙抬起头一脸认真地对夜祈逍道，“我不是怀疑这是毒药。”

夜祈逍随意地笑了笑，把药递给她道：“没事，喝吧。”

微影自觉自己的解释太过苍白，端过药用一种近乎微不可闻的声音说：“我只是，怕这是解药而已。”她说完不等夜祈逍回答便一口气喝下了那药。苦涩的味道蔓延在她嘴里。

夜祈逍看她利落的动作，开口道：“你没有味觉吗？”语气里竟有几分薄怒。

“有啊。”微影不知他什么意思，抿了抿嘴唇，连唇上都是残余的苦涩味道。

“六弟熬的药有多苦你知不知道？”

“是挺苦的。”微影点点头道。

“你总是这样，不管有多苦有多痛都不肯表露一分，你是有多信不过我，还是我就那么不值得你相信吗？”

“我没有不相信你，我只是……”

“只是习惯了，你是想说这个吗？”夜祈逍打断了她的话，三分薄怒，七分无可奈何，“太坚强一点儿也不可爱。”

微影闻言突然轻笑一声：“那又如何，我便这样了，无法改变，再说我也从未要什么可爱，更没想过要让别人爱我。”

“你……”夜祈逍瞪了一眼微影满是笑意的脸，将头扭到一边。

微影见他生气，心里突然一软，伸出手拉了拉他的袖口。

“嗯？”

“我保证，好好照顾自己。”

夜祈逍转过头来，却见微影眼里的黑色迷雾早已消失殆尽，眼底，是从未有过的清澈。

他轻叹一声将她拥入怀中：“如果你不肯珍惜自己的话，就让我来珍惜你；如果你自己都有淡忘自己的话，那也让我来帮你。”她的坚强，恰恰是她的脆弱，正因为太脆弱，太不堪一击，所以才不得不去学会坚强。

微影的心一时被甜蜜充斥，没有我爱你，没有花言巧语，不过是淡淡的话，就承诺了太多，只是这承诺，就蕴含了多少深沉的情。

她毕竟不是未经人事的小女孩，不会被甜蜜冲昏了头脑，她突然想起一人：“那，你那心上人怎么办？”

夜祈逍一顿，认真地看着她说道：“我无法否认那个事实，那是我的曾经，我也无意对你隐瞒。那是萍水相逢，偶然相遇，转眼分离，最多只能算是有缘无分。而你，才是我现今最重要的人。”夜祈逍突然停下，脑海里浮现出师父的话：“你是天煞孤星，你注定孤寂一人站上最高的位置，你注定不会有情，也不能有情。”若真如师父所说，那么他和微影是不是真能有缘有分呢？

湮夏带着流黛、流珠走到房门口，看见屋内的两人，湮夏回头调笑地对流黛说：“我看啊，你家小姐马上就要有一个姑爷了。”

“夏小姐！”流黛脸一红，嗔怪道。

“姐姐放心，说到这个找姑爷啊，谁也别想与我家小姐争先，准是她先找好了。”流珠轻笑一声对流黛道。

“流珠！”湮夏喝止了流珠，却不料惊动了屋内的两人，她只得尴尬地笑笑走了进去。

“五皇子。”

“嗯？”夜祈逍松开微影，对湮夏笑了一下道，“还不改口呢？”

“嗯……五哥。”湮夏脸上微微泛起了红晕。

“这听着还不错。”夜祈逍往门外走去，扔下了三个字给湮夏，“六弟妹！”

湮夏也不理他，径直走到微影床前：“我现在都没什么事了，你倒是病倒了。你说我们俩被夜祈桓母子两人整得那么惨，迟早要他们都还回来！”

“那是以后的事，现在的问题是，你怎么成了他的六弟妹了？”

“怎么，担心起他做不了我妹夫了，放心，我才不在意这些辈分问题呢。”

“别给我耍贫嘴，我问你和六皇子怎么样了？”微影看了看湮夏脸上掩饰不住的欣喜，点了点头，“是了，人家为你出生入死，救你于水火之中，你以身相许也对。”

“去你的，也有人为你出生入死，救你于水火之中啊，怎么不见你以身相许啊。”湮夏没好气地回答了微影，随意又正色道，“我已经是死过两次的人了，现在看来人其实很渺小。比起命这种东西来说，小的不过是蜉蝣。若哪天命运不愿意眷顾我了，我能不能侥幸活下来都是个问题，若我到死的时候都没谈过一场恋爱的话，我怎么含笑九泉啊。我的一生可以短暂，但必须圆满。所以，爱就爱了吧。”

微影看着湮夏，觉得此时此刻的她好像有什么不一样了，可她还是那个和自己十年相伴的湮夏，还是那个看什么都云淡风轻的女子，只是她的眼睛里，少了一份疏离，多了一份柔和。

夜祈逍走过长长的廊道，长风早已候在了一边：“殿下，门外有一个黑衣人求见，门口的侍卫让他走，那人说有要事要找您面谈，并让我把这个转交给您看。”长风说着拿出一块造型精制古朴的玉佩，赫赫然就是微影帮无颜拿到的那块。

“是他？请他进来。”

“是。”

长风应承一声便向门口走去，对那黑衣人恭恭敬敬地行了一礼：“公子请进。”

夜祈逍打量着这面前戴着兜帽的瘦弱的年轻人，开口道：“不把兜帽摘下来吗？这里没有外人。”

那人略一思量，抬手摘下了兜帽，面容苍白。“五皇子，我就开门见山了，我想请您帮我做一件事，事成之后，自有重谢。”无颜说到“重谢”时语气猛地变强，似是彰显他决心的不凡。

“大驾光临，是要我做何事？想找人帮忙的话，难道不应该找雇佣杀手吗？”

“自是这事一般人不敢应承。”无颜冷笑一声，缓缓道出，“我要你，帮我杀一个人。”

“什么人？”夜祈逍淡淡地看着无颜，好像早已下了决心不为那重谢所动。

“明楼少主——萧千陌。”无颜眼里冷光一闪，像是能洞穿任何事物。

“杀他？很可惜，不干。”夜祈逍没有迟疑，直接拒绝了无颜的条件。

“为何？你不敢吗？要知道，我能给你的报酬，可绝对不低啊，你若愿意帮我做这事，要什么都可以，这也会成为你的一大帮助的。还有，你不恨萧千陌吗？你该得的，你的阻碍，杀了他，对我们都好。”

夜祈逍对他淡淡笑了笑，起身说道：“激将法对我没有用，我说了不会帮你，就绝不会。你自便吧，长风，送客。”

夜祈逍说完转身就走，他并非不恨萧千陌，无颜的调查工作做得的确很到位，他和微影、萧千陌三人，最终的结果定然不会圆满，但他绝不会这样，用这么一种不光明正大的手段去赢萧千陌。要赢，自然是他们两个人光明正大地战争。

“站住。事成之后，阴古成为夜辽的附属国，我愿臣服于你。”无颜见夜祈逍没有一丝留恋地离去，猛地起身，把他的所有都压上了这一场赌注。

“很可惜，不行。”夜祈逍没有回头，只是轻笑了一声摇了摇头。无颜本是阴古的皇室后裔，奈何他父亲死后叔父继位，随即变成了一个傀儡皇帝，被明楼一手控制。他肯屈尊降贵说出这样的条件，恐怕真对萧千陌恨之入骨了吧，只可惜，他们没有可能完成这一场合作。

无颜在他身后狠狠地咬着牙，自己都给出那么诱人的条件了，他竟然还是不肯，难道真是上天不愿让自己复仇吗？

天地无眼啊，他又有何颜面面对死去的父皇母后，无颜无颜，本为此意。

40　百转轮回殇不寐

夜祈逍来到微影边上的时候，湮夏已经离去，只有微影一个人百无聊赖地靠在床边，流黛在一边收拾着东西。

微影的脸上有淡淡的困惑和不解，眼神虚无地看着远方，她看到夜祈逍进来，微微抬了抬头，“湮夏和六皇子……”

“放心吧，祈韫会对她好的，那么多年了，他还是第一次对一个女子那么上心。”夜祈逍知道微影的意思，先于她说了出来。

“韫……六皇子，有个好名字。”微影淡淡说道。

夜祈逍轻轻叹了口气：“那是他唯一有的东西了。”

“嗯？什么意思？”

“你知道的吧？祈韫的母妃是异族的和亲公主。”

“知道，据说在生下六皇子之后就病逝了。”

夜祈逍轻轻地摇了摇头：“不是的，那些只不过是骗骗人的表面话。祈韫他母妃来夜辽和亲，为的是保住他们那个弱小的部族。可没出两年，她的部族和几个外邦一起密谋叛乱，叛乱不成被镇压了，那时候她还怀着祈韫。生下祈韫之后就自尽在皇宫里了，即使她不自尽，也没有办法在那个皇宫里生存下来的。”

“所以六皇子从小与你一起长大，自然亲近？”

“是啊。在那个冷漠的皇宫里，也只有相依为命了。”

“你好像，很讨厌那个皇宫？”微影轻声问道，他是皇子，可说起皇宫时却是一脸的无奈和淡淡的厌恶。

“那种地方，冰冷无情，有什么可以留恋的。放弃皇位又如何呢？”

“不。”微影摇了摇头，“你得要那个皇位。夜祈桓无能，只有你才会成为明君。既然对它那么不满，就要拥有绝对的力量去改变它啊。”

夜祈逍只是笑了笑，不再作声。两个人坐在屋内，慵懒的阳光斜斜地照进屋子，门外的花香静静飘进屋里，似乎一切，都是那么的和谐。

次日。

微影站在门边，看那前院人来人往地，似是要迎接什么人的到来。流黛从廊那边走来，微影见了她便问道：“前边出了什么事？”

“听说是五皇子殿下的师父要来，小姐要不要过去看看？”

“师父？”微影呢喃道，心里暗自斟酌，夜祈逍的师父从来不知是何人，今日怎的如此这般大张旗鼓地来。她心里有种浅浅的担忧，招呼流黛道，“走，我们过去看看。”

微影刚走到前院就遇上了夜祈逍，他拉起她的手便带着她向会客厅里走：“来，见见我师父。”

“我去，不要紧吗？”微影有些踌躇地问道，越是这些世外高人，就越是不愿被世人窥见。

“有什么要紧的。”微影闻言也不再推脱，和夜祈逍一道进了会客厅。只见厅中站着一个灰袍的男子，宽大的衣袍掩去了他的身形。那人戴着斗笠，覆着面纱，脖颈下的皮肤深浅不一，一看便知他戴着人皮面具，而且这面具并不精细，它的主人像是并不避讳自己不以真面目示人。

那人听闻两人的脚步声，转过身来，回头看向二人。虽隔着面纱看不真切，可微影却好像感觉到那人的目光在她身上猛地一顿，随即落在两人交握的手上，目光炽热。

“师父。”夜祈逍上前道，却仍未松开微影的手。

微影不着痕迹地挣脱了他，强迫自己不去看那人，只是低垂下眼睑，对那人略施了一礼。

“祈逍。为师这次来，是要把真相告诉你的。我教了你十年，从未告诉你我的身份，今日来，是为坦诚相见，也是为别离，或者说是为了结束。”那人说到结束时冷盯了微影一眼，一种不妙的感觉油然而生，这个人的声音、语气让微影感到一种莫名的熟悉。这个人，她一定认识！

“结束？”

“是。我受你父皇所托，教导你已有十年。如今你已长大，余下的，只能看你自己了。为师该教你的也已经教完了，剩下的路，只是你一个人的命运。”那人说着抬手摘下兜帽，又撕去了脸上的人皮面具，露出来的容貌让微影倒吸了一口凉气，不可思议地看着他。

“怎么？微影，不认识我了吗？”

“国……国舅。”微影惊诧地看着他，半晌回不过神来。夜祈逍的师傅是云立鹤？这个世界真的是癫狂了吗？

“师父，你是……”夜祈逍从微影破碎的语句中发觉了什么，猛地回过神来。

“是。我是云立鹤，亓云的当朝太后云立雅是我妹妹。而你的父皇，是我的师兄。”

厅里的气氛一时之间诡秘到了极点。

“那，让我与亓云结盟？”

云立鹤哂然一笑：“不是我让你。这是你自己作出的决定，不是吗？这是你的命数，任何人无法改变，我占星算命，却万万不能透露给别人，每个人都有自己的命运。我教你十年，从未告诉你我的真实身份，也未告诉妹妹此事。我教导你、辅佐你，与国家立场无关。”

“师父……”夜祈逍怔怔地看着他，“我父皇他，自是知晓的？”

“那是自然，我受他所托替你们兄弟几人都看过命相，只是这结果不可言说而已。你父皇是我的师兄，自知道师门规矩。祈逍，为师要告诉你最后一条良言，你的父皇，深不可测，我们师兄弟三人之间，他的心智最为深沉。你们的一切，他虽不能全盘皆知，也能了解这棋局走向。”

微影听罢也知道夜皇的高深莫测，不免疑惑那第三个人是谁：“既是师兄弟三人，那还有一人，是谁？”

云立鹤的神色蓦地一黯，又随即恢复了一脸淡泊的样子，“一个故人，亦是如今的敌人。”

“那是……”

云立鹤看着微影欲言又止的神态，无奈地叹了口气：“丫头，你既已经知道，何必苦苦试探。”

“欧阳风。”微影不再试探，直接吐出了那人的名字。欧阳风，曾经的一个传奇，也是多少人的噩梦，“他已成了明楼的实际操控者。”

“明楼，欧阳风。”夜祈道轻轻重复道。云立鹤与欧阳风，自己与萧千陌，几多恩怨，几多纠缠，竟已延续成了如今的局面。

世事，纷纷扰扰，若愁云烟月成韶。

命运，百转轮回，青烟缭乱殇不寐。

“为师今日是与你告别，今后的路，是你一个人的，你也注定只能一个人走。今日，当结束的，便都结束了吧！”

微影听来，云立鹤的话满是暗喻，话中藏话，不经意间的几个眼神让她心寒。心不断狂跳，一种未知的迷惘抓住了她的心。宿命的长线，在她心上牵了又牵。

云立鹤支走了夜祈道，说是让他去准备些什么出师所用的什物，独留了微影站在廊下。

云立鹤背对着微影站在门前，门已被他叫人关上，只从两边狭小的窗里可以窥见院外的几许景色。微影见云立鹤只是沉默不语地站着，不好的预感愈加强烈。

房间里香炉中飘忽出了几缕青烟，香块烧得只余粉末，两人站在这屋内已有许久。云立鹤面对空气喃喃自语道：“祈道，为师这次还要帮你做最后一件事，但愿你以后的路，能一帆风顺吧。”

微影皱紧眉头盯着云立鹤，他不再出声，只是在心里默默念道：对不起了，但愿你们能理解我的一片苦心吧，孩子，对不起了。

夜祈道的衣角出现在廊的那头，云立鹤猛地转身面对微影：“微影。”

“嗯？”

“你是雅儿的人吧，对她会尽忠的吧？”

“是啊。”微影疑惑不解地答道。一个硕大的局正将她层层包围，种下了她此生逃不过的劫。

云立鹤微微颔首，提高了声音，每个字清晰有力："我不是和她说了吗，夜祈逍这里不用她派人监视。"

廊中来人的脚步疏忽一顿，微影的瞳孔猛地紧缩，不可思议地瞪着云立鹤："国舅……"

"放心，我不会伤害你的。雅儿看人的本事还是那么的准啊。祈逍身边从来没有女人，你能这样深得他的信任，也属不易了。不过还是回去吧，告诉雅儿不要再派人潜入他的身边了，这，也算是我为他做的最后一件事了。"

云立鹤止住了要说话的微影，封住了她的嘴，微影只听得廊中的人的脚步向外奔去，她睁大了眼睛看着云立鹤，他却只是淡泊地制住了她所有的行动。

夜祈逍转身向外冲去，云立鹤的话在他脑海里不断地叫嚣。原来一切都是自己错信，原来一切都是假吗?

世事纷乱，命定情劫，纵是有情又道无情，两颗心谪落，渐行渐远。

待到门外再无一丝动静，云立鹤才松手放开了微影，微影咬着冰冷的牙，看着他无一丝动容的脸，恨恨地吐出两个字："为何？"

41 已然错乱的命格

"为何？"

云立鹤对她无奈地摆摆手："我本也不愿如此，可你们走得实在太近。我也是为了你们好，祈逍是天煞孤星，他不能被这些爱所牵绊。你和他不可能有结果的，我所做的，对你们两个人都好。"

"对我好？"微影冷笑一声，"这所谓的对我好，我恐怕是无福消受了。你若真对我好，就不该来阻断我。还是你以为这样就能让他对我死心了吗？"

"我从未想过能让他对你死心，我要的是你对他死心。他如今能误会你一次，今后便也会误会你第二次、第三次。我今天的谎言不算圆满，他不用多时就能想明白，你如今能解释，今后又如何呢?微影，听我一言，他并非你的良人。"

"是不是我的良人，恐怕还轮不到你来说。"微影一时间心如冰雪般寒冷，一颗心像是摔进了冰窟碎成千片万片凋零，孤寂得深锁进了冰雪深幕之中。她冷扫了一眼云立鹤，推门转身而出，空余云立鹤站在房里，深深地注视着虚无的门口，两个人先后的离去，不经意间的一场错，已生生造就了两个人命运的偏差。

夜祈逍独自走在街上，两边熙熙攘攘的人群像是在他的世界之外，一道无言的墙隔开了两岸，那边再怎么热闹也融化不了他心里的冻结，驱散不了他心里的黑暗。

初见，她一袭黑衣行走暗夜，冰冷且无情。

三年后，她一脸淡然直言拒绝了姐姐的联姻之意，好像世间众人所苦苦追求的在她眼里，不过是一指云烟。

为义，她傲然抛弃自己的傲骨跪在自己面前，决绝又冷冽。

崖下，她脆弱地纠缠于梦魇，虚幻却真实。

轩辕城，她一袭男装豪情狂妄，却毅然挥剑断了念想。

时至今日，再来告诉他，这一切都是假，是自己错眼识人，自作多情，叫他如何去接受？夜祈逍自认看淡了一切，到头来，还是败了，败给了她，沦陷在这世事之中。

他走在上京城里，漫无目的地绕过了大半个城，那些个繁华与落寞对他来说毫无所感。不知不觉他已不知走过了多少条街巷，突然停下，微一抬头，招牌上洒脱清雅的三个大字——品茗轩，他一年半前初见萱的地方。那个白衣清丽，弹得一手好琴，歌词满是哀伤的少女。那个他念了多少日月，为她拒绝了和微影的一纸婚书，却最后又决定淡忘的人。

几许歌声从品茗轩里飘出，哀伤难耐，几弦古琴流泻而出，像是黏稠的怨。

莫相随，何苦为一朝浮华醉，

终离别，何处有一生常相伴？

红颜未老恩先断，悲哀怜怜；

物是人非情已逝，凄苦楚楚。

夜祈逍不可思议地瞪大了眼，那个自己念了那么久，每次到这品茗轩都要苦苦搜寻的声音在今天却突然出现。一切虚幻得像一场梦，可一切一切又都那么真实。

时隔一年半，萱再次出现，他却只能站在品茗轩门口，一如记忆里的歌词，这一次多了几分浓重的哀愁。

湮夏看着台上的微影，她像是不喜不悲，不去恨，不去怨，却只是坐在台上一遍一遍地弹奏那《了情劫》，她深深叹了口气，回首却见秋娘亦是一脸担忧地看着她。两个人无言相对，俱是束手无策。

夜祈逍定定地站在门口，门里面，是那个他念念不忘的萱，身后却是共度了无数起落的微影。两相抉择，他亦如何。

“红颜为老恩先断，物是人非情已逝。”那些个歌词像是时时在提醒着他。微影真的只是细作吗？那些个逃避，决断又是为何。他长舒了一口气，笑着转身：“这一次，我愿信你，一如我的誓言，无论你是否只是个细作，我宁愿自己错信，决不负你。”

夜祈逍转身飞奔回府，那些他本以为放不下、忘不掉的东西就这样被他轻易地放开。未见时知道会纠缠一生，真见了面才知那些个本以为念念不忘的东西，亦可以在这年华之中混得一个已成过往。夜祈逍妄自笑笑：“萱，也许该谢谢你，让我看清了，究竟什么，才是我心中重中之重。”

多年以后他才知道，他其实从未放下。他也并非遗忘。夜祈逍与微影这一次生生地错过却造就了他们这一世生生的劫。

云立鹤出了五皇子府，眼前还是微影临走时没有一丝温度的瞳仁，这一次，他到底是对了，还是错了呢？

一个白衣仙骨的老道突然出现在了他面前，惊得云立鹤慌忙行礼，“师尊，您怎么出山了？”

“还不是因为你！”那白衣老人吹胡子瞪眼睛地盯着云立鹤，“我记得我没少跟你说过吧，别想着改变他们的命格。世人世事皆有定数，你又给我弄出什么乱子了。”

“师父，我只是不想看到他们两相毁灭。你也知道，我那个徒弟，是个少有的良材。”

“立鹤！你也虚长了这些年数了。你真以为夜祈逍是天煞孤星的话，那姑娘能那么轻易走进他心里？”

“什么？您的意思是……夜祈逍是天煞孤星，不会有错啊。”

“对，他没错。错了的是那个姑娘。她名微影，突然出现，你就真的什么都想不到吗？”

云立鹤顿时如遭雷击，“微影——微——影——微，她，她是！”

“对，回括苍山吧。这里你管不了了，回去吧，别再管他们的事了。”那老者虽是和颜悦色地说着，话里却有一种无形的威压。

“是。”云立鹤黯然应声。原来，原来，微影，是我对不起你了，你竟是那样的身份，那终究还是会走向你的结局的吧。只是我，恐怕给你带来莫须有的劫数了。

[品茗轩]

湮夏站在一边，看着微影依旧坐在台上，指下飞快拨动着琴弦，哀怨的琴声伴着她的嗓音，听得人都勾起了自己最隐秘的悲哀。品茗轩的客人先是陶醉，再都是一脸的不满看着台上蒙面的女子。他们虽说是些什么文人雅客，不过都是些故作风雅来讨个悠闲的人。今天微影在台上，一遍一遍却都是那哀伤的曲子，自是引起了他们的不满。

“这怎么回事？”

“来人啊，秋娘，换个人啊。”

秋娘无奈地向湮夏投去了一个眼神求助，湮夏缓缓走出，对着喧嚷的众人道：“萱姑娘今日心情不好，望大家海涵。今日的账都算在品茗轩头上，大家不妨去雅间，我们会派人为大家弹奏曲子的。”

“萱姑娘！”那大厅里的人均是倒吸了一口冷气，品茗轩的萱姑娘在上京极其有名，据说有才有貌，却从不轻易现身，今日给他们碰上，倒也好对朋友吹嘘一番了。

湮夏不悦地看着乱作一团的客人们，委婉地下了命令：“各位还是去雅间吧，我已说了，萱姑娘今日心情不好，请大家海涵不要打扰了。”

“你是什么人，在这里说些个什么呢？”

秋娘巧笑一声：“各位连我秋娘的话都不认了吗，大家来这里不是为了享个悠闲么？何苦为难我们呢，今日品茗轩不收各位的钱，各位，也还是别闹事为好。”

那些人听见秋娘的话语，也都是纷纷散开，谁都知晓品茗轩有一批护卫，武功均是不弱，就连有些琴师女子也都是有些身手的，在品茗轩闹事，可绝不是什么好事。

微影苦笑一声，停下了手，她再怎么弹，也不过只是自我安慰而已，她收手起身准备离去，却见当所有人都散去后的大堂里空空如也，品茗轩的门口却出现了一个黑衣的男子，身形消瘦。

那人扫了一眼微影，轻笑道：“萱，忘忧草，原来也逃不过这俗世红尘啊。”

微影眼色一冷，看着那人，轻声问秋娘道：“他是什么人？”

“他在寻找暗夜媲婳，想尽办法在接近暗魅阁。”

“无颜，”微影低叹一声，对湮夏道，“你去看看吧。他若让你帮他杀人就别答应。”

“嗯。”湮夏笑着答应，无颜吗，我可早就期待与你的相遇了。

42　倾尽所有只缘情

无颜刚走出品茗轩就被戴上了一个黑色面具的湮夏拦住了。半面黑色的面具上面有复杂的花纹，就如她在轩辕城时看到的暗夜媲婳脸上的如出一辙。

“你是暗魅阁的人？”

“是啊，”湮夏轻笑一声，“不知公子找我们暗魅阁有何事啊？如果公子是想让我帮你杀人的话，恐怕公子的生意，暗魅阁是无法接下了。”

“我……”无颜咬了下嘴唇，还是说出了他最后的决定，“我不要你们帮我，只要你们让我加入暗魅阁。”

“暗魅阁只有女子。”湮夏狡黠地说道。

“我认识暗夜媲婳。”无颜看着湮夏的眼睛，两个人沉默不语地相对，湮夏心中也有了计较。

“为什么一心要入暗魅阁？你若只是想学些武艺防身的话，任何一个江湖门派都可以，何苦要入暗魅阁呢？”

无颜苦笑一声道：“那些无名小辈收不起我，江湖唯明楼和暗魅阁为大，明楼对我有不共戴天之仇，我当然会选择暗魅阁。”

湮夏思索了一番，吹响了手里的玉笛，小葵的身影飞快地出现在了巷口。

“这还不是正式让你入暗魅阁，我会帮你找个好去处。而小葵会看着你，对了，我告诉你，你要去的地方可不是暗魅阁的地盘，所以你若是想出卖那个地方的人的话，我可要提醒你，那幕后的人，不是你惹得起的。”

“我当然不会。你，不用和你们楼主商量什么的吗？”无颜看着湮夏爽快的动作，甚是疑惑。

“你不用知道。”湮夏不多说，带着小葵和无颜在上京城里穿梭，最后停在了凤倾楼的门口。

“这，这是青楼！”无颜在看到凤倾楼的招牌之后，一脸不满地对湮夏嚷道。

“青楼怎么了。这是你的第一课，你不要报仇吗，那为了报仇，你可以做到什么呢？如果你心里真的有仇恨的话，那么你就可以为了他抛弃一切。青楼又如何，你将来遇到的也许比这里坏百倍，你若真想报仇的话，什么礼教、什么名声，就要抛弃。”湮夏冷冷地瞪了一眼无颜，毕竟是养尊处优惯了的皇亲国戚啊，如今沦落至此，想生存下去，就必须对自己够狠。

“我明白了。”无颜低下头去，低声应道，在心里暗自发下了誓言，给我时间，我一定会让你们刮目相看，一定会报了国仇家恨，我一定会，站上巅峰，让那些欺凌我，看不起我的人，都知道，我，可以做到。

湮夏看着无颜的脸，微微一笑，他若真正放下了，他日，必定是一颗实力不俗的星。

迎出门的昱大娘见是湮夏，笑笑，“姑娘怎么来了啊？”

“他暂且住在你这，小葵会看着他。”

“没问题。”昱大娘一笑，一手拉过无颜，上上下下打量了一番，对湮夏笑道，“长得还真是标致极了呢。”

湮夏顿时汗颜，忙一把拉过昱大娘：“别打他的主意，也别打小葵的主意，他们只是在你这借住而已，记住了，只是借住，不是给你挣钱的。”

昱大娘笑了一声，凑到湮夏耳边道：“两位姑娘都是各有春秋，你送到我这却只给我看看，未免太可惜了吧。”

湮夏闻言眉头一皱，一脸惊异地看着昱大娘，她却只是轻笑一声，附上湮夏的耳边，

“我昱娘别的没有什么，只是看到的男男女女着实不少，这男女，一眼我便看得出来的。即使她穿着男装，掩着容貌，但身上这女子的味道，我还是闻得到的。”

湮夏看着昱大娘，虽是吃惊，也知道她这种人物，定是有自己的拿手绝技的，于是附和道：“昱娘既是知道了，我也没什么好隐瞒的，只是她愿以男装示人，你也称她公子吧，也少了许多麻烦。”

“知道了。”昱大娘回头一笑百媚生地看了无颜一眼，还不忘抛了个媚眼，直让无颜汗毛耸立。

湮夏别了昱大娘，摘了面具便准备回品茗轩，谁知刚到了门口，就见微影从里面出来，一脸落寞。湮夏愣了几秒，默默跟在微影身后，她也许需要自己静一静，只要别出什么事就好。

湮夏跟着微影走过了几条街，却见前面突然出现了一个熟悉的身影，她猛地停下，转身躲进了一个拐角，略侧过身子，却见拦住微影的竟是消失已久的明楼少主萧千陌。

微影一抬头，却见萧千陌出现在她面前。

“你来干吗？”

“找你。”萧千陌看着微影略有落寞的脸，心里一疼，自己上次见她，还是在四国峰会的时候吧。她冷眼相看，坠落崖下，陪着她的人，却不是自己。

“找我，找我干什么，我微影何德何能要你堂堂明楼少主来找我。”

萧千陌无视了微影话里的讽刺之意，一把拉起她的手：“跟我走，我会和你解释清楚的。”

微影瞪了他一眼，想从他手里挣脱，萧千陌却紧紧抓着她的手，让她无从逃脱。

“萧千陌你放开我！喂……”

萧千陌的眼睛突然黯淡下来，他也不回头，只是对身后的微影淡淡地说道：“就陪我这一次吧，今天是我生辰。”

微影怔怔地看着萧千陌略有哀伤的侧脸，竟是不忍心拒绝，她鬼使神差地应下一声好，随着萧千陌向城外走去。

天终不遂人愿，她怎知，这一声好，一条路，却把她，把他们带去了万劫不复。

湮夏在后面看着，冷哼一声，挥手返身走去，她定要去搞清楚，微影和夜祈逍到底发生了什么事。

湮夏到五皇子府的时候，却只看见夜祈逍一身白衣，定定地站在窗边，视线像是穿透了很远很远，又近得没有焦点。夜祈逍见她进来，只是看了她一眼。

“你们到底怎么了？”湮夏冷了声音问道。

夜祈逍苦笑一声，将事情的原委都告诉了湮夏，她听过之后也是惊讶：“国舅，是你师父？说微影是奸细！”

夜祈逍不说话，算是默认了，只是湮夏略一思索便对夜祈逍道：“那你还真信了啊，微影是奸细她干吗一定要躲着不肯见你啊，她要是奸细难道不应该每天黏着你啊。夜祈逍我说你平时看着挺聪明的，怎么这时候那么脑残啊你！”湮夏只顾着自己骂，根本没顾虑夜祈逍到底听不听得懂她话里“脑残”的意思。

“要么她欲擒故纵，要么就是师父在骗我。我知道她心计很深，但我不相信她会把聪明用在这种地方，可我也没办法解释师父到底是为何。”夜祈逍静静地说道，双手却早已紧握成拳。

“你既然不相信的话，管你师父干吗啊？”

“她人呢？”

“跟萧千陌走了。南城门。”湮夏随口应道。

“萧千陌吗？”夜祈逍兀自重复道，语气里满是无奈，“我终究，是要失去了吗？”

“你现在失没失去我不知道，可我知道，你如果不去争取的话，就是真的失去了。”湮夏正色看着夜祈逍，其实她心里，还是希望微影和夜祈逍在一起的。

夜祈逍抬眸看着湮夏，随即冲她一笑：“谢谢。”他转身出门，不多时，门外便响起了纷乱的马蹄声，湮夏站在空无一人的屋子里，喃喃自语道：“你们的事，还要你们自己去解决。”

萧千陌带着微影出了城，到了一个清幽的小湖边，湖边有一个小亭，亭子里的石桌上摆着几碟小点心和一壶清酒。微影随他进了亭子，自顾自坐下。两个人像是忘了立场，忘了国家，就这样相对坐着，月下对酌，如他们三年前在竹屋那般。尽管知道对方不是自己人，还是短暂抛弃了那些东西，卸下重担的他们，也是知己一双啊。

“你和夜祈逍怎么了？”萧千陌见微影脸色不好，也猜得出他们两个人出了问题，强压下心中翻涌而起的酸意，装作漫不经心地问道。

“嗯，关于信任与不信任的问题。”微影苦笑一声，随手给自己倒了一杯清酒，装作不在意地回答道。

“嗯。”萧千陌只是低低地回答一声，也不再多做纠缠。他看着微影略有些憔悴的脸，暗自说道，夜祈逍，既然你自己要负她，那就别怪我。

“今天是你生辰哦，我也没什么送你的。”

“你肯跟我出来，就算是给我的礼物了。”萧千陌对她笑笑，那笑容温暖得像是五月的阳光。

微影讪讪笑笑，她如何不知萧千陌的心意，只是现在的两个人都颇有默契地没有点明而已。

两个人坐在亭子里，谈天说地，月下对酌，倒也一片宁静。隐约之间，萧千陌依稀听见来时的方向传来了阵阵马蹄声，他脸色一变，心里暗道：夜祈逍追出来了。

微影只是不在意地苦笑笑，丝毫不去管身后的身影，萧千陌对那密林里的虚空一眨眼，一道奇异的琴音便缓缓飘散开来，微影听见那琴音，身后的马蹄竟被覆盖了去。脑海里一时间只剩下那诡异的声音。她的头好像越来越昏，仅存的理智还在苦苦思索，自己是不怕迷药的，那难道说自己是醉了吗？原来自己竟也是会醉的。

她伏在石桌上，脑海中最后的意识是自己好像醉了，夜祈逍追出来了。

萧千陌看着她昏迷过去的恬静脸孔，独自说道："微影，既是他负你在先，那我便再不会放手，无论如何，不会放手，不管我要付出的，是什么代价。"

43 故人亡，情深不寿（必看）

微影不知自己昏迷了许久，脑中的记忆还停留在萧千陌带走她的那日，那鬼魅一般的笛声遮掩了周遭的一切。夜祈逍来了，那是自己被他带回了五皇子府，还是萧千陌领自己回了明楼，她不知，亦无从知晓。

四周似乎有人声，微影艰难地睁开眼睛却发现眼前亦是一团黑暗，自己的眼前蒙着布条。外面似乎有兵器交接的声音。模模糊糊之间，微影似乎听到了熟悉的萧千陌那温润的声音，只是这一次，似乎带上了隐隐的怒气："夜祈逍，你放了微影。"

那边没有人答话，微影顿时迷惑丛生，放了自己？自己是被抓了吗，可是为何是夜祈逍要放了自己？她揉了揉迷糊的脑袋，自己的头异常的沉重，连思绪都变得模糊起来。自己到底是怎么了？微影也无暇他顾，一心只想着快些出去。她好像是处在一个封闭的狭小空间里，外面的众人像是根本不知道自己的存在。

夜祈逍凝眉看着萧千陌。两个人都是一袭黑衣相对而立，身后是各自带来的手下。

萧千陌深深地看了夜祈逍一眼，心中暗道，既是你先负她，那就别怪我心狠无情："夜祈逍，你要与我斗与我争也是我们之间的事，你不该用她来威胁我。说，微影在哪里？"

"萧千陌，你在说什么胡话。堂堂明楼少主，也要颠倒黑白了吗？还是你心中，本没有黑白之分？"

微影闻言一怔，夜祈逍与萧千陌到底在说什么，自己到底在哪里，是夜祈逍用自己威胁萧千陌来这地方吗？他就这样，利用自己，骗得萧千陌来这里。她怔怔地停在了那里，她不愿相信，人心真的薄凉至此。

“明楼少主潜入夜辽，你是何居心？”

“夜祈逌，既是如此，那还废话什么？不是想杀了我吗，你让我来，不也就这目的了吗？”

外面兵器交接的声音愈加强烈，纵是微影也听出了那战局的激烈。微影手上加快了动作，解开了绑着自己的绳索。她一脚踹开了那扇门，映入眼帘的景象却让她宁愿不曾看到。夜祈逌手执一把长剑站在那里，天空中有茫茫的雨丝，微影顺着他手里的剑看去，却见那剑直直地刺入了萧千陌的胸膛。雨水冲刷而下，渗开了他胸前的血花，雨水和着血水滴落，在他脚下汇成一摊触目惊心的血红。

“你……”微影只说了一字便无法开口，所有的话都汇聚在喉口无法说出，她就那样怔怔地看着萧千陌，天地之间好像就剩下了他们三人、一剑。

萧千陌见微影出现，勉强对她笑笑：“你没事啊，真好……”

微影见萧千陌苍白的脸色，那些个前尘往事瞬间涌上了她的心头，她一个字也说不出来，只有无言的心痛。被背叛，被利用，自己视之为亲的人死在自己面前，那些个曾经经历过的事原来终究无法逃过，自己终究没有什么所谓的温暖，有的，只是灾难的无尽轮回。自己是不祥之人啊，一生充满离别劫难啊，终究，只配生活在黑暗之中，什么光明都只是痴心妄想。

她感觉脑后一沉便昏了过去，那些事再也看不见听不着，与她无关了。

微影再次醒来的时候已在夜祈逌府里，她努力地回想着之前发生的事，可无奈脑中只有萧千陌带自己去了城外，以及最后看到的萧千陌中剑的惨烈画面，而之间的一切，对她来说只是一片空白。

流黛进了屋子，见到微影醒来，也是欣喜：“小姐，你醒了啊。”

微影见了流黛，也不答话。流黛愣愣地看着微影，自从昨日五皇子抱着她回来之后，好像有什么事情不一样了。连今日小姐醒来，那眼神，冷淡得好像没有了温度，定是有什么事情发生了，不然她眼中，怎会有那样深刻的悲哀。

流黛将早已热好的一碗汤递给微影，她却只是一口喝下，流黛拿着空碗转身出了房门，碰见正向这边来的湮夏。

“夏小姐。”流黛踌躇了一下，还是叫住了湮夏。

“怎么了流黛，你家小姐醒了吗？”

“醒是醒了，”流黛皱了皱眉头，凑近了湮夏，“夏小姐，你知道到底发生什么事了吗？小姐她，怪怪的。”

“怎么怪了？”

“她的眼睛，没有温度，整个人冷淡得好像没有心一样。”流黛想了想，终究还是说了出来，虽说听起来玄乎，可她看见微影醒来的那时候，唯一的感觉就是如此。

湮夏近乎微不可闻地叹了一口气：“我知道了，你先去吧。”

湮夏走进微影房间的时候，只见她靠在床上，眼睛看着窗外，冰冷得能冻结一切。

“微影。”湮夏担忧地叫着她的名字。

“我要知道，到底发生了什么事情。从夜祈逍带人出城，到我昏迷着被他带回来之前，到底发生了什么？”

“我不知道。”湮夏无奈地说道，“那日是我告诉了五皇子你跟萧千陌走了，他带了几个人去追你，其间都没有回来过，再回来就是带着昏迷的你了。”

微影听得她说起萧千陌，心头一颤：“萧千陌呢？”

湮夏呆住看着微影，却在她苦苦逼问之下不得不道出实情：“明楼少主已死，是明楼内部传出的消息，明楼现在群龙无首。”

微影犹如遭到了一个晴天霹雳，萧千陌已死，啊，自己害死了他吗？那些个碎裂的记忆顿时连成一线。

“微影，你们到底怎么了？”湮夏看着微影苍白如雪的脸上深深的悲哀，担忧地问道。

“夜祈逍，利用我，找来了萧千陌。”微影一句一顿地吐出了这句话，每说一个字，都像是在她心上凌迟一刀。萧千陌对她痴心一片，最后却因她枉送了性命，而一手缔造这一切的，却是自己曾经以为深爱，以为会托付一生的人。何其可笑，何其悲哀。

“你们。”湮夏看着微影，虽然早已想到三人之间一定发生了些什么，她却从未料到竟是如此这般。

微影从床上翻身坐起，披上外袍，便往外走，湮夏急急地拦住了她：“你干什么去？”

“去找夜祈逍。”微影冷冷地推开了湮夏，执意向外走去。

湮夏只得跟在她身后，一同向外走去。夜祈逍见微影来到，也是一愣，他站在原地，看着微影冷冽的眸子，等待她先开口。

“你有什么要说的？”微影冷眼瞪着他道。

夜祈逍看着她冰冷的神色，她眼里的寒光刺得他生疼，他强咽下心中的那份不舍，眯起眼睛说道：“没有。”只是短短两个字，在两个人心中好像划过了那整一个世纪。

微影冷哼一声，转身便走，眼里含着泪，却被她死命收回。她不再留恋看夜祈逍一眼，当断则断，就像当初对他下跪一般，她从来都是这样，不给自己，也不给别人留一分余地。

挥袖离开，只因我错信了你，错信了自己也会有温暖，错信了这冰冷的朝堂江湖之中还存有真情。

不怨你，这本就是皇权争夺，唯有心狠才能走到最后。我只怨自己，怎么就沦落进了这世俗烦忧之中。

知道难以忘却，可我愿今生今世清心清扰，只以此，磨灭我心中的念想。知道难以偿还，可我愿今生今世绝情绝念，只以此，偿还我欠你的债。

夜祈逍强迫自己不去看微影决绝而去的身影，他怕自己一旦看了，便再也狠不下心放她离去。湮夏一挥手，一个巴掌便打在了他脸上。

“你打吧，如果你能解恨的话。”夜祈逍苦笑一声，也不抹去嘴角的那一抹猩红。

“夜祈逍，你知不知道她最恨什么？微影最恨什么，她最恨背叛，特别是亲近之人的背叛。”

我当然知道她最恨的是背叛。夜祈逍想说，却终究没有说出口，只是静静地看着湮夏。

“知道吗，一个人心中的恨到底可以浓烈到什么程度。你知道微影是怎么过来的吗？知道她为什么没有姓吗？微影的母亲怀着她的时候就被她那个所谓的父亲所抛弃，只因为自己的前途官位，就要抛弃结发妻子和未出生的孩子。微影三岁那年母亲就死了，她和我辗转流离，再遇上她父亲，以为是一段灾难的结束，却不料是另一场灾难的开始。那个男人，可以残忍到抛妻弃子，再遇孩子，却只把她当作他升官的工具。我们的前世是怎么死的你知道吗？就是被那个男人，那个本应被微影称作父亲的男人下令抛弃，就像一个用过的棋子，没有价值了，就被一脚踢开随意抛弃。这种恨，你懂吗？”

夜祈逍没料到微影的过往竟是这般的不堪回首，湮夏冷冷地瞪着他道：“我本以为你对她是真心，可我万万没料到，捅她这最后一刀的人，会是你！”

44 天涯相隔各一方

夜祈逍看着湮夏逼人的双眼，哀叹一声：“我不想给她这最后一刀的。”

“可你还是这样做了，不是吗？五皇子殿下。”湮夏故意把最后几字说得很重，极具讽刺的意味。她毅然转身离去，只留下夜祈逍一个人站在那里，天似乎又开始下雨，迷蒙了他的视线，亦迷蒙了他们未来的路。

湮夏愤恨地甩手离去，却见那几棵枫树下站着一个白衣的身影。那人伸手拦住了湮夏，却被她挥手挡开：“如果你是想为你哥哥开脱的话，那大可不必了。于公，他是皇子，是亓云的同盟者，是我将要效忠的人。我还分得清公与私。于私，他负了微影这个铁血的事实，无论你怎么说都改变不了。”

夜祈韫却毫不介怀地笑笑：“我来只想告诉你一件事。那日你我均不在，微影也并不知晓具体经过。那日到底发生了什么，只有我哥一个人知道。”

湮夏看着夜祈韫似笑非笑的脸，这事实浅显易懂，一眼便知，可他的架势却全然不似在开玩笑。

“我去看看微影。”湮夏狐疑地看着他。

“湮夏。”夜祈韫看到湮夏想要离去，忙唤道。

“怎么了？”

“如果我哥和微影之间真的发生了什么，你，会怎么办？”

“我？什么意思？”湮夏看着夜祈韫欲言又止的脸。

“你会走吗？”

“不会。”湮夏这一次回答得斩钉截铁，“我不会走的，他们的事不代表你我，我也决不会退却，在我没有亲眼看到结果之前，我不会走。”

两个人静静地站在枫树之下，远远地却见流黛急匆匆地跑来。

“夏小姐，我家小姐走了。”流黛焦急地跑来，气喘吁吁地说道。

“什么，她去哪？”

“不知道，她刚才回去之后，我只是一转身就见她走了。她会不会出什么事啊？”

“该死。”湮夏暗骂一声，连忙拉起六神无主的流黛便向微影的房间走去。夜祈韫闻言转身便通知夜祈逍。

流黛带着湮夏再次回去的时候，房间里早已没有了人影，案台上放着一张字条，湮夏拿起看了却只得呆呆地愣在了那里。夜祈逍闻讯赶来，看着空空如也的房间心下一沉，原来真的这样无法挽回了吗？她冷冷地将字条甩给夜祈逍，自己便推门向外走去。夜祈韫见状只得跟着湮夏一道出了房间。

“你去哪里？去追微影？”

“不去。”

“不去追她回来吗？”

“追她回来干什么？看着她继续受骗，继续被利用？”湮夏冷眼看着夜祈韫，至少微影不会想不开，那无所谓她在哪里，只要她自己能不受这份愧疚与伤感的煎熬，她愿去哪，便去哪吧。

总有一天，在时光的匆匆流年里，一切都会被冲淡，她总有一天会想明白，会看淡，只是自己已不能再去要求她什么，能做的，只有守着她的一切，等她回来。

夜祈逍站在房里，静静地看着手里的纸张，斑驳的泪痕像是在诉说她是以一种怎么样的心境写下了这几行字，被揉皱又被泪水浸染的纸在他手里就像握着一把尖刀一样。夜祈逍看着那纸上的字，好像每看一眼都会让他窒息一般地疼痛。

今日种种，是我错看遭成劫。

既然无缘，无心谈情深情浅。

既是背叛，今生不与君牵连。

你欲为帝，请放我孑然一身。

此情无果，此心无涯恨无垠。

明夕何夕，再见君时已陌路。

从此你我，天各一方两相忘。

夜祈逍一遍遍地看着手里那熟悉的字迹，曾几何时，他们已经天涯相隔，再来这里早已人去楼空。已经到这种程度了吗，天各一方两相忘，忘了吗，可我怎么忘?

如果没有当年相见,是否无此时相煎。我用一分钟爱上了你,却要用一辈子去忘记，这样的爱，是不是太不公平？可即使如此，我亦无悔，命运再来一遍，我也宁愿当年遇上了你，也不悔自己爱上了你。

夜祈逍猛地转身出了门，对一边的长风道："快派人去查，她去了哪里，快点。"

"是。"长风低头应下，派出手下的人向着各个方向搜寻微影的踪迹。

微影骑着马飞驰在官道上，雨丝冲刷在她的脸上，早已分不清是泪水还是雨水。只是一味地狂奔，风卷起她的长发，冰冷刺骨的寒风不停地灌入她的身上，尽管如此还是不肯停歇，只怕自己一旦停下，就再也没有了上路的勇气。

夜祈逍收到消息之后带着一众人马直追着微影到了括苍山下。夜祈逍翻身下马，却见微影直直地跪在括苍山下。雨水顺着她的脸庞冲刷而下，发丝被雨水浸湿，紧贴着脸庞。山门边的月白花片片飘落，萧索悲凉。

长风走来想给他打伞却被他一把推开："别管我了。"

"殿下，何苦呢？"长风皱着眉看着夜祈逍，想不通自己的主子什么时候竟也会为了一个女人如此这般。

"她所受的，我都与她一起。"

夜祈逍只是静静地站在微影身后不远处,也不向前,却也不离开。流黛从后面跑出，扑在了微影身上，声音颤抖："小姐，你别……"

微影紧抿着嘴，推开了流黛想要扶她起来的手，她脸色苍白浑身上下都是水，夜祈逍在后面看着，心下如刀绞一般，再这样跪下去，她身上的毒恐怕又要发作。只怨自己，无法，也不能带她走了。只愿不在她身边的时候，她也能照顾好自己吧，那当初的誓言，恐怕只能作为一张废纸了。

不想她被一次次背叛和利用，但也不能陪你到世界终结了。

云立鹤从山门那里出来，见微影跪在山前，也是满心愧疚，他走到微影面前，轻声道：“对不起，也许我真的不该替你作抉择。”

微影只是摇摇头道：“也许你说的没错，他的确不是我的良人。”

云立鹤看着微影的眼睛，还想再解释些什么，可在她眼里所见的，只是一摊毫无生气的死水，没有焦点的眼睛迷茫地看着世间万物，浮生百态在她眼里也再激不起一丝涟漪。

云立鹤心里千思万绪，话到嘴边却只剩下一句：“微影，你尘缘未灭。”

“可我心已死。”微影轻轻闭上了眼睛，眼前只剩下无尽的黑暗。

夜祈逍听到微影的话，身躯一震：心，死了吗？他转过头去，脑海里却全是微影如鬼魅一般的声音：我心已死，已死了……

云立鹤哀叹一声看着面前的女子：“微影，你的路还那么长，你就真的要跟我上山，蹉跎你的一生了吗？红颜未老，韶华依旧，你岂能空空负了青春？”

“是吗？我的容颜未老，可我的心，却已然苍老了，这样子的我，该怎么活下去呢？从前我为了那些梦而活，长大了发现梦很遥远，世界很黑暗，可我依然相信这世界上还是有我一直执着追求的那种东西存在的。可现在，我所相信的东西却被我亲眼看着摧毁，你说我该为什么而活呢？”

“你当真决定了？”云立鹤无不内疚看着眼前的微影，心如死灰大概也不过如此吧。

“决定了。”微影一笑，笑意里却满是苍凉的味道。

“走吧。”云立鹤无奈之下只得带着微影上山，自己本想让她躲过一道情劫，却没想到，人算不如天算，冥冥之中早已注定自己的行径，自己的作为，反倒带给了她这一道真正的情劫。

45　青丝已断成陌路

“你真的就打算这样隐居一生了吗？就这样撒手不管了？”

莫枫看着坐在一边的微影，短短时间里，要怎么样的天翻地覆才能这样彻底地改变一个人的心境。他看着那张绝美依旧的容颜，可眼里再没有生机，整个人静如一潭死水，坐在那里却好像连她的时间都已然静止。

“小姐她自从上山之后，每日唯一做的就是坐在那里等日暮降临。莫将军，她好像只是在等，等每一日过去，等自己的年华老去。”流黛看着静坐在那里的微影，一脸痛心地对莫枫说道。

“我管什么呢？夜辽那里有湮夏，亓云有你，我在哪里又有什么关系。”微影静静地开口，看着匆忙上山的莫枫。

“那你就要这样消沉下去吗？”他接到消息之后匆匆上山，谁知看到的，已是微影沉寂了的眼神，“我认识的微影可不是这样的，我当初认识的你骄傲冷酷，可不像现在这样自怜自哀。”

“人总是会变的。”微影哀叹一声道。

“夜祈逍真的会这样对你？平心而论，我觉得他不会。”

“为何不会，你干吗要帮他说好话啊？”

“因为感觉，他爱你，看得出来。”莫枫笑笑说道，果然，比起自己如何，还是希望她幸福啊，“不过若是真的，那我恨不得杀了他。”

“人总是会变的。”微影再次重复道，自己也好，夜祈逍也好，世间百态总都是会变的，人生一世，草木一秋，万般繁华转瞬成空，“这是命，躲不过。”

如果没有遇见你，遇见你们，大概也不会有现在这样的痛，可如果没有遇见你，遇见你们，那这人生到底又有什么意义。

云立鹤走出，见了微影道：“你怨我吗？”

“大概是不怨的吧。”微影轻轻回答道，云立鹤也有他的苦衷，是好心却办了坏事。

“那听我一言可好，去吧，解铃还须系铃人，去你们相识的地方，去找你的回忆，也许你能看开一点。”

“去哪里？竹屋吗？”微影抬头看他，那个地方，有太多纠缠隐藏在平静无波的表象之下。

“哪里有你的回忆就去哪里。”

云立鹤对上莫枫满是疑惑的眼睛，走近对他轻声说道：“这是她的情劫，要靠她自己挣脱。”

“好，既然这样，那我去。”微影答道，至少去看看吧，至于自己去了之后会如何，便等着之后再好好想罢了。

“我跟你一起去。”莫枫不假思索地脱口而出，“飒跟我一起来的，让他跟我们一起去。”

云立鹤对两人点了点头，便自己回去了，微影对着莫枫，也是无可奈何：“你这样离开，没有关系吗？”

“我来之前已经告了假了，你去哪，我便陪你去哪。”

两个人沉默着无言以对，许久微影终究轻叹一声道：“何必呢？如今的我，已没有心了。”

“那又如何，你可以不用答应我，但你阻止不了我，微影，我既爱了你，便不要回报。只要在你身边，守着你，就足矣。”

微影叹了一口气，自己何德何能，竟要他们这般相待。

“微影，我们这次去，会经过夜辽的。”莫枫想了良久，还是不甘心地问了出口。

“那又如何，夜辽与我何干，我已说过，再见已是陌路。”微影冷声说道。

莫枫不回答，只是看着微影，天各一方两相忘吗？只是对他们来说，这两相忘谈何容易，微影，又何苦这样折磨自己？

飒坐在车前赶着马车飞快地疾驰在路上，车里是微影、莫枫和流黛。

“小姐，我们这是要去哪里啊？”

“去一个我曾经待过的地方，去找我的回忆。”

流黛看了微影一眼也不再说话，只要她不要自己封闭在那个孤独的世界里就好，早在她从那些强盗手里救下自己后，自己早已发誓，今生今世必誓死追随，再多的孤寂与苦难，不能帮她受，也要陪她一起。

“到了，要进城了，先下车吧。”飒在前面说道，马车的速度渐渐慢了下来。

“知道了。”莫枫回答道，四个人已经来到了夜辽境内，也就是去往竹屋的必经道路。

微影走下马车，一边的流黛递给她一身长袍，已是隆冬季节，冰寒刺骨。微影走下马车，本以为可以平安地出了城，谁知在城门，却又有了一场风波。

“我看你们不是夜辽的人吧，快说，哪来的，不说的当奸细处理。”守门的士兵打量了一圈道。

“我们只是普通商人，官爷不妨给个方便。”莫枫走上前去，递给了两个守门的士兵几锭银子。

两个守门的士兵对视了一眼，扫了下四人装饰不俗的马车，上前一步道：“你们该不会是奸细吧。普通商人哪有这么大方。哟，瞧这两个妞，长得这么标致，怎么是个普通商人？”

微影冷冷地向后退了一步，躲开了两个官兵伸来的手，冷眼一扫，竟让两个人顿时身体里一股寒意。

“让我们过去。”

“嘿，小妞还挺横，那我就不让你过去你又能怎么样，来人啊，把这几个敌国奸细给我抓起来。”

飒冷哼一声就想出手，却被微影一把拉住，伏在他耳边说道：“我们来夜辽没有公文，事情闹大了不好。”

飒恨恨地收回了手，冷眼看着围过来的官兵。

城楼上却另有一人看着下面的场景，一皱眉，挥手唤过城门的守军长：“让他们过去。”那人的声音冷若寒霜，平静得没有涟漪，可细听之下却能感觉到那平静之下转瞬即逝的一抹哀伤。

微影本想着该如何脱身，谁知包围他们的士兵突然全部退去，她疑惑地一抬头，却看见城楼上站着一个自己异常熟悉的身影。

夜祈逍！他怎么会在这里。莫枫顺着微影的眼光向上看去，看见了夜祈逍静静站在那里的身影不由浑身一震，他一身黑袍，浑身肃杀之气，站在城楼之上，看着下面的眼里却只有微影一人。

微影亦是望着他，只是眼里有了一层穿不透的坚冰，两个人目光相交的地方好像已有几千几万年过去，穿越了永恒。

夜祈逍握着双拳，看着城下那抹熟悉又陌生的身影，她看着自己的眼神就好像看着一个陌生人，他自嘲地一笑：“明夕何夕，再见君时已陌路。”我竟忘了，你一向说到做到。

微影转过头来，对莫枫道：“我们走吧。”谁知一边的飒见了夜祈逍，眼里飞快地闪过一丝杀意，这个人，伤害了影姐姐的心。

微影一抬头，就见飒提着剑飞快地掠上城墙，一把剑已经架在了夜祈逍的脖子上，夜祈逍却只是一动不动地任他在自己的脖颈上划过一丝血线。

“飒，回来。”微影忙喊道。

夜祈逍的眼里飞快地闪过一丝不明意味的光芒，又再次黯淡下去，强装作不甚在意的样子看着飒。

“别再出现在影姐姐的生活里。最好，给我记住了。”飒恨恨地放下剑，飞身下了城楼。

“飒，别冲动。你不是他的对手。”微影拍了拍回来的飒，知道他也是担心自己。

飒低垂着眼眸不去看微影，心下却是一片愤恨。莫枫看着微影，无奈地笑了笑，抬头看向依旧站在城楼上的夜祈逍，眼里满是警告。

一把飞刀破空而来，直袭向微影的面门，微影顿时一惊，向边上一闪，堪堪躲过了那飞刀，自己的一缕青丝却被钉到了身后的柱子上。

夜祈逍看到这情况，心下一紧就想冲下城楼去，却被自己生生克制住。

“什么人？”莫枫挥手拔出剑，一把把微影拉到了自己身后，微影轻轻抚上了自己被飞刀擦过的脸颊，自嘲地一笑：报应，来了。

一个身着黑衣的男人从一边出来，二话不说，拔出腰间的刀就向前砍去，目标却只有一个——微影。

飒正是满腔怒火没地方发泄，见有人送上门来，大骂一声，“什么人都敢欺负小爷我了。”

莫枫只觉得眼前一花，就见飒一脸怒气地扑了上去，又是一把飞刀向着微影而来，这一次莫枫飞快地把她拉开，飞刀射了个空，叮当一声脆响落在地上。

那边飒以迅雷不及掩耳之势结束了战斗，他一脚把那男子踩在地上，恶狠狠地说道：“谁让你来的，快说？”

“我要杀了她，杀了这个红颜祸水。”那男人顾不上飒踩在自己背上的脚，冲着微影嚷嚷道，“我们楼主就是她害死的，你们今天杀了我，以后还会有千千万万的复仇者，这是报复，这个女人就是个妖怪，红颜祸水啊，报复，定追杀你，不死不休。”

微影皱起眉头看着在地上嚎叫的男人，一抹不易察觉的痛划过她的眼眸，莫枫一脚踹上那男人：“闭上你的狗嘴。”话语里极致威胁。

不远处的巷子里，突然飞出一道飞镖，直扎在那人喉口，顿时鲜血涌出，再发不出一丝声音。

微影冷冷地看了那巷子一眼，轻轻拉过莫枫：“我们走吧。”

“好。”莫枫回头拉过微影的手，把她拉向自己，带着她快步离去，不再回头看那一片狼藉一眼。

夜祈道静静地站在那里许久，直到微影和莫枫携手离去的背影再也看不清晰，他暗自叹道，有他保护你，我便不用担心了吧。

他缓缓走下城楼，紧握的手掌心早已是一片血肉模糊，他轻轻走到微影他们刚才站的地方，冷哼一声给了还在地上挣扎的男人致命的一刀，眼里是一片冰冷。

他径直跨过那人，停在那柱子前时眼里才恢复了几许柔光，他拔出刻着“明”字的飞刀，几许青丝顿时飘下，落在他的手心。他紧握起手，闭上了眼睛，心里像是缺失了一块一般疼痛。

对不起，为你绾起三千青丝的不是我，默默守候痴心不悔的不是我。

我只有如此，这般懦弱，握你的青丝，望你的背影，空负你我的缘。

青丝已断，情丝又该何从……

那边的巷子里，一个人影靠在墙上，手里摇晃着一把和刚才射在那男人喉口的一样的飞刀，那人话里闪过一丝阴狠：“多嘴，总是不好的。”

他自嘲地一笑，眼神魅惑，把飞刀随意地收进腰间，笑笑离去。

46 弦断那三千痴缠

湮夏看着面前黑衣依旧的无颜，她身后的葵无奈地摊摊手道：“她自己一定要来找你，我拦不住的。”

“先上来吧。”湮夏微叹了一口气，说道。

无颜随着湮夏进了品茗轩：“这品茗轩是暗魅阁开的？”

“不能算。这是我们的，并不是暗魅阁的。”她轻声让一边的小厮们都退了下去，才对无颜道，“你来找我，不会就是想问这个吧，意妧公主。”

无颜脸色一变，不料在这里听见了这个久违的名字：“天下再无意妧，你还是叫我无颜吧。意妧已经殉国而死，今日无颜找你，只为复仇，已大半月了，你就真的不肯相信我吗？”

湮夏只是笑而不语，等着无颜自己继续说下去。

“我父母惨死，如今国家被奸人控制，追杀我的人源源不断。你明知我不会出卖你们，明楼是我的死敌，只有暗魅阁能与之抗衡，我若出卖你们，岂不是绝了自己的最后一条生路。”

“你不过是想找个安身立命之所，复你的国，那你又怎知暗魅阁一定愿意招惹你这个大麻烦？”

“无论如何，我总要试一试，更何况我在轩辕城的时候见过暗夜婉婳，她给我的感觉，不似一般人。”

“你了解她多少，无颜，你可不只见过她一面呢。”湮夏说着抬手取下面具，“品茗轩的萱姑娘，那日被你误认的千金小姐，可都是她一人呢。”

“你……”无颜瞠目结舌地看着湮夏，“什么？我竟没认出来，原来，都是她。”

“你认得出来才是奇怪，这个世界上，只要她想装，又有谁能够看破。”

“为何要告诉我这些？”无颜神色一黯，她自视甚高，如今一看，才知道自己要走的路，却还很长。

“告诉你，是要你知道，我愿帮你，却并非为了荣华富贵，那些东西，我若是想要，不过唾手可得而已。帮你，是愿帮你这个朋友。”

无颜看着湮夏沉静的脸，千万感动到嘴边却依旧成了一句谢谢。

“不用谢我。”湮夏随口说道，“你还是换回女装吧，品茗轩俱是女子，你这身打扮倒也不便了。”

“你帮我大忙，怎是一句谢字够得。我今日谢你，是谢你让我明白了，这世上的东西，也不尽然是金钱权势能够衡量的，走出皇宫，我倒看清了这些。”

湮夏只是笑而不语，又想起曾经微影所说过的："即使这个世界再黑暗，再污浊，再不堪，也要去信，信这世界上还是有值得去追求的东西存在的。"她苦笑一声，可如今，竟连你都不再去信了吗，只一人逃上括苍山避世千里了，是你抛却了信仰，还是连这信仰，都抛却了你。

无颜盯着湮夏的脸沉思良久，像是猛地想起了什么："你是那日我在街上看到的，跟在五皇子身后的人！"她旋即明白了什么一般，叹了一口气道，"原来我东奔西走，找的，却是一方的人。"

"什么都是一方的？你去找过夜祈道？"湮夏看着无颜，顿时疑惑丛生。

"对啊。"无颜无可奈何地叹了一口气，"我找过他，求他帮我暗杀萧千陌，可他却不肯，我许了他那么多东西，他竟还是不愿。"

"什么？"湮夏皱紧了眉头盯着无颜，"你许了他什么？"

"我？"无颜苦笑了一声，"我什么都可以答应，爵位钱财，助他称帝，什么都可以。甚至，甚至……我可以把自己许给他，将来阴古便是他的，唯一的条件就是他帮我，复我的国。这样诱人的条件，他却想也不想就拒绝了我。我终于知道，你也好，他也好，都是如此，再多的条件都收买不了。"

"你说，他拒绝了你。"湮夏不可置信地瞪着无颜，语气里有连她自己都没有察觉的颤抖，她眼里闪过一丝不易察觉的莫名光芒，"那后来，又是为何？"

无颜听到了湮夏的喃喃自语，问道："什么为何？"

"没事。"她转身出了门，对着秋娘吩咐了几句，在后者满脸疑问的注视下郑重地点了点头，便出了品茗轩。

湮夏回想着这其中缘由，不禁皱紧了眉头，这事情，还远没有那么简单呢。

微影他们的马车停在了山脚下，她跳下马车，看着那熟悉的景色，同三年前相比，竟无一丝差别。只是这一次来，心境早已不同。

"我自己去就好。"微影挥挥手，让莫枫他们留在山下，只自己一个人朝山上走去。

流黛还想说什么，一脸担忧地看着微影的背影，却被一边的莫枫拉住，冲她摇了摇头道："让她一个人静一静吧，我们去了也于事无补，相信我，她不会有事的。"

"嗯。"流黛咬了咬嘴唇，还是默默站在了莫枫的身后，只看着微影的背影渐行渐远。

微影顺着蜿蜒的山路向上走去，上次来时只是各怀心思地坐在马车里，自己一心想着记下这来时的路线，反倒从未看过这路边的景色。路边栽种着看不出品种的花树，已是隆冬时节，却依然带着些许绿色，脚下踩着厚厚的落叶，一条好似无意却又铺得刻意的路正缓缓带着她走上山巅，走向那间竹屋，走进她的回忆。

不多时，微影已站在了那竹林前方，来时的路已再看不见，距离山下的众人更是遥远，耳边是无穷无尽的静谧，安静得只剩下站在竹林前的微影，听着她自己的呼吸声，好像天地间唯余她一人。

正当她想着该如何进那竹林时，两边的竹子却自发地向边上分开，留下一条窄小的石径给微影通行。被人施了阵法的竹子，在这万物静寂的冬天却依旧是翠绿的颜色，好像三年之间，让世事万物变化的时间对它们来说不过弹指一刹那而已。不变的竹林缓缓分开，像是它们的寂寞都只不过为了等一个人的归来，如今，却这样为微影开了路，迎她进那秘境。

微影略看了看，便抬脚踏上了那条为她设定好的路。竹林里寂静得没有声音，她一个人穿过竹林，便看到了那竹屋，不像是存于人间的景色，依然如旧。

痴痴等待，只为候你归来。

微影站在空地上，许久也不见那对残疾的老夫妻，她也无心去寻找，自己来，本就是叨扰，更何况现在的自己，已是明楼上下最恨之入骨的人。若真见了那对年迈身残，却是相偎相依守着自己与对方的老夫妻，她更不知该如何面对他们。

她平生最不想欠别人情，这一次，却欠了那么多，重到压着她，直让她不想再踏入那尘世。竹屋依旧是那竹屋，尽管当年他们各怀心思，相互算计，却也是那温馨的回忆，今日一眼，目光所及之处，唯余苍凉。

微影走进竹屋，伸手抚上竹屋里的一切，回忆如潮水般涌上心头。

这里的一切都还在，这里的一切仿佛没有时间，可那容颜如玉的他，那个为她素手绾起青丝的人，却再也不在了。再没有人紧握她的手，带她逃离这尘世喧嚣。再没有人会望向她的眼，只为道一声你没事就好。

微影取下背上背着的琴，还是萧千陌送她的那一把，她拿着琴，走向屋外，对着苍茫缭乱的一片云雾，手指轻拨动琴弦。

没有那笛声相合，琴音里是满目的愧疚，与了然的心死。寒风吹起她的发，在空中纠缠起诡秘的图腾。

只听得“铮”的一声，琴弦猛地断开，微影惊异地看着那断了弦的琴，低语一声道，“竟连你，也这般恨我吗？”

弦断，断了那三千痴缠，弦虽断，曲犹扬。

天沧雨缥缈，烟飞尘吹梢。

风雨吹摇山河破，离人两茫茫。

刀剑无眼人有情，别意已成殇。

一朝天人永相隔，凄苦悲断肠。

相亲不相爱，相知勿相忘。

心已死，情已伤，爱恨纠葛两茫茫；
爱已绝，念已断，天涯相隔各一方。
莫再言他，无欲无求不再想；
尘缘已灭，谁人再诉苦愁肠。
幽门蒲窗梧桐叶，空房曼纱芭蕉香。
曲径石道翠竹色，清庭冷屏流萤光。
故地故景无故人，今生今世无今情。
此地再无他，此心再无他……

47 朱颜不改情不灭

[一年后]

湮夏手里拿着一沓从各地送来的情报，突然眉头一皱猛地把那一沓纸拍在了桌上，转身便要出门。对面的夜祈韫急急地拉住她道："你要去哪里？"

"回亓云，找微影。都快一年了，她到底要躲到什么时候去。"她说着挣脱了夜祈韫的手，向着门外飞奔而去。

"哎，湮夏……"夜祈韫无奈地看着湮夏挣脱自己而去的身影，叹了一口气，暗自说道，她还是这样，想做什么便做什么。回亓云？她这一年之间不断地去找，去等，只是微影却从未再踏下括苍山一步。当年他们都未曾亲眼看见，但只凭那消息便可知，能让明楼顿时销声匿迹锋芒不再的一场对决，是何等的惨烈。以及微影所见的，那样刺眼的嫣红遍布，是何等地狰狞。

她或许，是真的失望了吧，对皇兄，对这世界。

傍晚时分，本应是宁静的夜晚，夜祈韫在赶到皇宫的时候，却收到了一个让他再也平静不下来的消息。亦是这个消息，再一次地改变了他们饱经沧桑的命运。

夜辽二公主遭人暗算，身中剧毒，生命垂危。

夜祈韫看着一脸疲惫靠在墙上的夜祈逍，他英俊的脸上此时写满了担忧与恐慌。一大群皇宫里的御医齐齐会聚在夜卿玥的床边，脸色却是一样的铁青。

夜祈韫走过去轻轻拍了拍夜祈逍，眼里满是询问的意味。

"皇姊她，怎么会？"

"被人偷袭了，只是这飞镖上的毒，连宫里的御医都好像束手无策了。偷袭的人就是冲着姐姐一个人去的，得手之后也并没有再下杀手，好像，他们对这毒很有信心——

或者说，他们只要她中毒就好。”

夜辽的皇帝夜吾承亦是一脸担忧地看着病床上面无一丝血色的夜卿玥，她就那样平静地躺在床上，没有一丝痛苦的神情，却也没有一丝生机。

“回，回皇上。公主中的毒小人实在是没有见过，请皇上恕罪啊，小人，真的是无能为力啊。”一个胆子大些的御医磕磕巴巴地禀报到，却换来了夜吾承的一通咆哮：“什么叫束手无策，你们束手无策那朕养你们干什么用的？全部给我尽力去医，医不好，要你们的脑袋。”

夜祈逍靠在墙上痛苦地闭上了眼，他无奈地摇了摇头。长姊如母，他们母妃早亡之后，夜卿玥便是像母妃一般照料，难道今日，连这亲人都要被硬生生地从他身边夺去吗？

“什么人下的毒？”

“蛊门。”夜祈逍答道，在查出这是蛊门的手笔之后，不好的预感便在他心中显现，蛊门的毒药，宫里的御医，怕是真的无能为力了。

“蛊门？”夜祈韫的瞳孔猛地紧缩，这个被医者避之如蛇蝎，被毒者奉为神尊的名字，“蛊门，皇姊怎会招惹这种人？”

“报复。我去查过，我师父，父皇，明楼欧阳风，和蛊门那个失踪多年的门主，似乎很有渊源。”

“我去看看。”夜祈韫走过去，两边的御医们早已满头大汗，纷纷为他让路，夜祈韫走到床边，搭上夜卿玥的手腕，脸色却变得一样的沉重。他一脸凝重地走到夜祈逍边上，轻声说道，“这毒，闻所未闻，见所未见。恐怕，希望渺茫。”

“哪怕只是一丝希望，我也要试那么一试。”

“那么只有一个办法——带她去找师父。”

夜祈逍看着他，他不是没想过这个问题，只是一年之前云立鹤和微影一起上了括苍山之后便再未出现过，如今一年之后，自己却要迫不得已去撕开那伪装的平静：“好，我去。”

和微影？微影，即使一年过去了，为何再想起这个名字，心却还是会痛呢？

你说要两相忘，可我却不但没有忘了你，反而记得愈加清楚，清楚到曾经的一点一滴，都已像是掌中的纹，一丝一缕地刻在我身，记在我心。

[亓云境内括苍山]

当湮夏再一次上括苍山的时候，却意外地在那里看见了莫枫。莫枫亦是静静地站在那里，望着静静坐在一边的微影，听到她上山的声音后，只是头也不回地对她轻轻道：

“你又来了啊，还是这样风风火火的。”

湮夏自嘲地一笑，复又说道：“你不是也一样，没事就上山，按理说这花开了又谢了，冰雪消融了又冻结，她怎么还是这样一点没变。”

“知道我不会变，那你总是来找我干什么？”微影坐在秋千上，一袭白衣，陪着一旁的白雪。

“谁叫我总是放不下呢，微影啊，你难道真要我等你等到海枯石烂啊？”

“你等我为何呢？海枯石烂这种词，该是说给六皇子听吧。”微影说道，一年了，她的心有没有释怀倒是不知，只是这性子，却是真的淡漠了。

“是吗？我不能对你说这个，那么是要谁来对你说呢？微影！你到底要躲到什么时候去？”

“湮夏。”莫枫打断了她的话，想用眼神制止她继续说下去。

“你让我说完，我说得有错吗？从前那个天不怕地不怕的你呢？就这样沉寂消失了吗？”

“没有错。湮夏，对不起，我早已不是从前你认识的那个我了。就算你我枉相识一场，我也无话可说。”

湮夏沉默着看着微影，良久，低低叹了一声：“即使你早已变了，我又何曾能抛却你呢？”她说着走到莫枫边上，自己坐下，给自己倒了一杯茶，唤过一边的流黛道：“流黛，别看戏了，泡壶热茶来吧。”

“哎，好。”

流黛走了之后，湮夏就好像什么事情都没发生过一样，只是一边和莫枫闲聊着一边喝着茶，微影笑笑看着她，这就是朋友啊，前一秒钟还大骂着你，下一秒，却是依旧的甜蜜。

山门口猛地飞出了一颗绚丽的信号弹，一只雪鸟停在了莫枫肩上，他拿着一张信纸对湮夏说道：“出事了，边疆异族叛乱。我要下山去了。”

“我也去。好久没活动筋骨了，估计有趣多了。”她望了一边平静的微影，“比起守着她。这个没有时间的妖精。”

湮夏粲然一笑，莫枫回头对微影道：“国舅不在，你自己在山上一切都要小心。”

微影无奈地摇了摇头：“放心吧，守山这种事，我都做了快一年了。”

待两人下了山，微影身后的一棵大树身后却闪出了一个高大的身影，微影还未回头，就已猜出了那来人是谁：“我这括苍山，什么时候对你来说，就像逛燕凉的后花园那么容易了。”

赫洛天不甚在意地摇摇头道：“谁叫你不下山来见我，那只好我来见你了啊。”

微影转过身来，看向赫洛天那不羁的脸："他们老是来找我就算了，你一个汗王，没事往我这跑，算是个什么道理。"

"没道理，我喜欢而已。我们草原上的人，才没有那么多规矩，我是汗王又怎样，我爱去哪里就去哪里，他们管不着。"

微影哼了一声，赫洛天却难得正经地对她说道："其实湮夏说得没错。你到底要躲到什么时候去？"

"我也不知道。我只是在等，等我这一世的年华老去，来生愿做大漠里的一粒沙，沧海里的一滴泪，只不愿再为人。"

"我必须问你个问题，也许残忍，但你必须明晰。你避世一年，为的到底是什么？是夜祈逍的背叛，还是萧千陌的死亡？"

微影神色一黯，这个问题，她不是没想过，只是一直在逃避，自己避世，为的到底是什么："都有吧，这有区别吗？"

"当然有，情这种事，没有对错之分。既然做不到两全其美，你自然要选择自己心之所向的那一方。"赫洛天看着微影变幻莫测的表情，又挑起嘴巴一笑，"你若是两个都不想选，我的燕凉也随时欢迎你啊。什么时候想通了，我来接你。"

"好。"微影一笑，她有的时候也很怀疑，真正的赫洛天，到底是那个调笑不羁的他，还是那个偶尔正经的他。

或许自己未来终有一日，会走入燕凉，走进他的大漠。

或许，或许。只是对于现在的自己，再多或许又如何呢？

[亓云皇都公馆]

夜祈逍和夜祈韫带着夜卿玥到了亓云，却拒绝了云立雅的好意邀请，以一句多有不便为理由而不愿住在皇宫，只是在这皇都的公馆住下。

"你还愿称我一句师父。"接到消息后急急赶来的云立鹤自嘲地说道。

"不怪你。"夜祈逍说道，"看看我姐姐吧。"

云立鹤走到夜卿玥的床前，探上她的脉搏，脸上却出现了一丝不可置信的神情，半晌，他只是呆呆地看着夜卿玥没有一丝血色的脸，六神无主地喃喃自语道："是她，是她，是她来向我们讨债了。只是为何，这报复该由我们来承担的啊。"

"师父，怎么了？"夜祈逍看到云立鹤的表情，也是心中一凉。

"祈逍，我救不了你姐姐。这个毒药我从未见过，如果临时要配解药，恐怕公主也撑不到那个时候。"

"那，你的意思是，她没救了？"夜祈逍自己都不知道，他的声音，竟已带上了颤抖。

“等一下。”云立鹤从自己的包袱里掏出几个星盘，“我只能帮你算这一卦。”

半晌，云立鹤面对自己的结果，却再一次地愣住了，他这一辈子的惊异，怎么都在这一天降临了。

云立鹤面有难色地望向夜祈逍，只能哀叹一声：“不容易啊。”

“什么不容易？师父，你就告诉我吧，就算再不容易，我也会去试一试的。”

“你都会去试一试？即使是要再去见微影？”

云立鹤说完那两个对夜祈逍来说如同梦魇的字，却见他愣在了当场，竟一个字也说不出来。

“微影？她怎么救皇姊？”夜祈韫满脸疑惑地看着云立鹤。

“不知道，我唯独算不到的，就是她的命。只这已是极限，普天之下，只有她能救公主。只是她愿不愿，我却也不知了。这个药丸给公主服下，可以拖七天。剩下的，只能靠你自己了。”云立鹤深深地注视了夜祈逍一眼，转身出了公馆，心里还是波澜未平。

二十八年了，你终于要来讨债了吗，终于，我们欠你的，便都要还回去了吗。

48 梨花淡白人归来

[蛊门]

“为什么只是把那毒下在夜卿玥身上，不是说无解吗？”

“你懂什么？”骨婆轻蔑地看了那年轻女子一眼，“你恨的是一人，我恨的却是他们所有。死又如何，我要的，却是他们生不如死。”

骨婆看了一眼女子疑惑的脸，继续说道：“微影的血是剧毒，这点毒药恐怕还奈何不了她，下在夜祈逍身上又如何，微影和他现在误会重重。我就是要下在夜卿玥身上，别忘了，微影的血是剧毒却也还有另外一个作用呢。我就是要看到夜祈逍的抉择，亲人？爱人？哈哈哈哈——”在骨婆放肆的大笑里，眼角却闪过一丝诡异的泪花，“夜吾承，你说你的宝贝儿子要怎么选择呢？”

“你说的，要他们生不如死……生不如死……”年轻的女子缓缓地重复，本是纯真的眼里飞快地闪过阴狠的光芒。

“丫头，你要学的，还多着呢。”骨婆沙哑的声音在她耳边响起。敲响了她的警钟。

[亓云括苍山]

夜祈逍上了括苍山，却见微影一袭白衣背对他坐在秋千上，听见他上山的脚步声，头也不回地说道："你怎么那么早就回来了？"

微影说着转身，夜祈逍看着那久别未见，熟悉又陌生的容颜，心跳不禁漏了一拍。一如记忆里的脸，只是那脸上挂着一丝清浅的笑意，再没了一年前那样浓烈的大爱与大恨。

微影亦是愣住了，只看着黑衣黑袍站在那里的夜祈逍。一年了，他从未解释过什么，也从未多作挽留，在她本以为他就要这样消失在她生命里的时候，他却这样突兀地出现，只带着那漫天的雪花飘。

夜祈逍张了张嘴想要说些什么，却最终什么也没有说，只见得微影脸上的笑意一丝丝凝固，最后只化作嘲讽的一笑，遂飞快地逃离了他的视线。

流黛端着盘子走到庭院间却见一身黑衣站立在那里的夜祈逍，她心下一惊："五……五皇子。"

夜祈逍未说话，只是向她点点头，复又盯着微影那紧闭的房门，他身后的夜祈韫见状无奈地叹了一口气，对流黛说道："流黛，我们找你家小姐，有急事，求她下山。"

"哎，哎……好。"

流黛猛地回过神来，忙匆匆应下，赶快去推微影的门。

流黛推门进去，只见微影斜斜地靠在床上，眼睛虚无地看着墙壁。一时之间她竟也不知该不该对微影说些什么，只因为现在的微影，看起来安静得让人不忍去触碰。流黛咬了咬牙，还是一狠心说了出来："小姐，五皇子六皇子他们，说，说想让你下山。"

微影像是早已料到了他们的来意，只是兀自一笑，对流黛说道："出去，让我一个人待一会儿。"

"哦，好。"流黛替微影关上了房门，转身出去对夜祈逍无奈地摇了摇头。

夜祈韫皱着眉还想再说些什么，却被夜祈逍一把拉住了："让她想想吧，是我欠她的。"

微影斜靠在床上，几片透亮的雪花被风卷带着吹进房里，言说着冰冷的意味。

她离开他的时候是倾盆大雨淋得全身湿透冰寒刺骨，他再出现时是漫天飘雪寒风卷带着阵阵冰雪香。她在这括苍山上，看那日升日落，春去秋来，匆匆之间已虚度一年。她本以为再念念不忘的事也会在这平淡的日子里被渐渐淡忘，可今日一见，却发现，自己说着会忘的，竟还那么清晰地长存于心中。

原来真的有些事情，是连这时间都冲淡不了的。

微影一个人坐在房里，夜祈逍执着地守在门外。唯有房里香炉中堆堆烧尽的香灰和漫天的飘雪共同证明着，时间，还在流逝。

夜幕沉沉地降临，夜祈逍身上已积了厚厚的一层雪，流黛端着两碗姜汤走向他们，将热热的姜汁递给他们。

夜祈逍抬头看了那紧闭的房门一眼，还是抬手接过了流黛递来的碗，轻声对她道了一声谢，将那暖暖的姜汤灌下。

一股热流包围了他的肺腑，却化不去心底的坚冰，如同那打不开的门一般，紧紧锁住。

流黛看了大雪之中的两人一眼，说道："你们还是回去吧，小姐她，恐怕不会答应的。"她望了望一片黑暗沉寂的微影的房间，连想为她送饭的自己都被关在了门外。尽管没有点起灯火，但微影一定醒着无比清醒地坐在那庇护她的黑暗里。她的煎熬，定不比夜祈逍少。

"我不会回去的，她一日不肯，我便等那第二日，第三日，直到……没有时间为止。"夜祈逍低低地说道。

"可是……"流黛脱口便想说出，可是微影她，恐怕你穷极这一生都无法再等到了。但流黛转念一想，又觉得这话太过决绝，她终究没忍心说出口，只担忧地看着夜祈逍，再这样下去，怕是等不到微影出来，他便会病倒。

"我意已决，每个人，都有他的无可奈何，我，亦如此。"

流黛深深地看了夜祈逍坚定的脸一眼，无可奈何地叹了一口气，转身默默离去。

夜祈韫想要对夜祈逍说些什么，却被他抢过话头："我知道你想劝我什么，但我不会改变我的心意的。姐姐，我是绝对要救的，可微影，是我对不起的，我怎么能强求她去救我姐姐。"夜祈逍闭上了眼，低沉着声音对夜祈韫说道，"我所能做的，便只有等。或许微影能和我下山，救我姐姐，又或许七天之后，我什么都没有了。但这又能如何呢，我的命，或许本该如此。"

夜祈韫深吸了一口气，下定了决心，他对夜祈逍只说了一个字："好。"便随即奔向下山的路。他一路飞奔着回了亓云的驿馆，召集齐了他们带来的人马，吩咐道：

"动用我们所有的渠道，向外散发一个消息，就说——括苍山上，微影病危。"

夜辽的一众兵士都面面相觑，疑惑着六皇子的动作到底为了何事，夜祈韫不顾他们的疑惑说道："不用问为什么，现在就开始，利用一切可以传播消息的途径传出这个消息，记住了，要快。"

"是。"他们轻声说道。军人以服从命令为天职，只要是主子吩咐的，他们便会无条件地执行。

夜祈韫看着众人离去的身影，兀自叹道："哥，我终究还是违背了你的决定，我不知道这到底能给你带来什么，但我想，我若不违背你这一次，恐怕你终究会败给你的不忍，从此真正地错失了你本该拥有的东西。不管这会有什么后果，不管你会怎样迁怒我，我都愿意，以我自己来承担恶果，来为你们，赌这么一次。”

[第三天]

“我看夜祈逍那小子也挺有诚心的，他都在那守了三天了，你把自己关在房里三天，真搞不懂你到底是在折磨他还是折磨你自己。”赫洛天望着独自坐在地上靠着门的微影，一脸无奈地说道。

他待在这括苍山上，却也不知，此时的各个暗中的情报渠道里，凡是打听着微影的人，都收到了一条惊人的消息——微影病危。

“我也不知道，到底这是谁在折磨谁。他站在那冰天雪地之中，我又怎能一个人坐享清闲。他怎么就不肯，放过我呢？”

赫洛天看着微影明明心心念念却还装作不甚在意的脸，豁达一笑：“因为你们都一样，一个不给自己留一点余地，一个不肯放过自己。”

“我哪有？”微影瞪了赫洛天一眼，噘起嘴反驳道。

“你哪没有，你若肯给自己留一点余地，当初也不会把自己关到这括苍山上来了。”赫洛天宠溺地对她笑笑，有些时候她就像是她妹妹一般亲切。

微影轻哼了一声不再说话，赫洛天却笑笑道：“你真的就把他这样扔在那不管了？”

微影撇撇嘴不回答他，赫洛天的表情却突然严肃了起来：“微影，说句实话，夜祈逍待你，有很多事你都不知道。”

“什么很多事不知道，我知道的，已经够多了。”微影的眼神一黯。

“其实他……”赫洛天低叹了一口气，“算了。那你想离开吗？”

“离开？”

“只要你开口，我现在就能带你走，带你逃离这里。带你去我的燕凉，去大漠和草原上当一个无忧无虑的狼王的儿女。”赫洛天直直地看着微影的眼睛，眼里是一片澄澈的亲近，“怎么样，你要不要，和我走？”

门外突然传来刀剑相接的声音，像是有什么人闯上了括苍山。微影眉头一皱，能闯上括苍山的人，绝不简单。

她推门出去，映入眼帘的画面却让她的心一下子沉入了谷底，好似蓦地一瞬，就倒退了一年的光景。

49 缘聚缘散负尘寰

她推门出去，映入眼帘的画面却让她的心一下子沉入了谷底，好似蓦地一瞬，就倒退了一年的光景。只因她推门出去所看见的，却是那个阔别已久的人。

“萧、千、陌！”微影一字一字地吐出那个名字，一脸震惊地看向那站在庭院中的白色身影。萧千陌，没有死！她的心像是一下子被人扔进了谷底，只怔怔地别过头去，却见夜祈韫手执剑怒目指着萧千陌，夜祈道微闭着眼站在院里，脸上的表情略有责怪的意味却也云淡风轻，像是他早已知晓了迟早有这么一天的来临。

“微影……”萧千陌看向站在那里的微影，“你没有……”他随即恍然大悟地瞪着夜祈道。

夜祈韫冷笑一声，对他说道：“不关哥哥的事，若不是传出微影重病，怎么能请到你这个高深莫测的明楼少主呢？萧千陌，好计谋啊，你够狠，连自己都能当作筹码来利用，你算准了微影的心，算准了我哥的动作，然后你把自己都当作棋子一般利用，若不是说微影重病，你这盘局，还想下到什么时候？”

萧千陌不去理会他，只定定地看着微影，微影的脸上是恍然大悟后的遗恨与自嘲一般的苦涩，她冷笑一声轻启唇道：“放心，你既然没死，我也不会病死。”

夜祈道听她说得脸色突然一沉，萧千陌一脸震惊欣喜地看着她，可微影的下一句话却直接把他打入了寒窑。“在你与我的恩怨没有算清楚之前，我所要从你身上偿还的东西没有拿到之前，我怎么会先你而死呢？”

“微影。”萧千陌喃喃地叫道。

“为什么骗我？”微影的声音冷得没有一丝温度，夜祈道远远望着她，却好像在她那冰冷的声音里听出了那么一丝颤抖。

“我只是想让你离开夜祈道，他不值得你相信。”萧千陌急切地看着她。

“我的一切要你管吗？还是你就值得我相信了，这样欺骗我的你，值得我相信吗？”

“我没想到你真的……不过，这样也好，你一个女孩子，不适合这乱世，等一切结束了，我就带你走，浪迹天涯，就这样陪着你，不好吗？”萧千陌看着微影，他这次真的乱了，只因他明白，这一次若是失去了，恐怕再难有翻盘的机会了。

“哼，我在你眼里，就是这样的人吗？还是你以为你做了这一切之后还能回到过去吗？你利用我，欺骗我，你再说爱我，有什么意义。”微影冷冷地看着萧千陌，倔强地忍住了自己想要苦笑一场的冲动。

“我以后可以慢慢弥补你，我可以对你很好很好来补偿你啊。”

微影冷哼了一声道：“有些事情，一旦错过了，就再没办法弥补。萧千陌，我与你观念不同，道不同，不相为谋。”

“微影……你恨我吗？”萧千陌终究是无力地吐出了这么一句。

“不恨，因为不爱所以不恨。萧千陌，从前我把你当知己，但这不是爱，而以后，我也不会爱上你。”

微影说完转身便走，她走到夜祈逍身边，拉住他的衣袖支撑住自己，用近乎微不可闻的声音说道：“带我走，我随你下山，你带我走。”

微影低垂着眼，不让他看见自己眸光里的复杂，她只想离开这里，离开这个记录了自己多少辛酸多少伤悲又有多少耻辱的地方。

夜祈逍心痛地看了她一眼，一手拉过她，径直越过萧千陌，直向山下走去。

赫洛天看着两人离去的背影，低叹了一声：“到最后，你不还是回到了原点。兜兜转转一大圈，你的缘，终究还是跟他的。”

他走到失魂落魄的萧千陌身边，对他说道：“你早该想到的，你那样近乎自我毁灭的方法，总会有这样一天的。可你却还是那样义无反顾地做了。”

“所以，我败了。”萧千陌闭上了眼，他的筹谋，终究还是败了。原来爱情，才是他计划里最危险的东西。

“你从未了解她，又谈何爱她。”赫洛天冷冷地看着萧千陌，这个他所谓的盟友，这个把利益、皇权、江湖玩弄于股掌之中的人，他精于算计，步步为营，却唯独不知道，爱情，无须算计，也无法利用。

“我不了解她？你什么意思？”

“萧千陌，你该醒醒了。既然你不愿意承认，就让我来帮你看明白。你爱的是那个在明楼里与你抚琴下棋的女子，那是微影，没有错，可那绝不是全部的她。你从未真正了解她，又谈何爱她。你所爱的，终究只是一个幻想而已。”赫洛天冷眼注视着萧千陌，打碎了他所有的平静。萧千陌爱的是那个清澈美好的一半微影，但有那样深邃沉寂的眼眸的微影，又怎会只是一个清澈美好的人，那样的眼睛里，必定有无数的黑暗过往。

萧千陌愣愣地站在原地，嘴里喃喃地重复道：“或许，真的，真的，是我错了吗？”

微影任夜祈逍牵着下了山，夜祈逍拉着微影的冰凉的手，走到无人的地方，微影轻轻挣脱了夜祈逍，只直直地站在他身后几步远的地方。

“你早知道了对不对？”微影低垂着眼，问夜祈逍道。

“也不是，我也是后来才查到的。”夜祈逍无奈地叹了口气，回答微影道。

“那你为什么不告诉我？为什么不解释？”

“他没死，你高兴吗？”夜祈道抬眼直视着微影的眼睛。

“我……”微影沉默了，虽然萧千陌没死，可他却欺骗了自己，利用她的那一份歉疚来达到他的目的。她以为她爱的人利用她杀了她信的人，却没想到这原本就是一个骗局，将她团团包围，骗她离开。萧千陌，果然好手段。想到这里，她不禁苦笑起来，自己一定很可笑，就像一个小丑，被无情地耍弄。

夜祈道看着她的苦笑，心里的一个部位开始抽痛：“你不会开心的，既然你已决定了要恨我，那我又何苦告诉你，真相往往更伤人。你不知道也许不会像现在这么苦。”

微影的笑意更加深重：“我一定很可笑，就像一个戏子，我自恃太高，自认为理性冷静，可我却一次又一次被情所骗，真傻，对不对。你想笑，就笑吧。”

夜祈道的眉头紧皱，打断了微影自轻自贱的话语，一把将她拉进怀里。他怀中的女子此时十分安静，就像一只小猫般温顺，敛起了所有的锋芒，只是静静地任由他抱着。明明已经苦涩到了极点，可她脸上却没有一丝湿润。

是习惯了将所有的苦独自承受，还是终究不信任自己。他宁愿是后者，因为前一个，太累……

微影随夜祈道上了马车，牵着他冰凉的手，微影的心不易察觉地一痛。因为自己的任性，自己的误解，他一言不发却站在那冰天雪地里三天三夜。夜祈道看着她出神的眼睛，轻声问道：“怎么了？”

“啊……我没事。”微影低低地说道，许久，又轻轻拉住夜祈道的手，低声说道，“夜祈道，对不起。”

夜祈道看着微影，蓦地一笑，融化了所有的冰雪：“我本以为我再也等不到你了，现在有你这句话，做什么都值得。”

“为什么……对我这么好？”

夜祈道轻轻笑笑看着她：“因为你值得。”

微影不再说话，只是定定地看着他，许久，这才回过神来问他：“你来找我到底是为了什么啊？”

夜祈道看看她，开口道：“我姐姐出事了，求你救她。”

“救她？我？”微影不可思议地看着夜祈道。

“是啊，你。”夜祈道叹了一口气，若不是这件事，他们之间的纠葛恐怕还再难解开。

“我？我怎么行？救人这种事难道不应该找国舅吗？我又不会医术。”微影一头雾水地说道。

“你，不会医术？那，可是师父说他都救不了姐姐，他卜了一卦，说只有你，能救她。”

微影眼里精光一闪，好像突然明白了什么：“你姐姐，是不是中了剧毒？”

“是啊。”夜祈逍低低地回答道，心想也不知道姐姐现在怎么样了。

“我知道了。”微影眼里的光芒一瞬间熄灭了，取而代之的是一片沉寂了的黑暗。

两个人到了亓云的公馆，微影看着静静沉睡着的夜卿玥的脸庞，再回头看了眼望着姐姐的夜祈逍，心中暗想道，如果你姐姐对你来说是那么的重要，那么我会成全你这个心愿，只是恐怕更多的，我将再也给不了你了。

或许命中注定，我们，有缘无分。

微影装作若无其事地对夜祈逍一笑，对他道：“当初在崖下我说我可以答应你三个要求。救你姐姐，就算是这第一个，那么还有两个，不妨一起说了吧。”

“现在吗？不如以后再说吧。”夜祈逍不解地看着微影。

“现在一起说吧。”微影笑笑对他说道，却没说出她的后半句话，以后，恐怕就没有机会了。

“我就想出一个，还有一个以后再说吧。”夜祈逍沉思了一会儿，鬼使神差一般地问出了那个看似不重要，却改变了他们一生的问题：“你在夜辽的时候，到底是在什么地方，以什么身份存在？”

微影心知不能再强求，只是平静地回答了他的问题，“上京品茗轩，我还有一个名字，叫作萱。”

夜祈逍一瞬间愣在了当场，微影以那种平淡无波的语气说出来的话，却让他犹如五雷轰顶。上京？品茗轩？原来，原来，你便是萱，萱便是你。

我们那么久以前就相见，我对你那么久以前就相恋。只是这时光蹉跎了众生，我竟无从知晓，却还要将你错过。

夜祈逍不记得他是怎样失魂落魄地出了房门，微影自是不知晓他此时心中的排山倒海，只在他看不到的地方，勾起了一抹苦涩的笑意。

今日，也许便是诀别。忘了我吧，夜祈逍，也许，这是我能为你做的最后一件事了。只愿你，忘记我，一生长安。

50 回首已红尘万丈（*1*）

湮夏和莫枫收到那所谓的微影病危的消息之后急急地赶上括苍山，却恰巧错过了已然下山的微影。两个人忙赶到夜辽在亓云的公馆，却见夜祈逍一袭黑衣，斜靠在庭院里的柱子上，那失魂落魄的样子好像丢失了什么的无限后悔。

湮夏听云沁说了夜祈逍此行来的目的是为了救姐姐之后，一种不好的感觉便油然而生。她无法解释什么，只能带着云沁和莫枫急急地赶到公馆。

“微影呢？”湮夏顾不得休息，直接奔向了六神无主的夜祈逍。

夜祈逍被她冲过来的气势唤醒，指指房间里说道：“里面。”

“她答应救你姐姐了？你姐姐是中了剧毒对不对？”湮夏一急，话语就连珠炮地吐了出来。

夜祈逍并不知晓她这般急切的原因，只能对她轻点点头。

湮夏一下子愣在了当场，然后突然不顾一切地对夜祈逍喊道：“她会死的你懂不懂，微影会死的，你明不明白啊？！”

夜祈逍一下子愣住了，莫枫也是一脸疑惑地看着湮夏，似乎在他的记忆里，湮夏永远是那么一副云淡风轻的样子，竟没见过她这般失控的样子。她口中所说的微影会死的，更让他甚是不解，心中升起了一丝担忧。

“你不懂，你不懂微影是要怎么救你姐姐。”湮夏满脸痛心地对夜祈逍摇摇头说道，“她是要用自己的血换你姐姐的血啊。微影从小就身中剧毒，她的血是最毒的毒药，却对中毒者来说也是最佳的解药。你姐姐中毒已深，你让她救你姐姐，就是要用她的血来换你姐姐的血啊。她会死的你懂不懂，失血过多是会死的。”

夜祈逍一下子石化在了当场，他今天受的打击似乎也太多了些，人世间的大喜与大悲似乎就在这一天里让他尝了个遍。微影，会死？

夜祈逍一下子明白了微影古怪地让他提出所有的要求的用意了，她就是早已知道自己以后很可能不能偿还那三个要求了，她就这样，义无反顾地为自己，救姐姐。可她知不知，她在他心里，也是一样的重要啊。

莫枫被湮夏说得也是一瞬间愣在了当场，一刹那之间的震惊与愤怒让他的理智无所去从，一拳打上了夜祈逍的身躯。

夜祈逍也不躲不闪，硬是受了他的那一拳。就在他们震惊的时候，房门却突然打开，微影一袭白衣，脸色苍白地从房间里走出来，对夜祈逍勉强地一笑，虚弱地说道：“好了。”

她说完那话，便脱力地向边上倒去，夜祈逍迅速地奔到她面前，抱起她虚弱的身躯，满脸的焦急难以掩饰。他抱着微影进了一边的房间，脸色煞白，满是担忧，不断地默念道：“微影，微影，你可不能有事，你若出事了……我怕是会后悔这一辈子。”

“我来看看。”云沁随着两人之后进了屋子，看着面无血色的微影，一手撩起她的袖口，却见她纤细的手腕上有一道深深的血痕，云沁心中一动，翻起她的另一只手，却见那手上也是一道还未干涸的血线缠绕在她月白的皮肤上。夜祈逍看着她手腕上的伤痕，心无以复加地抽痛，洁白的肌肤上那样诡异的血线，触目惊心地心疼。

云沁搭上微影的手脉，可爱的脸上多了几分凝重，她眉头紧锁，对身后的众人道：

"她失血过多，我只能给她吃下这药丸，至于能不能醒来，还要看她自己的造化。"她想了想，伸出了三根手指，"三天，如果三天之内她不能醒过来，那我也束手无策。她能不能醒来，还要看她自己的求生欲望到底有多强烈。"

湮夏听到云沁的话几欲崩溃，不知何时出现的夜祈韫一脸歉意地看着她："湮夏，她，会醒来的。"

湮夏深吸了一口气，强打起精神道："对，她会醒来的。一定会的。"

夜祈逍什么也没有说，只是看着床上静静躺着的微影平静的脸，那一刻，他无比清晰地看清了自己的心，默默许下了一个诺言。

微影，若你能醒来，我便再也不会离开你。你的苦，你的罪孽，都由我来替你承担，我愿守着你，世世轮回，直至时间化为灰烬，直至我的灵魂毁灭。若你醒不来，我便也愿长醉不醒，只愿存着我的执念，这一世，舍你无她。

[一天后]

湮夏担忧地看着床上依旧沉睡的恬静脸庞，一天过去了，她却依旧沉睡着，丝毫没有要苏醒的迹象。湮夏看着自微影昏睡过去之后，便一步不离地守在微影床前的夜祈逍，心中泛起了一丝悔意，自己那日对他，好像是过分了些，夜祈逍，恐怕比谁都苦吧。

湮夏朝他投去了一个抱歉的眼神，夜祈逍平静地摇了摇头，她只能哀叹一声，问云沁道，"沁儿，你说她，到底什么时候才能醒呢？"

云沁默默摇了摇头："难说。湮夏姐，我觉得她，是自己不想醒了。她好像，自己不愿意再活过来了。"

"不愿，再活了吗？"湮夏喃喃地重复道，看着夜祈逍难看的脸色，终究是哀叹一声将云沁拉出了房间，为他们两人关上了房门。夜祈逍也许才能唤醒微影吧，湮夏心想着退出了房间，现在这种时候，她倒也不怨夜祈逍了，只因他身上散发出来的，那种浓浓的悲哀的感觉，是只有深种的情根才能有的。

夜祈逍看着微影宁静的脸，修长的手指轻轻抚上了微影光洁的脸庞，拂过她浓密的睫毛，直到她冰凉的唇。夜祈逍看着一动不动的微影，轻轻在她耳边说道："微影，求你醒过来吧。没有你的前路漫漫，你让我带着这满腔的后悔与怨念，我该怎么走下去？你当初对我说，此情无果，此心无涯恨无垠。可我对你，却是此心无涯，此情无悔，此生无他。微影，微影……"

夜祈逍一遍遍低唤着她的名字，在那无人瞧见的细微处，微影的睫毛，好似轻微地颤动了那么一下。

［第三天］

“沁儿，她这……”湮夏望着床上昏睡着的微影，担忧地问道，“已经三天了，她怎么还不醒？”

“小姐……”流黛看着微影安然的睡颜，心中默默念叨：小姐，你可一定要醒来啊，五皇子已经在你的床前寸步不离地守了三天了，莫将军亦是等了你三个日夜，你可一定要快快醒来啊。

“成不成，就看今日了，走吧，我去熬点药，流黛你去熬锅热汤，我有预感，她会醒的。”云沁拍了拍流黛，又回手拉着湮夏出了房间，回眸的那一瞬间，她那清澈无邪的大眼睛对夜祈逍眨了眨，像是在说：“我把影姐姐交给你啦，但愿你能唤醒她吧。”

待她们出去后，夜祈逍看着微影，长叹了一口气，在她耳边喃喃道：“微影，只要你醒，无论要我付出怎么样的代价，我都心甘情愿。”他的手指轻轻掠过微影的脸庞，却见那紧闭的双眸间，一颗冰凉的泪珠沁出，滴在了他手间，湿润的触感清晰地显示着，这，不是梦。

微影沉寂在一片黑暗的虚无境界里，没有光，亦没有时间。谁的声声呼唤要将她从这万物皆空的梦境中唤醒；谁在阻拦她饮下这一瓢忘川水，忘记那前尘往事，重投六道，再生为人；谁的低语呢喃引领她穿过这死水一般的境地；谁的手，抚上她的眸，要让她看清这残酷却也真实的世间百态，重蹈这人间的悲欢离合。

谁，日夜唤她醒来。冰凉的泪珠从她眼中滑落，一声哀叹好似穿过了几千几万个世界，微影睁开眼，视线渐渐聚焦，夜祈逍那写满了焦急的脸如释重负一般，满满的喜悦覆上他的脸庞又快速退去。他将手拢在袖袍里缩回，脸上只余下无言的苦涩与满面的憔悴。两个人沉默着无言以对，许久，夜祈逍勉强地笑笑，后退着出门：“我去通知湮夏。”

一群人环绕着围着微影，云沁乐呵呵地端来了一碗苦涩的药汤，硬是给微影灌了下去。

“我没事啊。你们能不能别用这种看死人的眼神看我啊。”

“死丫头还没良心，我看你就是差不多变成死人了。”湮夏气鼓鼓地瞪着微影，不满地说道。

微影撇了撇嘴，再没说什么，云沁看着她无奈的表情，出来打圆场说：“好了好了，这下就真没事了，你们也去好好休息吧。”

“切，才不管她啦。困死我了，睡觉去了。”湮夏瞪了微影一眼，反手拖着夜祈韫和流黛就往外走。

“哎，哎，夏小姐，这汤。”流黛急急地端着汤水进来，差点被湮夏拉着直接打翻了碗。

“放那吧。她自己会喝。走了流黛，这里不用你操心了。”湮夏眼里闪过一丝狡黠，把流黛手里的碗往桌上一放，意味深长地看了房间里一眼，就拉着他们出去了。

微服赶来的云立雅轻声一笑，一本正经地问微影道：“你还记得你刚到亓云那会儿我跟你说过什么吗？”

“说过，什么啊？”微影疑惑不解地看着云立雅。

“我说，你若是有想要的，就说，就拿。对吗？”

“对啊。”微影默默点点头，云立雅对她的好，她不曾忘记。

“那我今天还是这句话，你若是有想要的，就去追寻，去争取吧。好了，你好好休息，我先出去了。”

云立雅起身往外走，看着想要说什么的莫枫，轻叹了一口气，拍拍莫枫的肩膀道：“你出来，我有话对你说。”

51 回首已红尘万丈（*2*）

莫枫心不甘情不愿地跟着云立雅出了房门，刚才一直站在墙边远远看着微影的夜祈逍轻声问道，声音里带着那么一丝喑哑：“为什么？”

“没有为什么，就算我事先告诉你我要怎么救你姐姐，你会怎么选择？我本就欠你一条命，就算还给你又如何？”微影别扭地扭开了脸，不去看夜祈逍明亮的目光。

夜祈逍缓缓走向微影的床边，端起流黛放在那里的碗，舀起一勺送到微影的嘴边：“你知道我想要的，不是你的命。我是难抉择，那难道你以为你用自己的命换了我姐姐的命，我就会开心吗？”

“可你姐姐死了，你绝不会开心。”

微影看了他一眼，温顺如小猫一般凑过去让夜祈逍手里的勺子送进自己的嘴。夜祈逍的眸光复杂，像是在苦苦挣扎，却只是一勺勺地喂着微影。

许久，他的动作一滞，直直地注视着微影的眼睛，开口问道：“微影，我只问你这一个问题，你可曾有，那么一丝一毫地爱过我？”

微影一呆，定在了那里，夜祈逍的眸光寸寸黯淡下去，化作自嘲一笑，手里转动着勺子，舀起一勺汤，喃喃自语道：“算了。当我没说吧。”

微影没有靠近夜祈逍递过来的勺子，而是低垂着眼睑，缓缓笑了笑：

“何止一点呢。”

“嗯？”夜祈逍的动作猛地一滞，手里的碗差点打碎。

"如果不爱你，为什么要在乎你的背叛，如果不爱你，为什么要在乎你的曾经所爱。"微影苦笑了笑，是从什么时候开始，自己也有了这样的情感。是逐星原上他无怨无悔地追随自己跳下悬崖，是夜辽时的朝夕相处，还是早在亓云的三年前，人生的那场初见？

夜祈道突然笑了起来，笑容里是明媚的星光："你不明白吗？你亦是她，她亦是你。那个让我一见倾心的萱，那个让我日久生情的微影。我两次爱上你，你说这算不算是命运。如果我们两个的缘分是命中注定，我该怎么拒绝？我已经错过你一次了，这一次，无论如何我再不会放手。"

"我？萱？你？"微影只能呆呆地看着夜祈道，惊讶得说不出一句话来。茫茫人海，就算是遇见也谈何容易，更何况那爱情，几万分之一的概率却能连续两次发生在他们身上。是否这，才叫作命中注定。

"是啊。"夜祈道满脸都是如春日一般灿烂的笑容，他笑着将微影拥入怀中，两个人紧紧相拥。

他再没有矛盾与挣扎，她再没有隔阂与猜忌。情到深处已难自已，任凭那时间白驹过隙，这份情，至死不渝。

门外的莫枫静静地看着屋内两人和谐的画面，心中不免疼痛，身后的云立雅拍了拍他的肩膀，带着他走出了那尴尬的境地。

"莫枫，放手吧。"云立雅静静地看着莫枫心有不甘的脸，静静地说道，"他们共患难太多了，已经没有什么东西能阻拦他们了。莫枫，你知道的，微影把你当哥哥的，放手吧。"

莫枫沉默着点了点头："我知道的，但我放不了的，放心，我不会打扰他们的，但我说过的话也不会改变的。我愿意只在她身后，默默地守着她就好。"

"你自己再好好想想吧，也许未来有一天你也会碰到一个真心爱你的人的。"云立雅无奈地看着莫枫，造化弄人，她何曾不想自己的部下都能幸福，但命就是命，莫枫落入这魔障，恐怕再难抗拒了。

"我明白的。"莫枫淡淡地回答道，转身向回走去。

夜祈道端着碗从微影的房里出来，便被莫枫拦住，跟着他走到了无人的庭院之间。

"我知道你要说什么，你要怪我，要恨我，我都无法辩解。"夜祈道抢先一步说道。

"是啊。我怪你，恨你。你欠微影那么多，可我却动不了你，只因为她爱的是你。夜祈道，好好待她吧。"

"你什么意思？"夜祈道看着莫枫变化万千的神色。

“我的意思是，我以一个兄长的身份，把她交给你，你要好好待她，若你将来再有一天负了她，我绝对不会放过你的。我现在决定放手，你带她走吧，别让我后悔了就不会再放开她的手了。”

“我，夜祈逍，负天负地，决不再负她。”夜祈逍郑重地看着莫枫，缓缓说出了他的誓言。

夜祈逍从莫枫那回来，便径直走入了夜卿玥的房间。斜靠在床上的夜卿玥见他进来，开口道：“她醒了？”

“嗯。”夜祈逍松了一口气，疲倦地靠在墙上。

“这一次，该怎么谢她呢？”夜卿玥看着他，又想到昏迷了三天的微影，心疼地说道。

夜祈逍对她邪邪地一笑：“姐姐不用思考了，我已经决定了。不用怎么谢她了，因为我会用我的余生来补偿她的。”

“你决定了？不再怕那个预言了？”

“是啊，我决定了。我欠她的，就用我的余生来还。至于那个预言……”夜祈逍苦涩地一笑，“以前就因为担心那个预言，结果我们两个都痛苦地过了一年。可你知道吗？她就是萱啊，萱就是她啊。我现在真的开始相信缘分了，如果真的有缘的话，也许那个预言也是可以打破的呢。”

夜卿玥对他笑笑：“好啊，那你想怎么样，就去做吧。早知如此，我当年想给你们牵条红线的时候，为什么那么义正词严地拒绝呢？”

“如果不是当初那样拒绝了，我们又怎么会有后来的故事呢。”

夜祈逍再走进微影房里的时候天色已暗，沉沉的暮色洒进房里，晕开了一片瑰丽的色彩。

“我好像还有第三个要求可以提吧。”夜祈逍看着微影靠在床上的白色身影，嘴角不禁弥漫起了笑意。

“嗯。你要干什么？”微影警惕地看了一眼夜祈逍带着些许坏笑的脸。

“跟我去夜辽。我来照顾你吧。我不想给你太多承诺，承诺多了，就没有意义了。我欠你的，就用我的余生来还。”

夜祈逍紧张地盯着微影的神色，却见她脸上一派平淡如水的神色寸寸瓦解，复对夜祈逍粲然一笑道：“好啊。”

“真的？”

“嗯。我跟你去夜辽啊。”

门外的湮夏躲在柱子后面，听到两个人的对话，抑制不住地大笑，一边的夜祈韫宠溺地看了她一眼，一手捂住她的嘴，一边问道："你笑什么？"

湮夏收了笑意，从他手下挣脱出来："笑啊，天下有情人，终成眷属。"

"天下有情人，终成眷属。"夜祈韫轻轻重复道，挑起好看的眉角问道，"那你呢？"

"我啊。当然是回夜辽啦。听好了，我可是'回'夜辽啊。"湮夏豪爽地一笑，什么内敛、礼仪她可全不在意，在意的，只有自己的心而已。

"要是微影听到了还不说你胳膊向外拐？"

"向外拐？我哪有，到时候啊，连她自己可都是别人的人了，我这个哪里算是胳膊肘向外拐啊，我只不过，提前熟悉下我的未来生活而已啊。"

夜祈韫眼含笑意地看着她难得轻松的脸："这可是你自己说的啊，说去的话，泼出去的水，以后可别想反悔。"

"那是自然，决不反悔。"

［七天后］

云立雅看着他们临行的队伍，会心地一笑，走过去对夜祈逍不知轻声说了些什么，只见夜祈逍的脸上突然绽开璀璨的笑意，对云立雅行了一礼道："这样的话，就谢谢太后娘娘了。"

微影满面狐疑地走过去："什么事啊？"

云立雅对她轻声笑了笑："没有什么大事，你以后会知道的。好了，时候不早了，你们快上路吧。"

"嗯，那我便走了。"

"去吧。"云立雅朝他们挥了挥手，看着他们各自上了马车，向着官道那望不到尽头的路缓缓走去。

云立雅看着他们渐渐消失的背影，喃喃自语道："但愿你们，长相随，永不离。"

长相随

52　夜半月隐鬼影现

湮夏飞快地跳下马车，意气风发地对微影说道："现在呢，你回来了，我们第一个要做的事呢，就是要报仇。"

"报仇？报谁的仇？"

"夜、祈、桓。"湮夏邪邪地一笑，一字一字地吐出了她的答案。

"你想怎么做？"

"他不是一直以为我死了吗？那么我便让他看看，我这个死人，是怎么复活的。我这个死人，要怎样爬上那深不见底的寒潭，爬到他的潭边，给他看看这恶灵的执念。"湮夏妖娆一笑，伏在微影的耳边不知对她说了些什么，只见微影灿烂地笑了起来，朝湮夏点点头，眼光里闪烁着星星点点狡黠的笑意。

"你们商量什么呢？"夜祈逍利落地翻身下马，冲一边窃窃私语的两人说道。

"等一会儿你就知道了，我们要给大皇子殿下送一个'大礼'，午夜凶铃再现江湖，看不吓死他为止。"

"不行。你们又想去大皇子府？算了吧，上次的教训还不够吗？要报仇的话以后有的是机会，我帮你们俩出气，你们现在这样去，当心又受伤了。"

"不对不对，今非昔比啊。太子一党没落，树倒猢狲散啊，如今他府上的高手去之八九，再加上你这一年里渗透进大皇子府的人马，给我们胡闹一回又如何。再说了，我敢保证，到时候只有他被吓得魂飞魄散的份儿，恶鬼缠身，怨灵复仇，不关人事啊。"

"我们这样胡闹，不会有关系吗？"微影略有些迟疑，怕妨碍到了夜祈逍的大计划，怔怔地对他问道。

"自然不是怕你们胡闹，给你们玩这么一次的资本，我们还是有的。"

"这一年里，你的势力扩张得倒挺快的啊。"微影秀眉一挑，对夜祈逍道。

"那是当然了，难道在你眼里我就是吃素的吗？"夜祈逍看着微影，眼里满是关切，"不管怎么样，万事小心。不行就跑，以后还有的是时间，犯不着硬拼。"他飞快地扩张自己的势力，为的，不就是有朝一日能保护她吗，不用她那么辛苦去拼。

"放心，他的命，还不值得我流一滴血，微影呢，我是会好好把她护送回来，完好无损地送还给你的。"湮夏豁达地摆摆手，毫不避讳地对夜祈逍说道。

微影一把掐过湮夏的手臂，回头对夜祈道妖娆一笑："放心放心，你六弟妹我会好好带回来的，我看她也大了，心也飞了，你这个做兄长的也该怎么好好准备一下，给他们办场婚礼了。我这个做妹妹的，也不能看着姐姐等到黄花菜凉了也还当个黄花大闺女吧。"

夜祈道被她这脱口而出的损人话语说得还说不出一句话，她好像又恢复了元气呢！还有刚刚的那一笑，她无意间流出的笑意，深深住进了他的心中，在无数黑暗不见天日的日子里成为他心里唯一的光明，在他也迷茫了自己身份的日子里不断提醒他，还要知道自己是谁，还有她，在等他。

湮夏眯起了她细长的眼眸，一把推开微影："放心，姐姐一向很让着妹妹的，结婚这种好事，自然是先让给妹妹的。不过你要是真的想让着我的话，姐姐当然也不会介意的。"

"去死吧你。"微影白了她一眼，头也不回地走进了屋子里，湮夏在后面促狭地笑笑，果然还是她冷酷蜇人的样子更让人习惯。

等夜祈道再来到微影他们这时，映入眼帘的就是一幅让他惊讶的画面。只见湮夏一袭白衣，微影正把她的一头纤长的黑发全部放了下来，拿着一把梳子将她的头发梳到了前面，遮去了她的脸。湮夏的脸被粉涂得雪白，黑黑的墨笔将她的双眼涂得深邃硕大可怕，鲜红的胭脂涂在她的嘴上，说不出的诡异。身上的白衣松松垮垮地直到她的脚下，整个人远远看去就好似阴间的恶鬼。

微影自己穿着一袭黑衣，若走在夜里绝对会和黑夜混为一体再看不见她的身影。一头秀发高高竖起，英俊帅气，她的脸上戴着那张经典的银色面具，诡异复杂的花纹配上她的衣饰，行走暗夜，宛如地狱的罗刹。

微影后退了一步，端详着湮夏："好像还缺点什么，黑发，白脸，红唇……啊，还缺点血泪，这相传可是最深的怨念才能化作的呢。"她说着便要拿起匕首向自己的手指上划去，夜祈道忙走上前去，一把拦住了她的匕首，将她的手指握在自己手里。

他瞪了她一眼，手心的温暖包围着微影冰凉的手指："用得着用自己的血吗？你一年前答应我的事这样就忘了？"

"我，答应你什么了？"微影还没回过神来，自己一向这样的随意，这点小伤对她来说是家常便饭，从自己手里取点血自然在她看来也是不值一提了。

夜祈道也不说话，只是定定地看着微影，眼神传递过去，好像在说，你真的忘了吗？

"啊，我知道了。"微影苦苦思索着一年前的事，这一年对她来说实在太过漫长，自己曾经那么一片苦心地为了遗忘夜祈道而努力着，如今一切回到从前，两人都默契地不再提这一年里发生的事，只因为这一年，对他们来说，都是煎熬。一个想恨，却念念不忘；一个想爱，却甘愿远离。

“你答应过我什么，说出来。”

“我答应你，会好好照顾自己。”微影近乎微不可闻地叹了一口气，微闭上眼说道。一年前，五皇子府，自己身陷寒毒之后，他隐隐的怒气，与自己的承诺。

“原来你还不曾忘。”夜祈逍说道，在听到她这样清晰地说出来之后，他竟有些欣喜，原来她，还不曾忘却这曾经。

“咳咳。”湮夏在一边不自然地咳嗽了两声，一脸调笑地看着两人。

夜祈逍不自然地笑了笑，一手递过去一个小瓶：“知道你们两个要扮鬼，从厨房里拿的，别用自己的血了。”

微影伸手接过来，只见是一小瓶不知是鸡血还是猪血的红色液体，她再看了看夜祈逍淡漠的脸，扬起嘴角笑了笑，打开瓶子倒出点鲜血涂在湮夏的眼睛下方，鲜红的血印就像泣血了一般。待湮夏满意地去找镜子的时候，她轻轻凑近夜祈逍身边，用低低的声音说道：“谢谢。突然觉得你为我做的，好像太多了呢。”

“傻瓜，谁要你谢我了。”夜祈逍抬手为她理了理脸颊边飞扬的发丝，房里的湮夏看着两个人对立的身影，轻轻地一笑，这两个人的感情，已经不用什么话语去衡量了，生死与共，患难同往，经历的磨难重重，兜兜转转还是站在了一起，这样子的相随相牵，怕就是这命运里注定的契合。

天空中的薄雾缓缓滑过那一弯新月，月轮上有浅浅的殷红之色，俯瞰众生，说不出的毛骨悚然。相传新月染血，象征不吉，月牙两端殷红，怨灵出土，鬼影显现。

一袭黑衣的微影和贞子打扮的湮夏在夜色的掩护下顺利地潜入了夜祈桓的府里。夜祈逍的人马顺利地让两人悄无声息地潜入了夜祈桓的房间。

湮夏和微影对视一眼，湮夏妖娆地一笑，下一秒笑意全无，脸上是僵硬的表情，染血的双眼瞪大，她幽幽地走到夜祈桓的床边，微影挥手开了窗子，寒风灌入了房间，一波一波地刮上了夜祈桓的床上，他呢喃一声睁开了眼睛，映入眼帘的自然是湮夏那被放大了的美貌非凡的脸。

“你，你……”喉咙像是被扼住了一般，夜祈桓只能怔怔地看着湮夏黑色长发下露出的惨白面容和诡异的红唇以及脸上道道血泪滑过的痕迹。强烈的恐惧让他的大脑一瞬间窒息，脑海里的黑色汹涌而上，那些死在他手里的冤魂的脸袭击着他的理智。

“还记得她是谁吗？”微影刻意地隐藏了声线，从一边的黑暗里走出，脸上的银色面具反射着月光。

“你是谁？她，她……暗夜殊瞳。”

“大皇子的记性还真不错呢。那不知道您有没有听说过一句话叫作杀人偿命呢？亏心事做多了，半夜可是会有鬼敲门的呢？地狱里十八重烈火焚身，那样的痛苦，搞不好可是会让人成为恶鬼的呢。”微影冷冷地注视着夜祈桓，看着他脸上千变万化的表情。

“她，她是鬼……那你呢，你是个什么东西？”

“我吗？我是人吗？还是我是鬼呢？”微影困惑地摇摇头，“您不是一直在找我吗？小女子暗夜媲媚，暗夜双姝之一。或者你也可以叫我，地狱的使者。暗夜媲媚这个名字，就是为了复仇。除了利益，人与人之间到底还剩下什么？背叛与利用，抛弃与欺骗。世人欠我的，就该还。”微影说到最后一句，眼里精光一盛，语气里的锋芒再也无法掩饰。

放不下心跟来的夜祈逍站在窗口，听见微影的话，心中一痛。世人欠她的，到底有多少，她的曾经，就这样痛？

“杀我的时候，你就该有这个觉悟，等待来自地狱的复仇。”湮夏甩开面前的头发，血红的双眼直瞪着夜祈桓，语气冰冷而僵硬。

“你，你……”夜祈桓已经惊愕地说不出一句话来，理智在那一瞬间全线崩溃，“我不想啊。可我要那个位置，所有挡在我面前的人都该死。明楼，有明楼，我还会怕你吗？暗夜双姝？挡我者死。”

“废物。”微影一掌劈昏了夜祈桓，挡你者死，恐怕不过又是一个明楼手里的傀儡。

微影缓缓平复了自己刚才一瞬间爆发的怒气，一边费解自己怎么会这样子冲动：“萧千陌想要的，果然是这天下。”

“微影，你没事吧？”湮夏想起刚才微影一瞬间爆发的样子，不免有些后怕，那样飞扬的杀气，若搞不好便是入魔的。

“没事，走吧。”微影摇摇头，一边向门外走去，还没走出房间就落入了一个熟悉的怀抱，夜祈逍低低的声音在耳边响起：“没事了。没事了。”

微影被他抱在怀里，却并没有抗拒，反而是在知道他在之后有那么一丝的心安。

许久，她轻轻地说道：“放开我吧，我没事。”

“嗯，回去吧。”夜祈逍轻轻放开微影，一手拉过她，“以后别这样了。虽然你盛气凌人的样子很美，但我看了会心痛。人与人之间，除了利益，还是有真情的。”

“嗯。”微影低低地应下，心中泛起阵阵的感动，他懂得，他都懂得，自己所不愿面对的，自己所追求的，他都懂得。

惨白的月光，染血的月色，漆黑的夜晚，黑得窒息的怨念，不死不休的仇恨，万物寂灭，世间物自有他们的法则，天地规则，无法违背。

只这世间，有一样东西除外。它算不着，摸不到，看不透，想不穿，轮回于万物之外，又托身于万物之中。它是最美也最残酷的东西，它给人生的希望，也给人死的伤痛。

只一个情字，困扰诸生。

53　白雪初融携手游

自那日从大皇子府回来之后，微影便回了阔别已久的品茗轩，夜祈道每日早早地出去，夜色降临了才回来，不知在准备着什么东西。

葵撑着头看着微影，还记得她刚回来的时候自己和秋娘差点兴奋地昏了过去，无颜从她们身后款款地走出，沉默不语地看着微影。

微影打量了一下无颜，只见她一身女装的样子倒是个清秀佳人，脸色也不再像她们初见的时候那么病态地苍白，反倒多了几分坚毅的味道。无颜也注意到了她的目光，不好意思地笑笑。

“葵长大了啊。”微影伸手将小葵的头发揉得蓬蓬松松的，“还有我们亲爱的公主，也变了呢。”

“你以为谁都像你啊，跟个不老妖精一样的。更何况你一个人跑到那个偏远山区找清闲去了，我们可是要把你做的事都接过来了。天知道你以前是怎么做完那么多事的。”湮夏没好气地看了她一眼，对她一年前自顾自逃离的事情非常不满。

“好了好了，你没事别在这排挤我，今天给你放假算了，找六皇子去。”微影甩甩头发，对身后的湮夏挥挥手道。

“那，你自己说的啊，那我可走了啊。”湮夏冲微影一笑，自顾自地走了。

在此后的很多天里，微影每天对着无颜，花了很多工夫才把她和萧千陌和夜祈道之间的关系对无颜解释清楚。

“可我是要报仇的。几年前我父皇就是被明楼害死的，国破家亡，王朝颠覆，虽然现在表面上的皇帝还是我叔父，但是幕后的掌权者却是明楼。”无颜听到微影的遭遇后点点头道。

“我知道的，可传言中的意妩公主不是已经殉国而死了吗？”

“是的，意妩已经死了。随着那个破败的王朝跳下城墙的时候就已经死了，活着的只是无颜而已。也许让我活下来就是为了复仇吧，萧千陌是我的仇人，若可以我会杀了他。你？”

“他和我不再有任何关系，至于之后能怎么样，顺其自然吧。”微影摇摇头打断了她的话，“我认识一个人，也许你以后应该见见他，他叫言青朔，你还记得这个名字吗？”

“言青朔？”无颜重复道，好似突然想起了什么，“言大将军的儿子？二十年前在言家的灭门惨案的时候莫名其妙消失的言青朔？”

“是的，但是无颜我要提醒你一点。言青朔二十年前被亓云太后所救，他是舞灵的驸马，所以你，最好不要打利用他的主意。只要是舞灵想要的，我会不惜一切代价替她捍卫，你懂吗？”

“知道了。”无颜笑笑点点头，“你对她们很好啊。”

“那是因为她们对我也很好。”

几天之后，夜祈逍来到了品茗轩，秋娘对他恭敬地一笑，给他指了指上楼的路。

夜祈逍斜倚在门上：“我终于知道为什么每次和你一起出来的时候，都见不到萱了，那时候的秋娘，可没有现在那么亲切。”

“远在天边近在眼前，你看不到而已。”微影调皮地笑笑，“萱并非极少在品茗轩，而是极少露面而已。”

“走吧，跟我出去一趟吧。带你去个好地方。”夜祈逍说道。

“好啊，湮夏，这就交给你啦。”微影潇洒地甩了甩头发，在湮夏不满的叫声中离去。

“你要带我去哪啊？”微影被夜祈逍拉着上了马车，不解地问道。

“等下你就知道了。”夜祈逍一边说道，一边从一边拿出一个纸包，“这是给你的。”

微影打开那纸包，却见那包里是切得四四方方带着诱人香味的藕粉桂花糕：“这个？”

“吃吧。”

微影轻轻笑笑，两只手指夹起那晶莹诱人的糕点，一口塞进嘴里，竟然有和小时候相似的味道：“和我母亲做得好像啊。”

“像吗？我做的。”夜祈逍本以为味道不会好，这时候听见微影的评价也是欣喜万分。

“你做的？你还会做桂花糕？”微影瞪着眼睛看着他，这是怎么回事，怎么她身边的男人都会这种事情了？

“学的啊。”夜祈逍将她拉过来，“你不是喜欢吗？”

“是怀念啊。小时候我母亲总是给我做这个，那时候太小了，也许这已经成了我对亲情唯一的记忆了吧。”微影无奈地说道，好像突然明白了为什么夜祈逍做得桂花糕竟会吃出母亲的味道，因为那里面，都有爱的味道。

不多时，马车停在了一座小山下面，幽静的山脚下种植着月白花树，一路延伸到了山尖。月白色细碎的花瓣落在地上，混合着还未完全消融的白雪，纯洁无瑕。和煦的暖风卷带着些许幽然的花香，静谧地侵袭人的神经，好像能忘记那忧郁。

“这里是什么地方？”微影静静地站在山下，一瞬间恍惚觉得自己到了那人间仙境。

“美吗？”夜祈逍问道，眼睛看着山头的时候有那么一丝的眷恋。

微影顺从地点点头道："很美。"

夜祈逍自然地牵起了她的手，带着她向山上走去："那树上开的，叫做月白花，象征着纯洁与甜蜜。传说曾经有一对恋人诚心许愿的泪水浇灌了树木，本来已经枯死的树上就开出了这月白花。"

"月白花吗？满山的月白花？"微影突然好像觉得自己在什么上面读过这满山月白花的来历，她猛地深吸了一口气，"啊，这里是……"

"跟我走吧。"夜祈逍没有回答，紧握着微影的手，带她向山上走去，"其实我们能这样平静地一直走下去，也是挺好的，对吧？"

"是啊，很平静地生活下去。"

"微影，我不要那个皇位了好不好，为那个禁锢自己的东西付出那么多，有什么意思呢？我带你走吧，离开这里。"夜祈逍语气里充满了无奈。

"不好。"微影没有多加思考，坚定地摇了摇头。

"为什么？"夜祈逍的眼里闪过那么一丝奇异的光芒。

"我不是贪恋那荣华富贵。粗茶淡饭如何，颠沛流离又如何，你在，就心安。但我却不能那么自私地带走你，夜祈桓不过是个草包，若我带走了你，夜辽怎么办，难道就要为了我自己，让那么多人置身于水深火热之中吗？夜祈逍，你是个明君，也只有你是个明君。所以，我不能那么自私地和你逃离这里。"

夜祈逍深深地看了她一眼，缓缓地开口说："好吧。果然你是不同的。"

两个人沉默不语地向山上走去，和风卷落那花瓣从两人身边落下，快到山巅的时候夜祈逍却突然停下，面对微影道："未来还有那么多路要走。我们前面等了那么多，等待一次次开始，真正的我们却一次次错过，所以微影，我们现在可不可以不要再等，也不要再错过了。"

"我不会再走了。"

"未来的事谁说得清楚呢？就待在我身边吧，其实我们都应该想想，当初你随我来夜辽，到底是我束缚了你，还是你束缚了我？"

"夜祈逍你……"

微影的话还未说完就被他生生截断，夜祈逍带着一丝浅笑地看着微影："知道我这几天在干吗？"

"你在干吗？"

"我住的地方要修缮。知道为什么要修缮吗？"夜祈逍的笑意落在微影眼里，好像看见了他眸光中的那一份期待。

"你……"聪明如微影怎么会没有听清夜祈逍话里的意思呢。象征纯洁爱情的月白花，让她留在他身边的话语，五皇子府最近的修缮。

“做我的妃吧。”夜祈逍直视着微影的眼睛，眼里有不用质疑的期待。

“你疯了。”微影摇着头，“你绝对疯了。你这样，我的身份公之于众之后你和亓云的关系也会曝光，夜祈桓马上就会行动，你犯得着争这么一朝一夕？连充分的准备时间都不给自己留了吗？”

“我就是疯了又如何。我不是说过了吗，以前我们等得太多了，越等错过的就越多。现在不管他会怎么对付我，我都不会再错过一次了。”

“你……”微影怔怔地看着夜祈逍，感动与理智混合着让她不知道该如何是好。

“自古江山美人不可兼得，可若我是都要，他又能把我如何？”夜祈逍牵起微影的手，向山上的一座白色圣洁的建筑走去，“不要总是那么理性，顺从感觉一次吧。在这月白树下，在我母妃的面前。微影，我要你做我这一生唯一的妃。也许一生一世不够，但先不要错过这一生一世再说吧。”

54　月白花落伊人殒

夜祈逍牵着微影的手走进了那白色的建筑，宽阔的门堂后隐藏的是一条狭小的甬道，直通向幽深的地底。纯白无瑕的石材墙面上反射出两人的影子，空无一人的建筑里，脚步声回响着清晰可闻。顺着一条阶梯而下，一道玉石做的宽敞大门显露了出来。

微影看着那在文字资料里读过的建筑真实地出现在了她眼前，看着夜祈逍抬手就要推门的动作：“不要紧吗？皇陵，可以进去吗？”

“当然了，其实以前我也常来，不然你难道以为皇陵会连守军都没有吗？”夜祈逍轻轻地答道，话语里有淡淡的怀念。

这里，是皇陵，当年宠冠六宫的雪妃，也就是夜祈逍的生母的陵墓。幽静的山上，遍植的月白树，玉石做的陵墓，伴随着那位雪一般纯洁的女子的长眠。

夜祈逍用力推开了那大门，门打开的声音在静寂的皇家陵墓里显得格外刺耳，在人细心的照料下竟没有一丝灰尘。门打开的瞬间，来自地底的阴寒之气向外袭来，微影不禁打了个寒战。

夜祈逍也注意到了她的颤抖，迟疑了一下并没有走进去：“要不我们先回去吧，别向下走了？”

“没事，走吧，来都来了。”微影倔强地就要拉着夜祈逍向里面走。

夜祈逍担忧地看了一眼微影，用自己的大袍将她罩起，向着更深处走去。两个人穿过一间一间的墓室，大部分的墓室里只是放着些许伊雪伶生前所喜欢的东西。越往深处走去，寒冷的味道就越加深重，夜祈逍只能带着她尽可能快地穿过一件件玉石铺地的墓室："冷吗？"

"还好吧，我不喜欢冬天。"微影缩在厚厚的袍子里面，嗡嗡地说道。

穿过一间又一间的墓室，当两个人再一次走到一条长长的阶梯前时，地下透上来的阵阵冰寒刺骨的冷风让微影开始不住地颤抖。夜祈逍感到身前女子的不住颤抖，拉起她的手却发现她的身体冷得惊人。

夜祈逍一把拉过瘦弱的微影，不容分说地向外走去："不要再走了，我们现在回去。"

"不要。"微影急忙甩开他的手，"都走到这里了，为什么要回去？"

"你这样不行的，等天气暖和了我们再来，现在和我回去。"夜祈逍皱紧眉头，他还没有忘记上次微影全身冰凉地昏迷过去的场景。

"你说的，再等，怕还会再错过。"微影冲他摇摇头道，"走吧，没事的。"

夜祈逍紧握着拳头，骨节交错嘎嘎作响，他无奈地叹了一口气，将微影整个拉到怀里，厚厚的袍子将她裹在自己胸前。

微影轻轻舒展了下冰凉的手指，身后传来的阵阵温度包围着她，她克制住自己身体的颤抖，跟着夜祈逍走下了那深深的地底，最后一个墓室。

月白花堆砌在一座冰棺周围，馥郁的花香充满了整间墓室，好像连那冰冷的寒气也消散了许多。夜祈逍带着微影走到那冰棺面前，伊雪伶沉睡着的面容寂静又姣好。外界的时间飞速变迁，但在这高高山顶，深深墓室里的她，却依然保留着当年的容颜，时间，再也不能在永远沉睡的她身上划下任何痕迹。

两个人在冰棺面前跪下，夜祈逍拿起一束月白花做的香，立在紫玉香炉里，沉沉的香气顿时散发了出来。

"母妃，我想，我想要找的，终于找到了。"夜祈逍浅浅一笑，牵起微影的手。

微影沉默着跪在那里，只是眼神触及伊雪伶那冰雪一般的容颜时，带着些许的承诺。夜祈逍轻轻打开冰棺下的一个暗格，从里面拿出一对紫玉做的玉镯。紫玉打磨得光滑剔透，一看就不是凡品。

"这是我母妃留下来给我的，说是我父皇第一次给她的定情信物，在她死后就一直放在这里。她说我若有一日有了喜欢的人，这对镯子就是她送给她的。"

微影看了那镯子一眼，轻轻开口道："以妃位独设皇陵，遍植那三千月白花，寒冰之棺以保冰雪之颜。你父皇，还是很爱雪妃娘娘的吧。"

"爱，可爱了又怎样呢？到头来都给不了母妃一个妃位，他还是有那三宫六院妃嫔，就因为那后宫，让母妃早逝。"夜祈逍低沉着声音说道，将那一对紫玉镯子套在微影的手腕上，“我不想像他一样，也不想重蹈他们的悲剧。天人永隔，再多月白花，再完美的玉石陵墓，陪着她一生的也不再是心中之人了。父皇做不到的三千宠爱独予一人，就让我来帮他们完成吧。”

微影静静地看着他的脸，嘴角带上了一丝连她自己都没有察觉到的弧度。

寂静的皇陵里，两个身影对着冰棺三叩首，就像在完成那一场仪式，只是这里的仪式，没有浓烈的鲜红，身边相伴的只是雪一般的无瑕，和那象征纯洁与甜蜜的三千月白花。

回程的马车上，微影静静地靠着夜祈逍，沉默着不说一句话。夜祈逍心情大好地开起了玩笑：“戴上了我的手镯可就不能拿下来了啊。”

“送我的东西你还想拿回去不成？”微影的声音有那么一分不自然地颤抖。

夜祈逍感受到了她的异常，转过头看她却发现微影的脸上全无血色，浑身冰凉地不住颤抖着，她双拳紧握，不让自己发出一声叫声。

“你……”夜祈逍震惊地看着微影，话语里有那么一丝悔恨，“早知道不带你去了。”

“没事的。”微影尽量平静了自己的声音说道，“带我回去。”

“快点。”夜祈逍对车夫吩咐道，自己揽过微影冰冷发抖的身躯，企图用自己的体温温暖她。夜祈逍将她紧紧抱住，骨节狰狞地交错，她痛是痛在身，他痛，却是痛在心。

夜祈逍看着床上已沉沉睡去的微影，轻轻给湮夏使了一个眼色，走出了房门。

“她身上的毒到底是怎么回事？”

湮夏看了他一眼，“就知道你要问这个。其实我也不知道，五六岁的时候一个自称是她父亲的人来到我们那时候的孤儿院接走了我们俩，但他却把我们留在了那个特工训练营里。一年之后微影就被送走了，听他们说的好像是去一个什么毒品部族里当潜伏的线人。我继续待在那个训练营里，接触的是所有的武器。四年之后微影再度回来的时候，就带着那满身的伤和一身的毒。光替她消除那些身上的伤疤他们就花了半年时间，至于那毒素，早已深入骨髓，无法根治了。至于那四年里到底发生了什么，没有人知道，微影也从来不说，我也不问，和她一起被送去的孩子大多都死光了，没有人知道她那四年里到底经历了什么。”

夜祈逍的眸光里泛起危险的光芒：“那个抛弃她们母女的父亲，把自己的亲生女儿送去那种地方？”

“在那个人眼里没有什么儿女亲情，他再找回微影，看中的不过是她的利用价值而已。从那之后她的性子就变成这个样子了，从死人堆里爬出来的人，你叫她怎么还有热诚。”湮夏叹了一口气，从某种层面上来说，她和微影的性格都有缺陷，支离破碎的人生，她们心中都有蛇，吞吐着毒液，在血液里叫嚣。

“你守着她，我出去一趟。”夜祈逍丢下这一句话便往外走。

“你去哪啊？”湮夏急急地叫道。

“进宫。”夜祈逍的声音已经远去。夜祈韫从湮夏身后走出，看着哥哥离去的背影，不知道是喜是悲。

“他这时候进宫做什么？”

“去找父皇吧，请旨赐婚。”

“啊，真的？”湮夏看着早已没有人影的走廊，再回头望了一眼沉睡着的微影。不知道是应该怜惜这命运带给她的劫难，还是该欣喜他们最终还是走到了一起。

“说吧，你要求朕什么事？”夜吾承看着突然赶来的夜祈逍问道。

“儿臣，要向父皇要一样东西。”

“哦？你要什么东西？”

“赐婚诏书。”夜祈逍猛地抬头，眼里有坚定的光芒。

“赐婚诏书？怎么，你看上了哪家的姑娘？”夜吾承玩味地一笑，不明白本来对所有选妃都不屑一顾的夜祈逍怎么转了性子倒求他赐婚了。

“儿臣看上的人，父皇不是早已认识了吗？”夜祈逍低低地说道，他不愿再等了，夜祈桓要怎么利用这个时机加害他就来吧，至少为了，不再负她。

“朕所认识的？”夜吾承思索了一下，猛然想起，“你说微影那丫头？”

“对。”

“她不是已经消失一年了吗？你那时候都没去找她，怎么为了你姐姐去了一趟亓云就又这样了？”

“是她救的姐姐。但我并不是为了报恩，就算没有这事，儿臣也非她不娶。今天，儿臣已经带她去见过母妃了。”

夜吾承看着他坚毅的脸，好像恍惚在他身上看到了自己当年的影子，自己和伊雪怜的当年，便也如他们现在一样。那张雪一般干净的容颜出现在他脑海里，让他不禁温柔地一笑。只是如今的夜祈逍更为决绝，一生一人，那个当年自己没办法做到的承诺，也许真的能在他们两个人身上应允。

“那丫头好是好，朕当年看重的，也是她的那一份伶俐。只是你是皇子，无论你在不在乎，父皇在不在乎，你们的身份还是差了很多啊。”夜吾承故作无奈地摇了摇头。

“如果父皇是因为我们的身份差距而担忧的话，那大可不必了。”夜祈逍带着一丝笑意，执着地看着夜吾承，就等着他的一句应允。

“你什么意思？”夜吾承看着他踌躇满志的脸，不禁好奇。

“当初儿臣在亓云的时候，亓云太后曾经许诺，若有朝一日微影心甘情愿地嫁给我，她就用亓云长公主之位，办十里红妆送她出嫁。”夜祈逍的眼里闪烁着自信的光芒，那日离开亓云之际，云立雅附在他身边说的那句话，倒解决了今日的困境。

55 苦尽何时才甘来

“你说亓云太后要以亓云长公主的身份送微影出嫁？”夜吾承不可置信地看着他，“他们到底什么关系？”

“没有什么关系，只是信任而已，微影和他们，就像一家人一样。”夜祈逍静静地回答道。

“祈逍，你确定你要现在求这么一道旨意？如果是亓云长公主的话，一定会掀起一场轩然大波的，很有可能会破坏了你之前所做的所有一切，你就这么急切？”

“对，我一定要。不管有什么后果，我不能再负她了。我怕再晚，又会错过。”夜祈逍在说这话的时候，还不知道，他们之后的日子里，就真的那个样子，生生错过了好久好久。久到两个人的煎熬，都快要让他们忘记了自己是谁。

“是吗？”夜吾承欣慰地一笑，“好啊。待亓云的册封使者到的时候，父皇就下旨给你们赐婚。”

“谢谢父皇了。”夜祈逍拜别了他。夜吾承独自一个人留在了空荡荡的大殿里，他走到一侧，看着墙上挂着的伊雪怜的画像。画里的女子还是二八芳华，在雪地里淡淡地笑着，那笑容比雪还无瑕。

“雪怜，也许我们的儿子真的找到他的幸福了。我没对你完成的承诺，就让他来替我们完成吧。”

沉沉的香气安静地弥漫在空中，追溯的是两代人的信念。

夜祈逍再回去的时候微影已经醒了，裹着硕大的白色长袍坐在床上。

湮夏看他进来，回身走出了房间：“你回来啦，我先出去了。”

一直等到湮夏出去了之后，夜祈逍才看着微影问道：“你身上的毒是怎么回事？能告诉我吗？”

“嗯？”微影惊异地看着他，却发现夜祈逍全然不似在开玩笑，深邃的目光直直地盯着她，眼里有那淡淡的疼惜。

“毒啊。我七岁，被送去一个部落里做线人。因为是小孩子，所以不会引起他们多大的怀疑。而我那时候被送去的身份，是药奴。”微影低低地说道，把自己最深最不堪的伤痛在夜祈逍面前袒露无余，“你知道药奴是做什么的吗？是给他们试药的。我怕蛇，怕毒虫就是因为这个道理。那些东西折磨了我四年，甚至更久。他们把从毒蛇、毒虫，还有各种毒草中提取出来的毒素配成剧毒的药，注射进药奴的身体里。那些只是未成形的毒药，是没有解药的，唯一的办法就是接着注射另外的毒素，以毒攻毒来试验毒药的效果。我每天见到最多的，就是身边的人被毒药发作的痛苦折磨着屈辱地死去，每一天，每一天，都是无尽的死亡。你说命运是眷顾我呢还是折磨我呢，它偏偏让我活了下来，几百种毒药在我的身体里就这样彼此克制地共存了。”

“微影……”夜祈道看着她，叙述的语气平静地就好像在说着一个道听途说的故事。

“他们把我关在地窖，没有光明，没有温暖。直到有一天，当野狼群来袭，他们驱逐药奴进那狼群，我却从那狼嘴里脱身，毕竟，在那个魔鬼一般的特训营里，我还是学到了点什么的。部落首长的儿子收留了我，作为一个奴婢，至少不再是试药的工具。他对我很好，可后来，却因为他的信任，他就那样丧了命，而我，却是帮着把匕首插进他心脏的人。四年之后我终于离开了那里，但那罪孽，注定要我来承担，那些毒素会永远留在我身体里，无法治愈，提醒我，我曾经，害死过那么一个在黑暗中给我光明的无辜的人。”

夜祈道本想再说些什么，却生生打住，半调笑着问她：“你知道我刚才去做什么了吗？”

“啊，你干吗去了？”微影瞪大了眼睛盯着他，殊不知就将一步步走进那个早已准备好多时的陷阱里。

“去找父皇求一道旨意。”

“什么，旨意？”微影突然有点不算太妙的预感，一脸紧张地望着夜祈道，却恰巧落进他那带着淡淡笑容的眼眸里。

“赐婚。”简简单单两个字却直接让微影愣在了当场。

“半个月后你的册封典礼就会开始，亓云长公主要和亲夜辽。”

“亓云长公主？”微影忍不住彪了一句，“你什么意思？我？”

“对啊，当初离开亓云的时候，太后娘娘答应，只要你愿意嫁给我，她就封你为亓云长公主，以公主身份送你出嫁。”夜祈道淡淡地说着，眸子里倒映的满是眼前那张容貌倾城的脸。

“我有说答应吗？”微影倔强地反驳道，脸上却掩盖不住笑意。

“怎么？收了我的东西还想反悔不成？”夜祈道一把拉过她，手腕上的手镯在斜斜的阳光下反射出和煦的光芒。

“送了我的东西还想收回不成？”微影昂起头反问道，却见夜祈道若有若无地看了门口一眼，语重心长地说道：“再说了，我们成亲以后也可以办六弟的婚事了，总不能让他们两个等急了不是吗？”

门外突然传来一声脚步不稳的钝击声，湮夏心中暗道一声“算你狠。”蹑手蹑脚地走了远去。

房间里的两人相视一笑，眼睛里满是久经多年的默契。

[皇后宫殿]

“消息可靠吗？”苏容靠在贵妃榻上，画着浓妆的脸显得疲惫而苍老。

“可靠，是我的人偷偷探听来的，夜祈逍的确要娶亓云长公主。”一边的夜祈桓阴沉着脸说道。回想起那日夜里的两个鬼魅般的女人，就让他一阵恼火，他竟然被两个不知名的女人耍得团团转，正是一腔怒火无处发泄。

“亓云长公主？亓舞灵么？”苏容抬手揉了揉眉心，手腕上金玉做的手镯叮当作响。

“不是的，是另外一个人，好像是要新近册封，然后和亲我国的。”

“另外的人？”苏容的眼睛猛地睁开，纵是岁月不可能无痕，但她的脸保养得很好，风韵犹存，“夜祈逍和亓云在玩什么花样？亓云先皇早逝，一子一女，什么时候还出来另外的公主了？云立雅册封一个外姓长公主，到底要干什么？”

“母后放心，不管他们想要干什么，儿臣都有办法。挡我者，死。”夜祈桓阴冷地笑着，眼睛里折射出不可一世的狠辣光芒。

“桓儿。”苏容看着他现在的样子，有那么一瞬间的失神，这真的是她的儿子吗？为何那样冰冷毒辣得让她不敢相视，“你想要怎么做母后都不拦着你，但是，别做出大逆不道的事，他，毕竟是你父皇。”

“母后，孩儿懂得。”夜祈桓低下头，眼里掩饰不去的光芒四溅。

他从来都明白，那个皇位是他唯一想要的东西，不惜一切代价，得到便是胜，得不到便是败。这是他生在皇家唯一的道路，也是他从小到大唯一的心愿。

等着吧，夜祈逍。真正的交锋，即将开始。

56 最后的狂澜前奏

[夜辽上京品茗轩]

夜祈逍和夜祈韫带着一个身着华服的中年男子走进了品茗轩的大门，门口的秋娘见到三人会心地一点头，将他们带上了二楼一个巨大密封的包厢。房间里面站着早已等候在那里的微影和湮夏。秋娘一挥手，一边的葵和飒便端着茶水点心一同走进了包厢。

微影穿着一身白色的衣裙，紫色的缎带装点着袖口和裙摆，墨黑的秀发披散在脑后，被镶嵌着紫色宝石的蝶形簪子松松地固定着。一旁青衣的湮夏手里端着厚厚的一叠纸张，长长的头发扎成马尾，带着一份英气。

“你们把我弄出来，就是为了看看我的准儿媳吗？”微服的夜吾承到了品茗轩看着身边的两个儿子，对他们一定要让自己微服出宫一趟的举动甚是不解。

“还有别的东西要给您看啊。”夜祈逍回身关了房门。

“父皇知道这里是什么地方吗？”夜祈逍淡淡地挑眉，指着他们所在的房间问道。

“品茗轩？茶楼嘛，据说我的那些附庸风雅的臣子们，可是很喜欢这里呢。”

“是的。这是这里的老板，秋娘。”夜祈逍一边拉过秋娘，“但是这间品茗轩的真正幕后人，是她。”

夜吾承顺着他的目光看去，落在微影的脸上，秋娘行了一个标准的礼，回答道:“我只是这里名义上的老板而已，这间茶楼最初的创办者，也就是我的主子，是两位姑娘。圣上所看到的茶楼，也并非茶楼而已，这里是夜辽所有的情报命脉的心脏。”

“这里掌握着夜辽境内所有的情报，相信父皇应该明白，这意味着什么。”夜祈逍看着他变幻莫测的脸，补充道。

“你想要告诉我，这丫头撒了一个大网，密密麻麻地覆盖了这个国家？”

“不只是夜辽，是我们撒了一个大网，遍布四国，所有的情报，了如指掌。而这里，品茗轩，就是夜辽境内的情报总站。”微影接过湮夏手里厚厚的一叠纸张，摊在中间的桌子上，“这是我们所有人的名单，他们遍布各种行业，酒楼、驿站、酒馆、赌场……我只是想证明一点，就算没有娘娘的陪嫁，没有亓云长公主的名号，我也不算是一无所有地高攀上皇家。”

湮夏靠在一边，对上夜祈韫清淡的目光，他们也是如此，从来都没有那些世人眼里所谓的高攀与下嫁。

“这是你的嫁妆？”夜吾承随手翻了翻那一叠纸，里面密密麻麻的人物资料的确让他瞠目结舌。如此密集的情报网络，一旦国战开始，他们手里就握着一个国家的命脉。

“算是吧。”

“嗯，不错。”夜吾承放下东西，坐在了主位上，瞟了一眼正盯着湮夏的夜祈韫，悠悠道，“办完了你们的事，也该考虑一下祈韫的婚事了。”

湮夏两眼一翻，心想真是有其父必有其子……

“其实今日让父皇来这里，还有一个原因，这里是我第一次遇见她的地方。”

“哦，你们不是在亓云认识的？”夜吾承颇有兴致地问道。

“是在这里，上京品茗轩，只是那时候，我们都不知道彼此而已。我只以为，认识的，是一个名为萱的神秘女子而已。”

“你最初看上的那姑娘，就是她吧？”夜吾承夹起一块新巧的糕点，饶有趣味地问道。

“是啊。”夜祈逍会心地一笑。

“你们有缘。”夜吾承自言自语地说道，眼里闪烁着一抹难见的柔情，许久才说道：“丫头，你们这儿的糕点很好吃呢。”

“是我以前吃过的，在这里找了好多大厨才做出来的。”微影轻轻笑道。

“不错，祈逍有口福了。”

夜祈逍得意地一笑，拉着微影坐下，一众身份各不相同的人围坐在一起，倒别有一番“天伦之乐”。

[半个月后夜辽上京]

亓云浩浩荡荡的彩礼部队终于到达夜辽的时候，微影却见到了两个意想不到的人。迎接的典礼从城门一直延续到皇宫，而走在最前面的，却是一身华服的亓舞灵和一边穿着最高使者服的言青朔。

待一系列复杂的迎接仪式结束后，微影走进了亓云的驿馆，对着巧笑嫣然的亓舞灵问道：“怎么会是你们两个？”

“怎么不能是我们两个？”亓舞灵一下子跳下椅子便向微影奔来，“微影姐姐的喜酒，当然要来喝了。”

“你一个公主，跑来当礼官？”

“那又怎么样，反正是你出嫁，要是别人，请我我还不稀罕呢。再说了，能出来玩，那么好的事我干吗不做？”

“贪玩……”微影无奈地摇摇头，“你把这个长公主的名号让给我，不后悔吗？”

“干吗要后悔啊，你只不过是拿了我的这个名头去，又不是抢了我的驸马，我有什么好怪你的？”亓舞灵噘着嘴说道，一手拉过言青朔，亲密地贴在一起。

“哎。看来我们还有的忙了，这不，又有一场婚礼了。”微影调笑着看着两人。亓舞灵小脸一红，羞怯地摇摇头说道：“好了好了，明天就是册封典礼了，你是住我们这呢还是回去呢？”

“我回去，还有事。”微影也不再和她开玩笑，一路回了品茗轩便轻声进了无颜的房间，一身黑袍的她正沉默着站在窗边。

“今天迎宾礼的时候你去了吧？”

无颜沉默着点了点头算是给她的回应。

“你看到青朔了？”微影关上了房门。

“言将军的儿子，果然不凡。”无颜转过身来，解下了黑色的大袍，眼睛里有那么一丝复杂的神色。

“那你打算怎么样？告诉他你的身份？”

“不知道。当初言家一家灭门，是因为父皇下的旨。不管是不是因为奸臣迫害，我跟他都有杀父之仇。现在我又有什么资格再让他替我打回我的国家呢？”无颜轻声说着，带着几分不解，几分说服着自己的味道。

“不管你打算怎么样，不准对他们两个下手。我说过的，只要是舞灵想要的东西，我不惜一切代价都会替她去争取，所以你最好不要打他们的主意。”微影在她边上坐下，冷声说道。

“干吗对她那么好呢？”

“别人对我好我就对她好。很简单，没道理。”

无颜看了眼说话说得理直气壮的微影，只是低下头，不再言语。

“明天册封宴，你要不要和我一起去？”

“什么？”无颜瞪大了眼睛，诧异地看着她，“你带我去？”

“去不去啊？扮作我的侍女，跟我一起进宫。”

“去。”无颜的眼睛里顿时折射出闪耀的光芒，一脸期待地回答道。

[册封宴]

金碧辉煌的大殿里坐满了权贵世家的子弟及宫中朝堂上的妃嫔、大臣，右首边的一串席位尚且空着，皇帝走到高位，两边的人顿时肃静，夜吾承扫了一眼下面的人，挥手示意他们平身，自己走到了主位坐下：“众位爱卿免礼，今日举行家宴，朕是有要事要宣布。就是关于亓云和我国的联姻。”

大殿里静得清晰可闻台下众人那冷冷的抽气声，手执黄金圣旨的言青朔和亓舞灵走进了大殿。亓舞灵身穿着金红色的长袍，在夜吾承面前缓缓行礼道：“吾皇在上，舞灵代表亓云，向皇上致礼。”

言青朔在一边翻开圣旨，高声宣读道：“有女微影，立功赫赫，现御赐国姓亓，尊封为亓云长公主，为吾皇之姊，和亲夜辽五皇子。”

“这个是和亲文书。”言青朔掏出另外一本红色的奏章，呈给了夜吾承。

一袭正装的微影从殿外走进，臣子们的脸色各异，私下切切地交谈着，内容无非是夜吾承的举动无形地在宣告，皇位的继承人将是五皇子，亓云一国相助。几日之后当这个消息传到阴古与燕凉，便又是一场轩然大波。

微影盯了一眼身后侍女打扮的无颜，拉回了她盯着言青朔的目光：“现在不准看，等下有机会。”

无颜闷声答应道，微影一抬头便对上了夜祈逍注视着她的目光，同样一身华服的他一身贵气，眼睛里带着几分慵懒的笑意落在微影的脸上。她不禁脸一红地避开了夜祈逍的目光，走到对面空着的一排坐席上坐下。

在庄严富丽的音乐中，宴会宣告开始，看似祥和的场景下却有暗流涌动。与那华丽的场景格格不入，没有人看见夜祈桓阴沉的脸色和桌子下紧握的双拳。

此时此刻，收到密报的萧千陌手里握着那张已经不知读过多少遍的密信，自言自语道："你还是要嫁给他了吗？我还是要走到那一步了吗？我不想……"

是从什么时候开始，他们就这样注定深深隔离，从什么时候开始，他们便再无可能，从什么时候开始，他们竟要走向这样的结局。不想，但必须做，冥冥之中上天注定，他们反抗不了，人逃脱不了命运。

是相见的那第一眼，心思各异的他们，注定在此天地之间各择一边，注定为他们完全不同的信仰付出一生。

注定了这一生，都无法相守。

57 血危星隐花烛夜

满眼望去尽是鲜艳的红色，喜庆热闹的礼乐声在远处都能清晰可闻，身着正装华服的人熙熙攘攘地进出于装饰得富丽堂皇的殿宇之间，脸上都带着辨不清真假的喜色。言青朔和亓舞灵坐在一袭刺眼的红色之间，穿着锦衣华服，满脸喜色地应答着各种各样的权贵们的问候。

喧闹的喜悦背景下，大殿里挂满的红绸和张贴的喜字泛出的红光照在每个人脸上。

亓舞灵得意地笑着，不由得感慨道："果然热闹。"

"你笑得不累啊，两国联姻，能不热闹吗？再说了，又不是你办喜事，那么激动干什么？"

"我当然要激动了，影姐姐的喜事，就是大家的喜事嘛。不过，还真的挺好玩的呢。"

"好玩？"言青朔眯起了那盛满了笑意的桃花眼，"那你要不要自己亲自试试啊？"

"你……"亓舞灵红着脸扭过了头去，不再理会一边笑得开心的某人。

"吉时到——"礼官的声音打破了喧闹的画面，身着龙袍凤袍的皇帝皇后走到了正位，亓舞灵也走上了一边侧首的位置。

在心怀各异的一堆人的注视下，礼官悠长的声音听来别有一番味道，一身红装的微影和夜祈逍缓缓走进大殿，烦琐的礼节一环一环地进行，看得亓舞灵不禁打了个哈欠：“其实现在看来，这也挺麻烦的。”

“麻烦也没办法啊，我的公主大小姐。”言青朔狡黠地一笑。

“礼成——”随着一声清脆的锣响，本来坐在两边的人都站了起来，纷纷道喜。亓舞灵轻舒了一口气，立马从座位上站了起来，一群人顿时又将她围了起来，不免客套一番。

当她终于从人群中脱身的时候却见一个刚才一直跟着微影的丫鬟静静地站在角落里，意味不明地盯着他们这。言青朔顺着她的目光看过去，看到了躲在角落里的无颜，不由得一震。

“那个人好奇怪啊，她在看什么呢？”亓舞灵眯起了眼睛嘟着嘴说道。

“不知道，别管她了。”言青朔伸手揽过她，向相反的方向走去，回头扫了一眼无颜，眼神里充满了深深的警告。

无颜触到他的目光，自嘲地一笑，转身离开了大殿。

红色布置的新房里，微影已经卸去了装束，坐在了雕花的木床上，半透明的红帐投影下疏离的光线。

夜祈逍站在门边，笑意盈盈地看着微影，在一串烦琐的仪式结束后，他走到微影身边，将一身红袍的她揽在怀里。

相守实难，历经了那千山万水，踏过那红尘万丈。分分合合，错乱了命格，当最终相守的那一刻，再回首，命运铺下的长线缠绕了他们一圈又一圈，最终指引着他们，走上了这最终的归途。

夜祈逍抱着微影，眼睛却瞟到了她锁骨上一枚黑色染紫的印记。他皱着眉头看去，只见是半边残翼的造型，黑色染紫的文身，翅膀的边缘残破不堪，正中间文着一个“危”字。甚是诡异的美丽。

“这是什么东西？”

“文身啊，以前当特工的时候的标记，银翼之队。”微影淡淡地说道。

夜祈逍试着擦了擦那文身，看着那翅膀中间的危字，若有所思：“那这个危呢？”

“名字啊，怎么了？”微影一脸诧异地看着他。

夜祈逍定定地看着她，突然间想到了什么，开始怀疑自己是否真的了解她了：“你原来的名字，是这个危？”

“是啊。”

“原来是这样，原来一开始就错了。”夜祈逍声音有些发抖地喃喃自语道，眼里闪过一丝不可置信的欣喜，“你知道血危星吗？可定天下、可乱天下的妖星血危？”

“你的意思是……”微影怔怔地看着他，一字一句地启齿。

“我和师父一开始就错了。四年多前突然出现的血危，并不是个孩童，只是出现而已，又不是指出生。你叫危影，你四年多前来到这里，血危星，从来都是你。还苦得我和师父，寻找了那么多年。”夜祈逍笑着看着她，缓缓地解释道。

“你说，我是妖星血危？”

“是血危，但不是妖星，你是我的福星。师父说我是天煞孤星，他说有一个人，叫血危，会难以控制地走进我的生命，她要么成为我最亲密的人，要么成为我最终的敌人。她天赐惊世绝才，她是命定的王者，不成仁，便成魔。”

“所以呢？”微影抬起头，对上他满是笑意的眼睛。

“所以我要谢谢你，是成为我最爱的人，而不是我这一生的敌人。”夜祈逍紧紧地抱住了她，“师父说我的亲人都会离我而去，曾经我也怕你会离去，可现在，你是血危，你是我将相伴一生的人。”

眼波流转，情谊不断。命里纠葛，缘分难料。

红罗帐暖，花烛垂泪。良宵玉时，一室旖旎。

夜风微凉，言青朔从房间里悄悄溜出，到了院中的西北角，一个黑袍加身的人影已经等在了那里。

“你想要怎么样？”言青朔停在那人面前，冷冷地问道，语气里充满了不友善。

“你觉得我想怎么样？”无颜看着他，“我只想复国。”

“意妩公主！你别白日做梦了，你的父皇杀了我全家，现在你们王朝灭亡了，你倒还要求我去帮你打天下？”

“你……”无颜看着言青朔，脸色苍白地说不出话来。

“我怎么了？我说错了吗？”言青朔冷笑一声，“我们言家灭门，难道不是拜你的父皇所赐吗？你现在想怎么样，让我去帮你打我父亲兢兢业业守护了一生的国土？”

“我承认那时候是父皇的错，可现在国破家亡我又能怎样，阴古全数被明楼掌握，萧千陌和欧阳风的野心你不知道吗？就算是亓云和夜辽，迟早也要和阴古开战，你当着亓云的驸马，难道就能袖手旁观吗？”

“那也绝对不是为你……”言青朔冷冷地甩下一句话，便要转身离开。

“等下。”无颜忙叫住了他，“你受了很多苦，我就没有吗？我从城楼上跳下来，九死一生，我要躲层出不穷的追杀。十八岁之前，我过的是养尊处优的生活，十八岁之后，一夜之间我成了逃犯。从天上到地下，有苦有难的不只你一个。”

“那又怎么样？”

“我苦难了是我活该，可阴古的人民呢？受荼毒的是他们，你父亲守护的人，现在过的是什么生活，打起仗来过的又是什么生活，你就不考虑考虑吗？”

言青朔停下了步伐，却没有说任何的话。

“就算你那么恨我，那你作为亓云的驸马，能置身事外吗？你的那个公主呢，不管了？”无颜近乎崩溃地大声说道。

“别打她的主意。”

“你说什么？”

“我说，不管怎么样，别打她的主意。你想怎么样就怎么样吧，我会出战的，但是你，别打她的主意。”言青朔头也不回地说道，自顾自地离开了那里，心里思绪万千。

他，将带着父亲的血海深仇，重新踏上那片故土，只是这一次，形势已完全改变，身不由己。

无颜愣愣地看着他离去的背影，为什么每个人都和她说这句话，每个人都那样护着亓舞灵，而她，却只能这个样子地在暗无天日的黑暗里生存。同样是公主，为何人与人的境遇却相差如此之大。

[第二日皇宫]

夜祈逍牵着微影的手，从马车上下来，皇宫金碧辉煌的大门近在眼前。昨夜是洞房花烛，可又有谁知，大喜之后紧随而来的大灾已经将两人紧紧笼罩。

不相离、不相离……可造化弄人时，怎能不相离？刀光剑影之间，他们的情又将归何处，无人知晓，富丽堂皇的皇宫已张开了它的血盆大口，什么华贵，都像是香气四溢的诱饵，诱捕着猎物踏入那早已准备好的陷阱。一不留神，便是万劫不复。

两个人的背影踏进那深深的宫墙，一队不知何时来到那里的禁军将他们团团围住。为首的是一身黑袍的夜祈桓，长剑直指两人，凌厉的眼里闪过一丝杀意：“把这两个乱臣贼子给我抓起来。”夜祈桓嘲笑一般地看着他们，好像此时的两人对他来说已经是砧板上的鱼肉，“谁抓到他们，赏千金。”

重赏之下必有勇夫，一队皇城昔日的禁军，将两人团团围住，夜祈逍冷眼盯着他，“你想干什么？”

“我想干什么？哈哈……”夜祈桓仰天大笑一声，“这话应该是我问你吧，你，到底想要干什么，谋朝篡位？父皇病危，疑似中毒，现在怀疑亓云公主借和亲为由，暗害父皇。这是黄金令信，看好了，我现在以叛国通敌为名，下令抓捕你们两个。”

58　逼宫谋权乱皇城

夜祈逍瞪着他，心中像是炸开了锅，父皇病危……他虽早已料到夜祈桓定会起反心，却未料到他竟毒辣至此。

“你做的？”夜祈逍冷声问道。

“是你做的。乱臣贼子人人得而诛之，我现在是伸张正义，来人啊，把他们给我抓起来。”夜祈桓阴冷地一笑，一挥手下，那些个禁军们都亮出了武器，兵甲反射的寒光投影在两个人的脸上。

微影淡淡地笑了笑，握紧了夜祈逍的手然后猛地松开。广袖之中飞出一把飞刀，扎在了领头的一个军士脖颈上，“谁是乱臣贼子，可还说不定呢。”

“那公主你携带兵器进皇宫，又是居心何在？”

“欲加之罪何患无辞？”微影笑着摇了摇头，“反正今天你铁了心是要把我抓起来的，我现在不过给你个理由而已。其实本也不用的，你这样连亲生父亲都能下毒的人，又有什么事情是做不出来的呢？”

“随你怎么说，谅你再巧舌如簧，从明日起也就是一个阶下囚。”

“是吗？你就那么自信？”

“不然你以为我凭什么控制了皇城呢？你以为你们两个人成亲，洞房花烛逍遥自在，别人也是一样的吗？”

“是吗？”微影淡淡地一笑，“那你的算盘可打错了。”

兵甲交接之间，微影和夜祈逍对视一眼，点了点头，夜祈逍手里的烟花突然升空，微影随即翻身向宫外跑去。

“你想干什么？”夜祈桓一边拦住正欲向皇宫中进发的夜祈逍。

“你以为我会不知道你狼子野心？”夜祈逍冷声说道，“你的探子也该快到了吧。”

微影袖子里不知何时已滑出了一把匕首，飞快地划开一个个挡在他面前的人的身体，一身华服飞扬在碧丽堂皇的宫墙之中。

四面红色的烟花在天幕中不断升起，夜祈桓见了不禁脸色一变。一个黑衣劲装打扮的人进入了皇宫，飞快地冲到夜祈桓面前：“有军队把我们的人都包围了，现在在宫城东门对峙。”

“想不到……你也还有准备……”夜祈桓沉吟着说道，“但你以为你这样就能赢我吗？”

“明楼，你除了靠明楼，又有什么呢？”

“你……”

“勾结外国的是你，通敌叛国的是你，大逆不道企图夺权的也是你。你们这样为他卖命，难道不是乱臣贼子吗？”

一队禁军面面相觑，不知道说什么好。长风已经带着一队士兵赶来了皇宫，他一手牵着夜祈逍的战马，飞驰而来，将缰绳甩给了夜祈逍。

“这是你们的最后一次机会，要么放下刀跟我的人走，要么就等着以叛国罪处决。”

吓人的寂寞之后，传来几声兵器叮呤落地的响声，也有的军士迫于夜祈桓开出的价码实在太为诱人而死撑着不肯放手。

又一个黑衣的探子飞奔进了皇宫：“大皇子，有军队和我们的人马交手了，萧公子和蛊门那里也开始交锋了。”

“长风，你去把六弟叫来，你就不用回来了，跟好亓云那里的人。”夜祈逍回头吩咐道。自己跳上马直冲进皇宫深处。

“带一部分人去明楼那里，剩下的跟我追。”夜祈桓回头追着他而去。

微影出了宫门，直奔品茗轩而去，路上不乏神色慌张的平民百姓，地上已是一片狼藉。她赶到那里的时候湮夏已经带着葵等在门外了：“你终于回来了。”湮夏脸上神色慌张，一把拉住微影。

“怎么样了？”

“明楼那边还好，只来了一小部分的人，可见对夜祈桓也没有多少诚心，可是我要担心的是，蛊门几乎全数出动。也不知道夜祈桓用了什么办法，她们来的人比我们预计的要多很多。飒和青朔已经带着人去了，但不免会有伤亡。”

“蛊门？全部出动？萧琴瑟……”微影沉吟着说道。

“萧琴瑟这次恐怕要下狠手了，你要小心。”湮夏担忧地提醒道。

“皇上中毒了，祈逍已经通知祈韫去皇宫了，你帮忙盯着点。”

“知道了。我先带人去蛊门那里，然后去皇宫。”

“等下……”微影好像突然想起了什么，急忙叫住了湮夏，“你说萧琴瑟自己也来了？”

“是啊，但还一直没有现身。”湮夏疑云顿生。

“不会的，按她的个性不会那么沉得住气地什么也不干的。你说青朔带人去明楼那里了？那么亓云公馆呢，舞灵那里呢？”

“你说……该死。”

微影焦急地说道：“如果是蛊门的话，我们的人根本招架不住蛊门的毒药的。萧琴瑟很可能会挟持舞灵来要挟我。”

“这样吧，你去找青朔带人赶去那里，我先去。”

“没用的。”微影摇了摇头，“她的目标是我……你去找青朔，我去吧。”

湮夏看着她，想了一会儿，咬咬牙说道：“好，你自己小心。”

上京城此时此刻已乱作一团，分别在城中的几个角落里，一场不明所以的厮杀正悄然进行。没有呐喊，没有火光，没有多么震撼的声势，却像一场没有硝烟的战争，铺天盖地地席卷了整个夜辽王朝。

昨日的红装未卸，却已披上战甲，三个国家，两方皇室，一座皇都，四国争战的历史再度开启。而将被同时记载在史册上的，这场战争的导火索，却是夜祈逍和微影的那一场旷世婚礼。

微影低垂着眼眸，不知在思索着什么，骑在马上，飞奔过了大半个上京城。昔日的繁华就如那韶华般已逝，在战争的摧残下显得格外的凄冷。

亓云驿馆的大门上，昨夜的红绸还未撤下，红色的飘带孤零零地在风中飞扬，别样的萧索之气油然而生。门口空无一人,冷清得不正常。微影脸上神色一变,停下了马，独自向里面走去。原本富丽堂皇的驿馆里连一个人都没有，甚至更恐怖的是——连一具尸体都没有。只有淡淡的迷雾的味道浮现在空气里。

微影推开了尽头那虚掩着的房门，门里站着一个黑裙棕袍的人，听到那突兀响起的“吱呀”推门声，笑意盈盈地回过头来：“你终于来了……”

微影沉默地看着她，只见萧琴瑟穿着一身黑裙，棕色的兜帽遮住了一半的脸，黑色的长发扎成细碎的辫子披在肩上，裙摆上缀着细碎的金属亮片。

房间一边的角落里，堆着那些驿馆里原来的守卫，从面色上就能看出中毒不浅，他们身下流出黑色的血液，诡异而恐怖。数不清的黑袍妇人都是一样的打扮，齐刷刷地站在房间两侧。亓舞灵被萧琴瑟绑在一边的凳子上，俏脸苍白地看着那一堆生死不明的守卫。同样年纪的妙龄少女，却一个立一个绑地待在这房间里。若不是微影认得萧琴瑟，又怎么会想到，现在这个一身黑衣，一身毒物的少女，曾经也是天真可爱的年纪，曾经也是春花烂漫的笑，也曾经无拘无束地游戏这人间。

“我怎么能不来呢？现在我站在你面前，你先放了她。”

“放了她？我怎么知道你有没有带人来，我一放了她被抓的不就是我？”萧琴瑟冷笑一声说道。

“你明知道我没有带人，你带着蛊门的那么多人声东击西地在城里乱窜，我怎么还有人手？”微影瞪了她一眼说道。

“影姐姐……”亓舞灵惨白着脸，声音里也带了几分哭腔。

“舞灵……”微影看了她一眼，轻声唤道。

“微影……你还是坐下来吧，我们有的是时间好好聊一聊。明楼和皇宫里的那一摊事，够他们好好欣赏欣赏了。”萧琴瑟挑了挑眉，随手拉开一把凳子坐了下去。

“我们还有很多账没有算呢，不是吗？”

微影深深地看了她一眼，眼里好像在说她为什么会变成这样。

“不要问我为什么会变成这样，也不要用你那种悲天悯人的眼光看我，我萧琴瑟的今天，都是拜你所赐。我也不需要你来给我那种廉价的同情，我只是想要把你欠我的，都一次性拿回来而已。”

夜祈逍骑着马飞快地奔进皇宫，手执的长剑上染满了鲜血。皇上宫殿前已经被夜祈桓的人团团守住。

长剑挥扬，热血飞溅，红墙碧瓦皆染血；刀无眼，剑无情，华袍飞起，纷乱了天下局。四国分治的局面至此结束。新大陆的格局开端。

夜祈韫接到消息之后急急地赶来：“父皇怎么样？”

“宫里的御医都被灭口了，夜祈桓和他剩下的人都堵在寝宫前。”

“我去看看。”

夜祈逍点了点头跟在了他身后。

“你们想干吗？夜祈逍我告诉你，把你的人都撤走，我就给解药，不然大家就一起死。”夜祈桓的眼睛里隐隐发出了红光。

“你以为除了你的人没人可以解毒了吗？”夜祈韫看了他一眼，轻蔑地说道。

“皇宫里所有的御医都已经死了，不出所料的话，蛊门那的动静也够你们的医师忙上一会儿。更何况，你以为这毒药一般的医师都能解吗？”

“白痴。”夜祈韫朝夜祈逍点了点头，后者迅速出手，一手拉开夜祈桓，朝身后一甩，后面的禁卫看到情况也迅速行动。夜祈桓被推到了台阶之下，两个身影迅速地闪进了皇帝的寝宫。场面顿时逆转，夜祈逍带来的人牢牢地守住了门口，不让任何人靠近一步。

“怎么样？”夜祈逍一把剑架在守在室内的几个太监脖子上，一边回头问他。

夜祈韫一只手搭上父皇的手腕，眼神却愈加凝重：“不知道是什么毒，如果有毒物原本的样品的话，应该可以解。”

“原来的样本？”夜祈逍眯起了眼睛思索道，“我知道该去问谁了。”

59 错乱迭起的阴谋

晦暗阴冷的灯光下，皇后的脸显得愈加苍老，即使是一身的华服和脸上精心妆饰的妆容也掩饰不住脸上深深的憔悴。皇后一脸强装的镇定，雍容华贵的服饰下，身躯却在若有若无地颤抖。衣裙上金线绣着的凤凰纹饰也好像一瞬间失去了那原本鲜活的神韵。

夜祈逍抱着手臂站在她的边上："你想好了吗？"

苏容把头扭到了一边不去看他，眼角处皱纹细密，眼睛里有几分惊慌。

"你！"夜祈韫在一边气得咬着牙，"你儿子弑父夺权还勾结阴古，你就这样帮着他害父皇？"

"那也是我儿子。"苏容轻轻地说道，语气也没有了平时的居高临下的味道。

"那父皇就不是你夫君了吗？"夜祈韫瞪着她道。

苏容扭过头去不去看她们，铜镜里映出她的侧脸。突然地，门口发出一阵巨响，门被人踹开又随即顶着关上，一阵寒风卷带着刮了进来，湮夏气喘吁吁地跑进大殿，门口映出的背影依旧是外面两方对峙的场景。

"你怎么来了？"

"出事了，"湮夏气都来不及喘，连珠炮地说道，"萧琴瑟挟持了舞灵，以此要挟微影，她已经去亓云驿馆了。我已经通知青朔，但不知道萧琴瑟到底想要干什么。"

"你说什么？"夜祈逍脸色剧变，一个箭步就想赶出门去，但又生生地退了回来，"不行，我现在带人出去，夜祈桓一定会进来百般阻挠你解毒。"

"青朔的人应该可以抵着一会儿，萧琴瑟应该不会有大动作。"夜祈韫跟在他身后说道。

"快点，想办法让她开口。"夜祈逍走回了苏容边上，眼里满是焦急。他有一种不好的预感，萧琴瑟的目的，绝不是那么简单而已。抑或，螳螂捕蝉黄雀在后，骨婆的目的，也绝非那么简单的报复而已。

"你到底说不说？"夜祈韫一向清秀的脸上也出现了怒气，一手执的长剑在苏容的脖颈上划上了一道不算长的血痕。

"祈韫！"夜祈逍轻轻唤道，"她毕竟是皇后。"

夜祈韫哼了一声，松手放开了苏容。湮夏走了过去，拍了拍她："你们先过去吧，这里交给我吧。"

"嗯，你快点。"

待他们出去之后，湮夏拉开了苏容对面的椅子，大剌剌地坐下，只是一句话都不说地沉默看着她。却眼见她脸上伪装的平静在瘆人的沉默里寸寸瓦解，抛开了皇后那尊贵的身份，她也只是一个家庭不幸的妇人而已。

良久，当湮夏看见她碎发之下的脸已经在轻轻颤抖的时候，才幽幽地发问："你真的不打算说了吗？"

没等她开口，湮夏又接着说道："外面那个是你儿子，可他即将以谋权篡位的罪名被惩处。弑父，大逆不道。站在外面的那个是你的儿子，而躺在那里的是你的丈夫。

你难道就那么铁石心肠，帮着自己的儿子弑父夺权？哦，我忘记了，毕竟躺在那的和你没有血亲关系，外面的那个，却是你的骨血呢。”湮夏笑着看了她一眼，“这人啊，还是要看着血亲儿子呢。”

苏容的呼吸变得急促，眼睛慌乱地转动着。

“当朝皇后，谋害皇上，儿子篡位。还是皇后娘娘你就想这样千古留名吗？还是皇后娘娘你，已经辨不得这黑白是非了吗？对了，我忘了告诉娘娘了，就算你现在怎样护着夜祈桓，这场仗，他永远也赢不了。十万军队早已在城郊待命，现在的话，也应该进城了。你以为他的那点人马加上明楼和蛊门的把戏，能抵过十万大军？皇上早已知道他必起反心，密密麻麻的法网早已布下，他逃不出。你现在不说，无非是给他的叛国篡位的罪名之上再加上一条弑父。”

苏容猛地转过头来，眼睛里带上了深深的迷茫：“你想要怎么样？”

“很简单。把毒药的残余拿出来，不要跟我说你没有，不管夜祈桓告诉你那是迷药也好还是什么药也好，把东西拿出来。也许还能保他不死。我想要的很简单，我的朋友因为夜祈桓的愚蠢现在身陷险境，我只想救她。大家都一样，你如果想救你丈夫，救你儿子的话，就把东西拿出来。不然就是大家一起死。”

湮夏气愤地看着她，心中仍担忧着微影。

“桓儿只说是迷药的，我真的不知道。”苏容保持了许久的心理防线在那一瞬间全线崩溃，积蓄了许久的恐慌和委屈在那一瞬间汇聚上了心头。泪眼婆娑之间已丧失了全部的威严，就如被抛弃的平常妇人一般，再无“皇后”这个名号该有的华贵。

“东西呢？”湮夏急忙伸手问道。

“求你，保桓儿一命吧，他只是太过激了，求求你，他本性不坏啊。”苏容失了主见，抱着湮夏的手臂哭诉道。

“你快点把东西拿出来。”湮夏急着脱身，飞快地说道。

“好，好。只要你答应不要杀桓儿，放过他。”苏容慌慌张张地在梳妆匣内翻找着，瓶瓶罐罐被打翻在桌上。苏容从一堆瓶子中，找出了一个黑玉做的瓶子，双手颤抖着打开，递给湮夏，“就这个，桓儿只说是迷药的，我也不知道会是毒药。求求你，救救他吧。”

苏容一边说着，一边抱着湮夏的手臂苦苦哀求，却被她一把甩开。无助地坐在地上，苏容不明白，她明明是母仪天下的夜辽皇后，竟落到这般众叛亲离的地步了吗？她没承想，自己到最后，还是狠不下心来杀死那个跟自己斗了半生的人。

什么时候，竟已沉沦了吗？原来这冰冷的宫墙之中，她除了钩心斗角保得苏家半壁江山的时候，竟已眷恋上了那个对自己冷眼相待、斗了半生的人了。

当他了无生气地躺在榻上时，竟也会不舍。

“东西拿到了。”湮夏拿着黑玉的瓶子，急忙跑向外间。夜祈韫闻言忙迎了上来，从她手里接过那个瓶子，冲湮夏一点头，千恩万谢尽在不言中。

“怎么样，能解吗？”强压下心中焦急的夜祈逍问道。

夜祈韫打开瓶子，凑近闻了一闻，眼里多了几分了然：“是‘隐杀’。”

“‘隐杀’？”

“‘隐杀’是多年以前蛊门出的毒药，药如其名，杀人于虚幻之间。只是蛊门覆灭的时候，就再无踪迹了。没想到现在还有，初期的症状的确如迷魂药一般，让人心神不宁，容易疲惫，但后期，却是制敌于无形之中的毒药。她应该没有骗人，夜祈桓很有可能是上了明楼的套儿。”

“能解吗？”

“应该可以。‘隐杀’只是蛊门早期不算完全的毒药，最大的好处也就是前期没有明显症状而已。师父应该留下了解毒的办法。”

夜祈韫拿着药瓶匆匆赶往了药房，静寂的室内，湮夏疑惑地开口：

“骨婆和皇上早有冤仇的话，为什么不直接给夜祈桓厉害的毒药置人死地呢？”

“因为她也在赌。”夜祈逍简洁地说道，“她决定不好到底是直接一点还是残忍一点。于是就让上天来赌。”

“赌？赌我们有没有人能解‘隐杀’的毒？”

“对。如果我们能解，那便是更残忍。明楼趁混乱帮夜祈桓上位，掌控江山，而她骨婆，却是让自己恨的人尝到众叛亲离被自己亲生儿子背叛的苦楚。如果我们不能解毒，对于她来说，无非是直接一点的报复而已。”

浑身是血的探子，飞奔到了夜祈桓身边：“殿下，五皇子的十万大军已经入城了，明楼残部都已经撤退了，我们，完了……”

探子的声音低沉缓慢，扑通一声跪在地上，世态炎凉的萧索顿时体现。夜祈桓目光放空地盯着大殿，谁来告诉他，他一向不曾重视的，那个默默无闻的六弟，是何时学会了医术，他一向自以为执掌一切，那又是谁，早已调动了十万军队？

他身后的军人眼见自己的主子都放弃了抵抗，纷纷扔下了武器，长风带来的人很快抓住了他们。夜祈桓失魂落魄地坐在皇宫里，偶尔干笑几声，完了，他或许真的完了。再无翻身之日……

长风进了大殿，单膝跪在夜祈逍面前：“殿下，军队已经进城，我们的人已经控制了局面。”

夜祈韫飞速地走进来，手里端着一碗药汤。点起的香寸寸缩短，每掉下一节香灰，对夜祈逍来说都是一份煎熬。

湮夏看着他紧闭着眼靠在一边的墙上，心里也不断地催促着。

对于焦急的人来说，时间就好像划过了几千几万个世纪一般漫长，皇帝的脸色渐渐好转，铁青的面色也退去了几分。

"好了，应该没事了。"

夜祈逍猛地睁开眼睛，向他点了点头："这里都交给你们了。"旋即飞奔了出去。夜祈韫看着他翻身上马的利落身影，心里默默地祈祷，一定要赶上啊，赶上那个你心心念念牵挂不已的人。一定一定，不要错过了。

萧琴瑟笑意盈盈地看着坐在一边的微影，不时地掏出一些药丸给自己和亓舞灵吃下。一开始的时候，亓舞灵还奋力地反抗，却在接触到微影目光的时候看见了她那轻轻地点头。到后来，萧琴瑟每次掏出药丸的时候，她也便顺从地吃下。三个人看似平静地坐在一起。

"你试了那么久，也该可以了吧？"微影终于在她不知道第几次掏出药丸的时候轻声说道。

萧琴瑟听到她的话却突然笑了起来："师父说的果然没错，你啊，的确百毒不侵呢。我在这放了那么久的毒烟，对你竟然一点效果都没有呢！"

"所以呢？"

"所以你啊，比蛇蝎还毒。"萧琴瑟瞪着她说道。

微影冷笑了一声不再说话，萧琴瑟一个人看着门口，从远处不断传来马队踏过的声音，她轻轻地呢喃道，"怎么还不来，速度这么慢。"

微影也不问她到底在等什么，只是平静地坐在一边。言青朔带人赶到了那里，却被微影一声喝止："不要过来。"

言青朔一愣，随即听话地向后缓慢退去。

"放了舞灵。"

"放了她也不是不可以，但是你让他们都给我走，离得越远越好。"

"好，你放人。"

萧琴瑟冷笑一声，将亓舞灵推给微影，微影翻身一拉，把她向言青朔那里拉去。

"你们先走，我和她，还有点事情。"微影看了眼他们迟疑的眼神，提高了声音，"我叫你们快走！"

言青朔不甘地看了一眼萧琴瑟，带着亓舞灵慢慢地向外退去。当他们退出门口的那一瞬间，一阵阴风顿时将门关得死死的，萧琴瑟随即拿起一把匕首直接向微影袭来。微影瞬间向后退去，两个身影在院子里缠斗起来。

冷不丁的，萧琴瑟从袖口中掏出了一截竹管，黑洞洞的管口直对着微影。微影手里的匕首已经被她一把按住，只能眼睁睁地看着那竹管对着自己。一声破门声突兀地响起，微影还来不及转头就是一阵天旋地转，自己已经被人揽在怀里。下一秒钟，就是竹管发射的破空之声和射入骨肉的声音。

微影顿时瞪大了眼睛："萧琴瑟！"

换来的却是她那狐狸一般的笑颜，和掩去身形逃窜时留下的那一句让她万念俱灰的话语。

"你输了呢，我的目标，可一直都是他呢。让你死不是便宜你了吗？我要的，是你痛不欲生。要知道，活着的，可比死了要痛苦百倍呢。"

60 至毒"皆空"现

幽暗的灯光下，微影面色疲惫地看着床上昏迷的夜祈逍。耳边仍响起萧琴瑟那若有若无的调笑："你武功再高又有什么用，你头脑再聪慧又有什么用，微影，承认吧，你其实最懦弱。你带着你悲天悯人的善良，却最终谁也救不了，因为你懦弱，你的心啊，还是那么的弱小呢。你说你当初一剑结果了我，哪还有现在这样的处境呢……承认吧，你这个比蛇蝎还毒的女人，其实最弱小了，不堪一击。"

蛊门的人不知以何种方式迅速地消失在了上京城里，随后赶到的十万大军控制了局面，夜辽皇帝苏醒，夜祈桓入狱，夜祈韫和湮夏在主持大局。那么谁又来解救她的困境，夜祈逍替她挡了那一管毒针，昏迷不醒。动荡的时局中，言青朔连夜送亓舞灵回国，那么她一个人，又该怎样在这局面里生存。

阴影下微影的表情变得看不清晰，她轻轻坐在了夜祈逍床头，看着那张英俊依旧却了无生气的脸庞，兀自地叹了口气，拔出了自己腰间的匕首，向手腕上划去。

冰冷的刀锋划过手腕，沁出了鲜血，一道苍老的声音却突兀地响起：

"如果你想让他死得快点的话，大可继续。"

"什么人？"微影猛地站起，墙角的阴暗处走出了一个形如枯槁的妇人。

那妇人也不看她的匕首，从阴暗中走出，沙哑着嗓子说道："这是蛊，可不是毒。蛊嗜毒，越是毒的环境生长得越快。你若要用你自己的血救他，他活不过一个时辰。"

"你是谁？"微影警惕地看着那妇人，"你是蛊门的人？"

“是又如何呢？”

“你是蛊门的人，那我为何要信你？”

“就凭我能给我那个傻徒弟这蛊，便也一定能解。”妇人沙哑的嗓音让人毛骨悚然。

“你……”微影兀自地看着她，不承想传闻中如同梦魇一般的蛊门门主，竟这样站在她的面前。

“小姑娘，别这样看着我。大家都有目的，不妨做个交易吧，相信你，会想好的，不是吗？”妇人大笑了两声从阴影里退去，沙哑的声音留给了她最后的话语，“想好了就来城南万风洞，你只有一个时辰，好好考虑吧。”

骨婆自黑暗中隐去，微影靠在墙上沉思着，转身推开了房门。她要知道，二十多年前，在云立鹤、欧阳风、夜吾承和骨婆之间，到底发生了什么事。

前三个人是同门师兄弟，为何后来反目，欧阳风公然敌对。骨婆又是怎么认识的夜吾承，和他们又有什么样的深仇大恨。

在去见骨婆之前，至少她要知道，自己身上到底有什么东西值得骨婆利用，值得她放弃本来的目的而来交换。

微影再回到五皇子府的时候，天色已经暗沉。没有月的夜晚漆黑一片，鲜有云彩飘过的苍穹深邃得看不见星子。

守在房前的长风看到她，忙迎了上来：“皇子妃，六殿下来了。”

“嗯。”微影低着头应下，语气里有说不出的憔悴。她抬手推门进去，夜祈韫已经在房里面，见她进来，脸上也是一脸的担忧。

微影摇了摇头，示意他不用多说什么。夜祈韫满面疑色地走过来：“要不我通知师父看看能不能解？”

“不用了。”微影微微颔首，“国舅解不了，放心吧，我有办法的。你先回皇宫吧。”

骨婆并不傻，怎么会想不到云立鹤，她那么有把握地给自己时间，就说明她绝对有把握云立鹤解不了这蛊。所以她如此有信心地走了这一步。

“皇子妃……”待夜祈韫走后，长风走了进来，一脸担忧地看着微影。微影深吸了一口气，从墙边站起，对长风吩咐道：“照顾他，我出去下。”

“皇子妃，你去哪里？”长风看着她走出门的背影，在漆黑的夜晚里显得分外单薄，就好像要走向破碎的结局。

“找骨婆，拿解药。”微影淡淡的话语随着风传来，让长风心头一颤。她说得如此简单，可解药，又是如此好拿的吗？长风不傻，知道她一定是去做一笔交易，而交易的内容，却是她自己。

微影到达万风洞的时候，没有一个人影的洞穴阴冷地滴着水。滴答滴答敲击在坑坑洼洼的石头地面上，溅起一地的泥水。微影顺着幽深的洞口向里面走去，空荡荡的洞穴中她的脚步声回荡着荡漾出许多回音。

微影顺着潮湿空气里弥漫的淡淡迷烟的味道直向洞穴深处走去。终于在拐过许多曲折离奇的洞穴之后看到了一身黑袍拢面的骨婆。骨婆看见她，并未多惊奇，只是沙哑地笑了笑："你还是来了啊。"

"我能不来吗？"微影站在洞穴的入口处，朝她伸出了手，"解药。"

"哦，小丫头，你知道我要你交换的是什么了？"骨婆饶有趣味地看了她一眼，问道。

"你恨夜皇，所以你协同明楼布了这个局。但你也没有把握成功，所以你给自已留了条后路，就是纵容萧琴瑟。你知道萧琴瑟一定会为了报复我而用你的蛊去伤祈道。不是吗？既然报复不了，那就让自己去遗忘。那种爱与恨纠缠了那么久的感情，你早就不想要了，不是吗？"

"那你怎知我一定会给你解药？"骨婆话锋转冷，盯着微影道。

"因为你需要我，为你试毒。你要配制'皆空'，就必须要有人来为你试药，而最好的选择，不就是我这种不会死的人了吗？你和萧琴瑟，早就在查我是不是百毒不侵了。为的，就是今天。"

"你知道'皆空'？"

"当然。不然我怎么敢来？"微影冷笑一声讥讽道。

骨婆盯着她沉默不语地看了一会儿，半晌，冷笑道："小丫头，太聪明不是件好事。"

"东西拿来。"微影咄咄逼人地瞪着她。

"我怎么知道你会不会拿了东西逃跑？"骨婆眼里掀起了不明意味的亮光。

"少废话。我怎么跑？带着一个昏迷的人我能跑多远，你下毒的本事我可不想领教。"

骨婆冷笑一声，将手里的东西扔给微影："你最好别耍花样。"

"你也是。"微影扬了扬手里的东西，一面向外走，一边对骨婆说道。眼里的倨傲不改，至少在配制成"皆空"之前，骨婆绝不敢动她分毫。

微影拿着解药回五皇子府的时候，只有长风守在门外。京城的局势尚未平定，夜祈韫纵然心急也脱不出身，长风看到她回来，急忙迎了上来。

微影将手里的瓶子递给他，淡淡地说道："解药。"

长风伸手接过，一脸惊异地看着她，"这，皇子妃……"

"放心吧，是真的。"微影疲惫地摇了摇手，看着长风把解药给夜祈逍灌下，微微地舒了一口气。

"皇子妃，这药应该是真的，那我就守在外面，有事叫我。"黑色的血液从腕处流出，夜祈逍的脸色也不再那么苍白。长风的语气明显地轻快了几分，拿着瓶子推门出去，把一室的静谧都留给了她一人。

微影坐在床边，看着夜祈逍的侧脸，无奈地苦笑一声："明知道萧琴瑟要害的是你，为什么还要来呢，为什么还要替我挡那一针呢？射在我身上又怎么样呢，何苦……"

夜色无边下，沉沉的黑暗笼罩了一切，房间里的阴影遮去了她的大半表情。辨不清、看不见，却是深深的憔悴伤悲。

微影苦笑了一声，站了起来，夜祈逍却半清醒半昏迷地拉住了她的手腕。微影想要挣脱，却发现他拽得极用力，就好像预感到了她要离去。微影狠下心来把手用力挣脱，从袖口里拿出一颗药丸塞进了他的嘴里。手缓缓落下去，阴影下的女子咬了咬牙，轻轻呢喃道："珍重，平安。"

吱呀的推门声响起，长风见她出来，从一边的石阶上站起。微影冲他摆了摆手道："他醒了若问我去了哪里，你千万不要告诉他。解药怎么来的，也千万不能说，知道吗？"

"皇子妃要去哪？"长风警觉地问道。

"你不用管。他醒了，你什么都不说就是了。"

"皇子妃，殿下醒了看不到您，一定会追问的。"

"我是为他好。"微影稍稍停下了脚步，黯然说道，"你也希望他好，不是吗？那你就什么都不要说。他若真的追问……你就说我回亓云了，我去找明楼楼主了，随便你怎么说……"

长风看着她毅然离去的背影，心中甚是纠结，隐瞒吧，隐瞒吧。今夜发生的一切，就让它们都消失在漆黑的夜晚，被寒潮淹没吧。

天边透出一丝微光的时候，微影再次返回了万风洞，没有了上一次的踌躇，她毅然决绝地走进了幽深的洞穴里。洞穴深处传来一声怪笑："回来啦，小丫头。"骨婆诡异的声音带着几分轻笑的猖狂。

微影默不作声地走进洞穴直直地站在她面前。骨婆看着眼前这张年轻而倔强的脸，心中嘲讽地笑道："年轻人，什么爱啊情啊，最终还不是变为虚土，就像曾经的我一样，如此痴傻。这种东西，都不可信。"

骨婆出口的话已变成了一个问句："你知道什么是'皆空'？"

"皆空。几十年前消失的世间至毒，不毒身，只毒心。中毒者断情绝爱，不会恨，不会念，丧失一切情感。不会死，却也活不过来，如行尸走肉般地度过余生。至毒，无解。"

"你知道？你竟然知道？"骨婆突然猖狂地大笑，沙哑的笑声里有几分无奈几分辛酸。

"那么，就开始吧。"

61 冷寒窟以身试毒

[第三天]

“她人呢？”醒来的夜祈逍拉着紧咬着牙关的长风问道，苍白的脸上满是焦急。

“我不知道。”长风紧抿着嘴唇，倔强地看着一边，“殿下还是多休息吧。”

“她跟你说什么了？”夜祈逍眉头紧皱，撑着自己从床上坐起，身上软弱无力，嘴里有淡淡的苦味，“给我吃了安魂药？”

“对不起，殿下还是好生休息吧。”长风强压下心里的胆怯，倔强地扭过头去。

“长风……”

“属下无可说，请恕罪。”长风径直在他面前跪下，咬紧了牙关硬是不肯说一句话。

夜祈逍看着他铁了心不说一句话的样子，心里顿时生出了不好的预感，扶着额说道：“她不让你说的，她去了哪里，还有解药是哪里来的？”

长风的脸上愈加苍白，低着声音说道：“皇子妃吩咐了，绝对不能告诉殿下的。请殿下恕罪，属下，还有皇子妃，都是为了殿下好。”

“为了我好？你现在说为了我好的话就快点告诉我，她去了哪里？”

“属下不能说。”

“你不说是在帮我们吗？你是在害我们。你要是为我好，眼里还有我这个主子的话就快说，她去了哪里。”夜祈逍眯着眼，盯着长风，“解药是她拿来的是不是？她拿什么去交换的？”

“长风不知。”跪在地上的男子是吃了秤砣铁了心一言不发。

“你不说，那我自己去找。”夜祈逍佯怒向外走去，身后传来了长风的声音。

“皇子妃去找明楼楼主了，去找明楼楼主了。”长风一下子吐露了话语，连自己都没有察觉出声音里那一丝颤抖。

夜祈逍的步伐猛地停下，回头看向长风的眼睛里多了几分犀利：“说实话，她人呢？”

长风的谎言必定是她教的，既然要到叫长风说谎话骗他的地步，那么她去用来交换的东西，就很可能是她自己。夜祈逍皱紧了眉头，暗骂着该死，冷眼瞪着长风，语气也变得低沉：“说。除非你想害死她。”

“殿下。”长风也有些惶恐，一脸苍白地咬着嘴唇。夜祈韫却从前门进来，见到僵持的两人甚是吃惊。

“哥，你没事了？你们这是怎么回事？”

“微影去哪了？”夜祈逍转向他问道。

“啊，她不在吗？”夜祈韫看着地上的长风，顿时猜到了一半，“她说她去拿解药，之后没回来吗？”

“皇子妃回来过，后来走了。”长风咬着牙说道。

“长风，说实话吧。你不说的话你家主子才会急疯掉，你这瞒着不说，绝对不是为了他们好。”

“这……”长风思索了许久，终于狠下心来说道，“皇子妃去找骨婆要解药了。”

“骨婆？”夜祈逍眼里顿生寒光，“她去哪里找她的？”

“皇子妃走的时候向的是城南。”长风低着头回答道，话音刚落，夜祈逍便向外走去。

“城南万风洞！”

“哥。”夜祈韫连忙追上去拦住他道，“哥你的蛊毒还没清。”

“该死的，她还给我吃了安魂药。”夜祈逍一边向外走去，一边对他说道，“有解药吗？”

夜祈韫看着他一脸坚定的神色，只能从怀里掏出一颗解药递给他，转身向长风吩咐道：“你留在这。”

两骑骏马飞快地向城南奔去，衣袍纷飞。万风洞的门口依旧滴着露水，敲击在地下的石面上，滴出了一个又一个孔洞。夜祈逍两人隐匿了气息，踮着脚向着洞中走去，诡异的石头不时地窜出，阴冷的气息直入骨髓。

两个人在石洞中穿行，在洞穴的最深处，一间石室却被石墙挡得严严实实。石墙平整而厚实，一看就是人为制造的机关。里面传出药捣敲击木罐的声音。夜祈韫听了这万分熟悉的声音脸上一变：“有人在配药？”

“这里。”夜祈逍闪身进了边上的一间石室，紧邻这隔壁暗室的地方有一个不算大也不算小的洞口，依稀可以看见里面的情况。夜祈逍和夜祈韫蹑手蹑脚地走进了旁边的石室，透过那个洞口可以看见暗室里的情况。

微影躺在石床上，双手双脚都被石床上的铁环固定，一身黑袍的老妇在一边面无表情地捣药。微影的手腕上还缠着一条细小的青蛇，不时吐着嫣红的信子。微影看了看手腕上吐着信子却不敢咬自己的小蛇，调笑着对骨婆说道：“喂，我说你试药也试了那么多了，不都没效果么，你现在还捣鼓什么呢？”

“别烦。”

“其实，我很想知道为什么你那么恨国舅和皇上呢？”

骨婆沉默地看了她一眼，缓缓开口道：“背叛。”

“背叛，为什么？”微影好整以暇地看着她，等待她的回答。

“一个背弃我，拥有了一切；一个追随我，失去了一切；一个不管不顾，逃避了一切。”大概是心事已尘封了许久，从没有人聆听，尘封了太多年的往事就快溃烂，骨婆竟出人意料地对微影吐露了过往。

微影看了看她隐匿在大袍阴影里苍老的脸，突然想起有种毒药，抑或是有种惩罚，会使人瞬间失去二十年的年华。二十年，人生有多少个二十年可以失去。一个妙龄少女顿时失去最美的韶华成为苍老的妇人。多少悲凉尽在其中。

微影转念一想，那么，那个追随她失去一切的人，应该便是明楼的欧阳风了。怪不得那么多年了，明楼和蛊门总有那么千丝万缕的联系。

微影偏过头去，却看见那方小洞里的两双眼睛。她眉头一皱，背过骨婆，对着洞中的两人飞快地做着嘴型。

夜祈逍盯着她，也辨别出了微影只是在不断地重复两个字："回去。"他对她摇了摇头，骨婆却突然抬头道："死丫头。"

微影一惊猛地回头，却见她手里端着一碗看不清形状的东西站在她边上，微影忙移动身子挡住了那个洞口，也遮住了夜祈逍两人的视线。

"你也一样，什么爱情都不可信。"骨婆沙哑的声音带着几分自嘲的苍凉。

"为何不信。就因伤过了，所以不再尝试？"微影巧笑嫣然地看着她，曾经她也不信，如今却照样找到了自己的幸福。

"少跟我废话，你不是说我配不出能伤你的毒药吗？'皆空'的配方早已好了，下面就差这最后一个药引了。喝了，至于效果吗，你可别当一般的毒药来算哦。"

"什么东西？"容不得微影反抗，骨婆已经按着她将那一碗毒药尽数给她灌下。

撕心裂肺的疼痛顿时从腹中传来，双手五指也变得剧痛不已。微影瞪着骨婆却见她诡异地一笑道："这可是我压箱底的宝贝了，喝了它的人五脏俱裂，双手五指血肉化为虚无，你觉得你能撑过多久呢？"

随着骨婆的松手，微影无力的身子顿时倒在石床上，透过露出来的洞口，夜祈逍看见的场面甚是触目惊心，微影的双手五指处开始不断地流出鲜血，深可见骨的伤口就好像被鬼魂所伤一般不断地扩大。

骨婆看着微影倔强的脸，伸手捏住了她的下巴："这么强硬？怎么可能呢？"

手指用力，微影牙关再也咬不住，一口鲜血顿时喷洒在了冰冷的石床上。鲜血染红的石面顺着石缝显现出了血红的花纹。

"还嚣张吗？"骨婆枯瘦的手收了回去，对她道，"死前还有什么话要说？"

微影冷眼瞪着她，嘴角处不断流出的鲜血看起来触目惊心："我的心，始终不变。"

夜祈逍听到这话顿时变色，想从一边的洞穴出口走出去。

骨婆嘲讽地笑了笑："还想着等人来救你呢？你做梦。"

"要你管。"微影嘴里涌出的鲜血已经染红了半边石床，意识也将要变得涣散，咬牙切齿地吐出三个字。

一声巨响突然传来，门口的石墙顿时崩塌，刀剑劈开了锁住微影手脚的铁环，意识像是已经被抽离。恍恍惚惚之间，她好像被谁抱在了怀里，迷茫的双眼已经辨不得容颜，浑身轻飘飘的，神智已落入了空无一物的黑暗虚无。

“你！”夜祈韫执起的剑架在了萧千陌的脖子上，“放下她。”

萧千陌却只是笑笑，瞥了一眼尘土之中的骨婆，冷冷地说道：“不要动不该动的人，我相信你应该明白。”

“放下！”夜祈韫的长剑一送便贴住了萧千陌的脖颈，他却只是镇定地看着夜祈逍，慢慢地说道，“放下可以，但你们有解药吗？”

“你有解药？”夜祈逍冷眼看着他。

“放下剑，松手。”萧千陌直直地看着两人，又补充了一句，“想要她活命的话就快点放手。”

夜祈逍看了眼昏迷的微影，双手五指处已经看得见累累白骨，鲜血染红了衣襟。他深吸了一口气，说道：“祈韫，放手吧。”

夜祈韫不甘地看了萧千陌那风平浪静的脸一眼，松手扔掉了长剑。看着萧千陌抱着微影决然地离去，夜祈逍的心沉到了谷底。

两人的背影已经消失在了阴冷的洞穴里，万物都走向静谧。骨婆突然发出了沙哑的笑声：“我知道了，我知道了——我知道最毒的毒药是什么了，让人失去理智，疯狂至极，最毒的毒药，是爱情啊——”

“你说什么？”

“那毒药无解啊。我都没有解药，萧千陌怎么会有。能不能醒过来，还要看那丫头自己的造化了。”骨婆嘲讽地看了两人一眼，笑着说道。

“我们被骗了！”夜祈韫愤恨地一跺脚，不曾见，夜祈逍注视着两人离去的方向，眸光晦暗如墨……

昏迷之中不知过了几天，无穷无尽的潮水淹没了自己，全身上下是粉碎般的疼痛。就好像被碾碎之后抛进了大海，没有人救自己，就那样浮浮沉沉地在水中荡漾。耳边好像传来了朦胧的话语，依稀可以辨得是萧千陌：“影，这一次，无论如何，我也不会再把你放走了。无论如何，我都会把你留在我身边的。”

意识好像渐渐回到了身体，头脑无比清明，也无比清明地感觉到了疼痛。

萧千陌的话好像魔障般不断在耳边回响：“无论如何，我也不会把你放走，无论如何……”逃不脱吗？

微影缓缓睁开眼睛，漆黑的瞳仁里见不到一点光彩，薄薄的白色迷雾遮去了眼里的神色，她看着萧千陌俊秀的脸，轻轻张嘴，出口的声音沙哑干涩，萧千陌的脸瞬间变色，只因她出口的，只是三个字："你——是——谁——？"

62 再见君时不识君

萧千陌看着眼前女子带着淡淡怯懦与淡淡惶恐的脸，表情变化莫测，半晌才慢慢开口道："你不认识我了？"

微影怯懦地往后一缩，拉着被子挡着自己的下巴："你是谁？"

萧千陌脸上的表情变幻莫测，半晌才展颜道："算了，不记得就算了。你叫微影，就安心住在这里养伤吧。"

他从床边站起，床上的女子却突然叫住了他："你叫什么名字？我以前一直住在这里吗？"

萧千陌静静地看着她，缓缓吐出了如多年之前一样的话语："我的名字，萧千陌。至于你，以前的事忘了就忘了吧，你以前住在这里，未来一样，好好休息吧。明天我再来看你。"

床上的女孩子苍白着脸色不再言语，看着萧千陌走出了房间，嘴角突然挂上了一个苦涩的笑容，带着淡淡迷雾的眼睛有如小鹿般清澈，竟也少了从前的几分深邃、几分神秘。

她试着动了动手臂，却见自己的双手五指被层层纱布包裹了起来，麻木了一般的感觉，浑身上下没有一点力气，像是被抽光了所有的生气。连带之前的许多经历，都被遗失在了时光洪流里，稀疏不见光影。

萧千陌出了她的房间，一脸沉重地走到了自己的楼主院子里，一个挥手，暗中走出了一个黑衣的男人。萧千陌看了他一眼，开口问道："她为什么会什么东西都不记得了？"

"楼主，骨婆的毒确实霸道。她能醒过来已经是极限了，至于记忆，属下真的无能为力了。"

"算了，她想不起来了，也许更好。吩咐下去，明楼所有人不准对她泄露一个字，关于她的从前，就让那些往事都被锁起来吧。"

"是。"黑衣人答应着退下，一个穿着侍女衣服，袖口却有考究绣花的女子从后面缓缓走出："楼主。"

"帘儿，你去盯着她，好好照顾她，别告诉她以前的事情知道吗？"

“是。”黄衣女子低声应下，掩去了眼里的一切光彩，神情不明，言语不多。

微影睁开眼睛，入目的只是一片雪白的天花板，只让她想起也许是好久好久以前，她好像也是这么安静地躺在床上，涌入鼻尖的，是浓浓的药水味。浑身无力的状况仍然没有改善，身体里的所有力气好像都被抽空。包扎着厚厚纱布的双手好像连血肉都已重生，痛得舒展不开。

房门被吱呀一声推开，一个侍女打扮的黄裙少女轻轻走进来，停在了她的床前：“姑娘醒啦。奴婢名叫帘儿，一直是服侍姑娘的。”

微影看了眼她那装作恬静的脸，静静地看见她眼底闪过的那一抹亮光。黄色侍女服的细节处有几处绣花，绝非凡品，帘儿的身份，也绝不再是一般的普通侍女了。

帘儿见她不说话，低着头继续说道，语气风平浪静：“姑娘记不得了不要紧，奴婢会细细告诉您的。”

“帘儿。”微影轻轻地开口，眼睛里清澈一片，“我一直都在这里吗？”

“是啊。”帘儿低着头，额前的碎发挡住了表情，在眼睛处投射下细细的阴影，“姑娘一直都在明楼，也一直都是由我服侍的，可惜，出了意外。”

“我怎么会出事的？”床上的女子双手包着纱布，怯懦地看着帘儿。

“姑娘，是个意外。姑娘是不慎中了毒所致，若实在想不起来，便不要再想了。楼主他，一定会好好待姑娘的。”帘儿深吸了一口气，掩去了所有情感，乖巧地说道。

微影也不说话，只是定定地看着她，如小鹿般清澈的眼睛在帘儿看来却犀利得让她胆战心惊。帘儿匆忙望了一眼她，转身回去开门后退道：“姑娘没事的话，帘儿先告退了，姑娘好好休息。”

微影看着她匆匆离去的背影，下垂的嘴角微微地上扬，带着一丝迷惘看不清的弧度。

帘儿出了房间，一路踩着碎步直向明楼中心的小楼走去。萧千陌见她过来，也是吃惊：“你怎么来了？”

“楼主。”帘儿带着几分惊慌，“属下越矩，敢问楼主，不怕夜辽和亓云的人来劫人吗？”

莫名的，微影失了记忆，再没有从前那样冷冽的锋芒，一身武功也几乎尽数废去，但那双清澈非凡的眼睛，却让她感到没来由的恐惧。清澈见底的眼眸里好像可以映照出这浮生万象，让她的隐瞒与欺骗无处遁形。

“劫不了。”萧千陌把玩着手里的扇子，笑笑说道，“明楼内部设下的机关重重，就算是他们独自来往都不一定能够脱身，更何况微影现在武功全无，又浑身是伤。他们要来更好，不过是落入我们的手心而已。而且，我觉得，就算是夜祈逍，也不会冒这个险带微影死闯的。这一次，她一定逃不走了。无论如何，我也不会再让她离开半步。”

看着萧千陌云淡风轻的笑容，帘儿顺从地低下头答应道，几分不甘。那个女人，总是赢得了那么多人的致死追随，可为什么现在没有一切锋芒，乖顺得就如小猫的她，却还是有那种让人胆战心惊的力量。

深入骨髓的、与生俱来的夺目光芒……

帘儿回到那间小屋时，静静地站在墙角，透过窗户纸，却见微影抱着双膝坐在床上，洁白的床单、洁白的纱布映出她的脸色更加苍白。

微影将自己蜷缩成了一团，不知道距离自己中毒已经过了多少天，明楼里的人对她都是恭恭敬敬，可为什么总有什么不对劲，不安心。明楼就像一座高墙，将她揽在怀里，挣脱不了。

深深的无助包裹了她，没有一丝武功，再无法使用一分逃脱之术，她第一次明白了脆弱，是多么无助的一种情感。时光静谧地流去，带着她深深的迷茫。

入夜，寂静的黑夜里，一声吱呀声响传来，木窗被人推开，一个黑色的身影轻巧地从窗户里翻身进来。黑衣人翻身进了房间，却并不再有其他行动，只是默默倚在了窗边，透过不算浓密的黑夜，注视着躺在床上的微影。

半晌，黑衣人终于开了口，带着五分辛酸五分无奈："你，真的什么都忘了吗？"

床上的人眼睫一抖，却并未睁开。靠在墙上的黑衣人缓缓开口道："明楼的消息说你失了记忆，忘记了从前的经历，现在的你，也不会察觉到我的到来了？"

靠在墙上的夜祈逍正对着微影的床，出口的声音满是疲惫："忘记了，忘记了。我宁愿你没有忘记我，而是恨死了我。恨我没办法救你，恨我没有保护好你，恨我深入了骨髓，那样也比现在，我成了你生命里的陌路人来得好过万分。至少那样，你还记得我，我曾在你的生命里留下了那浓墨重彩的一笔，而不是像现在这样，风过无痕地从你的生活里消失，失去一切踪迹。"

门外依稀传来众多纷杂的脚步声，好像是在大规模搜捕着什么人，火把映射出的光芒染红了薄薄的窗纸，纷至沓来的脚步声传遍了平时安宁的走廊。帘儿已经不知道去往何处，只听见门外围追堵截的明楼人故意地大声言语："分开去找，不要让他逃掉，楼主已经布置了大批人马了，他绝对逃不掉的，更别说带着毫无武艺的姑娘了。快，分开去找。不要放走了可疑人。"

床上的女子似乎听见了门外的响动，轻轻一皱眉，又微微呢喃了一句沉沉睡去。门外的火光渐渐稀少，随之而来的是四面八方被刻意压低了的对话和走路的声音。淡淡的血腥味弥漫在房间里，黑暗中床上的女子不禁一抖，却仍然紧闭着双眼。

夜祈逍从墙边站起，语气急促地说道："我不会带你冒险的，等着我，我一定会带你走。等我——"

等我，等我回来，等我完好无损地带你离开，然后我们再不分离，然后我们生死相守……

黑色的身影从窗户口灵巧地翻出。他自是不知道，他们的这一次分离，命运竟将他们分开了两岸，深深的隔离。天涯间最远的距离，一瞬造就，却好像还是从前，他问她的那一声“随我去夜辽可好”时，那笑意嫣然的距离。多少岁月，就在他们的分离中徐徐度过，漫长，不见边际。

他自也没看见，那此前静静躺在床上的女子，眼角，那粒不知何时滑落的晶莹泪珠。

63 一朝生死两茫茫

第二天，当微影一个人若出了神一般坐在窗口发呆时，萧千陌却带着一个人走了进来。微影转头，却见萧千陌带进来的女子扑通一声跪在了她跟前，哭着唤道：

“小姐。”

微影偏过头不解地看着萧千陌，他却只是胸有成竹一般地淡笑一声说道：“这是你以前的另一个侍女，前些日子出事时失散了。”

“小姐，奴婢是流黛啊，小姐不记得奴婢了吗？”流黛梨花带雨地哭诉道，夜祈桓起事时，她亦在城中，叛军过境不免失散。本想着去寻微影，得来的却是夜祈逍昏迷不醒，亓云长公主失踪的消息。而萧千陌却突然出现，说可以带她去见小姐，但唯一的条件就是不能对她泄露关于从前的一个字。

“流黛。”微影慢慢重复道，然后在萧千陌殷切的目光里缓缓摇了摇头，“不记得了。”

萧千陌温柔地笑笑：“不记得了也没有关系，先养好身子要紧。”微影看着他温柔如水的目光，却愈加觉得，那清澈的眼睛里，含着一抹轻笑，一抹窃喜。

“小姐……”流黛喃喃地喊道，眼睛里带着几分不置信的光芒，却在接触到萧千陌的目光时猛地收回，微影看着她胆怯的样子，不由地想到，萧千陌定是用什么东西来威胁她封口。

流黛把目光移开，却落在了微影手上，猛地惊呼：“小姐你的手！”

“啊？”微影一低头，却见自己双手都包扎着厚厚的纱布，甚是吓人。

“很痛吧？”流黛突然抬起头，背对着萧千陌看向微影，眼睛里是淡淡的狡黠。

微影没有说话，只是轻轻地点了点头，低声一声答应，她可以清楚地看见流黛眼里霎时碎裂的点点星光和萧千陌那微微上扬的嘴角。

“好好休息。”萧千陌留下了一个耐人寻味的笑容，以及走过流黛时投去的警告的眼神，兀自离开了房间。

流黛看到他警告的目光，身子一颤。是啊，现在的小姐已经不是以前的那个她了，她会疼，她的眼里再没有那么多慑人的锋芒，她不再冷傲孤僻，她变得温顺，她的眼睛清澈得像未经世事的孩子，她没有了从前尖锐的锋芒，她失去了引以为傲的身手，她变得和一般人家的女孩子无异，她所有的一切，都要重新开始。

就像萧千陌的警告："你如果想让你家小姐过上好日子的话，就最好一个字，都不要多说。"

微影看着萧千陌欣然离去的背影，清澈的眼里渐渐泛起了黑色的涟漪，沉淀在了眼底。流黛见她沉默着不说话，眼里的光芒渐渐黯淡，默不作声地收拾起了桌上的东西。门外的帘儿会心地一笑，蹑手蹑脚从窗边离开。

待外面再也没了声息，微影缓缓转过头看着流黛，眼里满是不解。

"小姐？"流黛轻声唤道。

"你什么时候那么沉不住气了？"微影一边坐下，一边问道，语气不再乖顺甜腻，变得一如往昔的冷冽。

"小姐？你！"流黛一惊，听着那熟悉万分的语气，没来由地红了眼。

"你试探我，可曾想过萧千陌？难道你这点心思他还看不出来吗？"微影冷冷地说道。

"奴婢只是听到小姐失忆的消息太诧异了，可既然你并没有，为什么不通知五殿下和夏小姐？"

"通知他们又有什么用，萧千陌这次是铁了心不会放过我的，明楼戒备森严，他们来了才是害他们。可我就不明白，为什么萧千陌会放你进来？他不怕你告诉我事情，除了威胁你之外肯定还有别的原因，让他志在必得了。"

微影的眼睛深邃得看不见光芒，若有所思地看着流黛。门口的一阵喧哗声传来，明楼人刻意压低了的窃窃私语以一种恰到好处的音量传入了微影耳里："楼主果真厉害……"

微影眉头一皱，对流黛说道："你去看看出了什么事。"

"哦，好。"流黛应声放下手里的杯子，转身推了门出去。屋内一室静谧，微影坐在桌子上，刚拆了纱布的手指苍白中泛着紫色，新生的皮肤褶皱着可怖。轻轻敲击着桌面，没有一丝目的，却有几分惶恐。好像与她作对一般，时间流逝奇慢，流黛回来的脚步声迟迟不能响起。焦灼的火焰舔舐着她的心，萧千陌有把握放流黛进明楼，就是料定了自己不管知不知以前的事都必须留在明楼，那么到底有什么事情发生了？

昨夜的人影，蝉鸣的声音，旖旎的话语，漫天火光……

流黛突然推门进来，惊醒了微影，脸色煞白没有一丝血色地走进房里。

"出什么事了？"微影颤抖着声音问道。

“小姐——”流黛的声音抖得不行，没有血色的脸上全是惶恐，“明楼的人在传……在传——”

“说话。”微影急切地说道。

“明楼的人说昨夜有人闯入明楼，企图带走小姐。明楼楼主在山崖上布了机关，明楼所有人马守株待兔。闯入者，寡不敌众，被明楼楼主一剑刺落无涯峰，生死不明。”流黛尽可能平静地叙述着探听来的话语，微影的脸色一分分变得苍白，纤瘦的身躯微微颤抖。好像她的世界，就在那个时刻轰然倒塌，碎成了碎片，再无平复的可能。

她看向微影的眼里多了几分关切，她悄悄对微影说道：“小姐，那个企图带走你的人，该不会是……”

门外突然传来一阵脚步声，流黛霎时收住了话语，微影微微回过神来，强打起一个笑颜。萧千陌从门外走了进来，看到她们两个奇异地站着，笑着问道：“你们怎么了？”

“没事。”微影笑着拉开流黛，眼神落在萧千陌云淡风轻的笑颜上，却觉得他的每一个字都是对自己深深的讽刺。

“不介意我坐会儿吧？”

“当然不介意了，楼主请坐。”微影不着痕迹地拉开一边的椅子，笑意盈盈，声音婉转甜腻。

“不要叫我楼主。”萧千陌把玩着手里的青瓷茶杯，悠悠荡荡的茶水漫在边缘，透过清澈的茶水紧盯着微影的脸，不放过一丝一毫的波动。

“萧公子。”微影垂下眼睑，盯着自己的脚尖，轻轻地唤道。

萧千陌不说话，只是笑着透过杯中的茶水看着微影，眼神如剑地看着微影。

微影和萧千陌表面祥和地有一搭没一搭地聊着，看着她温顺乖巧的样子和锋芒全无地委曲求全，流黛不免心疼地看着微影。没有身手的她逃脱不了，只好装作失忆一点点麻痹敌人的警惕，可她又何时有过那么乖顺的样子，那么没有一丝高傲地在他人脚下，摇尾乞怜，装作那么笑意嫣然的样子。从她的角度，恰巧可以看见微影身后，宽大的袖袍里紧握的双拳，刚痊愈的手指本该柔弱无骨，此时却紧紧地握在一起，指节上白骨狰狞。鲜红的血液顺着指缝滑落，染红了衣袖的边缘。

不知时间过得有多慢，对微影来说是深深的煎熬，萧千陌终于像是得到了满意的答案一般，冷眼扫过靠近床边的墙上，昨夜留下的已然干涸的点点血迹，笑着起身离去。流黛关了门，一脸关切地看向微影，她却只是挥挥手，一脸疲惫地对流黛道了一声，“你先出去吧。”

“你……”流黛迟疑着。

“出去吧，让我一个人静一静。”微影的声音波澜不惊，平静得就像一潭死水。待流黛出去了，微影一个人靠着墙角，无力地慢慢滑落，眼里积聚的泪水成串落下，混着手上的血水，融合成了难看的颜色。

不敢哭出声，也不敢喊叫，只有一个人蹲在墙角，如受伤的夜猫一般舔舐着自己的伤口。痛到已经发出声音，连心脏都搅成了一团，因为要假装出来微笑而压抑了许久的痛苦猛地流泻而出。只是这一次，她清楚地知道，自己的伤不会好了，再也不会。就像挥之不去的梦魇，将要陪伴自己每一个日夜。伤无可伤，只因最珍贵的东西，就已随着那坠落山崖的声音而去，碎成粉末，随风飘散，永世无法寻回。

她多恨自己懦弱，如果那一晚不管不顾地随他离去，就算死在一起又如何，总好过现在天人永隔。鲜血从指缝流出，染红了衣服，染红了脸庞，染红了眼。

萧千陌，什么身中一剑坠落山崖，生死不明。你想告诉我的无非一句话："夜祈逍已死。"我多恨你，微影前十四年，一无所有；十五岁遇到你，成就一段孽缘；如今十九岁，所有的一切毁于你之手。恨你，深入骨髓之深。

血危已成魔，万劫不复难回首。

帘儿随着萧千陌走在空荡荡的回廊里，看着萧千陌笑意斐然的脸，忍不住出声问道，"楼主，你说她，是真的忘了吗？"

"真忘假忘又怎么样呢？她若真忘那也倒好，若是她想装，我陪她玩玩又如何。反正无论失忆是真还是假，她都休想逃出明楼，若是假的，那就弄假成真，让她真正忘记吧。"萧千陌脚步不停。

"楼主的意思是？"帘儿一惊，诧异地看着他。

"你训练了三年的东西，也该拿出来用用了，不管现在她还记不记得，之后的日子里，她关于从前的记忆，都将要消失殆尽。"萧千陌阴冷地一笑，他早已说过，为了她，可以做任何事，倾尽一切代价。

"帘儿明白了。"帘儿低下头应道，眼角闪过一抹紫色的诡异光彩，腰间袖口的绣花在阳光的直射下显现出了特殊而瑰丽的图案，绚烂地就像暗夜里的魅紫色花火。

64 蚀心魔笛断往昔

静谧的外表下总是隐匿着看不见的暗流，就像萧千陌走进微影房间时也不免吃惊一样，因为她只是在床边的桌子上画着一幅不明内容的画，从帘儿的报告里说，自那天自己故意让人透露了夜祈逍的死讯之后，她便开始画画，日复一日，内容却总是不变。

他本以为她是装作失忆，故意让人将消息透露给她，一遍遍试探她，却不见任何反应。他现在真正开始相信，微影不再记得以前的事，若是装的，那她又怎么会在知晓了夜祈逍已死的情况后，仍能那么平静地画着一幅内容一成不变的画。

“还在画呢？”萧千陌走到微影边上，只见桌上摊着一叠宣纸，地上的纸篓里还堆着一堆废稿，他甚是不解地看着微影，只因她日复一日画的，只是最为寻常的雨丝图。

“画得不好，当然要继续画下去。”微影淡淡地说道，语气没有一丝波动，自然地和往常无异。萧千陌不动声色地走到一边，瞥了一眼那些用了的宣纸，只见都是一模一样的雨丝图无异。细细密密的雨丝遍布画纸，山石和树枝在雨中朦胧不清，看不出一丝不寻常之处。

“楼主请喝茶。”流黛端着盘子进来，盘子里放着两盏茶，一碟小点心，踩着碎步低眉顺眼。

“嗯。”萧千陌接过茶盏，狐疑的目光落在两人身上，他似乎没有收到预期的效果，两个人平静得可怕。

“我画得怎么样？”微影突然巧笑嫣然地问道。

萧千陌走近了去看，那画卷上的画倒是像模像样，比起初画时已不知好了多少。细密的雨丝遍布画卷，足见其用的功夫之深：“很不错啊。”

“你是哄我的吧？”微影娇俏地说道，眼里带着狡黠的笑意。

“哪有，我说的可是真话。”

“我才不信，要不再等我画几张，你带我去画铺里请画师看看如何？”微影赌气地一甩笔，在画上划出了一道墨迹。

“好啊，等你什么时候画得满意了，我带你出去。”萧千陌看着眼前这张清澈的笑靥，不免心软。把她近乎囚禁一般关在这里，倒也该放她出去走走了。

“呶，这可是你说的啊，不准反悔。”微影仰头一笑道。

“知道了。”萧千陌满足地笑道，心想若是可以和她这样平和嬉笑地度日，倒也不错。

坐了一会儿，萧千陌推门出去，门口站着早已候在那里的帘儿，见他出来，忙迎了上去：“楼主，东西已经准备好了，什么时候开始？”

“再过一阵吧。”萧千陌冷淡地回复道，“她也许是真的忘了。”

“是。”帘儿不甘心地退下，只期望着有一天，总能让她尝尝这玩意儿的味道，一点点，侵蚀她的记忆……

萧千陌终于如约带着微影出了那禁锢了她十来天的明楼，怀里抱着那卷不知已精心画了多少遍的画卷，细瘦的手指紧握着画卷，竟有一丝微微的颤抖。两个人行在街上，白衣飘飘，甚是般配，不知吸引了多少眼球。路人艳羡地看着两人，微影假意笑着，心里甚是不舒服，拉着萧千陌道："我看前面有间画坊，不如就去那吧。"

"好啊。"萧千陌答应道。两人身后跟着流黛和"一直服侍"微影的帘儿。帘儿默不作声地跟着两人，眼睛紧盯着微影，不曾放过一丝一毫的细微变化。

两个人进了画坊，立即有店员殷勤地迎了上来："两位不知想要买些什么啊？"

"不买东西，只看画。"微影微微一笑道，"不知道你们店里有没有懂行的人，帮我看看这幅画画得可好。"

"小姐，是想让师父来看画的？好的，我这就去叫。"

"嗯，谢谢了。"微影攥了攥有些发抖的手，目送着伙计的身影消失在了并不宽大的店铺里。一个身着灰色布袍的中年人从里间走出，看了微影一眼，慈眉善目地开口问道："可是这位小姐要看画？"

"是。您可是店主？帮我看一下吧。"微影一边回答道一边将画卷递给了店主。

店主接过画卷小心翼翼地摊开，再看到那细密的雨丝时不禁有一些迟疑，抬头望了一眼微影，却见她仍是那样淡淡地笑着："小姐可否稍等片刻，待老夫仔细看看。"

"您请。"微影一伸手，见店主端着画仔仔细细地端详着，萧千陌锐利的眼神紧盯着两人，却看不出那画卷上有一丝一毫的变化。山石依旧是山石，树木也依旧是树木，他原以为微影是用了特殊的办法，使字隐形不见。可如今一看，也非如此。

店主收起了画卷，递还给微影："姑娘画得不错，只是还欠缺几分耐心，不够细致罢了。但作为初学者，已经非常之好了。"

"既然这样，不知店主是否有类似的画卷，可以给我一看？"微影佯装自然地问道，心里却是忐忑不安，又碍于萧千陌和帘儿在场不敢表现出来。

"有是有，待我去帮姑娘找找。"店主转身进了屋子，许久，才捧着一幅画出来，递给了微影。

"谢谢了。"微影接过画卷，小心翼翼地展开，目光在接触到画时猛地一抖，整个人好像突然失了魂，勉强收起画，对那老板道了一声"多谢"，话语里充满了黯然心伤的无奈。

只因那画卷上的雨丝，看似雨丝，实际上却是长长短短的莫尔斯电码，这种最为简单的电码在这个年代，成了最为隐秘，也最为易学的传信方式。那所画铺本就是微影她们培训的人层层筛选后开出的情报站点，即使不认得微影的面容，可那用密码画成的雨丝图，却能让店主在看到时就认了出来。而店主之面拿出来的图画，其实也是用同样方式写出的密文，而那上面的字，却破灭了微影原本自欺欺人幻想着的最后一丝希望。

只因上面的密码，翻译成文字，只是七个字："夜辽讯，五皇子殒"。

萧千陌独自坐在阴暗的屋子里，桌子上摊着从微影那里拿来的画卷。帘儿从他身后的阴影里走出：“楼主觉得她是真的失忆了吗？”

“我也不知道，我本来认为她是通过某种办法，把这画卷上写的字隐匿了起来，可现在看起来也不像，而且你说，她画这画的时候，并没有用什么特殊的东西。但她一定是用了某种办法，通过这画，传递着什么信息。”

“楼主为何这么肯定？”帘儿不解地问道。

萧千陌淡笑一声说道：“那店主拿着画出来的时候，墨迹还没干。他是自己现画了一张拿给微影看的。那么除了要在这画里添上特别的东西之外，他有什么必要重新画一张呢？他们，一定通过这画，交换了什么信息，只是我们看不穿罢了。”萧千陌眯起了眼睛，不得不承认，微影太聪明，聪明到让他判别不出，而判别不出的感觉，很不好。

“那楼主的意思是？”帘儿在黑暗里，袖口的暗紫色纹线若隐若现。

“用那东西吧。既然她忘不干净的话，就帮她忘得一干二净。”萧千陌放下手中的杯子，对帘儿吩咐道。

“是。”帘儿暗笑着答应，从黑暗里退去，自袖中掏出了一把通体透白泛着淡淡紫色的笛子，冷眼撇着微影黑暗一片的屋子，轻笑道：“你的爱情有多忠贞，在这蚀心魔笛之下还不就是卑微的野草，我倒要看看，你能坚持多久呢？”

65　再赴轩辕忆故人

在明楼的日子，恍恍惚惚犹如梦境，微影不记得日子是过了多久，脑海里只有和萧千陌假意应承维持的平静。只是曾经的记忆好像在慢慢地变淡，从她的脑海里淡忘而去。

夜深人静的时候，她常常会听见梦魇一样的笛音，带着淡淡销魂的醉意，抑制不住地传进她的耳朵里。然后让人沉入魅紫色的梦境，漫无边际的海水猛地涌入眼耳口鼻，五感皆失，厚重的无力感深深地包围了她们。

再后来的日子里，微影渐渐发现，自己和流黛的记忆开始流失，无止境地，无去向地，就好像有一只无形的手，用着一块橡皮，把她们脑海里的记忆一点点擦去，残忍地不留一点痕迹。空白的记忆越来越大，微影看着流黛渐渐忘了一切，不会再提醒她外面还有湮夏在等她，不会再告诉她她有多想妹妹，不会再触及她心里那个挥之不去的禁区。不再记得，那日回来之后，她是怎么样把自己关在房间里，痛彻心扉之后发现眼泪都已流干，用刀子一下下划着角落，刻写着深刻的恨意。

“萧千陌搞的鬼。”微影喃喃自语道，她现在真的是一个人了，她也没办法多清楚地记得一切了，她也没办法告诉流黛之前的事。她只有一个人，一个人，一个人抗拒那侵蚀心魂的笛音，在每次笛声响起的时候，用刀子划开自己的手，看着血液涓涓流出，用那刻骨的痛楚来保持自己清晰的意识。可那笛声却总会钻进她耳里，无从抗拒。

萧千陌每次来到微影房里的时候，看到的都是她那清澈明媚的笑靥。可他从不知道，那清澈明媚的笑靥之下，却是一颗早已千疮百孔的心，洁白的衣袖之下的手臂上，也遍布着一道道可怕的伤疤。就像那刻骨的孤独，挥之不去。

四国之间的战事已彻彻底底地拉开了序幕，一边是夜辽、亓云与阴古的前朝公主、亡臣之后言青朔，一边是大漠汗王赫洛天和阴古的大军。萧千陌待在明楼的时间越来越少，可明楼的防备却越来越强。

濒临失忆，身手全无，微影也不知道她该怎么逃离这里，直到——萧千陌的那一次回来。

“你收拾东西，明天开始跟我走。”

“走？”微影震惊地看着他，虽然她早已记不真切，但还是明白萧千陌虽然对自己很好，但其实是在严密地监视着她的，怎么会那么好心地带她走。

“去轩辕城，四国大会破例再次召开，为了平息战事，可这仗打了又怎么停得下来。我想，轩辕城的大会破裂之后就是最后一战了，短时间内我们都不会再回明楼了。”萧千陌带着淡淡疲惫说道。

“好。”微影乖巧地答应，心中却是冷笑一声：“是啊，你的如意算盘当然是打好了，只要阴古和燕凉赢了，北方划地给赫洛天，你还会要那个傀儡皇帝吗？中原南方都在你掌握之下，萧千陌，狼子野心，还不是为了坐上那个最高位。”

“时局纷乱，到了轩辕城，别乱跑。”

“怎么会乱跑呢，我人生地不熟地能去哪呢？”微影笑着回答道，心中冰冷一片，轩辕城四国大会，莫不是怕自己逃跑。可你萧千陌可曾想过，武功尽废的自己又怎么能逃出你明楼的天罗地网。她微影，现在是你网里的困兽。

若说不爱，何必处处囚禁自己，尾随自己算计自己，用那样不堪的方式将自己留在你身边。

若说爱，何必心生怀疑，不肯做个成全，放过她，也放过自己。如此折断飞鸟的双翼，把她关在牢笼里强留在身边的感情，她承受不起。

萧千陌看着她转身入了内室，收拾着东西，起身出了房门，对守在门外的帘儿说道，“你的笛声怎么样？”

“应该不会有问题，从有这笛子开始，从未有过失手。”帘儿信心满满地说道。

“到了轩辕城之后你还是要加大用量，找人紧盯着她，不能让亓云和夜辽的人接触她，明白吗？”

“楼主，属下直言，蚀心魔笛从未失手过。”帘儿不解地看着他，倨傲地说。

“她不一样。”萧千陌神色冷然，“把你用的时间再变得密集，至少在轩辕城里，不能出任何意外。”

“是，属下明白了。”帘儿垂下眼帘，低声应道。对于萧千陌的吩咐，明楼的人一向是绝对服从的，从他们受训进明楼开始，遵从命令就是唯一的最大职责。

“帘儿，不要有其他想法。”萧千陌走时冷冷地丢下了一句话，像冰做的宝剑一般直接扎入了帘儿心里，垂下眼睑顺从地低声答应，顺带地把对微影的那几分敌意几分妒恨隐匿在了黑暗的眸光里。

[三日后轩辕城]

当他们抵达四国交会之处的轩辕城的时候已是三天以后，昔日自由繁华的轩辕城因为战事的关系也笼罩上了几分阴云。来来往往的商人游客也少了许多，街上的人们皆是步履匆匆，面带愁云，街上不时走过列队整齐的巡逻士兵，城门口戒备森严，仔仔细细地盘查着来往人的身份。

萧千陌的马车平稳地向城里驶去，微影一道坐在马车里，脸上戴着早上帘儿拿来的深紫色纱巾，并不透明的纱巾遮住了半张脸，只留下一双清澈的眼睛暴露在外。一路上帘儿和明楼的人都严密监视着微影的一举一动，能少露面的地方就不让她出马车一步。微影甚至觉得，如果自己不会怀疑的话，他们恨不得将自己易了容来防止被人发现。

可世界上哪有不透风的墙，微影身在明楼，也是不争的事实。更何况现在的她，不再是从前没有身份的人，而是身份尊贵的亓云长公主。她的突然失踪，不知有多少双眼睛紧盯着去向，萧千陌纵是想瞒，也总有见光的一天。

“对不起，轩辕城城禁，需要来往之人下马车检查。”

守门的士兵走到马车前高声说道。

萧千陌撩开帘子对马车下的帘儿使了个眼色，后者立刻会意地拿出了明楼的令牌递给那士兵。

“对不起，我们城主吩咐了，为防止刺客混入城中，所有马车都要检查，即使是四国皇室也不例外，还请配合。”那士兵扫了一眼令牌，依旧固执地说道。

“轩辕城——城主？”微影呢喃着说道，“是我又忘了吗？”

萧千陌闻言微微转头解释道：“轩辕城主，一个半月前突然出现，不知用了什么办法统率了轩辕城，你不知道是正常的。”

“是吗？”微影一挑眉道，不知不觉之间，日子混混沌沌地度过，她身在明楼已有两个月之久了。她眯起了眼睛，望向车外，被笛声强制消除的记忆到底是什么，还有，为何每次努力去想，就会让她心痛不已……她一定要弄明白，所有的根结，到底在哪里。有一种直觉在冥冥之中呼唤，下车吧，在轩辕城里，所有的宿命，都将终结，想明白的东西，都在轩辕城里召唤着她。

“我们下车吧，也没必要在这里纠缠。”微影轻轻说道，萧千陌看了她一眼，她补充着说道，“坐马车也闷了，下去呼吸下新鲜空气啊。”

萧千陌看着她清澈见底的眼睛，终是没说什么点头带她下了车。车外凉爽的空气让人神智一清，萧千陌走到了守城士兵那里核对着身份和令牌。微影轻轻闭起了眼，任风从脸前吹过，她知道，这是她唯一的机会，城门口，众目睽睽之下，帘儿一定不敢吹奏那笛子，想要想起那些被强制掩盖的记忆，这是她唯一的机会。

乱麻一般的记忆在她脑海里不断纠缠，偶尔几个片段飘过，又如游丝一般逝去，她越是努力想要抓住就越是颓然无力。抑在喉咙一般的心酸痛楚压得她无法呼吸，她猛地睁开眼睛，却见萧千陌用一种极其冰冷的眼神看着城里一株老槐树之下的一男一女。

萧千陌冷眼看着湮夏和夜祈韫，眼睛里闪烁着危险的寒光，城门口的气氛一下子剑拔弩张。

微影看着那两个似乎在记忆里出现过的身影，在乱麻一般的记忆里被搅得天翻地覆。好像许多道视线都汇聚在自己身上，天地之间，她什么时候就成了这样冰冷眼神的焦点。她混乱地摇着头，克制着天旋地转的感觉，迷惘地扫视着四周。

老槐树下的湮夏和夜祈韫，城门口的言青朔和戴着黑色兜帽的无颜，为什么还有两道目光，深深地看着自己，还带着冰冷的失望和萧索的悲凉。

城楼之上好像有什么人在看着下面的众人，居高临下地看着他们错综复杂的混乱纠葛，好像幕后的操纵者一般置身事外地注视着这一切。可是她已经没有办法抬头去看了，脑海中的记忆好像沸腾的粥一般翻腾，头晕目眩地没法凝聚视线。

身后那道好像要深深看进她内心的锐利目光让她强撑着回头，却对上了赫洛天那带着冰冷的失望的鹰一般锐利的眼。锐利的锋芒好像要透过她的眼，直看进内心。

微影身躯一颤，猛地清醒，乱麻一般的记忆好像都消失不见，眼前挥之不去的，只有赫洛天冰冷的眼神，和眼神里深深的失望……

66 昔日之诺今成殇

入夜，燃起的篝火照映在人们脸上，微凉的夜风撩动着橙红色的鲜艳火光，稀疏摇曳的影子落在地上，风中带着一丝轻微的梧桐香气，混杂着火把燃烧的焦灼气味，沉沉地倾入人的鼻腔，带着漂泊已久的游子所心心念念的几分家的味道。

若说还有这最后的平静的话，那非轩辕城莫属了，在那位神秘的轩辕城主的斡旋下，这里还保存着战火纷飞的年代中最后的几分安定气息。就像这四国大会一般，明明早已打得胶着不堪，明明心怀各异，图谋的都是这天下，却还要装模作样地开这么一个名为“协商”，实则是想着吞并的大会。好像这样就是尽了最后一份努力来保住和平，好像这样就不用背负上乱臣贼子狼子野心的名号，好像这样就无愧于天下苍生。

微影蒙着面纱，鲜亮的火光照在她脸上，只露出两只澄澈的黑色眼眸，帘儿自进了轩辕城起开始就寸步不离地跟着她，美其名曰是楼主吩咐要保护她，其实就是赤裸裸的监视。

微影也知道轩辕城里，紧盯着她的人不会少，熟悉的眼神一道道如锐利的锋芒一般落在她身上，不熟悉的人狐疑地盯着她，这个明楼楼主身边突然出现的女人。微影明白自己不能轻举妄动，无论是多想逃离都不能表现出分毫，帘儿寸步不离地监视着她，她绝对不能露出一点儿破绽。她只是一个忘记了前尘往事、手无缚鸡之力的弱女子，在她准备好逃离的一切之前，绝不能让萧千陌看出一丝破绽。

一边的暗处，赫洛天阴沉着脸拉过了萧千陌，微影一转头就看见了角落里的两人，细微地眯起了眼，还记得城门口赫洛天那猎鹰一般的眼神里的失望。她淡定地撇过两人，不留痕迹地看向前方，好像刚才的一切都不过是最为简单的一个转头而已。

“你够本事，连柳家传人都找到了。”赫洛天嗤笑一声说道。

“一直都在我明楼而已，这次不过凑巧。”萧千陌淡淡地回答道。

“柳家那丫头，带着蚀心魔笛？”

“是。”萧千陌也不隐瞒，只是平常地应答道。

“你对她用了蚀心魔笛？”赫洛天紧皱着眉头，声声质问。

“是又怎么样？她既然失忆，那我帮她忘得彻底一点，断绝祸患，有何不可？”萧千陌冷眼盯着赫洛天，声音就像夏季的潭水，沉闷得没有丝毫涟漪。

“靠这种手段留下一个女人，你不觉得自己卑劣吗？”赫洛天瞪着他，眼里几乎要喷出火来。

“为了目的不择手段，只要她现在留在我身边不是吗？赫洛天，你有什么好说我的，为了目的不择手段，你从小难道不是被这么教的吗？”萧千陌轻蔑地一笑。

赫洛天冷哼一声，皱着眉头看着他："你自欺欺人，你以为她记得一切了还会留在你身边？萧千陌，我早和你说过，要么放开她的手，成全她和夜祈逍；如果你要一个人的真心，要她抛弃一切跟定你，你就也要用你的全部去换。"

"她记不得了，蚀心魔笛自存在以来从未失手过。"

"从未？那蚀心魔笛以前可不是用来消除记忆的，蚀心魔笛蚀心魂，控制意志薄弱之人的心，掩盖某个时段发生的事情，什么时候是用来让人断情绝爱的了。"

"蚀心魔笛从未失手，而且帘儿用的频率也绝对不会让她能记起分毫从前的事。"萧千陌不为所动地说道。

赫洛天轻笑着看他一眼，那眼神里竟有几分怜悯，丢下一句"凡事皆有例外"大踏步离去。

微影低着头卷弄着衣裙上的缎带，心中审时度势，除了燕凉汗王赫洛天之外，其余三国皇帝都未出席。亓云是莫枫和言青朔，夜辽是六皇子夜祈韫和湮夏，阴古由明楼全权代劳。萧千陌的野心终于不再掩藏公之于众，阴古在明楼掌控之下无法反抗。那么她，又有几分把握从这里逃脱呢。

"诸位既来到轩辕城，不妨暂且搁置前仇，心平气和地商讨当今局势吧。"声音突然响起，惊得微影猛地抬头，这声音，竟有几分熟悉。

她抬头望向前方，只见席前站着一个身着玄红色衣袍的男子，古铜色的半面面具遮住了容颜，复杂华丽的花纹显现其上，整个人透着邪魅的气质。微影轻叹了一口气低下头去，暗笑自己竟是越来越神经质了。那个浑身透着神秘邪魅的危险气质的轩辕城主，怎么会熟悉呢，是自己回想得太多，竟生起了幻觉了。

在轩辕城的第一个夜晚，就在百无聊赖的静寂里过去，微影尽可能地无视着周遭直勾勾的目光，佯装着一片清纯可人的姿态迎合着萧千陌。

袖口中是暗暗攥紧了的双手，她再不愿这么荒诞地活下去。辨不清自己的从前，被强制消除了之前的记忆，装模作样地对萧千陌委曲求全，她自己都觉得自己卑劣，再这么下去，恐怕连自己都要看不起自己。

［第二天嵘峰］

轩辕城除了以不受制于四国的自由开放闻名之外，这里还有四国境内最高的一座山峰——嵘峰。白云飘散在山峰边缘，清晨朦朦胧胧的雾气笼罩着整座山峰，翠绿的树丛覆盖了险峻的山势。

微风轻拂，微影站在半山腰处，一眼望去，底下的房屋已渺小如蝼蚁，身后跟着帘儿和暗处隐匿着的一队暗卫。

“你们先下去，我有话要和你们姑娘说。”粗犷的声音自身后响起，微影淡淡地一笑，果然能够遇到。

“汗王，这……”帘儿踌躇着不敢退去，唯恐萧千陌责怪。

“你们下去吧，你们楼主那我自是会去说的，不下去，那就别怪我不客气。”赫洛天的声音带着几分怒火，果不其然地，帘儿怯懦地退下，手一挥，身后的一队暗卫便现身明处，恭敬地行了个礼，随她退下了山腰。

“你在这里干什么？那么有闲情逸致看风景？”赫洛天对着站在山腰边缘，面对山下的微影说道。

“等你。”微影没有回头，只是淡淡地说道，不再掩饰语气的冰冷。

“等我，等我干什么？”赫洛天警觉地看着她。

“只有你能弄走他们。”微影轻轻地说道，语气里带着清明的锋芒。

“还是一样的聪明呢？”赫洛天轻笑一声说道，“可你不记得了不是吗？不然你找的不会是我。”

“就是因为不记得了才要弄走他们，帘儿在一日，我就一日别想记起来。”微影回过身，靠近了赫洛天耳边说道，看向他身后的眼神清澈单纯，在退后不远的帘儿他们看来，不过是普通的交谈罢了。

“你忘了。呵，你忘了吗？”赫洛天锐利的双眼紧盯着她，“我去夜辽找过你，在酒馆，我说你跟着夜祈道太累，我说不如你跟着莫枫走怎样，你回答我什么，你忘了？”

赫洛天锐利的眼睛好像要直射入微影内心，思绪在那一刻瞬间清明，几个月之前的事，好像清晰地在脑海中浮现。赫洛天不羁的笑容，故意调笑地问自己：“跟夜祈道太累，我说你就跟着莫枫走怎么样？”

自己当时笑着仰头说道：“不一样的，不爱就是不爱。在我眼里‘我爱你’永远比‘在一起’重要，我不愿凑合，也不能凑合。”

女子笑容里带着不容置疑的坚定，赫洛天微微收起调笑的神色，正色问她道：“这仗迟早都要打的，你说，若我们在战场上相遇当如何？”

微影看了他一眼，也收起了笑意，慢慢叹了口气：“我不想在战场上遇到你的。”

“倘若遇上了呢？”赫洛天不依不饶地问道。

“那、那自当拼尽全力，既然相识一场又各有立场，不如拼尽全力一试吧，这样无论胜败，倒也不用心存愧疚。”

昔日的铮铮话语在脑海中浮现，一扫多日以来的迷糊，脑海里瞬间清明，被扰乱了的记忆抽丝剥茧一般地复苏。心底的声音不断叫嚣，不能忘，绝不能忘，绝对不能。

“不记得了？”赫洛天咄咄逼人的眼睛直视着微影，“那日我问你我们战场上相遇怎么办，我问你如果我杀了莫枫你当如何？”

“我当如何……”微影喃喃地重复着他的话，微微闭起了眼睛。

“你说你会恨我，恨我一辈子，倾尽全力报复我。”赫洛天张口说道，看着微影的脸色越来越苍白。

赫洛天看了她一眼，接着问道：“我还问你，战场之上刀剑无眼，我若杀了夜祈逍你当如何？你回答我你不会恨我。”

微影的脸色越来越苍白，呼吸也变得急促，往昔的事涌入脑海，无法抗拒。赫洛天的话却像魔音一样传进耳朵里，一石激起千层浪。

“你说夜祈逍死了，你的心也死了，天下再无微影，谈何爱，谈何恨。”

时光好像倒流回了从前，一脸坚定的女子说出这句话，眸子里闪耀着最璀璨的星光。而现在，当昔日的承诺从别人嘴里说起，微影却只能无助地看着他，沉默不语。

不远处的树丛掩映下，一身玄红衣袍的男子神色复杂地盯着那边对峙的两人，赫洛天的话语清晰地传来，他近乎微不可闻地叹了一口气，对身后的人说道：“我们走吧。”

“城主派人盯着他们果然没错，他们之间必有古怪。”身后的男子应声说道。

“是啊，是有古怪。”戴着古铜面具的男子浑身弥漫着邪魅的气质，回头看了眼两人，沉声说着，眸光复杂。鲜艳的衣袍消失在树林的隐匿之下，空余一片昏暗。

“你忘了。真真可笑。”赫洛天冷笑一声说道。

“我没有。”不知道哪来的力量，像是冲破了最后一道阻碍，犀利的锋芒回到了眼里，“我没有食言，微影已死，活在世上的，只是暗夜媂婳，从最漆黑的夜里走出的复仇者。因恨而生，因恨而生存，也终将因恨而亡。我从未食言，也更不会忘，萧千陌欠我的，我定要他一一偿还。”

风吹起女子的长发，浑身带着浓浓的戾气，所有的温柔已经消散在黑夜里，所有的爱已随着那个名字逝去，所有的未来已笼罩上挥之不去的阴云，所有的耐心已被伪装消失殆尽，所有的恨都将在今天苏醒。

67　重花烛虚假诡辩

“你说那天在嵘峰上碰到了赫洛天？”萧千陌冷淡地问道。

“是，汗王让我们退下去，然后不知道跟影姑娘说了什么，汗王好像很生气，属下们不敢听。”帘儿低着头汇报着。

“他们两人，神色可有异常？”

"属下不敢靠得太近，只是远远地看着，并不真切，汗王好像有些激动，影姑娘没见到明显的变化，好像也没怎么开口说话。"帘儿努力回想着那时的情形，小心翼翼地禀报着。

"她没开口？"萧千陌好像略有些惊异，抬头问道。

"应该是的，只是在将要下山的时候在汗王耳边不知说了一句什么，就神色如常地走了。"

"那之后呢？赫洛天也下山了？"萧千陌好像捕捉到了什么猎物一般，突然轻笑着问道。

"汗王吗？"帘儿疑惑不解地抬头，"没有，他好像一直站在原地，头也没回过。"

"头也没回？"萧千陌缓缓重复道，脸上挂着一抹不明意味的笑容。搞不懂思索着什么，眸光晦暗。为何一个个都不愿随他心意，湮夏、莫枫那里虎视眈眈地盯着自己的动静，连赫洛天也要背着他帮微影出逃了吗？可惜他们的如意算盘都打错了，帘儿的蚀心魔笛，没有人能逃得过。即使你们有心帮她出逃，却可曾想过，微影自己可有逃离的意思。

"派出去监视的人呢？"

"夜辽六皇子并无动作，身边的那个女子也未曾出过驿馆。亓云的人都没有动静，只是言青朔的身边还跟着一个黑袍的女子，并非亓云公主亓舞灵。"帘儿一五一十地禀报着。

"当年言家果然还有遗孤啊，师父怎么会没有查出呢？"萧千陌眯起的眼睛里闪烁着危险的光芒。

"听说言青朔自小被亓云太后所救，带入宫中秘密教导，前辈并未发觉也不奇怪。若非这两年来他作为亓云驸马锋芒渐盛，我们的人马也很难查出他的底细。"

"是啊？"萧千陌不置可否地微微一笑，转颜问道，"那位轩辕城主呢？可有动作？"

"没有。"帘儿微微摇了摇头道，"轩辕城主只是每日会例行地去城四周巡查，除此之外没有发现任何异常的能表明他立场的行为，也没有和四国的任何一方多加接触。"

萧千陌低垂着眼，深邃的眼里含着不断起伏的波涛，沉声对帘儿说道："你先下去吧。"

"楼主，"帘儿踌躇了一下，终究是鼓着勇气问道，"楼主认为，那个轩辕城主现在到底有什么目的？"

"目的？还能有什么目的。"萧千陌冷笑一声，语气甚是不善，"这个时候突然出现，统率轩辕城，轩辕城虽说不归四国管理，可是却位于四国交界的位置，占据了轩辕城，就意味着他可以随时向四国中的任何一个发起争端。如今战局初开，他为轩辕城主，那么目的，就只有一个……"萧千陌说着用手指指了指那天，再掉转手指指向地面，眼里闪烁着晦暗的光芒，“男儿心，系天下。”

“属下明白了。”帘儿正欲下去，却被萧千陌叫住，回头一看，他却也不说话，只是手指不断地敲打着桌子，急促的声音有节奏地响起，好像在考虑着什么问题。

“跟我走。”许久，萧千陌站起身来，带着帘儿踏出房门，低声自语，“不能再等了，再等下去迟早会出问题的。”

萧千陌压低了声音在帘儿耳边不知吩咐了几句什么，只见帘儿一脸震惊地看着他，他却只是不置可否地轻轻说道：“为免夜长梦多，我只能不君子一回了。到时候木已成舟，他们又能如何？”

微影一个人坐在屋里，呆望着窗外，静静地思索着赫洛天的话，时而清明时而混乱的感觉真的不大好。她就像一只被折断了双翼，束缚在囚笼之中的囚鸟，一言一行都在别人的掌控之中，丝毫没有自由可言。不用说，就知道自己的古怪肯定是明楼搞的鬼，而唯一能让自己找回记忆的办法就是逃离这里。可逃，又谈何容易？微影皱紧了眉头，暗叹了一口气。敲门声却在门外突兀地响起。

“谁啊？”清冷的声音响起。

“是我。”隔着门板，萧千陌的声音依旧清晰地传了进来，微影忙从窗台上下来，收敛了自己情绪，再次开口，声音已变得软糯甜腻：“进来吧。”

萧千陌轻笑着走进来，背在身后的手微微一动，帘儿会意地从一边的阴影里退去，蹑手蹑脚地趴在了窗台之下。

萧千陌笑意盈盈地走进来，却看得微影一阵心寒，她装得镇定地为他倒了一杯茶，却听见萧千陌悠悠地开口，倒茶的手也不自主地一抖。

“如今时局混乱，你也是知道的了。战场上，刀剑无眼，生死别离的事也多。我不想留下遗憾终生的事。”

微影的手一抖，低着头掩饰自己的失态，她已然嗅到了萧千陌话里隐含着的意思，不由得双手发凉。萧千陌伸手接过她手里的茶杯，微影一惊，抬头对上他的眼睛，一抹诡异的紫色却在眼前闪过，耳边又响起了那无孔不入的如同梦魇般的笛声。一丝丝悠扬尖锐的笛音不间断地传入她的耳里，意识开始变得模糊，眼前只剩下无边无尽的紫色，辨不清人影，只听得朦胧之间，除了那笛声之外，好似有什么人在自己耳边低语。

“微影，你从前身在明楼，如今在明楼，以后也会在我身边，我不会让你离开我。”

声音无法抗拒地侵入她的脑海，她很想一把推开萧千陌，跑到外面让冰冷的空气吹醒自己，可是意识却已经被控制，只能迷茫地看着萧千陌，眼里泛起深深的白色迷雾。

“我不想让自己后悔一生，轩辕城里的变数太多，我不愿等，也不愿冒险了。所以微影，嫁我可好？”

身体里的鲜血好像一瞬间涌入了脑海，轰的一声炸裂开来，耳边的笛声不断侵蚀着心魂，她的意识好像早已涣散，双眼无神地看着萧千陌，鬼使神差地点了点头，软糯的声音无主迷惘，低声道了一个“好”。

在萧千陌的唇贴上来的时候，她最后一丝清明的神思好像感到有什么冰冷的液体从自己眼角滑落，摔在地上，碎成了八瓣，跌得粉碎。也许，被摔得粉碎的，也并不止一滴泪而已。

在接下的几天里，微影一直处在半梦半醒之间，醒着的时候耳边永远充斥着那诡异的笛声，睡着的时候永远沉在一片紫色的虚幻海洋里。萧千陌竟然连一点清醒的时间都不愿给她留，她早该想到的，按萧千陌的狠绝，又怎么会留下那危险的因素呢?

身边的人似乎都来来往往不知忙着些什么，隐约传来的声音里带着紧张的欣喜，偶尔醒着的时候，微影能看见的红色越来越多，直至布满了整个明楼包下的大宅。到处都是耀眼的红色，却没来由地刺痛她的双眼，每当看到这铺天盖地席卷而来的殷红时，心总在不断地抽痛。

她不明白为什么，也不记得自己是为何要与萧千陌成亲的，只是如同一个木偶人一般任她们摆弄，梳妆，为她换上新娘的红礼服，戴上红盖头，搀扶着她进了喜堂。

两边站着帘儿和流黛，流黛低着头，看不出想着什么，这两日帘儿光顾着没日没夜地在小姐身边吹奏那蚀心魔笛，反倒疏忽了对她的防范。似乎有什么记忆在脑海里松动，虽然没有微影那么坚定的意念，但流黛好像也感觉到了，自己被强制遗忘了什么东西。而那被强制遗忘的记忆，才是那么多奇怪的事真正的缘由。

“吉时到，行礼——”悠长的声音破空而来，“一拜天地——”

似曾相识的场景再度发生，礼官那悠长的声音好像一语点醒梦中人一般。微影被人扶着盈盈下拜的身躯突然僵硬地停在半空。好像曾经，也有人让她穿上了一身红装，穿着凤冠霞帔走入了喜堂，曾几何时，也有人牵着红绸站在她身边，盛满笑意的狭长眼眸注视着她；曾几何时，有人也给了她承诺，给了她满面红色。只是那鲜红的色彩是那么鲜活，不像这里，如此苍白。曾经也有人对她道过一句“嫁我吧。”只是那人，好像已不在了，但是那人，绝不是萧千陌。

微影一抬手，扯掉了自己头上的喜帕，环视了一圈四周，陌生的人，陌生的景，绝对不同于记忆里的画面。满是冰冷的眼睛扫过四周，对上了流黛的目光，却见她眼里是恍然大悟一般的惊恐。

“微影。”萧千陌看到她突然的举动也是震惊，“你干什么？”

冷眼扫过他和帘儿，如记忆里一样的喜乐响起，记忆一条条一幕幕清明地回到脑海里，她看着萧千陌那瞬间冰冷的脸，缓缓地吐出了一句话，带着深深的恨意：“你不是他！”

一句话好像将萧千陌打入了地狱，一把拉住正欲向外面闯的微影：“你逃不出去？你忘了吗，你现在身手全无。”

“是啊，拜你所赐，忘了啊。”微影冷笑一声回答道，丝毫不输于他的气势，“但是你看到了吗？即使我忘了，也不可能爱上你。”

说着就欲挣脱萧千陌向外跑去，喜堂里的人看着突如其来的变数，都是面面相觑，不知道发生了什么。

“来人，给我拦住她。”萧千陌一声令下，原本隐匿在暗处的明楼黑衣人顿时涌出，把厅堂围了个严实。

“放了她——”尖锐的呼喝自空中传来，一身黑衣的三个人闯了进来。没有什么好掩饰的，三个人都以真面目示人，竟是湮夏、夜祈韫和莫枫。

刀剑相接造成的火花吓得在场的人都纷纷逃离，一时间气氛剑拔弩张，湮夏三人带着十几个身穿夜行服的暗卫精英拦着萧千陌的人，回头对微影大喊道：“快跑。”

“站住！”萧千陌的喊声让微影生生停住了脚步，回头一看，只见他的长剑架在流黛的脖子上，已经划出了一道血痕。

微影冷笑着看着他，当初把流黛带进明楼，就是料到了有这么一天吧，用她的性命牵绊住自己，萧千陌，好手段！

“小姐。”流黛泪眼盈盈地看着微影，“虽然我不清楚到底发生了什么，但是我知道，小姐和我一定是被强制忘掉了什么，忘掉的事情对小姐很关键，所以小姐你走吧，去找被遗忘的东西吧。不要管我了，去吧，流黛不想小姐后悔终生啊！”

微影眼睛一红，看着跟了自己多年的流黛近乎歇斯底里地大喊，看向萧千陌的眼里燃烧着熊熊怒火。

“放开她。”声音冰冷。

“你回来。”

“好，你放人。”微影红着眼勉强点了点头，看到湮夏一脸怒意地咬着嘴唇，执剑的手都气得发抖。

“小姐，快跑。”流黛突然发了疯一般挣脱萧千陌，自己朝那剑撞去，萧千陌来不及收剑，只见鲜血从她的喉口处喷涌而出，无力的身躯倒在地上，眼睛还看着微影，满是鲜血的嘴嗡嗡地翕动，声音早已发不出来，只凭着一心执念强撑着最后一口气，嘴唇嚅动，眼里闪射着光芒，依稀可以辨出，她在说的话：“小姐，一定要找到，你的幸福——”

68　相见无言泪千行

微影看着流黛的身躯倒在一摊血泊之中，眼里的锋芒猛地暴涨，冷眼看着萧千陌，突然咬着牙冷笑一声，回头迅速地向门外跑去。萧千陌亦是震惊，当反应过来阻止微影逃跑时已然晚了，湮夏和莫枫带来的人迅速地包围住门口。暗卫皆是死士，他们今天接到的命令，就是围剿明楼，无论如何确保微影安全离开这里。

大红色的衣裙在夜晚的黑暗里显得分外醒目，长长的裙摆桃花羁绊着脚步，微影一身红装在街上奔跑，分外醒目。她抬手扯下了自己的凤冠，一头青丝顿时披散开来，乱发拂面，红裙加身，路上的行人纷纷停下来看着她近乎疯狂地在大街上奔跑。

没有了往日灵活的身手，身上的长裙束缚着她的动作，想到流黛为了让她出逃而自己撞向萧千陌的利剑，湮夏和莫枫为了救她身陷险境，而自己却遗忘了所有的事情。泪水不知不觉地落下，她漫无目的地跑在轩辕城里，满脸泪水花了新娘的红装，头发散漫地披在肩上，没有方向，只知道自己不能停下来，不能被带回那个牢笼。不能忘记，不能忘记自己的仇恨。

萧千陌选定的结婚日子，不知是什么节日，满城的人们都涌上了街头，微影逆着人群奔跑，却发现人群越来越密集，自己逆着人们奔跑显得越来越困难。肩膀不断地被冲撞，身形一个不稳便要被人群夹带着向后退去。努力从人群中脱身而出，却被狠狠地撞到地上，她抿着嘴强撑着自己爬起来，不断告诉自己不能输。同样的一身红装，一场婚礼，可那个人却已不同。

不断地摔倒，再不断地爬起来。拖着自己的长裙在人群中不断地向前跑去，隐隐已能听见身后追捕自己的人的声音，无限的悲凉突然从心中生出，泪水洗刷掉了红装，脸色显得异常苍白。没有了昔日身手的自己连普通人都不如，一个踉跄被绊倒在地，粗糙的石子划破了手背，鲜血顿时沁出。眼看路人就要踩上自己的身躯，身后的追兵也越来越近。微影突然感到那么的无力，难道就要再一次被抓回去了吗？流黛的牺牲都白费了吗？她不愿，更不甘。

一双手突然抓住了她的手臂，要将她从地上拖起，微影大惊地一甩手，急于从那人手里脱身："萧千陌，你放开我！"

"是我。"冰冷的声音从身前传来，微影猛地抬头，却看见了一张戴着古铜色面具的脸。

"轩辕城主……"不解地喃喃自语，却感到那人在看到自己满是泪水的眼时，拉住自己的手那微微一震。

"不想被抓回去的话就跟我走。"只是刹那地失神，他迅速拉着微影站起身来，带着她分开熙熙攘攘的人群。穿行在拥挤的人群中，却因为前面男子的开路而少了许多阻力，拉着她的手冰凉，却带着让人心安的力量。透过婆娑的泪眼，微影打量着前面的男子，却觉得他的背影、他的声音，连带着手上传来的那让人心安的感觉都是那么的熟悉。

穿过了大半个城，两人走入了轩辕城中心的城主府邸。微影坐在榻上，不再流泪，长长的头发纠缠在一起披在身上，看上去甚是憔悴。

“为什么要救我？”清冷的声音脱口而出，已没有了掩饰的必要。

“为什么要逃婚？”身着黑色绣金长袍的男子淡淡一笑，头也不回地反问道。可微影却觉得他背过的身子，是在刻意掩饰着什么，看似轻松的反问里却有一丝淡淡的颤抖。

“因为不能嫁给他。”不假思索地脱口而出，语气尖锐，却没得到一丝一毫的回应。轩辕城主只是轻轻笑了一下，背过身子倒了一杯热茶递给微影。

他端着一杯热茶，走近了递给微影，却没见她接过，而是在他走近的那个瞬间突然伸出手，就欲揭下他的面具。可微影现在的速度又怎能真的成功，男子身子一侧躲过了她的手，一手抓住了她的手腕，眼神却仍然落在那杯茶上。

他什么也没说，微影的手被抓在空中，却感觉到抓着自己的手的那一丝颤抖，和他落在茶上的目光里，那难掩的复杂情绪。

眼睛就那么没来由地红了，酸涩的味道涌上鼻腔，泪水喷涌而出，连出口的声音都变得沉闷，眼睛直视着面前的人，几乎是卡着喉咙地艰难发声，“夜——祈——逍——”

面前的男子目光明显地一震，抬起头惊异地看着微影，微影已经说不出其他的话，酸涩的情绪堵塞了喉咙，唯有泪水一行行滑落，千言万语都已不再有意义，能说的话只有那早已铭刻在心的三个字。任由泪水打湿了衣襟，微影不断地沙哑着嗓子唤道：“夜祈逍——夜祈逍，夜祈逍——逍——”

似乎每喊一句，那深入骨髓的痛就加深一分，就像心都被人牢牢抓住，连呼吸都变得困难。不停地唤着那个名字，到最后连声音都已不完整，只有那破碎的音节和不断嚅动的嘴唇可以辨出她不断执着喊着的那个名字。

轩辕城主，或者说是夜祈逍再也隐藏不住心里的那份激动，手里的茶杯翩然落地，摔得粉碎，滚烫的茶水洒在他的衣摆上，他却毫不在意。一把把面前魂牵梦萦的女子揽到怀里，任由微影的泪水浸湿了自己的前襟，力气大得好像要把她揉入骨血。

许久，夜祈逍悠悠地轻叹了一声，抚着微影的长发，替她擦干脸上的泪痕，笑容里带着欣喜：“你没有忘了我。”

“忘了你，我倒想忘了你。那样我就不会再想，不会痛。可就算我忘了天忘了地，忘了自己从哪里来，忘了自己要归于何处，却也忘不了你啊。你把你的名字刻进了我的骨髓里，你叫我怎么去忘记。”

夜祈逍怔怔地看着微影，熟悉的脸上满是泪痕，泪眼婆娑地看着他，几乎声嘶力竭地说着那段话。无言的心疼密密麻麻地笼罩了他的心，伸开手臂将微影揽在怀里，满心悲苦寂寞与欢喜，说出口的只是最简单的三个字——“对不起”，却承载了千千万万最复杂的情绪。

“不要说了，我明白的。他不肯放过我，所以我只能装作失忆，萧千陌不但找人监视我，连每天跟在身后的暗卫都不止数十个，他还让帘儿用了一种奇怪的笛子，每次听到之后，我的记忆都会变得混乱，他想让我真正忘记之前的事。更何况，我现在还真的算是‘手无缚鸡之力’了。”微影苦笑了一声，“可是，你那时候？……”微影担忧地看着夜祈逍，身死是假，可既然能让萧千陌都认定了他已死，身中一剑，掉下山崖，受的伤也不会少。

“我没事。”夜祈逍云淡风轻地笑笑，面具下缘处却露出了一道浅浅的伤疤。

微影抬手轻轻掀起了他的面具，一道浅浅的伤疤从眼角延伸下去，不算长，在夜祈逍消瘦了许多的脸上，却平添了几分沧桑。微影滚烫的眼神慢慢转冷，冰冷的恨意澎湃地没有一丝掩饰地流泻而出。

“没事的。”夜祈逍感到了她视线的冷然，轻笑着替她理了理一头乱发。

微影的眼睛慢慢转暗，黯然道：“夜祈逍，流黛死了。”

夜祈逍一愣，很快平复了语气道：“她不会白死的。”

“她是为我而死，我一定会给她报仇的。一定。”微影轻轻眨了眨眼，经历了大悲大喜之后的眸光更显沉稳，像稀世珍珠，灼灼其光，难掩其华。

一阵突然的喧嚣从门外传来，依稀有火光照在窗上，两人相视一笑，目光里是无畏的坚定。

那是最有力的誓言，有你在身边，再大的风雨我都不再惧怕。只因你在，就心安。

不再需要丝毫的掩饰，夜祈逍弹开了那面具，坦然地拉起微影的手，十指紧扣，就这么走了出去。

萧千陌带着一队明楼的人牢牢地守在了城主府前，微影的装扮醒目，询问路人就能找到她的踪迹。湮夏和莫枫带着人匆匆赶到，两方人马都堵在了轩辕城主府前。

夜祈逍就那么坦然地走了出去：“楼主大驾光临，有何要事？”

萧千陌看他走出，轻笑一声：“是你。”

“是我又如何？”

“哥。”夜祈韫已经调集了一大批夜辽的暗卫，匆匆赶到城主府，就见两人在门口对峙。

“把她交给我。”萧千陌脸上的表情不变，淡淡地说道。

微影也不开口，只是看着自己身上的红裙，眼光低垂，也不看那两人。

“你们两个争得可激烈呢？”一道带着嬉笑意味的声音突然响起，插了进来，“不过我今天可不想帮你们任何一方。微影，你先过来。”

赫洛天突然出现，却没有任何帮谁的表示，只是冲身后的人一挥手，他们立刻恭敬地走向微影，伸出手做了个请的姿势。

“你们打你们的，没必要拿个女人做筹码吧。”

“夜祈逍，你现在把微影交给我，也许我不会让你死得太惨。”萧千陌好似没听见赫洛天的话，直直地盯着夜祈逍道。

“你大可以试试。”夜祈逍朝微影一点头，后者迅速从他身边闪身而出，明楼的人还想上前捉人，却被赫洛天的人齐齐挡住。

“阴古百万军队早已集结，此时，怕是已经快到轩辕城了。”

“你以为我算不到吗？夜辽和亓云的驻军难道不会秘密靠近轩辕吗？”夜祈逍冷笑一声回道。

“那么说，你还想硬拼吗？”

“我从来不做没把握的事。”夜祈逍淡淡地说道。他身后应声而出了两个人，正是言青朔和无颜。

“萧公子，可还记得我？”无颜摘下了兜帽，几乎咬牙切齿地说道。

萧千陌在看到她的容貌时脸色一变：“意妩公主。”

“萧公子的狼子野心，杀我父皇，夺我皇权，扶植傀儡皇帝上位，你说若我把你的罪证公之于众，你的百万大军，还会剩下多少万为你卖命呢？”

萧千陌脸色如常，只是看了他们一眼，冷冷地说道：“那看来你们，是想要拼死一搏了？”冰冷的视线扫视众人：“那就别怪我心狠手辣了。天下，我要得到，微影，也决不能跟你走。”

一声令下身后的明楼众人顿时拔出长剑、弯刀，轩辕城主府前，顿时变成了一个战场。萧千陌却只是一动不动地站在那里，看了赫洛天身后的微影一眼，暗自说道：

“关于今夜的记忆，我以后一定会帮你消除干净，今天之后，你的从前就真的一笔勾销了，没有了这些人，蚀心魔笛一定不会再出问题。你此后的全部生命，就只剩下了我，只剩下了明楼了。”

冷冷地从怀里掏出了一样东西，对准了夜祈逍。微影在看清他的动作之后突然发出了无比凄厉的惨叫，撕心裂肺，只因萧千陌掏出的那样东西，是她先前丢失的，那最后一把枪。而那黑洞洞的枪口，正对准了夜祈逍。

“不——”撕心裂肺的惨叫划破了黑夜，也划破了，他们最后一场命运大戏的帷幕。

69　正剧结局上：天下

在萧千陌掏出那把枪的时候，微影近乎疯狂一般地向夜祈逍冲过去。人在危机到来的那一刻所能爆发出来的潜力真的是无穷的，在那一瞬间高分贝的尖叫让萧千陌有那么一瞬间的失神，却在回过神来的时候毫不犹豫地扣动了扳机。而就是在他的那一瞬间失神的时候，微影竟然极其巧妙地甩开了拦住他的人，那敏捷的身手和诡异精准的攻击竟然比当年的全盛时代有过之而无不及。如同黑猫一般迅猛地穿过黑夜，直直地扑在了夜祈逍身上，出膛的子弹已经没有办法收回了，萧千陌只能看着那子弹直直地射入微影的后肩。

“微影！”所有的事情不过一眨眼而已，微影的反应已经快到了极限，夜祈逍还来不及阻拦就感到一个身影大力地撞了过来，速度带起的力道将两个人都冲倒在地上，身上的女子发出了一声细微的喊声，飞速而来的子弹毫无保留地射入了微影的后肩，鲜血四溅。夜祈逍伸手揽过她，另一只手向地上一撑翻身而起，抱着微影，看向萧千陌的眼神已经是冰冷一片。

萧千陌目瞪口呆地愣在了当场，自己射出的那一枪竟然打在了微影的身上。他当年也受过微影一枪，自然知道这种新式武器的威力，现在看着微影瞬间苍白的脸色心已经沉到了谷底。

“我不会忘，更不会爱上你。”微影脸色惨白地对他一笑，靠在夜祈逍怀里昏了过去，澎湃的杀气自夜祈逍身上散发出来，一脸冰冷地盯着萧千陌。湮夏带来的人迅速地包围了萧千陌，眼睛里没有一丝一毫的怜悯，冲莫枫点了点头，后者立刻会意地带着人控制了局面，让出一条道让抱着微影的夜祈逍和湮夏、夜祈韫离开。

关键时刻，什么嫉妒都已放下，况且他本来，也就是随微影，只为了她好。

“这是什么东西？”夜祈韫毕竟没有见过枪支，对那速度奇快威力极大的武器也是一头雾水。心里万分焦急却是束手无策。

“那是枪，发射的是子弹。想救微影，就要把子弹取出来。”湮夏满脸阴云地解释道。

“怎么取出来，有危险吗？”夜祈韫看着前面夜祈逍的脸色，担忧地问道。他们这一对太苦了，如果现在好不容易排除了万难却要他们生死离别的话，那样的苦处，绝对难以想象。

“如果是在现代的话应该没有问题，如果有足够的医疗设备我可以简单地处理一下。可是现在，我什么东西都没有。”湮夏满脸焦急，愤恨地咬着自己的嘴唇。

城主府的房间，暂时被改装成了诊室。夜祈逍扶着微影趴在榻上，背后的衣服已经被湮夏剪掉了，现在这种情况已经顾不上世俗礼仪了。看着微影惨白的脸色豆大的汗珠不停地掉下，夜祈逍就能感受到她的痛楚，如果可以的话，他宁愿自己来替她受这痛苦。湮夏握着一把经过火烤酒浸的匕首，没有手术刀，她只能暂且用这匕首来代替了。她手里握着匕首，神色焦灼，却颤抖着手迟迟都下不去这一刀。努力尝试了几次，可是每次当刀锋落在微影的肌肤上的时候她都没有办法冷静地再深入一分，昔日冷静淡漠的湮夏早已不复存在，她脑海中有个声音在叫嚣，如果做不好，就是一条人命，还是她最在意的人。微影与她相识多年，如果因为自己的失误害死了这多年的挚友，绝对不是她可以容忍的。

“我，我真的做不到。”湮夏苍白着脸，握着匕首的手不断地颤抖。

“把匕首给我，我来。”夜祈逍看着她的样子，沉声说道。

“可是，可是，万一，——”湮夏忧虑地看着夜祈逍，他没有这样的经验，万一一个不留心……

“没有万一，一定可以的。微影不会死的。”夜祈逍冷静地回答道，像是誓死一搏一般的语气让湮夏也有了那么一瞬的错觉，或许他真的可以做到的。

夜祈逍深吸了一口气，接过湮夏手里的匕首，伸手在微影背后的皮肤上划出了一道深深的血线。控制着自己的手，他换过身来再横向地微微划了一刀。剧烈的疼痛让微影醒了过来，看着扶着她的湮夏道：“湮夏——”

“你别动。”湮夏扶着她的肩膀，看着她身后已经是满头大汗的夜祈逍道，“把子弹取出来。”

“嗯。”夜祈逍轻应一声，手里的匕首迅速地一挑，子弹便哐当一声落在了地上，鲜血顿时涌出，夜祈韫接过他手里的匕首，拿出早已准备好的药和纱布，剩下的事就是夜祈韫这个云立鹤的高徒的了。

夜祈逍轻叹了一口气，坐到了床头，湮夏对他点了点头，松了一口气一般地走了出去。

“微影。”

“嗯？”

“没什么，只是怕你忘了。”夜祈逍轻声说道，就差那么一点点而已，就差那么一点点，她会死在骨婆的毒药下；就差那么一点点，自己会再也见不到她；就差那么一点点，她的记忆里将再没有自己；就差那么一点点，他们要天人永隔……

都是险死还生，都是差那么一点点就再没有可能，可他们最后还是走到了一起，穿过那红尘万丈。经历了那么多的惊险却还能走在一起，就因为，那一点点的缘分。

[四国记事:那夜的轩辕城，发生了太多的意外。失踪已久的亓云长公主突然现身，却被明楼楼主萧千陌所伤。本来已被传身亡的夜辽五皇子夜祈逍神秘现身，成了轩辕城的城主。明楼楼主在伤了亓云长公主之后并未乘机发动战争，却像失了魂一般任夜辽、亓云的人掌控了先机。燕凉大汗赫洛天临阵倒戈，不知与萧千陌说了什么之后径自离开,表示燕凉从此退出战斗,独自逍遥于万里大漠之中。亓云国舅云立鹤突然到来，杀了欧阳风。蛊门门主被夜辽控制后身死牢中，萧琴瑟不知去向……]

萧千陌被侍卫带来的时候，一袭白衣染血，如玉的俊颜上写满了憔悴，却依旧掩盖不了他骨子里的那种风华。他就那样站在树下，静静地看着那个让他魂牵梦萦的女子。她亦是一袭白衣，脸色苍白。他利用了她，欺骗了她，伤害了她却爱上了她，是他自己作茧自缚，他自己画地为牢，明知这个女子美丽而危险，却飞蛾扑火一般囚禁了自己。但这一生，他无悔。

萧千陌缓步走去，停在了女子面前，千言万语到头来只汇聚成了一句:“你没事就好。”

他一把把女子拉到了怀里，力量大得让人无法挣脱。微影在他怀里挣扎，他却只是加大了力道毫不放手。

微影只听见脑后传来嘶哑的声音:“别动，就当是我最后一次放纵了。”微影一惊，猛地推开萧千陌，只见他苍白的唇边挂着一抹刺眼的殷红。

“萧千陌，你怎么了！”

“我来之前吃了毒药，无解。”男子的声音缥缈，空虚。

“为什么啊——为什么啊——我不值得啊。”

萧千陌突然笑了，明媚得令人心疼:“值得，至少你不用在杀我与不杀我之间挣扎。这也算是我最后能为你做的事了，微影，我欠你的太多了，太多了，还不了了，只希望你能幸福吧。我，对不起你。”

萧千陌脸上绽放出一抹惨淡的笑意，或许，赫洛天真的是对的。自己既然做不到放下天下去追随她，那么，这样的结局或许早就已经是注定的了。在他用各种办法费尽心机地要将她留在自己的身边起，他们，就注定走向了这万劫不复的深渊。

爱情没有强留，只是希望你幸福，便好。

他明白了这些，他们，或许能做那一世恋人。

微影坐在地上，怀里抱着萧千陌，大朵大朵鲜红的血花在她胸前盛开。那个温润如玉的男子，肩负使命，胸怀大志，唯一的错误就是爱上了她。

因为这个错误，他失去了天下，又失去了生命。这份情她无以为报，只是她不爱他，他们一生注定相知不相爱。只是现在，他再也醒不来了。也再没有人能告诉她，他只是诈死。

该说对不起的是她啊。他们给彼此的伤害已太深，非死亡不能治愈。

[四国记事：明楼楼主萧千陌死后，明楼残部与阴古激进派的众多武将发动了最后一波的战斗。在这场必然覆灭的战斗中，最让人津津乐道的便是一位奇女子的出现——亓云长公主。运筹帷幄之中，退敌千里之外。据说亓云长公主为掩护大军直入阴古境内，带着五万军队，对敌三十万，守皇城一月。其中那遍布各地的情报网络，诡异特殊的各种陷阱机关，更是让人叹为观止。而传得沸沸扬扬的，却是城破之时夜祈逍与她的那段对话。]

"你又救了我一命，怎么办呢？"微影笑着看着夜祈逍，故意问道。

"算了，便宜你了。这次就只要一个要求吧。"夜祈逍满是笑意的眼里倒映出的就只有微影一个人的身影。

"什么？"

风飞扬着穿过两人的身影，带起他们的那段对话："这次回去以后，做我的皇后，再也别离开了。"

"既然只有这一个要求，那我就勉为其难地答应你了。"笑意再也掩饰不住，从眼角飞快地流出。

70 正剧结局下：帝后

[四国记事：天下一统之后，夜吾承传位五皇子夜祈逍。夜祈逍登基之后并未合并四国，而是保留其原有边界，名义上臣服夜辽，实则归各自管理而已。亓云亓无忧，阴古交由公主无颜。天下安定之后，言青朔与亓云公主亓舞灵随即成婚，湮夏封为夜辽郡主，许配贤王夜祈韫为王妃。夜祈逍划定政局之后，尊亓云长公主微影为后，夜辽倒是时常丢给夜祈韫管理，自己与皇后逍遥自在，共走江湖。]

微影和夜祈逍静静地站在一座坟前，微影从袖子里拿出了一支玉簪，正是最早与萧千陌在竹屋时他送她的。将那玉簪插在坟前，微影淡淡地说道："今生今世是我对不起你，下辈子但愿我们不要再遇见，你放手逐你的天下，我不再拖累你，你别再纠缠我。我所欠你的，愿意下辈子历经情劫来还，从此我们各走各的路，各自渡各自的劫，再别相见，再别相念，再别相煎了。”

夜祈逍也没有阻拦她，只是走到她边上扶起了她：“你的情劫，我陪你一起。”

相视一笑，已经不用更多的话语。

对不起，我要与最爱的人相濡以沫，与次爱的人，相忘于江湖。

两人回了皇宫，夜祈逍被人叫走了，微影步履匆匆地向一座看起来与平常无异的宫殿走去。到了门口，却听见里面隐隐传出来的呼叫声音。她推门走进去，里面的侍女见到她立刻行礼，微影摆了摆手，轻声说道：“你们先出去吧。”

两边的侍女纷纷退下，微影这才走了进去，对着蹲在墙角的宫装少女说道：“出来吧。”

“姐姐——”宫装的少女见她进来，从墙角边站起，娇俏的脸上有甜甜的笑意，可是如果近看的话，就可以看见她的眼角迷茫得没有一丝光彩。

这少女便是萧琴瑟，那日之后便疯了，不再记得以前的任何事情，也不再辨得清楚这世事变换，只是这么漫无目的地活着而已。

微影端着碗，一勺勺地喂到她嘴边，萧琴瑟也乖巧地咽下。

良久，当那碗饭都要喂完的时候，萧琴瑟突然抬起头，对微影笑道：“影姐姐，你真好。”

那抬头笑着的样子和那话语都和六年前一模一样，那时的微影在明楼，送给她白玉铃铛，十三岁的萧琴瑟也是那样天真地抬起头，对她道这一声：“影姐姐，你真好。”

突如其来的感情瞬间涌上心头，无以复加的愧疚笼罩了心，眼睛一酸，看着她再说不出话来。

像是逃离一般地出了宫殿，微影蹲在没人经过的墙角，抱着自己的双膝，滴滴泪水就这么流下。一如六年前的话，六年前的人，只是这事实早已无常。萧琴瑟，终究是被她害了。

面前突然响起了一阵脚步声，微影一惊，忙擦了擦脸上站了起来，却被拉进了一个熟悉的怀抱，浅淡地声音响起：“没事。是我。”

微影趴在他肩上，只有这样自己不用伪装得那么辛苦。什么坚强，都只是表面而已。

别人都道她有倾国之貌、惊世之才，喜欢的，却都是她光鲜的外表。唯有他，在看到了真实的自己之后仍站在她身边，甘愿自己恨他也只求她不难过；甘愿抛却天下与她归隐山林。这样的爱，得之，我幸……

[轩辕城]

街角的茶摊里，说书人正兴致勃勃地说着大书，正讲到关键之处。讲的，正是那对神仙眷侣一般的盖世帝后的故事。带着少许夸张成分，配着说书人抑扬顿挫的嗓音，听起来别有一番韵味。

茶摊的一角，一个白衣的女子坐在那里，饶有趣味地看着说书人夸张的表演。

“各位看官，预知后事如何，请看下回分解——”话音一落，刚才听得目瞪口呆的人们猛地爆发出一阵潮水般的掌声。

白衣的女子轻笑一声，清丽的声音显得格外突出：“真有那么厉害吗？”

“哎，这位小姐，您是刚到这轩辕城不是？那位君王，就是我们轩辕城的城主，”说书人自豪地一拍胸口，“这能有假吗？”

“轩辕城主？那是以前。”白衣女子轻声笑笑，摇了摇头。

“什么——什么以前？”那说书人云里雾里地看着女子，甚是不解。

“轩辕城，现在是我的了。”白衣女子从袖子里掏出了一枚令牌，正是轩辕城的城主令。

“这，这——你哪来的？偷——？”那说书人奇怪地问道，刚说出一个偷字又想他们的城主怎么会被一个小毛贼给偷了呢？

“她说的没错。”夜祈逍从后面走出，看到这里的场面笑着解释道。

“什么？”说书人有些呆滞,看到夜祈逍的时候竟也没认出他们的这位城主。毕竟，以前的轩辕城主一身红衣，面具遮面，与现在的夜祈逍也是有些不同的。

“轩辕城，现在是她的了。”夜祈逍笑笑拉起微影，也不管那些目瞪口呆的听客和说书人，径自离去了。

许久，说书人缓缓反应过来：“城主？帝后？这是皇后啊？我，我，我竟然见到了他们本尊？果真是神仙眷侣，不同凡响啊——”

此时的夜祈逍和微影自然是听不见了的，夜祈逍带着微影上了嵘峰，站在这四国第一高峰上，俯瞰四国，风光尽收眼底。苍茫大陆在这山巅看来，不过沧海一粟。同样白衣的两人站在山巅，宛如一对璧人。

清风拂过他们的发丝，在空中纠缠在一起，结发，结缘。山巅上些许粉白色的花瓣落在两人发上，身上，带着甜甜气息的风轻轻拂过两人身边，温柔得像是抚摸。话语夹带在甜腻的风中传来，

“此生此世只爱你可够？”

“不够。”

“那三生三世只恋你可够？”

“不够。”

“那十生十世只愿你可够？”

“不够。”

“那你要怎么样？”

“我要生生世世，只与你同在。”

71　尾声：红颜诀

红颜美，倾倒众生相，
如玉颜，一见惹人醉。
红颜狂，惊世艳绝才，
为筹谋，放眼望天下。
红颜祸，相敌难相忘，
不决绝，画地自成牢。
红颜傲，义重难割舍，
折傲骨，牵绊已自成。
红颜殇，故人为她亡，
了情劫，空门独自伤。
红颜隐，不再染尘世，
誓相忘，今生缘难断。
红颜债，自此两不负，
均是你，缘分已天定。
红颜助，助君夺天下，
彻寒夜，夜半身心痛。
红颜泪，身世多凄难。
天注定，命定长相伴。
红颜庆，血危光芒掩，
大婚夜，天煞化戾气。
红颜难，石窟身试毒，
生死乱，悠悠别经年。
红颜劫，乱世共浮沉，
情已定，携手看天下。
红颜倾城，了却残念；

今生今世，天作之合；
执手相随，共度余生；
生生世世，至死不息……
（全文完）

婉琳创作于 2012 年 9 月，杭州